文春文庫

リピート

乾くるみ

文藝春秋

Contents

リピート

一章

1

　電話のベルが鳴るといつも少しだけ心が弾《はず》む。遊びの誘いなら大歓迎だったし、たとえ雑談するだけであってもその間は憂さを忘れられる。間違い電話やセールスの電話だった場合には期待したぶんだけガッカリするが、それでも日々の単調さに適度なアクセントをつけるノイズだと思えば容赦できる。懸賞に当たったと言って電話の相手をどこかへ呼び出し、英会話の教材を買わせる悪徳商法があるそうだが、そういうのに引っかかる被害者の気持ちも僕にはよくわかる。退屈な日常から自分を連れ出してくれる誰かからの電話を、彼らは常に待ち望んでいるのだ。

　その電話が掛かってきたのは九月一日、日曜日の午後のことだった。大学はまだ夏季休暇中だったが、後期ゼミの開始までに卒論のレジュメを仕上げておく必要があり、僕は数日前から珍しく部屋にこもって勉強に励んでいた。

　ベルが鳴り始めたとき、僕は無意識のうちに現在時刻を確認していた。午後四時半を少し回ったところだった。

慌てて立ち上がった時に、足の関節が鳴った。部屋を数歩で横断し、二度目のコールが鳴り終わらないうちに、僕は素早く受話器を取り上げる。

「はい、もしもし」

「すみませんが、そちらは個人のお宅ですか？」

聞こえてきたのは低音でよく通る、大人の男の声だった。

「あ、はい」といちおうは答えたものの、おかしな電話だなあと首を傾げる。自分から掛けておいて、何を訊《き》いているのか。

「学生さんですか？」

「ええ。あのー、すいませんけど、ご用件は？」

おそらくセールスの電話か何かだろうとは思いつつも、切らずに応対を続けたのは、何か予感のようなものが働いたのだろうか。

はたして男は不意に、とても奇妙なことを言い出したのだ。

「今から約一時間後の午後五時四十五分に、地震が起きます。三宅島で震度四、東京では震度一です。確認してください。もう一度言います。今から一時間後、五時四十五分です。ジシンがあります」

「はあ？」と思わず間抜けな声が出てしまった。しかし相手はそれにも構うことなく、

「ああ、あとこれは大事なことなんですが、この電話のことは、決して誰にも言わないでください。これは重ね重ね、お願いします。……えーと、お名前をうかがってもよろしいでしょうか」

これには一瞬躊躇《ちゅうちょ》したが、別に構わないだろうと思い、

「毛利《もうり》といいます」と正直に答えた。すると、

「毛利さんは、ご家族の方とは、ご一緒にお暮らしでしょうか？」

「……いえ」

「おひとりでお住まいですか。そうですか。では、どなたにも電話を掛けたりなどなさらずに、おひとりで結果が出るのをお待ちになっていてください。また後ほど、毛利さんが結果を確認されたころを見計らって、こちらからお電話をさしあげますので。それまでは誰にも何もおっしゃらずにいてください。それでは失礼します」

「あ、ちょ、ちょっと——」

待って、と言おうとした時には、すでに通話は切れてしまっていた。ツー、ツーという電子音のみが流れている。僕はとりあえず受話器を置いた。

何だったんだろう、今のは。

避難勧告？　いや違う。だってそもそも——地震を予知するなんて、出来っこないはずだから。

いや、たとえそれが出来たとして、それ以前に、そもそも何でそれを、ただの学生である僕なんかに告げるというのだ？

考えあぐねた末に、僕はひとつの結論を出した。要するに、今のは新手の悪戯《いたずら》電話だったのだろう。テキトーに番号をプッシュして、出た相手に予言めいたことを言って相手を困惑させる。あるいは誰か、僕の知り合いが、僕をからかうために掛けてきたのか

もしれない。でもあの低音の声——三十代くらいの大人の声に聞こえたが——には、まったく心当たりはなかったのだが……。

まあいいや、と僕はひとつ息を吐いてから、デスクのところまで戻った。その際に、何の気なしに棚の目覚まし時計に目をやる。

四時三十八分。

五時四十五分って言ってたっけ。ということは、あと一時間七分後ってことか……。

そう考えてから、僕はひとつ鼻で嗤《わら》った。あの馬鹿馬鹿しい話を真に受けたわけでもないのに、そうやって残り時間を計算してしまっている、その自分の姿が、客観的に見て、なんだか可笑《おか》しく感じられたのである。

しかし心の片隅では、本当に地震が来たら面白いだろうなと思う気持ちもあった。もちろん、そんなことは起こり得るはずがないのだが……。

気持ちを切り替えて、勉強に専念したいと思うのだが、しかしいったん切れた集中力はなかなか回復してくれない。資料の活字を何度見ても、内容がまるで頭に入ってこない。気がつけば棚の時計を見て現在時刻を確認してしまっている自分がいる。……あと五十八分。……あと五十二分。……あと四十九分。

「いかんいかん」と声に出して自分を戒める。

ところが不思議なことに、問題の時刻になった時には、僕はその予言のことを頭から綺麗サッパリ忘れてしまっていたのである。

その時——わずかな揺れを感じた。

——地震？

錯覚ではなかった。咄嗟《とっさ》に見上げた電灯の紐も、微《かす》かに揺れている——と、そこで僕はようやく、あの電話の件を思い出したのである。慌てて棚の時計で時刻を確認すると——。

午後五時四十五分だった。

2

慌ててテレビの電源を入れる。子供向けのアニメ番組を放送していたが、僕は息を殺して、その画面をじっと見詰めていた。

二分ほど待っただろうか。視聴者の注意を惹《ひ》くチャイム音とともに、画面の上隅に速報のテロップが入った。

——午後五時四十五分頃、東海地方でやや強い地震がありました。震度三以上の揺れを観測したのは、次の地域です。

——震度四　三宅島

当たっていた。五時四十五分に地震。三宅島で震度四。時刻も場所も的中している。

しかし、どうしてそんなことが予言できてしまうのだろう……？

再び電話のベルが鳴ったのは、さらに一時間以上が経ち、午後七時になろうかという頃合だった。

　ずっと待っていたくせに、僕はやけにゆっくりと腰を上げた。そして五度目のコール音が鳴り止むのを待って、やおら受話器を取り上げる。

「はい、もしもし？」

「毛利くんですね」

　聞こえて来たのは、やはり先ほどの男の声であった。さっきは「毛利さん」だったのが今度は「毛利くん」になっている。そこになんとなく、相手の優越意識が感じられた。

「はい、そうです」

「どうです。確認されましたか」

「ええ。たしかに起きましたね、地震」

「地震が起きる前にも、起きた後にも、予言のことは誰にも話していないでしょうね？」

「ええ。あ、……はい」と、僕は無意識のうちに相手に対する言葉遣いを改めていた。

「……やけに落ち着いてますね」

　男は少し不満そうに言った。もっとストレートに驚いてほしかったんだろうな、と僕は相手の心情を忖度《そんたく》して、慌てて言葉を足した。

「いえいえ、充分に驚いてます。訊きたいことがたくさんあります。……えーっと、なんであんなふうに前もって、地震が起こるなんてことがわかったんですか？　それから、えーと、なんでまたそれを、僕なんかに？」

　なんだか妙な具合だった。僕が本当に感じた疑問を発している、というよりは、相手がしてほしがっているであろう質問を僕が推測して、それを並べ立てている、といった感じであった。

「あ、そうだ」と、そこでもうひとつ質問を付け加える。「えーっと、そもそもあなたは、いったい何者なんでしょうか？」

　聞いてから、あ、これはまだしちゃいけない質問だったかな、という心配が脳裏をかすめた。今はまだそれほど実感が湧いていないにせよ、冷静に考えれば、今回のこれはとても不思議な出来事であり、予言の謎はとても自力では解けそうにない。この相手にはぜひとも種明かしをしていただかなくてはならない。それまでは行儀よくしておかなくては——と、そんなふうに、僕の理性は働いていた。

「毛利くん……実に冷静ですね。いや、こう言うと失礼かもしれませんが、話していて、とても興味深く、私には感じられます」

　男はべつだん気を悪くした様子もなく、そんなふうに言葉を返して来た。続けて、

「まず先に名乗っておきましょう。私はカザマと言います」と名乗ったのだった。

　カザマ？　漢字で書けば「風間」だろうか。田中とか鈴木とかといったありふれたものではなく、やや珍しい姓なだけに、それは偽名ではなく本名なのではないかと僕には思えた。

「で、先ほど掛けさせていただいた電話ですが、まずは私の言うことを信じてもらえな

いと、そもそも話にならないので、それでああしたパフォーマンスをまず最初にさせていただきました」

男はそんなふうに話を切り出してきた。ここは一言も聞き逃してはならじと、僕は黙って相手の話に耳を傾ける。

「どうしてあんなことができると、毛利くんは思われます？」

そんなことを聞かれても、と僕は思う。それがまったくわからないからこそ、僕はこんなに困惑させられているのだ。

「えー、たとえば、予知能力のような——」

馬鹿馬鹿しいと思いつつ、そんなふうに切り出してみたところ、

「いやいや、そんな、ある意味で特殊な能力のようなものは、私は残念ながら持ち合わせていません」

言下に否定されてしまった。それはそうだろう。

「私自身はごく普通の、どこにでもいる人間です。ま、能力の面で言えば、ですね。……ただし普通では考えられないような経験は、してきています」

普通では考えられないような経験……。僕も沖縄旅行でハブに咬《か》まれたことを筆頭に、珍しい経験では人後に落ちない自信があるが、でも地震の予知などはできない。

「ヒントを差し上げましょうか？　そう……地震だけじゃないです、予言できるのは」

「といいますと、他に何が？」

「まあ、大袈裟《おおげさ》に言えば——ありとあらゆること。そのすべてが、私にはわかっていま

す」

「そんな――」馬鹿な、と言いかけて思い留まる。しばらく無言の状態が続く。何か言わなければならない。

「予知能力じゃない。予知したんじゃなくて――だったら、すでに知っていることを、ただ言っただけ……だとしたら――」

「だとしたら？」

「あなたはこの、今という時間を、すでに一度体験している？」

「……ということは？」

そんな馬鹿な、と思いつつ僕は言った。

「あなたは……未来から……来た？」

すると回線の向こうで男が唐突に笑い出した。喉《のど》の奥にひっかかるような、少し嫌な感じの笑い声だった。僕も一緒になって笑おうとした。そんな馬鹿なこと、あるわけないよね、という感じで。

しかし男は笑い声を止めて言ったのだった。

「そうです。よくできました。……その通り」

3

「そんな――だって」

僕は首を振った。寒気がする。相手が狂っているのか、でなければ——何なんだろう？

思考を放棄した僕の脳内に直接、男の低い声が侵入してくる。

「馬鹿馬鹿しいと思われますか？　もちろん、そう簡単には信じていただけないだろうということは、私の方でも充分に承知しています。そう……だからこそ、ああしたパフォーマンスをして見せたわけです。どうでしょう？　……とても起こりそうにないことが、現実には起こった。毛利くんはそれを確認なさいましたよね？　で、それはとても不思議な出来事のように思われた。ありそうもないことのように思われた。でも私がもし、私の主張する通りに、未来から来た人間であって、これから起こる出来事をすでに一度体験していたとしたら、どうでしょう？　それをいったん認めてしまいさえすれば、今のパフォーマンス——つまり予言も、毛利くんにとっては、もはや何の不思議もない出来事になりますよね？」

なんだか煙に巻かれたような心地がした。ある不思議を説明するのに、また別な不思議を持って来られても——というのが、正直な感想だった。

「そういうふうに、ひとつひとつ段階を追って、私のリピート体験——時間旅行ですね、それを、事実として、毛利くんに認めていただきたい。そう……時間旅行そのものを体験していただければ、それがベストであり、手っ取り早いわけなんですが、残念ながら今はまだそれができない。しかし私の言うことは信じていただきたい。そのためには、傍証かもしれませんが、とにかく証拠をお見せするしかない。というわけで、私がああしたパフォーマンスをお見せすることになった、というわけなのです」

男はそこでいったん間を取った。僕が話を理解するためには時間が必要だろうと、そう慮《おもんぱか》ってのことのように感じられた。

「えー、その、今リピートと言われたのが……？」

「そうです。過去の自分に戻ることを、私たちはそう呼んでいるのです」

「過去に戻る……？」

「ええ。時間が巻き戻るのです。過去のある時点における、自分の肉体の中へと、自分の意識が戻るわけです。ただし、今まで経験してきたことの記憶はそのままで。つまり未来の記憶を持ったまま、過去のある時点から、自分の人生をやり直せる——それを私たちはリピートと呼んでいます」

「私たち、とおっしゃられましたよね？」

一瞬の間があいた。

「……ええ。私以外にも仲間がいます。同行者というか……私はゲストと呼んでいるのですが。で、次のリピートのときにお招きするゲストとして、今回、毛利くんに白羽の矢を立てた、というわけなんですが。……どうでしょう？」

どうでしょう、と言われても困ると思った。頭の中が混乱していて、論理的に物事を考えられる状態にない。いきおい、質問を重ねることになる。

「えー、その……お誘い、ですか？　それがまた何で……えー、その、僕なんかに？」

「電話番号をテキトーに選んで掛けたら、そちらに繋がった。ただそれだけです」

やはりそうか。しかし確率にしたらものすごい数字になるはずだ。宝くじに当たるよりもすごい確率。それがたまたま僕のところに当たるなんて……。

「こう考えてみてください。時間を遡《さかのぼ》れる——過去のある時点に戻って、人生をやり直せる——そんな夢みたいなことが現実にできると知ったら、誰もがそれを望むとは思いませんか？　……まあ、信用するしないの問題が先にあるでしょうけれども、それにしても、私がすべてを公《おおやけ》にして、毛利くんに今してみせたようなパフォーマンスを、たとえばマスコミの力を借りて、全国民の前で行えば——そしてそれを何度も繰り返せば——まあよっぽど頑迷な人でない限り、私の体験した時間旅行のことは、おそらくは大半の人が、信じていただけるのではないかと、私はそう思うのです」

僕は聞きながら、鼻でひとつ息をした。

「で、それが実は、私の主催するツアーに仲間入りしさえすれば、誰にでも体験できることなんですと言って、そうして仲間を募ったとしたら、どうなると思います？　大勢の方が——それこそ全国民のほとんどが、我も我もと、参加を熱望されるのではないかと、私はそう思うのです。……しかし残念ながら、全員の望みを叶えることは、とてもじゃないですが不可能です。私が仲間として連れて行けるのは、せいぜい数人といった程度の人数でしかない。で、他の人にはごめんなさいと言っても、それじゃあ後に残された人たちは納得しないでしょう。……だから仲間を増やしたいと思っても、公募するわけにもいかないわけですね」

時間旅行の仲間求む——そんな文面の広告が空想されて、僕は可笑しくなった。

「ただ逆に言えば、国民の誰もが潜在的な希望者であると、そう想定をすれば、公募をする必要もないということになります。こちら側から、ただ選べばよい、というわけです。でも私が、そうやって救われる人と救われない人を選ぶ権利があるのかと言われれば、おそらくはないでしょう。だからチャンスがなるべく公平に与えられるように、という意味で、電話番号をテキトーに選んで電話を掛けたところ、毛利くんが選ばれたと、まあ、こういうわけなんです」

受話器から滔々《とうとう》と流れ出るそうした説明を、僕はただ黙って聞いていた。言っている内容はいちおう理解した。理解できた。しかしそれがどういうふうに、この現実世界と繋がっているのかが、実感できていない。まるで高校時代の、数学の授業を受けている時のような感じだった。

男の話はさらに続いていた。

「ただまあ、毛利くんが、ですね、秘密を守れないような人であったとしたら——あるいは私の言うことを信じないで——あるいは信じたとしても参加される意志がなくて、人生はこのままでいい、やり直す必要はないと言われるなら、それはそれで別に私は構いません。また他の人のところに電話を掛けて、また次の予言をして、リピートの話を信じるか信じないか——私たちの仲間になるかならないかを判断していただいて、承知された方だけを仲間に加えればよいだけの話ですから。……毛利くんはどうされます？……ま、いきなり時間旅行がどうのこうのと言われてもアレでしょうし、今すぐにそれを信じろと言う方が無理かもしれませんね。別にとりたてて急ぐ話でもないので、充分に時間をとって、ま、とりあえず、話の内容をとっくりと吟味してみてください。また追って、こちらからご連絡さしあげますので。……あと、くどいようですが、この件に関しては、くれぐれも秘密を守ってくださるよう、お願いいたします。もし毛利くんがこの件で、誰かに話をされたとわかった場合には、自らチャンスを放棄されたものと判断して、次回以降の連絡はないものと、そう考えてください。……それではまた」

「あ、」

そうして、通話はまたしても一方的に切られてしまったのだった。

4

過去に戻って人生をやり直す。

そのフレーズは僕にとって、何ともいえない魅力に満ちていた。蠱惑《こわく》的とさえいえた。もちろん、そんなことは現実にはあり得ない。そんな都合のよいことがあっていいはずがないとさえ、僕は思っている。それなのに気がつくと、僕はそれを夢想してしまっているのだった。

記憶などはこのままで、過去の自分に戻れるのだとしたら、どこに戻ろう。何ができるだろう……。

たとえば三年前、大学一年の夏に戻ったとしたら。渋谷の居酒屋で行われた、少林寺拳法同好会の飲み会の日。一次会のみで散会した後、事前に示し合わせていたとおりに和美と落ち合って、二人で道玄坂を上り、意を決して入ったホテルで……。

　僕は初めてだった。結果は大失敗だった。思い出すだに恥ずかしい記憶である。それがもし、あの前に戻って、やり直せるとしたら……。

　どうなんだろう？　彼女は、僕とは初めてのつもりでいるのに、僕の方では、彼女の性向から何からすべてを知ってるわけだ。それでいて何も知らないふりをする。何だか狡《ずる》いような気もするけど——そう、たとえば、プレゼントの中身を知っているのに、何だろう、と知らないふりをするような——まあいいか。

　で、そうしてやり直して、あの夜がそれでもしうまくいったとしたら——その後はどうなってしまうんだろう？

　あの夜さえうまくできていれば、たぶん僕は和美に嫌われないで済んだだろう。今の僕ならば、あいつが何を思ってるのか、何をしたいかが、だいたいわかっているのだから、そう、だからその後も、僕がうまく立ち回りさえすれば、そのまま和美と付き合い続けることも可能だろう。

　だけど……それが何になるのだろう？　今さら和美とやり直せると言われても……それが僕の今、一番に希望することなのだろうか？

　そうじゃない。僕は別に、和美とやり直したいのではない。そうじゃなくて、僕はただ、あの初体験の時の失敗を、記憶から消し去りたいのだ。僕の希望は、ただそれだけなのだ。

　そう。今ならあんな失敗はしないだろう。うまくやってやる。寝てよかったと和美に思わせてやる。そうすれば、あいつにとってはそっちのほうが事実となるわけだ。僕は初体験でうまくやった。……だけど僕にとってはどうなんだろう。まわりのみんなは知らないにしろ、僕だけは知っているのだ。二度目の初体験を、たとえうまくやることができたにせよ、あの記憶自体が僕の中から消え去るわけではない。他の誰が知らなくとも、僕にとっては相変わらず、あの失敗は事実であり続けるのではないか……。

あるいは、また別な女の子の顔が思い浮かんだりもした。河野さん――高校の時のクラスメイトだ。交際を申し込んで断られた後、僕はすぐに彼女のことを諦めてしまった。それがもし今、あの高校生のころの自分に戻れたとしたら。

向こうは十七歳。僕は――まあ外見はあのころに戻るわけだから、同じ十七歳にしても、内面は今の僕と同じわけだから、つまり二十一歳である。当時は神々《こうごう》しく見えたにせよ、今の僕から見れば、しょせんは四つ下の女の子……。どうだろう？　僕の方は、あの変な自意識もなくなるだろうし、そして彼女のほうでも、十七歳のガキに囲まれた中にこの僕がいたら、年上の魅力みたいなものをそこに感じ取って、僕のことを好きになったりする――なんてことも、可能性としてはあるのではないだろうか。

河野さんと付き合えたら、高校生活も薔薇《ばら》色だろうな――と僕は夢想する。しかしよいことばかりでもなさそうだ。もし高校生に戻るとしたら、受験ももう一回やらなくちゃならないのだ。今の学力で大学入試――大丈夫だろうか？　それに高校の時に戻るということは、もう一回小久保とかの授業も受けなければならないわけで、うーん、それはできれば勘弁してもらいたいなあ……。

そうした馬鹿丸出しの想念についつい浸ろうとする自分を叱責し、現実へと意識を集中させる日々が続いた。とりあえず後期のゼミの開始までには、卒論のレジュメを仕上げておかなくてはならない……。

そうして何とか仕上がったレポートは、我ながら、お世辞にもよい出来とは言えなかった。案の定、提出して三日後、火曜日のゼミの後に、僕は教授の研究室に呼び出されてしまった。

「毛利くん……。この時期になってこれでは、ちょっとまずいんじゃないかなあ」

「すみません」

黒縁の眼鏡に、薄くなりはじめた頭髪。僕はこの教授のことを、心から尊敬していた。だからなおさら身が縮む思いだった。

「もう就職、決まったんだよね？」

「ええ。はい。内定をいただいています」

「じゃあ、もうちょっと頑張んなきゃいけないね」

教授の部屋を出たときには、僕は忸怩《じくじ》たる思いでいっぱいだった。

そしてその時にも、僕はこんなことを考えていたのだった。

もし僕が、あの電話の相手の言うとおり、本当に過去へ戻れるのだったら、卒業も就職も、結局僕にとっては、何の意味も持たないということになりはしないだろうか……。

5

翌日の夜は歌舞伎町のスナック《バンビーナ》でバイトが入っていた。その時も僕は気づけば、

「地震の予知って、どこまでできるんでしょうね」

カウンター客の宮崎さんに対して、そんなことを訊ねていた。

「地震の予知ねえ」と宮崎さんは眼鏡の奥の目を細める。「まあ、あれはいくらやったって、結局は実用にならないだろうな」

「ああいうのって、予算の無駄っすよね」

もうひとりのカウンター客、岩《がん》ちゃんが口を挟む。カウンターについた客の間に話題を提供するのも、中に入った人間の仕事のひとつである。僕は二人がともに乗ったその話を、さらに続けようとした。

「いや、実はですね――」

先日こういう電話がありまして――と口にしかかったところで、いや、これはまずい、と僕は必死に思い留まる。……あの件は、不用意に他人に洩《も》らしてはいけないのだった。

咄嗟に話の内容を変える。

「――ほら、よくあるじゃないですか。地震の直前にナマズが騒いだとか、そういった話。あれって、どのくらい信用がおける話なんでしょうね」

ボックス席の客が何か冗談でも言ったのだろう、女の子たちがケラケラと笑う声が、フロア側から響いてきた。岩ちゃんのグラスの水滴を拭き取りながら、僕は宮崎さんの話に意識を集中させる。

「動物が騒ぐのは、地震の直前に電磁波が発生するからだって話もあるけどね」

「電磁波ですか」

「うん。周波数によっては、人間の耳に聞こえたりすることもあるらしい。どういうメカニズムでそういう電磁波が発生するのか、僕も詳しくは知らないんだけど。まあどっちにしろ、地震が起こるホントに直前のことだから、それから警報とか出しても遠くまで避難するだけの時間もないし、まあせいぜいが、火を止めるようにって言うとか、まあ研究を重ねて実用化されたとしても、そのレベルだろうね。……あと、これはまた今の話とは別なんだけど、たしか中国かどこかで、実際に警報だか避難勧告だかが出されて、それが当たったっていうような話を、聞いたことがあるような気がするな」

「え、本当ですか？」

僕はビックリした。地震の予知が、もし現代の科学で可能なことならば、また話は違ってくる。あの電話は――どうして僕に掛かってきたのかという謎はさておいて――予言そのものには、何の不思議もないということになる。

「――それはその、何時何分に起きるとか、震源地はどこで震度はどのくらいで、っていうレベルでの話ですか？」

僕がそう勢い込んで聞くと、宮崎さんは顔の前で手を振り、

「いやいや。ここ数日中が危ないといったレベルのもので、それもたしか、何十回か警報を出して、そのうち当たったのが一回か二回かって、そんなレベルのね、そんな程度の話だったような気がするよ。住民はだから、なんかそのたびに避難させられたんだとか。それじゃあね。まだ実用とは到底言えないレベルだし、そもそもそれだけ言えば、まあ一回ぐらいは当たってもぜんぜん不思議じゃないって気もするしね」

「まぐれ当たりだったってことですか」

「まあ、その可能性もあるってことだ」

何にしろ、現代の科学レベルでは、発生時刻を分単位で指定した、あんな予告の電話は掛けられないわけだ。

岩ちゃんが肩をすくめて言う。

「ほとんど狼少年のレベルっすねー。それじゃあ肝心な時に、みんな逃げなかったとかって、そういうオチになっちゃったりしそうっすね」

「日本で同じことをすれば、きっとそうなるだろうね」

宮崎さんは深く頷《うなず》いた。

「そもそも日本では今までに、その手の警報を出したためしがない。……東海地震がどうのこうの、みたいな、あの漠然とした、予報とも何とも言えないようなレベルのものは別としてね。それすら当たらないんだから。で、さっきの例のように、ちゃんとした警報を仮に出したとしても、数十回に一回程度の確かさでは、今そちらの方の言われた通りで、情報を有効に活用することができない。……まあ、五回に一回くらいかね。警報が出るたびにどこかに避難するっていう、その手間と、実際に地震が起きた時に助かるっていうメリットを、秤《はかり》にかけた場合」

「それはまだ無理なんですね」

僕はもう一度確認してみた。すると宮崎さんは、

「まだと言うより、いつになろうが、たぶんそれは無理だろうね」

そう断言した。だったらあの予言は、何を根拠になされたものだったのか。

「いらっしゃいませー」

女の子たちの声が、新しい客を迎えていた。カウンター係の僕は、慌ててグラスの用意をする。

地震の話題はそこで中断を余儀なくされた。

6

戸外では風雨の音が激しかった。台風が接近してきているのだ。明日あたり、列島の南を通過するでしょうと、テレビのアナウンサーが予報していた。

九月十九日の夜。あの予言から、もう二週間以上の日々が経っていた。後期のカリキュラムもすでに始まっている。ここ数日間、僕は卒論のレジュメ修正に取り組んでいた。

その夜も、教授に言われた資料本を読んでいるところだった。

そこに電話のベルが鳴り出した。

僕は心の中でハッと身構える。

鳴っているのは、前日に付け替えたばかりの、新しい電話機の呼び出し音だった。部屋を空けている時に、あの男からの電話が掛かって来たらどうしようと、それが心配のあまりに新たに購入した、留守録機能付きのものである。

そのために買った電話機。そのために新しくなった、いまだ耳慣れないコール音——あいつだ、という予感がした。

僕は立ち上がると、ひとつ唾を飲み込んでから受話器を取り上げた。

「はい、もしもし」

「あ、ケースケくん?」

予感は外れた。女の声だった。地震を予知する人間がこの世のどこかにいるというのに、僕の予感はぜんぜん当たらない。

しかもこの声には、聞き覚えがある——どころではない。由子《ゆうこ》だった。半年前に別れたカノジョだ。

「アタシ。わかる?」

「え、誰です?」

僕はわからないふりをした。昔はこの声を聞くだけで幸せな気分になれた。楽しかった記憶は、しかし別れ際の、あの醜い罵《のの》り合いによって帳消しにされている。

「アタシだってば。由子だよ」

「ああ——町田《まちだ》さんね」

　わざと苗字で呼んでやった。彼女は(どういうつもりなのだろう……?)昔と同じような会話を望んでいるようだったが、僕は今さら彼女のことを名前で呼ぶつもりはなかった。

「で——何の用?」

「どう?　調子とか。ケースケくんって今年、卒論とか、あるんでしょ?　ちゃんとやってる?」

「まあね」

　僕はそっけなく答えた。そのまま沈黙が流れる。僕の方では、あまり会話を続ける気もないのだが、それでは困るとばかりに、由子が言葉を継いだ。

「——そうそう、アタシ、前にお見合いするって言ってたじゃん。でね、その相手と今度、結婚することになったの」

　ふーん、としか言いようがない。

「——感想は?」

「それはよかった」

「それだけ?」

「町田さんももう二十五だから、そろそろ落ち着いてもいいでしょう」

「……他には?」

「僕を式に呼ぼうとかって、間違っても言い出さないでほしいんだけど」

　と僕が言うと、由子は唐突に笑い出した。病的な笑いが十秒ほど続いて、

「……あーおかし。アタシだって、それぐらいの常識はわきまえてるってば」

「ならいい」

僕はむすっとして答えた。

「――でもね、ホントは今になって、まだ迷ってるの。このまんま、この人と結婚しちゃっていいのかなーって。……その相手の人はね、ホント、すごい真面目だし、いい人なんだけど、でもアタシ、本当にこの人が好きなのかなーって。ホント言うと、アタシ今でもケースケくんのこと、好きだと思う」

僕は思わず溜息を吐《つ》いた。吐息が送話口に当たってゴーッという音を立てる。

「――今さらそれはないだろう？」

「だって、ケースケくんと一緒にいて、あんなに楽しかったじゃん」

「悪いけど、こっちはけっこう辛かった。最後のころとか」

「でもさ、ベッドでの相性はよかったよね。……ねえ、一回、ちょっと会ってみない？」

結局、そういうことか……。僕はようやく彼女の考えていることを理解した。また溜息を吐く。

彼女の身体《からだ》はたぶん、今でも魅力的だろう……。しかし僕は今さら、彼女と肉体だけの関係を再開するつもりはなかった。

楽しかった時代は、もう終わったのだ。

「それは……やめといた方がいいと思う」

「そう……。意気地なしなんだ」

「何とでも言えばいいさ」

「わかった。……ごめんね。じゃあ」

最後に殊勝なひと言を添えて、彼女は一方的に通話を終えた。

僕は受話器を置いて、のろのろと部屋を横切り、ベッドの端に腰を下ろすと、そのまま背後の布団《ふとん》へと身を投げ出した。資料読みの続きをやらなければ、と思うのだが、やる気が起きない。いや、勉強ばかりではない。何をする気にもなれなかった。由子に気力をすっかり吸い取られてしまったような感じだった。ひたすら天井を見つめ、心に浮かぶよしなし事に、漫然と思いを馳せる。

このところ、ほとんど常時つきまとっている、焦燥感のようなものが、心の中でぐるぐると渦を巻いていた。……楽しかった時代、お気楽に過ごせる時間はもう終わったのだ。そして、最初ははるか遠くに見えていた、卒論という山、さらにその背後に聳《そび》えていた社会人という未知の山が、気が付けばすぐ目の前に迫って来ている。その聳え立つ威容からの抑圧。

あと半年しかないのだ。

半年後――そのゴールが、永遠に訪れなければいいのに……。

また電話のベルが鳴った。さっきの電話からまだ十分と経っていない。また由子か？

僕は身を起こし、コール音に負けないように「はいはいはい」と言いながら部屋を横切って受話器を上げた。

「はい、もしもし」

「――あ、毛利くん、ですね」

聞こえてきたのは、あの風間という男の声だった。

7

僕はひとつ鼻で大きく息をした。落ち着け、と自分に言い聞かせる。しかし今まで心のうちに溜めていた言葉の奔流は抑えようもなく、一気に口から溢れ出した。

「あれからずっと待ってました。神経に悪いです。もう待たされるのは勘弁してください。もし僕がいない間に掛かってきたらどうしようって心配になって、それで結局、留守電機能付きの新しい電話機まで買っちゃいました」

「賢明ですね」

回線の向こうで、男は微かに笑ったようだった。僕は何とはなしにムッとした気分になる。

「えーっと、それであの説明、なんですけど――」

「信じられませんか？」

男は先回りして言った。そうした反応も予想のうちだ、と言わんばかりの口調だった。

「ええ。時間が経てば経つほど、何だか馬鹿馬鹿しいって気がしてきちゃって。でも、あの地震の予知は――あれはいまだに、どうしてあんなことができたのかっていう、それは、わからないんですけど」

僕は正直に自分の気持ちを述懐した。

「合理的な説明は、つけられないでしょうね」

「過去に――戻れるんですよね」僕は攻め方を変えてみようと思って、まずそんなふうに切り出してみた。「それはタイムマシンとかで、今のままの僕が過去に戻る、というわけじゃなくて――」

「そうです。過去の自分の中に戻ります。だから意識は今のままですが、身体はその当時の自分、という状態になります。その状態から、人生をもう一度やり直すことができるわけです」

「そこから現在に戻って来るには？」

「それは残念ながらできません。過去への旅は、あくまでも一方通行なのです。そのまま人生をやり直していただくことになります」

「ええと、過去の自分に戻るってことは、たとえば僕が、五十年前に戻るとかってのは、できないわけなんですよね。まだ生まれてないわけですから」

「そうですね。というよりも、そもそも戻るポイントというのが、決まっているのです。常に同じ日時に――そう、ある日の、ある時間にしか、戻ることができません。それは毛利くんが想像されているよりは、おそらく今に近い方なんじゃないかと思います」

戻れる地点はすでに決められている。

それは、僕のそれまでの想定にはなかった情報だった。

「それが……いつかっていうのは、今はまだ教えていただけないんですか？」

「そうですね。……まあでも、ある程度までは、お伝えしてもいいでしょう。戻れるのは、今年の一月の、ある日、ある時刻です」

「今年の一月、ですか」

一月といえば、僕はまだ三年生だった。三年生の冬。一瞬、雪景色のようなものが眼前に浮かんだ。今年の一月に雪が降ったかどうかは憶えていないが、それが僕にとっての冬のイメージということなのだろう。

「じゃあ、えーと、風間さんは、過去に戻って今年をやり直したことが、すでにおありになるんですよね」

「そうですね。何回か」

さらりとそんなことを言う。

「何回か」と復唱したところで、腑に落ちるような感覚があった。「それを繰り返してるってわけですね。だからこそ、あの程度の地震でも、起こった日時を憶えてらした」

「それと、こういうふうにみなさんをお誘いするにあたって、証拠として役立つと思ったからですね。だから戻る前に、新聞などで調べて、それを憶えていたわけです」

僕はナルホドと思う。出任せならば、どこかでボロが出るのではないかと思っていたのだが、この風間という男の話は、それなりに巧妙に考えられているらしかった。

しかしまだ攻め手は残されている。

「でしたら、他にもいろいろと、たくさんのことを憶えていらっしゃるのではないでしょうか。というわけで――」

「他にも何か予言してみろ、というわけですね。……それはできません。できないというのは、不可能だということではなく、するつもりがないというふうに理解してください。……するつもりもないし、する意味もない」

「どうしてですか。意味はあると思いますけど。ここでまた別な予言を風間さんがされて、それがまた的中したとしたら、そうしたら僕だって――」

「百パーセント信じられますか？　そうじゃないでしょう。予言に関しては、前回の地震のアレだけでも充分なはずです。でも毛利くんはリピートの話を信じられないという。それは常識が邪魔をしているからだと私は思っているのですが。だとしたらいくら予言を重ねても意味がない。そうじゃないですか？」

どうだろう？　ここでもう一度何かを予言してもらって、それが的中した場合に、僕は彼の言うリピートの話を百パーセント信じられるようになるだろうか……。

「そうそう。今日はひとつ用件があって電話したのですが。よろしいですか」

「あ、はい」

僕は居住まいを正して電話に聞き入る。

「あ、その前にひとつ確認しておきたいのですが、地震の予言のことやリピートのことなどは、誰にも相談などなさっていませんよね？」

「言ってません。秘密は守っています」僕は自信をもって答えた。

「わかりました。信じましょう。……で、実はですね、リピートの仲間としてみなさんをお誘いするにあたっては、いろいろと細かいことを説明しておく必要があって――そういえば、言ってましたっけ？　毛利くんの他にも、同じように、ツアーにお誘いしている人たちがいるって話は？」

「――いえ」

僕は首を振った。そんな話は初耳だ。

「だって、テキトーに電話番号を選んだら僕に掛かったって――」

「だからいるんですよ。毛利くんの他にも何人か、同じように予言の電話をした人たちが」

「じゃあ、その人たちにも――」

「ええ。毛利くんと同じように、リピートの説明をしています」

「それで……その人たちは信じてます？」

「さあ、どうでしょう？　まあ、半信半疑といったところでしょうかね。中にはあからさまに『信じない』と断言している人もいますが、それでも完全にツアーを断るとまでは言ってない。みなさん、ちゃんと秘密を守って、今のところは私の話についてきてくれています。……でですね。先ほども言いかけたのですが、説明が詳細化してきますと、こうして個別に電話をして説明をするというのが面倒になってきましてね。そこでみなさんを一堂に集めて、いっぺんに説明をしてしまおうかと思うんですよ。今月の、二十九日なんですが」

僕は壁のカレンダーを見た。九月二十九日。日曜日だった。

「どうでしょう。来ていただけますか？　他の方では、すでに別の予定が入っていたのに、それをキャンセルして、こちらに来ていただけるという方もいましたが」

どうせ、来なければそれっきりと言うのだろう。

「はあ。いえ、特に予定は入っていませんけど」

「じゃあ来ていただけるのですね？」

「えーと、ちょっと待ってください。えーと、そこに行けば、その——風間さんと、直接会うことができる、というわけですよね？」

「そういうことに、まあ、なりますね」

僕はある種の驚きを覚えた。この相手に直接会えるというのだ。そういう機会を向こうから作ってくれるというのだ。

「あ、じゃあ行きます。もちろん。……えーと、場所はどこですか？」

「横浜の、中華街がありますよね。京浜東北線を関内《かんない》で降りて……」

風間はそうして、《回龍亭》という店までの道順を説明してくれた。そこの特別室が《再訪会》という団体名ですでに予約されているという。時刻は正午から。しかもその食事代から交通費まで、費用はすべて彼のほうで負担するつもりだという。

「まあ、お昼でもゆっくりと摂《と》りながら、リピートについて説明ができたら、と思いまして」

みなさんとお会いするのが楽しみです、と最後に言い残して、風間は電話を切った。

二章

1

指定された日曜日。いつもより早く目が覚めてしまった僕は、落ち着かない気分のまま午前中を過ごし、結局、約束の時刻より一時間も早い午前十一時には関内に着いてしまった。

中華街に入ると《回龍亭》はすぐに見つかった。街区を二度ほど回って時間を潰し、十一時半になったところで店に入る。フロアに敷かれた絨毯《じゆうたん》の赤と各テーブルの白というコントラストが、まずパッと目に飛び込んできた。正装に身を固めたボーイが数名、入ってすぐのところに直立していて、いらっしゃいませ、と控え目な声を掛けてくる。

「おひとり様ですか?」

「あ、いえ、あの……予約が入ってると思うんですが。あの、《再訪会》という名前で――」

そう言った途端に、背後でエッという声がした。振り向くとそこに、ひとりの女の人が立っていた。人々が行き交う明るい戸外を背景に、逆光に翳《かげ》った女性の顔――それでも目鼻立ちのハッキリとした、綺麗な顔立ちをしていることは見て取れた。アイドル系の、綺麗と可愛いが一緒になったような顔立ちで、小柄な背丈と清楚な服装が、どちらかと言えば可愛いの方を強調していた。たぶん僕と同じぐらいの年齢だろう。

「もしかして……あなたも？」と訊ねてみると、

「え、ええ」

女性は僕と目を合わせたまま、こくりと頷いた。僕も「あ、どうも」などと言いながら軽く会釈をする。

再び店内の方に向き直ると、それまで僕たちの様子を窺《うかが》っていたと思われる、一番手前にいたボーイが、ご案内いたします、と言って、奥に向かって歩き出した。僕も、そして彼女も、その後に続く。

「こちらでございます」

案内された先は本当に個室で、ボーイが重厚な感じのするドアを開けると、どうぞ、と手振りで僕たちを中へと誘《いざな》った。

室内はフロアと同じく、中華風の装飾が施されていて、広さは十二畳ほど。中央に丸テーブルが据えられていて、すでに先客が四人、それぞれ隣り合わないように間をあけて座っていた。その四人の視線がいっせいに僕たちの方へと向けられる。

全員が男だった。いちばん年長の一人が四十歳くらいで、一人は三十歳くらい、そしてあとの二人は二十代半ばだと思われた。この中に風間がいるのだろうか。

「どうも」と、いちおう全員に向かって頭を下げた後、「あの、風間さんは……」と言

って四人の顔を見渡すと、

「まだ来てないようですよ」

と答えたのは、僕が三十歳くらいと見当をつけた男だった。日に焼けた顔に白い歯が印象的で、体型もがっしりとしており、何かスポーツをやっているらしいと僕は判断していた。

「ここにいるのは全員、ゲストとして招かれた人たちです。……ところで、あなたがた二人はお知り合いですか？」

そう言われて、僕は一瞬、背後の女性と目を見合わせ、そして二人揃って「いいえ」と首を振った。

「ちょうど入って来る時に一緒になって」

「あ、とりあえず腰を下ろしてください」

椅子は全部で十脚あった。奥に三脚並んで空《あ》いているところがあり、僕はその真ん中に座った。ひとつ置いて右にスポーツマンふうの男がいて、左は一脚空けて中年の小太りのオジサン、という配置である。

そして僕が密かに期待していたとおり、入口で一緒になった女性は、僕の隣に座った。僕の右側、スポーツマンふうの男との間である。

「あと四人か」

僕が二十代と見当をつけた男の片方が、空席のままの自分の両脇の椅子を眺めて、そう呟《つぶや》くと、ふうとひとつ息を吐いた。庇《ひさし》状に固めた前髪が下を向く。銀の刺繍の入った紫のシャツを着ており、胸元からは金色のネックレスが覗《のぞ》いている。

もう一人の二十代はやたらと背が高いのが特徴で、黒いスーツに黒ネクタイと、葬式帰りのような格好をしていた。僕たちが入室したときに一度だけ顔を上げ、険の強い目つきでこちらを一瞥《いちべつ》したが、すぐに顔を伏せ、以降は手元の紙束に赤ペンで何やら書き込みを入れている。仕事をしているのだろうか。こんな謎めいた場に招待されたというのに、仕事を持ち込んで平然とこなしているのだとしたら、かなり図太い神経の持ち主だということになる。

残る一人、中年の男は、ぼってりと出っ張ったお腹の上に両手を置き、瞑目《めいもく》して、さっきから何度も深い息を吐いている。長袖のポロシャツにスラックスを穿いており、休日のお父さんといった格好だった。

特別室というのは、要するにVIPルームということなのだろう。壁から天井から、絨毯の柄に至るまで、すべて赤を基調に、ところどころに金色を配したデザインは、かなりゴージャスな雰囲気を醸し出していた。椅子の背もたれがやけに高くて、座っていても、どうも落ち着かない。丸いテーブルには白のテーブルクロスが掛けられていて、中央には龍の彫り物と盆栽のようなものが置かれていた。よくテレビなどで見る、クルクルと回して料理を取るための、あの丸い板のようなものは、据えられていなかった。各自の前には山形に折ったナプキンと食器類が置かれている。

僕がキョロキョロと室内を観察していると、またスポーツマンふうの男が話し掛けてきた。

「お二人のお名前をうかがってもよろしいでしょうか。私は池田《いけだ》といいます。ゴルフのレッスンプロをしております。どうも、はじめまして」と、先に自己紹介をした後、残りの三人も順に紹介してくれた。すでに先客同士で自己紹介が行われていたようだった。

紫シャツの男は高橋《たかはし》といって、トラックの運転手をしているという話だった。

背の高い黒スーツの男は天童《てんどう》といって、シナリオライターをしているとのこと。

そして中年の男は自ら「横沢《よこさわ》です」と名乗った。「会社員をしております」

これでいちおう先客四人の紹介は終わったことになる。次は僕の番だった。

「僕は毛利といいます。毛利圭介《けいすけ》です。大学の四年生です。どうも」

反射的にペコリとお辞儀をする。そして右隣の女性のほうを向くと、彼女は、

「私も――言うんですか？」と、この期《ご》に及んで逡巡《しゅんじゅん》する素振りを見せた。すると、

「ここで言い渋ったって、どうせあの電話の相手には知られてんだろ？」

という声がして、見れば天童という男が書き物の手を止めずに喋っている。癪《しゃく》に障る態度だったが、言っている内容は正しい。女性もそう思ったのか、今度は素直に自己紹介をした。

「私はシノザキアユミと言います。アユミはお魚の鮎に美しいという字を書きます。会社員をしています」

シノザキは、たぶん篠崎と書くのだろう。篠崎鮎美さん、か。僕は心の中で「よろしく」と呟いた。

ひととおりの自己紹介が終わったところで、初対面の人同士が集まったときに特有の

あの重苦しい雰囲気が室内に満ちた。僕はそれに耐え切れなくなり、

「えーと、みなさんにお聞きしたいことがあるんですけど。みなさんはあの話を聞いて、どう思われました？　信じてます？　あの話」と訊いてみると、

「あの話というのは、もちろんあの、リピートとかっていう話ですよね？　もちろん信じてなどいません」と、池田がまず応じてくれた。

やはりそれが常識的なものの見方なんだな、と僕はやや安心した心持ちになったのだが、そこでトラック運転手の高橋が口を挟んできた。

「じゃあどうしてあの風間って人は地震を予知できたわけ？」

「ということは、高橋さんはあの話を信じておられるんですね」と言って、池田はニッコリと微笑《ほほえ》んだ。高橋は自分が馬鹿にされたと解釈したようだ。

「なに笑ってんだよ。てめー。もしあの話が嘘だって言うんなら、じゃあどうやって地震を予知したか今ここで説明してみろ」

「説明は、できないこともないですよ」と池田が事もなげに言ったので、僕は驚いてしまった。高橋に代わって「ホントですか」と口を挟んでしまう。

「ええ」と池田は嫌味なほど落ち着いてひとつ頷いた後、「でも、その話はまた後にしましょう。まだ全員揃っていませんし。あの風間という人の説明もその前に聞いてみたいし」などともったいぶった態度をみせる。

池田の考えていることがもし正しければ、あの地震予知には何らかのトリックが使われていたということになる。しかし本当にそんなトリックなどあり得るのだろうか。

座がしらけた気分になりかけたとき、不意にドアが開き、ボーイに案内されて一人の男が姿を現した。三十歳とも四十歳とも見える男で、着ているスーツがまるでハンガーに掛けたように見えてしまうほど、全身がガリガリに痩せていた。ボサボサの髪に黒縁眼鏡を掛けている。

2

僕たちの視線を一身に浴びた男は、妙に慌てた素振りで、

「あ、ども。えー、大森《おおもり》と申します」

と体型に相応《ふさわ》しいか細い声で言って、ぺこりと頭をひとつ下げた。

「私たちを招待した人はまだ来てません。どうぞ、空いてる席に」

池田にそう言われて、大森と名乗った男は、僕の左に空いていた椅子を選んで着席した。僕は隣に座った大森に対し、先ほど池田が僕たちにしてみせたように、自分を含めた先客六人のことを簡単に紹介した。大森はその間、鞄を椅子の下に置いたり、髪の毛をがしがしと掻《か》き毟《むし》ったりと、落ち着かない様子を見せていた。ひととおりの紹介が終わったところで僕が大森の職業を訊ねると、食品化学関係の研究をしているという答えが返ってくる。

大森の落ち着きのない態度に内心で辟易《へきえき》していた僕は、彼との会話を早々に打ち切り、今度は右隣に座る篠崎さんに話し掛けてみた。

「篠崎さんはどう思います？ あのリピートがどうこうって話は」

「私も、あれは嘘だと思います」

池田のほうをチラッと見てそう答える。彼と同様『私も』ということなのだろう。

「だって、時間を遡るなんて、そんなことがもし可能なら、今の物理学が根底から覆《くつがえ》ってしまうじゃないですか。でも予言が的中するっていうことなら、確率的にはものすごく低いことかもしれませんけど、でもそれだったらいちおうは物理学的に言っても決して起こり得ないことではないですし。それなのにあの電話では、物理的に可能な現象を説明するのに、物理的により不可能な事例を持ち出して根拠としていましたから。それでは説明になってないと私は思います」

篠崎さんは僕だけにではなく、テーブルに着いた全員に聞こえるように話していた。そして池田のほうを向いて言葉を付け足す。

「さっきはそういうことを言おうとしてたんじゃないんですか？ 予言はだから、たまたま当たったんだっていうふうに」

僕は篠崎さんの説を頭の中で吟味《ぎんみ》していた。すると話の方向性が見えてきたので、思いつくままを口にする。

「えーと、つまり、予言がたまたま当たったってことは、当たらなかったかもしれないってことですよね。それどころか、当たらないのが当然だった。というか、外れもたくさんあった。要するに、百発百中だと思うから不思議なわけで、下手な鉄砲も数撃ちゃ当たる方式で、たまたま当たったのが僕たちだったと思えば、あの予言も説明できる……んですよね？」

「だと思います」と篠崎さんはひとつ頷いてから、僕の話の後を継いだ。「風間さんって人がどういう人なのかはまだわかりませんけど、たぶん時間とお金を持て余している人で、毎日か、あるいは毎時間なのかもしれませんが、とにかく何時何分にどこどこで地震が起きますっていう内容の電話を、一日に何本も、何十本も掛けまくっているんだと思うんです。それが的中したときにはこうしよう、という筋書きも用意していて、で、何年も前からそういう電話を掛けまくっていて、もちろん予言だってその間は外しまくっていたわけです。電話する番号はコンピューターか何かで管理していれば、同じ人、同じ番号には二度と掛けないようにできます。そうやってずっと電話を掛け続けてきた結果として、今回ようやく、私たちに掛けたやつが、時間も場所も的中したっていうふうに考えれば——さっき、確率的にものすごく低いことが起こった、とかって話したと思うんですけど、そうやって考えれば、分母が大きくなるぶん、当たる確率も一桁や二桁は上がると思うんです。宝くじを一枚だけ買って当てるのは難しいけど、千枚買えば、もちろんそれでも当たる確率は低いですけど、一枚だけ買ったときよりは千倍も当たりやすくなるわけです。それと同じで——」

「そうですね。ええ。私も最初はそんなふうに考えました」

と、そこで不意に池田が口を挟んできた。話の切り出し方からすると、どうやら否定的な見解を述べるみたいだなと思って聞いていると、

「ただ、もし自分がそういう計画を立てたとして、考えてみるとですね、毎日毎日、何

本も、あるいは何十本も、見知らぬ相手に電話を掛けては、結局は予言が外れたってことの繰り返しですよね。それを何ヵ月も、あるいは何年も、毎日毎日繰り返している。その中には、せっかく地震が起きたのに、時間が数分単位で違っていたとか、あるいは時間はピッタリだったのに震源地が違ってたとかって場合も考えられますよね。そうやって惜しかったものも含めて、とにかく外しまくってきた場合に、はたしてそれをいつまで続けられるか——もし自分だったらって考えると、絶対に途中で根気が続かなくなると思うんです。単なる暇人にはそこまでのことはできないし、あるいはもっと切実な理由があったとしても、でもやっぱりそれを予言が当たるまでやり続けるというのは至難の業で、もし自分がそういうことを始めたとしても、絶対に、震源地とか震度とかはたぶん途中で止めにして、時間だけ当たればいいやっていうふうに予言の内容を変えてしまったり、あるいはその電話にしても、同じ内容を何人もの人に掛けるんじゃなくて、この電話では五時五分、次の電話では五時十分というふうにして、その場合、当たったとしても一人だけになっちゃうんですが、そういうふうにして、とにかく的中者をより早く出したいっていうふうになると思うんです。そうやって考えると、今回のように、何人もの人に同じ内容の電話を掛けて、それで時間ばかりではなく震源地も震度も当てているっていうのは、もちろん確率的には篠崎さんのおっしゃったとおり、あり得ることではあると私も思うんですが、それを掛ける側の心理まで考えてみますと、今回のような的中のさせ方はたぶんできないんじゃないかと思うんです。その方法だと、当たったとしてもたぶん一人だけで、あと予言の内容も、地震の発生する時間だけしか予言されていないとかって感じになるんじゃないかなと、私は思うんですけどね」

池田が話を終えて口を閉ざし、僕は何か言わなければとは思うものの、しばらくは溜息しか出て来ない状態が続く。

今の話にはかなりの説得力があった。それは僕も認めざるを得ない。しかし世の中には、常人には理解できない行動原理に従って動いている人もいるわけで、風間がそういう常軌を逸した人だと仮定すれば、まだ先ほどの説も完全否定されたわけではないのだが……。

「じゃあ池田さんは、風間が電話をたくさん掛けたっていう、まあ言ってみれば数撃ちゃ当たる方式には否定的な立場ってことなんですよね。それとはまた別に、あの予言を説明する方法があるっていうことなんですよね」

と僕が改めて訊ねてみても、池田は目を細めて静かに頷くばかりで、いっこうに自説を披露しようとはしない。

と、そこに——

「どうぞ。みなさんお待ちです」

ボーイの案内する声とともに、戸口に一人の男が姿を現した。がっしりとした体型で、背はそんなに高くない。オールバックの髪に細縁のサングラス、鼻の下には豊かな口髭を生やした、特徴的な顔立ちで、年齢は三十代半ばといったところか。ポロシャツの上に薄地のジャンパーを羽織り、下は穿き古したジーパンにスニーカーといったラフな格好をしている。

その姿を一目見た瞬間、こいつだ、と僕は直感していた。電話を通して聞いたあの声と、その外見とが、妙にマッチしている。

はたして、

「まだあと二人、いらしてないようですね」

そう言った男の声はまさしく、あの風間と名乗った電話の男のものだった。

3

あの不思議な予言の電話から、ちょうど四週間が経つ。そして今日、ようやく僕は、風間と名乗るあの謎の男と直接対面することができた……。

そう思うと、胸の裡《うち》がカッと熱くなった。

戸口脇に控えていたボーイに何か指示を与えた後、風間はゆっくりとした足取りで僕たちのテーブルに近づいて来た。彼の背後でドアが静かに閉まる。再び密閉された室内は、にわかに緊張の色を濃くした。

天童と横沢の間に無造作に腰を下ろした風間は、僕たちの顔を見回すと、

「誰がまだ来てないんでしょうね。みなさんはもうお互いに自己紹介などはされましたか」

と語り掛けてきた。その口調や態度には、自分こそがこの場に君臨するのに相応しいとでもいったような、絶対的な自信と余裕が感じられた。

その隣で天童が、紙束をテーブルの上に置き、ペンをその上にぽんと放って、座ったまま背伸びをするのが見えた。風間も来たし、さあこれからがいよいよ本番だ、といった感じである。

僕はふと思いついて、用意してきた筆記用具を鞄から取り出した。

誰も何も言わないので、風間は、

「ええと、じゃあ、順番に自己紹介をしていっていただきましょうか」

と右隣の横沢のほうを見て促した。そうか。風間だって僕たちの顔はまだ知らないんだ。そう思うと少しだけ、心に余裕のようなものが生まれた。

横沢と大森が順に名前を言った。その際に二人ともペコリとお辞儀をしたので、

「毛利です」

と僕も名乗りながらそれに倣《なら》った。その後も篠崎さん、池田、高橋と続き、最後に天童の番になったが、しかし彼だけは素直に名乗らず、代わりに、

「……タバコ、吸ってもいい？」

と風間に訊ねた。風間は眉毛をぴくりと動かしたが、さほど動じた様子はなく、

「あ、どうぞ。みなさんもよろしいですよね」と応じてから、「天童さんですよね」と訊ね返した。天童はタバコに火をつけると、つまらなそうな表情のまま軽く頷く。あの池田ですら気を呑まれたような素振りが見えた中で、彼だけは平静を保っているように見えた。

「ということは、ゴーハラさんと坪井《つぼい》くんが、まだ来ておられないってことですね」

残る二人はゴーハラと坪井という名前か。ゴーハラはたぶん「郷原」と書くのだろう。

「じゃあ、あと十分ほど待ってみましょうか」

「あの——」と、そこで不意に発言したのは高橋だった。

「やるんならさっさと始めちゃいませんか？　あと二人来るとかって言ってましたけど、時間に来なかったんだから、もう権利を放棄したって見なしてもいいんじゃないすか」

それに対して風間はおもむろに、

「……そうですね。でもまあ、もう少し待ってみましょう。それと、高橋さん、あと他のみなさんもそうなんですけど、ここにこうして集まった人たちは——まだ来られていない郷原さんや坪井くんも含めてですが、その全員がこれからは仲間として、一緒にいろいろとやっていくことになるわけですから、できればお互いにもうちょっと信頼し合って、打ち解けていただけると、私のほうとしてもありがたいのですが」

という風間の言とは逆に、場の雰囲気はよりいっそう、気まずいものになりつつあるように思えた。根強い不信感が、彼と僕たちの間、あるいは僕たち同士の間にも、厳然と横たわっている。

と、そこへ、

「こちらです」

ボーイの声とともにドアが開かれ、戸口に少年がひとり現れた。少年といっても、それは外見からのイメージで、実際には二十歳そこそこといった頃合か。長髪を、茶髪というより金髪といったほうが近いほどまでに脱色している。小柄で痩身、細身のジーンズに、長袖のカッターシャツは裾を外に出して着ている。リュックサックをひとつ、ずだ袋のように右肩から背中に掛けている。全体の印象は、どこか不健康で弱々しいといったものだったが、前髪の隙間から覗く眼差しには、反抗的な色が窺えた。

「坪井くんですね。ようこそ。とりあえず空いている席に座ってください」

風間にそう言われて、少年は無言のまま、天童と高橋の間に着席した。

三分ほど経って、最後のひとりが現れた。

「失礼します。最後のお方がお見えです。……こちらです」

というボーイの言葉とともにドアが開けられて、姿を現したのは、予想よりは高齢の——たぶん六十歳くらいなのではないか——ひとりの男だった。

「あ、郷原さんですか。どうぞ、そちらのお席へ」

風間が椅子に座ったまま、手先だけで席へと案内する。最後に登場した男は、体型は小柄ながら、この場の最年長者に相応しく、物腰には威厳のようなものが感じられた。

彼が着席するのにタイミングを合わせて、ボーイが何人か入ってきて、僕たちに給仕をし始めた。その間だけは、まるで普通の会食の席のように場が賑わっていたのだが、やがて給仕が下がり、密室に僕たちだけが取り残された後は、またあの重苦しい雰囲気が戻ってきた。

「とりあえず、乾杯をしましょう」

招待主だけが、ひとり飄然《ひょうぜん》としている。僕はみんなの動向を窺いながら、結局は烏龍茶の入ったグラスを手に取った。

「では、我々の出会いと、将来の新しい旅立ちを祝して、乾杯」

その音頭に唱和はせずに、僕は中途半端な気持ちのまま、形だけ、グラスを目の前に掲げてみせた。

会食の席はそうしてスタートした。料理を食べながら、さっそくリピートとやらの説明が始められるのかと思いきや、

「まあ、説明も質問も、先に食事を済ませてからということにしましょう。時間のほうもまだたっぷりとあるわけですし」

風間はそんなふうに言った。

僕はチラリと横目で池田の様子を窺った。何となく、彼が僕らの気持ちを代表して、風間に意見してくれるのではないかと思ったのである。しかし見れば、池田は平然とした顔で、料理に箸をつけていた。

4

給仕のための人の出入りなどもあったので、たしかに食事の間は秘密の話をするには不向きだったかもしれない。その間の印象を一言で言えば、料理は美味《うま》かったが場の空気は気まずかった、ということになるだろうか。

コースの終わりを告げるデザートと飲み物が各自の前に給仕され、最後に飲み物の入ったポットを給仕台に置いたボーイが一礼して部屋を出て行ったところで、風間がひと

つ咳払いをしてみんなの注目を集めた。

「さて、もうこれで、料理のほうはいったんおしまいになります。みなさん、充分に堪能されたでしょうか。まだ食い足りない、という方がもしいらっしゃいましたら、追加注文もできますが——いらっしゃいませんね。……では、そろそろ、本題のほうに入りましょうか。ちなみにこの部屋は今日一日、夜の閉店の時間まで、借り切ってあります。邪魔はしないようにとも言ってありますし、時間はたっぷりとあります。……ではいよいよ、リピートの説明を始めることにしましょうか」

いよいよ始まったか。僕はいったん仕舞っておいた筆記用具を再び用意し、固唾《かたず》を飲んで続く言葉を待った。

風間はテーブルの端から端までを一度見わたしてから、説明をスタートさせた。

「仕組みを簡単に言えば、こういうことなんです。十月の終わりごろ——だからあと一ヵ月ほど後ですね、その日のある時刻になると、ある場所に、口が開くのです。何と言うか——時空の裂け目、とでも言いましょうか。で、そこに入ることによって、今年の一月の時点へと、時間が戻ってしまうわけです。十ヵ月ほど時間を遡って、そのときの自分へと意識が戻ってしまう。その時空の裂け目に入りさえすれば、ですね。そうすれば、誰であろうとも過去へ戻れる。……簡単に言うと、まあ、そういうことになりますかね」

「あ、ひとつ質問をしてもいいですか？」

そこで口を挟んだのは、やはり池田だった。

「その、ある時間ある場所、っていうのは、具体的にはいつのことでどこのことなのか――それはまだ教えてはいただけないんですか？」

「場所については、今はまだ、みなさんにお伝えすることはできません。時間に関しては、だいたい一ヵ月後というあたりを目安に、理解しておいていただければと思います。事前になったら、そのあたりのことも、もう少し詳細にお伝えすることができると思うのですが」

風間はそこでひとつ咳払いをして、

「なぜ今、そういったことを言わないのかといえば、こちらの――私のほうの、用心のためです。今あなた方に時間と場所を教えてしまって、それがもし予定外の人たちに伝わってしまったとしたら、無用な混乱を招く恐れがありますのでね。そのあたりも後ほど、詳しい説明をするつもりですが、リピートは、とにかく限られた人数で、充分にコントロールされた状態で、行うべきものなのです。だから今はまだ、詳しい日時などは申し上げられないのです。……用心のために」

風間はそう言って、右手で口元の髭をざらっと一撫でした。

「だったらその……いつになったら過去に戻れるのかっていうんじゃなくて、その戻った先が一月の、具体的に何日の何時に戻るのか、っていうほうは、別にここで言ってしまっても問題はないんですよね？」

「そうですね。じゃあ言いましょう。戻るのは、一月の十三日……日曜日ですね。その夜の、十一時十三分に戻ります。正確に言えば、十一時十三分七秒という時刻です」

一月十三日。日曜日。その日がどんな一日だったか、僕は記憶を思い巡らせてみたが、半年以上も前の特定の一日のことを何の資料もなしに思い出すのはほとんど不可能に近いと、そう思い知らされるのみに終わった。

その日時を聞いていちばん顕著な反応を見せたのは、坪井少年だった。声変わりを経ていないかのような高い声で、

「十三日の夜って、それは——戻る先は、変更できないんですか？　たとえばもう何日か前にとかって」

「それは残念ですが、動かせません。必ず同じ日の同じ時刻に戻るのです」

「じゃあ、意味ないじゃん。ぜんぜん」

そう言って口を尖らす。何のことを言っているのか、僕は一瞬ピンと来なかったのだが、

「でも、坪井くん。二次試験には間に合うでしょ」

という風間のひと言で合点がいった。少年はセンター試験のことを言っていたのだ。つまり彼は一月の時点では受験生であり、今は大学の一年か、あるいは浪人生か。

たしかに、もし本当に試験前に戻れるのならば、出題される問題は現時点ですべてわかっているのだから、記憶力さえしっかりしていれば、試験で満点を取ることも可能である。受験生にとって、これは夢のような話だろう。たとえセンター試験には間に合わなくとも、風間の言うとおり、二次試験で優秀な成績を収めればいいのだ。

といっても、それはあくまでも、そのリピートとやらを信じればの話だが。

「いいですか？　池田さん。話を先に進めても」

風間が言い、池田は無言で頷く。

「そういったわけで、出発日や当日の集合場所などについては、また追って連絡があると、そんなふうに了解していてください。今回の旅行の大まかな説明は、今ざっと申し上げたとおりです。……他に質問のある方は？」

「メンバーは？　ここにいる十人で全員なわけ？」

天童が素早く質問を挟む。僕はなんとなく、目の前のテーブルを、端から端までぐるりと見わたした。

「そうです。ただもちろん、みなさんの中で仮に辞退なされるという方がおられましたら、そのぶんまた別な誰かを補充するか、あるいはもしそれもかなわなければ、九人なり八人なりでスタートするということになろうかとも思いますが」

「十一人とか十二人とかっていうのはダメなの？　たとえば俺が、自分の恋人を連れて行きたいとかって言い出した場合には――」

「定員は十名と決まっています。だからたとえそれがみなさんにとって大切な家族だろうが誰だろうが、追加で連れて行くということはできません。だからこそ、みなさんには、家族にも誰にもリピートのことは言わないでおいていただきたいとお願いしていたのです。……それはみなさん、守られていますよね？　天童さんはまさか、その連れて行きたいっていう人には――」

「たとえばの話って言っただろう。現実にはそんな相手はいねえし、誰にも言ってねえ」

「そうですか。……他のみなさんも大丈夫でしょうね。もし誰かに秘密を洩らしたという方がおられましたら、正直におっしゃってください。……おられませんね」

風間が一座を見回す、そのしぐさにつられて、僕も左右をキョロキョロと見わたしてしまった。誰もが口を閉ざしている。

「ではまず最初に、私が使っている特別な言葉遣いのほうから、説明しましょうか。それが一番手っ取り早いように思いますので。では最初にまず、すでにみなさんには説明をしていますが、《リピート》という言葉からいきましょうか。今年の十月のある日から、一月十三日の夜に戻る時間の旅を――というよりは、そうして戻ったことによってやり直すことのできる人生を、ですかね――私たちはそう呼んでいます」

「私たち？」と素早く訊き返したのは天童だった。

「ですから、この場にはおられませんが――次に行くのはこの十人ですからね――でも私とともに、アールハチ……そうでした。それも説明しなければならないことでしたね。やっぱりそもそもの始まりから説明しましょうか」

風間はそこでひとつ大きく息を吐き、間を取った。

5

「最初は偶然でした。私と、あと三人、そのときは仲間がいたのですが、その四人が、十月のある日、ある場所に行ったんですね。そこは普段からあまり人が来ない場所なのですが、そのときはたまたま私たち四人がそこにいて、そしてその四人が一緒に飲み込まれたんです。先ほど説明しました、時空の裂け目とでも言うべきものに。そして気がついたら次の瞬間、私は自宅のベッドの上でハッと目を覚ましたのですが、そのときは何が起きたのか、まったくわかりませんでした。しかし日時を確認すると、一月十三日になっているじゃありませんか。最初は次の年の一月だと思いました。四人で事故に遭《あ》って……だから三ヵ月ほどですか、その間、ずっと自分が意識を失っていたのだと。そんなふうに解釈しました。しかしよくよく確認してみると、それは来年ではなく、今年の一月でした。そんな馬鹿なと思いましたよ、私も最初のときは。だって二月も三月も、ずっと、十月まで、私はすでに今年を経験済みなのですから。それなのにテレビのニュースでは、もう十ヵ月も前に見た憶えのあるニュースばかりが流れています。

いったいこれはどういうことか。世の中のほうが間違っているのか、それとも私ひとりがおかしくなったのか。いえ、私だけじゃありませんでした。一緒にリピートした三人も、同じような体験をしていたのです。同じように、自分は十月にいたはずだと認識していましたし、今が一月なのはおかしいと、四人ともが思っていました。それでも現実は現実として、今が一月だということも、それはそれで認めなくてはなりません。変なことを言って、まわりから気が狂っていると思われるのが怖かったので、私たち四人はそのことを誰にも言わずに、二度目となる今年をそのまま十月まで過ごしました。

そのときに、私ともう一人の仲間が、同じようなことを思いついたのです。このやり直しの人生で、もう一回あそこに行ってみたらどうなるか。また同じように時空の裂け目が口を開けて、そしてそこに落ちたらまた今年の一月に戻れるのだろうかと。それは確かめてみる価値のあることだと、私ともう一人の仲間は思いました。純粋に、好奇心をくすぐられたということもあるのですが、それ以外にも――そう、最初のやり直しのときには、もちろん準備などはできていませんでしたので、だからたとえば競馬で稼ごうと思っても、どんなレースでどんな馬が勝ったのか、ということを憶えていなかったら、それができないわけです。そうなると、人生をやり直したメリットがない。でももう一回、やり直しのやり直しができるのならば、今度はいろいろとネタとして使えそうなことを一生懸命に憶え込んで行って、そうすれば、競馬で大儲けすることだってやろうと思えばできるわけです。というわけで十月のその当日に、また同じところへと行ってみたら、案の定、またリピートすることができたんですね。

で、そのときに一緒だったもう一人の人っていうのは、そのやり直しの人生で思惑通りに大儲けをすることができて、それで満足しちゃったんですね。だからアール――えー、そのときの人生で――ここで説明しておきましょうか。私にとって最初の人生――オリジナルの人生のことを、私はアールゼロと呼んでいます。アールはリピートの頭文字ですね。オリジナルだからリピートの0回目で、だからR0で、そして次の、仲間四人とわけがわからずにとにかく過ごした、一度目のやり直しがR1で、それから私ともう一人とでもう一回やり直した人生がR2というふうに、呼び方を決めたんです。普通なら八五年とか九〇年とかというふうに呼んだり、あるいは去年とか二年前とかっっていう呼び方もありますが、同じ年を何度も繰り返している私たちにとって、その繰り返しの二回目と三回目を区別するのに、何年という言い方ではできませんし、去年という言い方も紛らわしいので、だからそういうふうに、Rいくつというふうに呼ぶことにしたのです。

で、話を戻しますと……えーと、何の話からこうなったんでしたっけ？」

風間が混乱した様子でそう訊ねてきたのに、

「私たち。それと、アールハチ」

天童が即座に応じた。僕も風間と同じように、話の筋道を見失っていたので、天童のその一言には本気で感心してしまった。ノートの書き付けの該当箇所を確認する。

「そうでしたね」と風間が話を続ける。「そういうことがあって、R２までは仲間がいたのですが、私ひとりでR３を経験し、R４を経験してみて思ったのが、やはりひとりでは面白くないということですね。仲間が欲しい。ということでR５では身近な人たちに声をかけて、連れて行ったのですが……そこでちょっとしたトラブルが起きましてね。結局ひとりでR６へ行って、でもやっぱりひとりでは淋しいということで、R７ではまた別な仲間を連れて行くことを考えたんですが、そのときに、今回のような方法を考えましてね。それでR７からR８へと、仲間を九人連れて行きました。そのときには過去の失敗の経験を活かして、周到な用意をさせていただいたので、結果的には大成功でした。彼らはR８でやり直しの人生に入って、たとえば競馬で大儲けしたりなどした結果、大満足のまま、そのままR８で十一月以降の人生を経験している——はずです。私は十月にまたこちらに戻って来てしまったので、彼らのその後は知らないのですが。そして、R8から今回のR9に来るときにも、また同じように九人の仲間を連れて来たんですね。……そう、私にとって今は、実に九回目の繰り返しになります。九回目のやり直し。だからR9ですね。そう、オリジナルの人生を入れれば、この九月二十九日という日を迎えるのは、私にとって今日が十回目だということになります。

で、このR8だとかR9だとかっていう呼び方は、私以外の仲間というか、毎回九人のゲストを連れて行くわけなんですが——あ、この《ゲスト》というのは、これは別に説明しなくてもわかりますよね。ついでにもうひとつ、よく使う用語に《リピーター》というのもあるんですが、まあこれも説明は不要でしょうね。で、ゲストの方々にとっては——たとえばみなさんにとっては、これがオリジナルの人生であり、言ってみればR0ですね、そしてもしリピートができたときには、それがみなさんにとってはR1に相当すると思うのですが、そうではなく、ゲストの方々にも私と同じように、前回がR8で今回がR9、そしてみなさんがリピートした後には、そのやり直しの人生のことをR10と呼んでいただくように、お願いしたいと思っています。これは私とゲストの方々との間で会話をする際に、無用の混乱を避けるために毎回そうしていただいてるのですが、よろしいでしょうか」

「えーと、じゃあ、この世界には、R8から来たっていう——その、ゲストっていうのが、風間さんの他にも九人いるってわけですよね？」

高橋が眉間に皺《しわ》を寄せて質問をすると、「そうですね」と言って、風間はにこやかな表情で頷いた。
「さて、リピーターが、では実際どんなメリットを持っているのか——どんなアドバンテージを持っているのか、という話を考えてみますと、唯一、未来の記憶を持っているというところが、他の、普通の人たちとは違っているわけです。でもそれは、あくまでも記憶だけの話で、たとえばリピートする前に、何かを一生懸命メモに書いておいたとしても、そのメモは過去へは持って行けないわけです。だから過去に持って行けるのは本当に記憶だけなんですね。……だから坪井くんにしても、目的の大学に合格するためには、二次試験に出る問題を、今のうちに——リピートする前に、ちゃんと憶えて行かないといけないわけです。競馬で儲けたいという人は、今年の一月以降のレース結果を今のうちにちゃんと憶えておいて、リピートに備えておかなくてはならない。そのために、出発日ギリギリに、ではなくて、一ヵ月前のこの時期に、こういった説明会を、みなさん方に対して行っているわけです。それでみなさんに、準備のための期間を与えてさしあげましょうということでね」

6

風間が立ち上がり、給仕台からポットを持って戻ってくると、自分のカップにお茶を注ぎ足した。それが手渡しで回される。僕も自分のカップにお茶を注いだ。天童はタバコに火をつけている。

ポットがひと回りしたところで、再び風間が話し始めた。

「さて、ではリピーターの心構えについて、お話ししておきましょう。ここが肝心な点です」

と言って、一瞬の間を置いてから後を続ける。

「注意点はすべてリピート後の生活についてなのですが、まず一点。リピートの秘密は決して誰にも洩らさないでください。リピート後に、もしみなさんがその気になりさえすれば、たとえば私がみなさんにしてみせたように、地震や何かを予言することもしようと思えばできるわけですが、それだけは絶対にやらないでください。それはマスコミ相手はもちろんのこと、それ以外の、たとえば身近にいる家族とか友人とかが相手であっても同じことです。九月一日の午後五時四十五分に、あ、地震が来るな、とわかっていても、誰にも決して予言めいたことは言ってはいけません。

わかりますよね。リピーターというのは、他の普通の人々から見れば、これはもう、要するに、狡《ずる》い存在なわけです。なぜなら、彼らはこれから起こることを、もうすでに知っているというのですから。それではもう勝負にならない。フェアじゃない。そんな人がこの世に存在しているとなれば、競馬などの公営ギャンブルだって成り立たないですし、他にも——たとえば学校の試験だって、あるいは株取引などの経済だってそうです。そういったことはすべて、参加者がみんな公平な条件のもとで、それぞれが運と実力を懸けて勝負をする、ということが前提となって、成り立っているわけです。ところがリピーターというのは、そこでズルをしている。だからもう、存在していること自体が、社会の根幹を揺るがすような、そういう存在なわけですよ、私たちリピーターというのは。だからもし、そういう存在がこの世にいると知れた場合には、私たちは一般の人たちから妬《ねた》まれるでしょうし、あるいは私たちの知識を利用したいと思う人たちも当然出てくるでしょうし、とにかく社会から快く迎えられることはない。それだけは確かです」

社会から快く迎えられることはない。

僕は思わずハッと息を飲んだ。改めて風間の表情を窺う。サングラスの奥に隠された目の色は見て取れず、その顔は能面のように無表情に見えた。

「ただ、みなさん方の場合には、普通の一般の人たちとは違って、今後はみなさんがそういう特権的な、リピーターという存在に自らがなると、そういう形でお誘いしているわけですから、私もみなさん方から怨《うら》まれたり妬まれたりすることはおそらくはないと信じて、今日のこの場に臨んでいるわけですが、それでもいちおう、それなりのリスクは背負って来ているわけです。だからみなさんも——これからリピートすることになるわけですが、そこで自分がリピーターであるということは、絶対にひとに覚《さと》られないようにしてください。もしそこで秘密が洩れてしまった場合には、その秘密を洩らした当人ばかりではなく、他にも仲間がいるらしいとなって、芋蔓《いもづる》式に、他のメンバーたちにも害が及びかねませんからね。そのへんのことを、未経験の方たちは意外と軽く見ていがちで、だから毎回ゲストをこうしてお招きするにあたっては、常にその点をくどいほど何度も注意させていただいてるわけです」

超能力者を自称する人が、たまにTVなどに登場することがあるが、その中のひとりでも、もし仮にその能力が本物だと証明された場合には、世の人々はいったいどういった反応を示すだろうか……。

彼の予言がことごとく的中したとしたら。それがマスコミによって大々的に報道されたとしたら……。

彼が競馬をすれば、便乗買いで彼と同じ馬券ばかりが売れるだろう。いや、彼が買うまでは誰も馬券を買わなくなるのではないか。競馬というシステムが彼ひとりのせいで台無しになってしまうのだ。

妬まれるどころではない。彼はきっと自由ではいられなくなるだろう。政府に利用されるかもしれない。あるいは殺されるかもしれない。とにかくマトモな人生を歩めなくなるのは確かだろう。

そして風間の説明によれば、リピーターもその点では同じだという。

そうなのだ。もしリピートが本当のことであるならば、リピーターは、超能力者と同じような存在なのだ。リピーターは予言者なのだ。予知能力者なのだ。

ただし十ヵ月間限定ではあるが。

風間の話は続いていた。

「あと、できればみなさんには、リピート後もオリジナルの人生と同じように生活していただくことを、基本的にはお奨《すす》めします。いえ、たとえば競馬や株で大儲けをしたければ、それはご自由にしていただいてもよいのですが、ただそうして儲けたお金はすぐに使い始めるのではなくて、できれば十一月以降に、つまりリピート期間が終了した後になるまで、そのまま取っておいていただきたいのです」

「銀行強盗が仲間によくそういうことを言うね、映画とかだと」と天童が口を挟んだ。

「急に金遣いが荒くなって、誰かに目を付けられたらまずいってことか」

「もちろんそれもありますが、もうひとつ、日常レベルでの、みなさん自身の安全のためということもあります」

「日常レベルの安全、というのは？」

「えー、要するに、元の人生となるべく同じように過ごす。元の人生と同じことをする。結局はそれがいちばん安全なんですよ。元の人生と同じことをしておけば、そこでマイナスは発生しないですよね。つまり、そうすれば、元の人生が最低ラインの保証になります。それ以下にはならないという。……それを、たとえば会社を辞めてしまったり、海外旅行に行ったり、そんなふうに、元の人生では経験しなかったようなことをしてしまうと、それは当然、初めての経験なわけですから、そこには何の保証も得られないわけで、多少のリスクは生じる。場合によっては、そこで事故に遭ったり強盗に襲われたりする危険も、可能性としては考えられるわけです。だから基本的には元と同じ人生の過ごし方をして、その中で、たとえば仕事上のちょっとしたミスなどは別に避けていただいてもいいですし、雨が降ると前もってわかっていれば、元の人生では傘を持ってなくて濡れたけど、今度は傘を持って行こうとか、そういう細かい部分では、別に忠実に繰り返さなくてもいいわけです。そういう場面では、リピーターの特権を大いに使っていただきましょう。それとともに、株や競馬で大儲けしていただいてもいいです。ただし儲けたお金を使うのは十一月以降にしていただいて。そんなふうにリピーターのメリットを使うのが、いちばんローリスクでハイリターンだと思ってオススメするわけなんですが、ただそれでは意味がないという場合もありますので、そこはまあ、人それぞれというふうに解釈していただいても構わないのですが。……たとえば坪井くんの場合には、今回と同じように生活してくださいと言われても、浪人生をもう一度やり直すのでは、それでは意味がないわけですよね」

風間の話からすれば、少年はやはり浪人生のようだった。話題に上った当人の様子を観察すれば、金色の前髪の陰で相変わらず拗《す》ねたような表情を見せていた。

風間の話は続いている。

「人生をやり直せると言われたときに、彼の場合には、大学に合格するということが、いちばんの目的のようですから。……で、今年の一月に戻って、R10で、坪井くんがめでたく大学に合格できた場合には、もうそれ以降は、今回の人生とはまったく違った生活を送ることになります。そうなると、身近なレベルでの未来の記憶は、もう使う場所がなくなります。今年の四月以降にできた友達というのがもしあったとしても、R10では大学に合格するわけですから、その友達とも出会わなくなりますし、だからその友達との間に発生した記憶はすべて無駄になる——というか、使い道がなくなります。一方で大学では、今回のR9では出会わなかった新しい友達ができ、新しい授業を受け、新しい生活が始まります。未来の記憶を活かす場面はありません。つまり坪井くんがもし、リピーターの利点を活かして、R10では大学に合格したとしたら、それで坪井くんはリピーターのメリットを使い果たしたような状態になります。まあそれでも、競馬の結果とか、社会的な事件など、マクロなレベルでの記憶はそのまま通用するわけですが。そしてその場合、坪井くんはそれなりのリスクは背負う覚悟が必要となるわけです。でも彼の場合には、そうしなければ意味がない。……そうですよね。でもそうじゃなくて、他の人の場合には、たとえば競馬で儲ける程度のことだったら、とりあえずリピート期間の終わるまでの間は、会社も辞めず、引越しとかもせずに、元の、オリジナルの人生と、少なくとも表面的には同じように生活してゆくのが、いちばんリスクが少なくてよいんじゃないかなと思うわけです」

坪井少年は風間の話の途中から何度も頷いていた。彼の場合には、リピートがもし本当に叶うのだとして、それをどういうふうに自分の人生に活かすべきかという計算は、すでに立っているのだろう。

翻《ひるがえ》って考えるに、僕の場合はどうなんだろう？　過去に戻れる——今年の一月に、もし本当に戻れたとして、僕はそのメリットを、どんなふうに活かすべきなんだろう……？

7

「とにかく、リピーターのメリットは、未来の記憶を持っているという、その一点に懸かっているわけです。それしかない。おまけにそのメリットも、使える範囲というのが限られているわけです。たとえば身近なレベルの出来事に関する記憶は、自分の生活スタイルが変わってしまえば、もうそれで役に立たなくなってしまうわけですし——さきの坪井くんの例でも言いましたが、あるいはまた別な例で、たとえば自分の身近な人が、今回の人生で、不慮の事故に遭って亡くなった、なんてことがあったとしましょう。ところがリピートした先では、自分はその事故の起こることを前もって知っているわけですから、それを未然に防ごうと思えば防げるわけですよね。ただそうして、本来なら死ぬはずだった人を助けてしまったら、それ以降は——特にその人が、自分にとって本当に身近な人であればあるだけ、もう、その事故の起こる・起こらないっていうのは、自分の人生を大きく変えてしまう出来事になるわけで、それこそ坪井くんにとっての大学受験にも匹敵する、人生の分岐点になってしまうわけです。

前の人生では、その人はその時点で死んでしまっていたのに、新しい人生では、自分が助けてしまったがために、その人はそれ以降も生きている。だからそういうことをしてしまうと——人の命を救うというのは、基本的にはよいことのはずなのですが——一度そういうことをしてしまうと、もうそれ以降の人生は、前の人生とは、もうまったく異なってしまうわけです。だからせっかく記憶してきた未来の記憶も、それ以降はもう、ほとんど役に立たなくなってしまう。

だから——まあこれは極論ですが、自分の身の安全、あるいはリピーターのメリットを第一に考えた場合には、たとえ身近な人が今回の人生で、不慮の事故で亡くなっていたとしても、次の人生でもその人を助けずに結局は見殺しにする、というのが、リピーターとしては最善の選択なのかもしれません」

話を聞きながら、僕は、これはゲームなのだと思い込もうとした。リピートという現象がもし本当にあったとしたら、という前提に立った、思考実験のようなもの。

そういう前提に立って考えた場合、風間の話はよくできていると思う。特に今の部分――リピーターは自分のメリットを保つためには、他人を見殺しにする非情さも時として必要なのだというくだりなどは、聞いていて背筋がぞくりとした。いくら作り話にしても、そういう発想はなかなか出てこないように思う。

「前の人生の記憶が、リピートした先でも役に立つのは、一月以降の歴史が毎回、同じように繰り返されるからなわけです。ところがそこに、不確定の要素が加わる――言うまでもなく、それはリピーター自身の存在です。彼らは人生をやり直そうとしている。つまり前の人生とは、何か違ったことをする、最初からそのつもりで来ているわけです。で、彼らが何か違ったことをすれば、それにつれて歴史も、大なり小なり、影響を被《こうむ》ることになります。その影響が、たとえば自分の身のまわりでいったん出始めてしまったら、もうその先はどうなるか、まったくわからなくなってしまいます。せっかく憶えてきた前の人生の記憶も、もうそこで役に立たなくなってしまいます。……そう、みなさんは《カオス理論》という言葉を耳にしたことはありませんか？」

カオス理論――正確な意味は知らないが、単語としては聞いたことがある。僕はその言葉をノートに書き付けてから、みんなの様子を窺った。高橋がキョトンとした顔のまま、左右を見ているのが目に入った。彼はその言葉を聞いたこともないらしい。

「――なるほど」

声のしたほうを見れば、納得顔の天童が、ひとりウンウンと頷いて、

「つまり、いったんレールを外れちまうと、あとはもうどんどん、前の人生との違いが広がってくばかりだ、ってことだろ？」

「そうです」と風間が満足げに頷く。「いったん事が変化し出したら、あとはもうその変化が飛躍的に増加するばかりで、予想が立てられなくなる――というのを、数学ではカオスと言うらしいですね」

なるほど、と僕はつい納得しかけている自分に驚いてしまった。

いや――これが本当に作り話……なのだろうか？

風間の話が持つ、このリアリティ、このディティール……。

僕が今回のリピートうんぬんの話を頭から否定して、この場に臨んでいたのは、そもそも時間旅行などということがあり得るはずがない、という常識に依拠しているはずだった。しかしその依拠すべきはずの常識も、風間があの地震をどうして予言できたのかという、その説明がいまだにつけられていないために、すでに揺らいでしまっている。

「まあ、ざっとこんなもんですかね。……何か質問などがあったら――はい。高橋くん、でしたよね？」

「あの、さっき訊こうと思ってたんですけど――」

威勢よく挙手をしたのは、紫シャツの高橋だった。

「風間さんは、たとえば今日の競馬の結果も、知っておられたりするんですよね。それをオレらに教えてくれたり——っていうのは、しちゃったりしてはいけないわけなんですか？」

丁寧な話し口調には慣れていないのだろう、あやしい言葉遣いであった。

「それは……申し訳ないですが」

風間は首を横に振った。高橋はそれでは満足できない様子で、

「だって、この世界にも、その、R8から来たゲストっていうのがいて、その人たちは競馬で大儲けしてるんですよね？　今なら馬連《うまれん》もあるし、きっとそいつら、万馬券とかも平気で当ててるんだし、そうやって考えると、別にオレたちにも同じように——」

と言い募《つの》ったが、風間は最後までは言わせなかった。

「私が今回こうしてみなさんに、リピートの秘密を打ち明けたのは、そんな形でこのR9の世界でひと儲けしていただくため——ではありません。あくまでも、私と一緒に一度リピートを体験してみませんかと、そうお誘いをするために、秘密を打ち明けているのです。ですから高橋くんも、そのお誘いに乗りさえすれば、リピートした先の、次のR10の人生では、そんな、ひとのおこぼれを頂戴《ちようだい》する、みたいな形ではなく、ご自身の記憶を活かすことによって、それでもう、好きなだけ競馬で当てたり、とにかく何でも思いどおりにできるわけなんですから。……あと、ここで下手に情報を与えて、みなさんを儲けさせてしまったら——それでみなさんが、もういいや、人生をやり直さなくても、別にこのままでいいや、というふうに考えられてしまっては、お誘いをしている私

からしてみたら、それでは困るわけです。だから今日の競馬の結果にしても、私はもちろん知っているわけですが、でもそれはみなさんには言えないわけです。……よろしいですか。はい。では他に何か——ありませんか？」

訊くべきことはいっぱいある——そう思うのに、では具体的に何を訊いたらいいのかと考えると、特に何も思いつかない。そして、「あ……」と声が洩れたときには、

「では私から話しておくべきこともすべて話しましたし、そろそろ私はこの場から退散いたしましょう」と言って、風間はすでに立ち上がってしまっていた。

「あっと、その前に——」

と言いながら、彼は足元から手提げ鞄を取り上げてテーブルの上に載せ、中身をごそごそと探りはじめた。

取り出されたのは九つの封筒で、ひとつひとつがかなりの厚みを持っていた。

「そのまま座っていてください。これをお配りします」

風間がテーブルのまわりを一周しながら、各人の前にその封筒をひとつずつ置いてゆく。大森がさっそく封を開けていたので、僕も自分の前に置かれた封筒をすぐに取り上げて、中身を確認し——絶句した。

一万円札の束で、帯封がされている。

百万円。

封筒から取り出して、札束の端を指で弾くようにして確認してみた。すべてが一万円札だった。

「これはまあ、今日のお足代――にしては、ちょっと多すぎるようにも思いますが、まあ、あとはリピートの支度金というふうに考えていただければ」

風間はそんなことを言いながら封筒を配り、そして自席に戻ると、

「では、私はこれで、この場を後にしようと思います。ただ、みなさんはそのままここに残っていただいて、できればお互いの親睦などを深めていただきたいのですが。一緒にリピートする仲間ですからね。今日は閉店までこの部屋を取ってありますので、忌憚《きたん》なくお互いに意見交換などなさってください。私のことを信用するかしないか、本人がいないほうが話が弾むこともあるでしょう。……それでは」

呆気《あっけ》に取られている僕たちを残して、特別室から出て行ってしまった。

ドアが閉まった瞬間、僕は反射的に立ち上がったが、それ以上はどうすることもできなかった。今すぐ風間の後を追って部屋を出て、彼に追いついたとしても、そこで自分が何をすればいいのかがわかっていない。

手元には百万円の札束が残されている。

僕はその場に馬鹿みたいに立ったまま、他の八人の様子を窺った。池田も、天童も――誰もが呆然としているように見えた。

8

最初に発言したのは高橋だった。

「ほらね。全員のぶんで九百万円。風間さんが本当にリピーターで、競馬でいくらでも稼げるから、こんだけのお金もぽんと出せるってわけ。違う？」と勝ち誇ったように言う。

「とりあえず座って落ち着けよ、毛利」と天童に言われて、僕は素直に着席した。手にしていた札束をどうしていいかわからず、とりあえずテーブルの上に置く。すると右隣の篠崎さんも同様に、封筒を気味悪げにテーブルの上に置いて、

「このお金、どうします？」と、すがるような視線を僕のほうに向けてきた。

それを聞いた高橋がすかさず、「あ、もしいらないんだったらオレに頂戴」とずうずうしいことを言う。

いや、今はそんなことを個別に話している場合じゃない。

「えー」と声を出して、とりあえずみんなの注目を集めた。「すいません。僕なんかが仕切るのも何なんですが、もし他に誰もいらっしゃらないようでしたら、とりあえず僕が話の進め役っていうか、そういうのをさせてもらってもいいですか」

特に誰も何も言わなかったので、それを肯定の意と取って先を続ける。

「じゃあとりあえず、ここで何を話し合ったらいいのかってところから始めましょうか。それについて何かご意見のある方は……あ、天童さん、何かあります？」

天童が例の、険のある目つきで僕のほうを見ていたので、話を促すと、

「何を話すにしても、とりあえずその前に、みんなのそれぞれの立場をハッキリさせときたいんだけど。立場は三つで、リピートを百パーセント信じるか、半信半疑か、百パ

ーセント疑ってるか。そんなところから始めたら？」

それに対しては、特に反対意見もない様子だったので、僕は挙手でアンケートを取ることにした。結果、百パーセント信じるというのが高橋と坪井の二人で、半信半疑なのが天童、横沢、郷原、僕、……そして篠崎さんも迷いながらここで手を挙げた。

「そうすると、大森さんと池田さんのお二人は、百パーセント疑っているということでいいですか。そう言えば池田さんは最初、あの予言は合理的に説明できるというようなことをおっしゃってましたよね。……あ、郷原さんと坪井くんは、まだそのときにはいらしてませんでしたけど」

そこで僕は、篠崎さん考案の数撃ちゃ当たる説をまず説明して、それが池田によって否定された経緯を、遅れてきた二人に向けて説明した。

「だから池田さんの説は、それよりも説得力があるということになるわけですが、そろそろそれを説明していただいてもいいですか」

僕がそうして促すと、池田はおもむろに頷いて、朗々とした声で話し始めた。

「この百万円にはビックリしましたが、逆に言えばこれでハッキリしました。たぶん私がこうして見抜いてしまうことは想定外だったかと思いますが、見抜いてしまったものは仕方ないと思って諦めていただくしかありません。わかってます。これは要するに、ドッキリなんですよね？　ねえ毛利くん」

いきなり話しかけられて、僕は「えっ」と言ったきり言葉に詰まる。その口ぶりからすると、僕がドッキリの仕掛け人だと思っているらしい。

テーブルの反対側で、天童がふんと鼻で嗤うのが聞こえた。

「ドッキリって、テレビ番組でよくある、あれのことですか？」と僕が聞くと、

「だからもう演技はしなくていいんだってば。わかってるから。って言っても、みんなはただのエキストラだろうから、それは自分の判断では決められないんだろうね。じゃあどうすれば終わるのかな、これ」

「ちょっと待ってください」僕は慌てて反論した。「そりゃ、たしかにこの状況は、ドッキリとかそういう番組の仕掛けっぽいですし、正直言えば僕だってその可能性は考えましたよ。リピートの話が嘘だとしたら、代わりにこんなことをする理由として考えられるのはそれぐらいしかないですからね。でもそれは、何のためにこんなことをしたかっていう説明にはなっていても、どうやってあの予言を当てられたかの説明にはなってないじゃないですか。いくらドッキリって言っても、そんな、思い通りに地震を起こしたりはできないでしょ？　肝心のその部分を説明してもらわないと」

「もちろんそれも今から説明するけど」

と池田は言うが、しかし僕をドッキリの仕掛け人だと思っている時点で、すでに彼の推理は間違っていることが明らかなのだ。それでも僕は池田の説を聞こうと真剣に身構えた。

「あの地震は人為的に起こしたものであって――いや、正確に言えば、それは地震ですらなかったはず。私の住んでいるマンションだけを、機械か何かで揺り動かしたんだ。震度一程度になるように。それなら指定した時刻に部屋を揺らすことができる」

おっと。それはさすがに考えつかなかったぞ。一瞬だけナルホドと思ったものの、すぐに否定材料が見つかってしまう。

「でもテレビに速報が流れましたよね。あと翌日の新聞にも載ってたように思いますが」

「新聞はウチに配達されるやつだけが細工されていたと考えればいいし、テレビの速報は、申し訳ないが私は確認していない。でももし確認していたとしても、壁の中を通っているアンテナ線に何か細工をして——たとえば専用の機械を途中に繋いだりして、普通のテレビ番組の画面に速報のテロップだけを合成して流すこともできるだろうし、たぶんそういうトリックも用意されていたんだと思う。あとは私が誰かに、昨日地震があったよね、みたいに直接確認する場合も想定して、私の知人たちにも騙《だま》しに協力してもらえばより確実だし、そうでなくても、震度一程度なら気づかなかった人もいるだろうと思って納得してしまうだろうから、そこはそんなに手間を掛けなくてもよかったのかもしれない。私も誰にも確認しなかったしね。

で、そんなに手間暇をかけて——たとえばテレビの合成とか、偽の新聞とかを用意して、そこまでして私を騙していったい何のメリットがあるかと考えたときに、ひとつだけ考えられるのが、ドッキリなんですよ。それしかない。だから今も、この部屋の中の様子は、どこかにある隠しカメラで撮影されているんでしょう」

「あのー、いいですか」と手を挙げたのは篠崎さんだった。「ウチは一戸建てですし、アンテナもベランダにそれ専用のが立ってるんですけど。だからウチの場合は、テレビの速報に細工とかもできなかったはずですし――」

篠崎さんの発言に、池田は目を閉じて首を左右に振ると、

「もういいですから。篠崎さん。っていうのは役名ですか？　本名ですか？　たぶんタレントの卵か何かだと思いますけど。あなただけじゃなくて、そう、ここにいらっしゃるみなさん全員が、私を騙すための役者さんなんですよね？　本当に演技は上手だったと思います。真に迫ってました。あの風間さん役の人も含めて。みなさん本当に役になりきってやってらした。コストもかかっていますよね。だからこんな結果になってしまって、本当に申し訳ないと思いますが、……そろそろ終わりにしません？」

「今は素人相手のドッキリはないよ」と、そこで不意に発言したのは天童だった。「俺はそっちの業界で仕事をしてるから知ってるけど、ああいう騙し関係は最近けっこう基準が厳しくなっていて、よいのが録画できても勝手にテレビに流せないから、使っていいって了解が確実に取れる芸能人相手のものばかりが作られてるってのが常識。って言っても信じねえんだろうな。ちなみに俺は役者じゃねえし、予言の電話はウチにもちゃんと掛かってきた」

池田の立場に立って考えてみれば、たしかにこの場合、自分は仕掛け人じゃない、予言の電話はウチにも掛かってきたと、他人がいくら言い張ろうとも、それだけでは何の証拠にもならない。天童がいくら事実を言おうとも、あるいは僕が何を言おうとも、彼の思い込みを打ち砕くことはできないだろう……。

そこでふと、別な考えが頭をもたげた。僕が確言できるのは、自分のところに予言の

電話が掛かってきたという、その事実だけだ。池田が他の八人を疑っているのと同じ理屈で、僕も他の八人を疑うことができるのではないか？

すべてはドッキリ番組のために仕組まれたことであり、そのターゲットは池田ではなく、実は僕だったとしたら。この場にいる、僕以外の八人はみんな（池田も含めて）、ドッキリの仕掛け人だったとしたら。予言のトリックは、池田が今言ったので正解だったとしたら。

仕掛け人のひとりである池田が、あからさまにネタをバラしてくれているのに、それでも真相に気づかない僕を、どこかにある隠しカメラが今も撮っているのだとしたら……。

僕は思わず四囲をキョロキョロと見回してしまったが、次の天童の一言で妄念が晴れた。

「地震は本当に起きたんだってば。もしそれが信じられないんだったら、気象庁にでもどこにでも確認の電話を入れりゃあいい。そうすりゃ一発でハッキリする」

そうだ。地震が本当に起きたかどうかは、その気になりさえすれば簡単に確かめられることだ。そんな脆弱《ぜいじゃく》なトリックが今回のこれに使われたとはとても思えない。まあ念のために、家に帰ったらさっそく確かめてみようと思って、ノートにメモを書き込んでおく。

池田の様子を窺ってみると、彼は難しい顔をして考え込んでしまっている。彼の説は、予言をトリックとみなすのではなく、地震のほうをトリックとみなしたところが斬新ではあったものの、結局は机上の空論にすぎなかったということだ。

「池田さんはじゃあ、地震が本当にあったかどうかを後で確かめてみてください」と僕はその話を打ち切って、「大森さんは……先ほどはリピートを百パーセント信じないということでしたけど、あの予言については、何か考えがあったりします？」

「いや、あのー」突然話を振られた大森は、猛烈に髪を掻き毟《むし》りながら、「と、特に考えはないんですけど。ただいちおう僕も、これでも科学者の端くれですから、時間旅行などというおとぎ話は絶対に信じられないという立場でありまして」

結局、根拠は常識だけという感じか。だったら立場は僕とほとんど一緒だ。

「郷原さんは何かご意見はあります？」と僕は最年長者にも水を向けてみた。「いえ、あの……予言のことでなくても構いません。今までほとんど発言なさってらっしゃらなかったので、もし何か考えていることや、気づいたことなどがあれば」

郷原はしばらく言葉を探しているふうだったが、やがて訥々《とつとつ》と話し始めた。

「先ほどの、そちらの方の——」と言いながら池田を指し示し、「おっしゃられていたこととほぼ同じなんですが、正直に言えば実は私も同じように、この中では私だけが騙される側の人間だとずっと思っていました。人生をやり直せるだとか何だとか、そんなうまい話で人を呼び付けておいて、実は参加費が何千万円かかるとか何億円かかるとか、そんな感じでお金を出させるのが目的の、要するに詐欺か何かなんじゃないかと。

だけど今回、騙されるのを覚悟でここに来てみたら、集まっていたみなさんが——失礼な言い方かもしれませんが、あまりお金持ちには見えませんでしたし、だからお金を騙し取るためには目を付けられた人ではない、かといってサクラでもなさそうだし、ということは少なくとも狙いはお金を出させることではないと思って聞いていたところ、実際、あの人は、参加費がどうのこうのみたいな話はしませんでしたし、それどころか全員に百万円ずつ、全部で九百万円も置いていきましたよね。それでもうわからなくなってしまったんですが」

「また後日、実は参加費が……なんて電話が掛かってくるかもね」と天童がニヤニヤと笑いながら言う。「まあでも、そうなってくれたほうがこっちとしても、やっぱり詐欺だったかってわかって、かえって気持ちも楽になるんだろうけど。……その場合、確実にカモられそうなのは、現段階で百パーセント信じてるっていうそこの二人だろうけど、でもそんなにお金も持ってなさそうだし」

天童のいう「そこの二人」のうちのひとり、高橋は、むっとした表情で天童を睨《にら》みつけたが、特に何も言わなかった。

「じゃあ俺からもひとつ提案があるんだけど」と発言したのは天童だった。どうやら彼が池田に代わって場の実権を握りつつあった。

「とりあえずみんな、お互いの連絡先を交換しとかねえか。電話番号なんかは、どうせあの風間には知られてるんだし、少なくとも俺は、電話番号と住所ぐらいはみんなに知られても別に構わないと思ってる。……まあ全員じゃなくてもいいや。俺と同じように思う奴だけでも構わないから、もしよかったら連絡先を交換しよう。そうしとけば、たとえば今日じゃなくて、また別な日に何かを思いついたときにも、それをお互いに教え合うこともできるし。……賛同する人」

天童が手を挙げる。僕は他のみんなの出方を窺おうと、首を左右に動かしたが、それは他のみんなも同様で、やはりキョロキョロと他の人の様子を窺っている。連絡先をみんなに教えたときのデメリットを考えてみたが、特に思いつかなかったので、僕はすぐに手を挙げた。続いて高橋の手が挙がる。池田もしばらく考えてから手を挙げた。それを見て大森と横沢の手が挙がる。

「……六人か。オッケー。まあそんなもんだろうな」

天童はそれで納得して、懐から名刺入れを取り出した。名刺は八枚用意している。挙手しなかった郷原と坪井、篠崎さんの三人にも渡すつもりらしい。僕は名刺を持っていないので（《バンビーナ》の名刺はあるが、今日は持ってきてないし、たとえ持っていたとしてもアレを配るつもりはない）、ノートのページを一枚破ってそれを八等分し、それぞれに自分の住所と電話番号を書き込んだ。高橋も名刺を持ってなかったらしく、紙と筆記用具を貸してほしいと言われたので、僕は自分の作業が終わったところでそれを彼に貸し与えた。

「風間さんの連絡先も聞いておけばよかったな」と高橋が字を書きながら言う。「まあどうせ聞いても教えてはくれなかったんだろうけど」

それを聞いて、僕はひとつ思いついたことがあった。

「あ、だったら店の人に聞いてみれば――」

「もう俺が聞いたよ」すかさず天童が言う。「風間って名前以外には何も知らないってさ。予約するときも連絡先は言わずに済ませたらしい。さすがにそのへんでは抜かりはねえな」

抜かりがないのは天童も同じだと僕は思った。僕が思いつく程度のことは彼もすでに思いついているし、すでに実行もしている。侮《あなど》れない男だと思った。今回のこれが、今後どういうゲームに発展するのかは知らないが、できれば彼は敵に回したくない。

高橋が書き終わったところで、テーブルの上を何枚もの名刺やノートの切れ端が回されてゆく。それで初めて明らかになった情報がいくつかあった。

池田のフルネームは池田信高《のぶたか》で、肩書きはただプロゴルファーとだけあった。住所は墨田区吾妻橋一丁目。最後がマンション名になっていたので、おそらく自宅のものだろう。

ガリガリ男・大森の名前は雅志《まさし》というものだった。勤め先は東日暮里の日浄化成バイオ・ケミカル研究所で、肩書きは《主任》になっていた。

横沢の名前は洋《ひろし》で、勤務先は倉田ファイナンスという会社名からすると金融関係だろうか。小物そうな見かけによらず、経理部人事課長というなかなかの肩書きを持っている。

天童は太郎《たろう》という平凡な名前だったが、肩書きがすごい。シナリオライターをしていると言っていたはずだが、名刺には㈱天童企画・代表取締役社長》とあった。どういう会社なのだろう。オフィスのものとおぼしき住所は、新宿区歌舞伎町二丁目となっており、立地も怪しい。《バンビーナ》は歌舞伎町一丁目だから、たぶんかなり近いはずである。バイト前に時間を作って一度偵察に行ってみようと思った。

高橋は和彦《かずひこ》という名前だった。メモには自宅の住所と電話番号が書かれていたが、意外なことに彼は港区民であった。港区港南四丁目の港南アパート十七号棟・二〇五号室。

名刺類が全員に行きわたったところで、最後に天童が付け加えた。

「郷原さんと坪井、篠崎の三人は、俺らのほうからは連絡が取れないけど、逆にそっちから俺らのほうには連絡が取れるんで、もし何かあったらその中の誰かに——たとえば毛利にでも相談すればいいんで」

いきなり自分の名前を出されたので、僕は一瞬慌てたものの、

「あ、そうですね。もし何かあったときには、相談していただければと思います」

と即座に応じていた。そういう役回りは僕のもっとも得意とするところである。

お互いの連絡先も教え合い、「じゃあ、今日のところはこんな感じですか」と僕がまとめようとしたところに、

「あのー」と声を出したのは篠崎さんだった。テーブルの上に置いたままの封筒を指差して、「私、やっぱりこのお金、持って帰れません。どうしましょう？」と気味悪げに言う。

「だったらオレが——」と、高橋がまた言いかけたが、

「毛利、お前が預かっとけ」と天童に指名されてしまった。「ここに置いてくわけにもいかねえし、かといって高橋に渡しても——」

「オレに預けてくれればすぐに三倍にするんだけど」と高橋はなおも言い募る。どうや

らギャンブルが好きなようだった。

「じゃあ……いいですか？」といちおう篠崎さんにも確かめてから、僕は自分のぶんと彼女のぶん、二つの封筒を鞄に入れた。

もしこれがドッキリ番組の類《たぐい》だったなら、二百万円もの大金を渡したまま、ターゲットを解放してしまうようなことはないだろう。今回の話はここでおしまいになるはず。しかしプラカードを持った男は現れなかったし、僕は無事に店を出ることができた。だから今回の話には、まだまだ先があるのだろう。

本当のクライマックスは、たぶん一ヵ月後だ。風間が再び僕たちを集めたときに、真の目的が明かされるはずだ。

店を出たところで散会となった。といっても、ほとんどの人がＪＲの駅に向かうわけで、自然とそのまま並んで歩くことになり、しかし今日会ったばかりの人たちと同道するのも何となく気まずい感じで、お互いに距離をとって歩いているうちに、雑踏の中で一人はぐれ、二人はぐれして、そして気が付けば僕は独りになっていた。

駅に着いたときに、それとなくあたりを見回してみたりもしたのだが、彼らの姿を見ることはなかった。

二章

1

《回龍亭》での会食から二日が経ち、月も改まった十月の一日。その日は午後からゼミ講のある日で、どうせ学校に行くのならば、ついでに図書館でも覗いてみるかと思い、僕はその朝は早起きをして、九時にはもうすでに学校に来ていた。

今年の一月十三日以降、どんなことがあったのか、新聞記事で確かめてみようというのが目的だった。別にリピートうんぬんの話を信じたわけではないが、これをいい機会に今年一年を振り返ってみようと思ったのである。

新聞のコーナーに行くと、縮刷版というのが一月から七月のぶんまで揃っていた。それを卓上に積み上げて、一月からパラパラと順に眺めていく。

図書館には独特の匂いがある。書物の——つまりは紙の匂いなのだろうか。今日のような雨の日には特にそれが強く感じられる……。

疲れた目を休めるために窓の外を眺め、そんなことを考えていると、不意に背後から声をかけられた。

「あれ、ケイちゃんじゃん」

南信明だった。同じ文芸系のサークルに所属する工学部生で——そういえば彼はSF小説が好きだとか言ってたっけ。

「あ、そうだ。ちょうどよかった。南ぃ、お前にちょっと聞きたいことがあるんだけどさ」

廊下の自販機コーナーまで彼を連れ出して聞いてみた。

「あのさあ、SFでさ、タイムトラベルものってあるじゃん？」

「おう」

SFの話題になった途端に、南の顔付きが変わった。ずんぐりむっくりの体型に銀縁眼鏡を掛けており、いつもはオドオドとした感じなのが、ことSFの話となると、さあ何でも聞いてくれと自信に満ち溢れた態度に変化する。今も心なしか、背筋がスッと伸びたような気がした。

「そういうの中でさ……普通そういうのって、主人公がタイムマシンとかに乗って、それで今のこの自分の姿のまま、過去に行ったりとかするわけでしょ。そうじゃなくってさ、自分のこの意識だけが、過去の自分に戻る……戻って、そこから人生をやり直せる、みたいなのってある？」

「おう、あるある。まさにいまケイちゃんの言ったとおりの話があるよ。『リプレイ』って本なんだけど。ケン・グリムウッドの。新潮文庫で出てる」

打てば響くように答えが返ってくる。よし、後で読んでみようと思いながら、さらに訊いてみた。

「そういうのって結局は、科学的な根拠とかはないんだよね？」

「え？　タイムトラベルが、ってこと？　……うーん、まあ、ＳＦでの扱いはだいたいそんなところなんだけど、でも一概にそうとも言い切れないところがあってね、これが」

と前置きしてから南は、時間旅行の科学的根拠について、という演題で一席を講じ始めた。

「たとえばさ、ケイちゃんは、ウラシマ効果って言葉、聞いたことある？　……アインシュタインの相対性理論によると、速いスピードで移動する物体の内部では、そのぶん時間がゆるやかに進むってことになってて、だからたとえば、地球からピヤーッと宇宙船が飛んでって、またピヤーッと戻ってくると、乗組員にとっては数年しか経ってないのに、地球上では数十年が経っていたとかって、そういうことが実際に起こる。そういうことが、理論として証明されてるわけだ」

なんだ、そういうことか、と僕は嘆息した。

「それはつまり、未来に行けるってことだよね？　宇宙船の乗組員が。……うーん、そうじゃなくて、じゃあ過去には行けないわけ？　結局」

僕が落胆の気持ちを露《あら》わにすると、南はＳＦファンとしての沽券《こけん》にかかわるとでも思ったのか、慌てて言葉を継いだ。

「えーっとね、いや、そういうタイムマシンも作れるって話もあるよ。これ、しばらく前に、SF者の間でちょっとした話題になったんだけど——物理の先生ですごい偉い人がいるんだけどさ、その人が、本気かどうかは知らないけど、そんな論文を発表したんだ」

僕は思わず口笛を吹きそうになった。……それが本当なら、世の中の常識を根底からひっくり返すような、すごい発見ではないか。

「あ、いや、ただね、作るって言っても、実際に、本当に作れるかって言われたら、そりゃ作れないんだけどさ。だからあくまでも理屈の上でってことで聞いてほしいんだけど。……その前にケイちゃん、ワームホールって知ってる？　ブラックホールの親戚みたいなもんなんだけど」

僕は知らないと答えた。

「えーとね、空間上の異なる二点を結ぶ、穴というか、裏道というか――簡単に言うと、ドラえもんの《どこでもドア》みたいなもんだね。それが、物理の計算上では、存在していてもおかしくないということが、今では明らかになっているんだけど。

それでね、その《どこでもドア》を宇宙船に載せる。宇宙船に載せて、ドアを開けて――たとえばこのロビーに繋いだ状態にしとくとする。それで、ピヤーッと宇宙船を飛ばすわけだな。それで、乗組員にとっては三年後、地球上では十年後に、たとえばそれが帰って来たとする。――っていうか、十年前にそうやって飛ばした宇宙船がすでにあって、それが今日帰って来たってことにしよう。そこのグラウンドに着陸した。わーい、ってんで、さっそく乗り込んでみる。それで、今までずーっと開けっ放しにしといた

《どこでもドア》を通り抜けると、あら不思議、七年前のこのロビーに出ちゃった。七年前の学生たちがいるぞ」

「ちょい待った。……何でそうなる？」

「だってウラシマ効果で、宇宙船の中は三年しか経ってないんだよ。で、ワームホールで繋がった二点は同じ座標軸上にあると考えられるから、ドアの向こうのこのロビーだって、亜光速で運動していることになって、ウラシマ効果が発生して、だから着陸した宇宙船のドアの向こうは、三年しか経ってないってことになる」

「でも……何かおかしいぞ」

どこが変なのか——考えているうちに、何だか頭が痛くなってきた。ややこしい。それでも何か形が摑めてきたような気がして、僕は声に出しながら考えを進めた。

「……窓の外に、その宇宙船が停まってる。中に乗り込むと《どこでもドア》が置いてあって、ドアが開いてて、で、そこに入ると、七年前のここに来ちゃう。……七年前ってことは、宇宙船が出発してから三年後ってことだよね、地球上の時間経過で言えば。で、その時にはまだ、宇宙船はどっか遠くを飛んでるんだよね。地球上で十年経ってから、やっと戻って来るんだから。つまりその段階では、どっか遠くを飛んでる。その遠くを飛んでる宇宙船と繋がっているはずなのに、一方で、地球に帰還した宇宙船からここに来たってことは、そっちの宇宙船とも繋がってるってことになるじゃん。二箇所に繋がってるってのは、明らかにおかしいじゃん。……おかしいよね？」

どうにかこうにか、矛盾点を見つけ出したと思ったのだが、南がそれを一蹴した。

「ごめん。ワームホールのことを《どこでもドア》みたいだって言ったけど、ひとつ言い忘れてたことがあって、ワームホールは一方通行なんだ。つまりさっきの話で言うと、宇宙船に積んだのは入口限定のほうで、このロビーに置かれているのは出口限定。だからここから宇宙船には逆戻りできない。……なら、矛盾しないでしょ？」

「わかんねえ。難しすぎる」

頭がオーバーヒートしそうだった。南の言う原理で成り立っているのかどうかは、イマイチわからないし、もうこの際、わからなくても構わないと僕は思った。ただ現象としては、いちおうは理解したつもりである。

それは要するに、タイムマシン方式なのである。そのワームホールとやらを通って過去に行けたとしても、それは今のままの僕が過去の世界に行くことであり、そこには僕とは別な個体として、過去の僕がいる。そういう、過去への戻り方なのだ。リピート方式とはそこが違う。

でも似た部分もあった。一昨日の会合の席上で、風間はリピートについて、次のように説明していたではないか——《時空の裂け目》とでも表現すべき入口があり、そこに入ることによって時間が戻る、それがリピートなのだと。さらにそれ以前、電話で話していた時には、こんなことも言っていたはずだ——過去への旅は《一方通行》である、と。

あるいはリピートも、今のように「なんとかホール」といった用語を用いることによって、実は科学的に説明のつく事象なのではないか……。

僕は風間の話を三十パーセント程度までは信じる気になっていた。そのときは。

2

僕は翌日さっそく、南が言っていた『リプレイ』という小説を買って読んでみた。そして思った。これはもしかしたら大当たりなのではないか——内容が似ているうんぬんではなく、風間がネタ元にしたのが、まさにこの本だったのではないかと。風間が時間遡行《そこう》などという途轍《とてつ》もないホラ話を思いついたのも、そしてその話が細部に至るまで実によく考えられていたのも、すべてはこの本のおかげなのだと考えれば説明がつく。発想をもろにパクったのだ。時間遡行を表現する用語も、「リプレイ」をそのまま使ったらこのネタ本の存在に気づかれてしまいかねないので、いちおう「リピート」などと改変して使っている。いかにもそれらしいではないか。

風間の話を信じる気持ちは僕の中で〇・三パーセント程度にまで急落した。

僕はその発見をさっそく池田さんに報告しようと思った。実は彼とはすでに一度電話で話をしている。日曜日の会食から帰宅した直後に、向こうから電話が掛かってきたのだ。そのときに彼は「君のことをいちばん頼りにしているから」と言っていた。僕のほうでも、あのメンバーの中では池田さんをいちばん頼りになる人物と思っていたので、じゃあ二人で協力していきましょうと約束をして、そのときは通話を終えたのだった。

僕のほうから掛けるのはこれが初めてである。名刺を見ながら番号をプッシュする。

しかしコール音が十回を超えても回線は繋がらなかった。不在らしい。時刻は水曜日の午後九時過ぎといったところ。ゴルフのレッスンプロというのが具体的にどういった仕事内容なのかは知らないが、あの日焼けの具合からすれば、仕事時間が主に昼間だということは容易に想像がつく。ならば夜間は自宅にいることが多いはずなのにと思ったものの、現実にいないものは仕方がない。

受話器を置いて、そのままなんとなく池田さん以外の名刺を眺めていた。横沢洋――人事課長をしているという小太りのオジサン。大森雅志――食品化学の研究をしているというガリガリ男。高橋和彦――ヤンキー上がりのトラック運転手……。せっかく連絡先を教えてもらったのに申し訳ないが、その三人に関しては、あまりこちらから連絡を取りたいと思わない。ちなみに向こうからも連絡は来ていない。

そしてもう一枚――天童太郎の名刺を、僕はしばらく指先でもてあそんでいた。

あの天童という男をどう評価するかについて、実は僕はずっと悩んでいたのだ。たぶん頭はすごく切れる人だと思う。彼を味方につけることができれば確実に自分に利があるようにも思う。ただし非常に付き合いづらそうな印象があって、それが連絡を取ることをためらわせていた。

よし。とりあえず一度電話してみよう。不意にそう思い立った。

こんな時間だし、たぶんもうオフィスにはいないだろうなと思って、わりと気楽に番号をプッシュしたのだが、二度のコールで通話が繋がった。

「あい。こちらは天童企画」というぶっきらぼうな口調には聞き覚えがあったが、

「わたくし、毛利と申しますが――」

「あ、あのー、社長の天童さんはおられますでしょうか」といちおう確認する。「わたくし、毛利と申しますが――」

「おう。俺だ」天童は、思っていたよりもフランクな応答をした。「毛利か。こっちからもいずれ一回は連絡しようと思ってたんだけど。お前、今までに誰と連絡を取った？」

「あ、えー、池田さんとは一度、あの日帰ってからすぐに電話があって――」

「他には？　坪井とか篠崎から連絡は？」

「いえ、ありません」

坪井も篠崎さんも僕たちに連絡先を教えなかった人物である。やはり天童も全員の連絡先を知っておきたいと思っているのだ。

「そうか。もし連絡があるとしたら、お前んとこだと思ってたんだけどな。……いや、たぶんこれからあるかも。そんときにはお前、できるだけ相手の連絡先を聞き出すように努力してくれ」

気がつけば天童のペースにはまっていると思いつつも、

「あ、はい。もし連絡があれば」と素直に応じる。「あ、でも、郷原さんはいいんですか」

「郷原は特に無理をしなくてもいい。実はあの爺さんについてはこっちでもう突き止めた」

「え、本当ですか」と僕は驚いてしまった。天童は相変わらずぶっきらぼうな口調で、

「まあ、実際には楽勝だったんだけど。あの爺さん、詐欺で何億も取られるんじゃないかって心配してただろう。ってことは自分が何億も持ってるってことだ。そんだけ金を持ってるってことは、もうそれだけである種の有名人ってことで、そっち方面で、あとは郷原って名前で絞り込んでいって、最後に顔写真で確認したら一発でわかった。郷原建機って会社の社長だったよ。郷原建機ってのは、パワーショベルとかユンボとかの——建設機械ってのかな、そういうのを製造してる会社の中では中堅どころで、よくよく調べてみたら東証二部にも上場してた。けっこうな有名人だったってわけだ」

そうやって聞くと調査自体は簡単なことのように思えるが、それを調べようとするバイタリティがあるかないかの差は大きい。天童にはそれがあったからこそ、そこまで調べられたのだろう。

「最後に顔写真で確認したとかって、いま言いましたよね？　それは具体的にはどういうふうにしたんですか？　会社案内とかを取り寄せて調べたってことですか？」

「あ、そうじゃなくて……実はあの日、九月の二十九日な、あの日に俺は、風間が姿を見せるってことだったから、こっちとしても千載一遇のそのチャンスに、何とか奴の正体を突き止めたいって思ってて、人を雇ってあの店に張り込ませてたんだ」

「えっ」と僕は絶句する。

「いや、あのリピートがどうのこうのって話まではしてない。それはルール違反だからな。そうじゃなくて、あくまでもルールの範囲内でできることをしようってことで、普通に客として、知り合いの探偵にひとり、先に店に入っててもらったんだ。そこで特別室に行く客の写真を隠し撮りしてくれってのがひとつあって——だから郷原だけじゃなくて全員分——毛利、お前の写真だってあるぞ。あと、メシの途中で俺は一回トイレに出たんだけど、そんときにそいつに、サングラスに髭の奴がターゲットだから、後でそいつを尾行してくれって頼んどいたんだけど、でもそっちは失敗に終わった。肝心なところで……撒《ま》かれたんだとさ。まあ風間のほうでも警戒はしてたんだろうけどな。俺だって、まさか後で百万円もらえるなんて思ってもみなかったから、肝心なところでケチって人もひとりしか雇わなかったし、まあ仕方ないっちゃ仕方ないんだけど。でももっと思い切ってそこにお金を突っ込んで準備してれば、今ごろは風間の正体も突き止められて、それであのリピートの話にも白黒つけられてたって思うと、後悔してもしきれねえって話よ」

「……そこまで」と、思わず声に出してしまった。そこまで対策を講じていたのか。

「だって気味わりぃじゃねえか。あんな予言をされて、どうやってやったんだかわかんねえし、また何が目的なのかもわかんねえ。あの場で風間をとっちめて白状させるって手もあったんだろうけど、それじゃああまりにもエレガントじゃなさすぎるからな。ちなみに今回の話は大掛かりな知的ゲームだと俺は思ってて、で、ゲームにはルールってもんがある。……そんな遊びに付き合ってる暇があるのかっちゃ実はねえんだけど、でもそれだけのことをさせるに値する話ではあるんだよ、今回のこのゲームは。

で、話を戻すと、風間の正体は残念ながら突き止められなかったんだけど、その探偵が——ウチのオフィスの隣に事務所があって、だから気軽に頼めたってのもあるんだけど——そいつが隠し撮りした写真があったもんで、新聞社に勤めてる知り合いにその写真を見せて、郷原って名前で探させたら、さっき言った郷原建機って会社の社長だってことがわかって、だから郷原に関しては連絡先もわかってる。だからあとは坪井と篠崎さえわかれば、とりあえず風間以外は全員、身元が判明したってことになって、で、それを俺は、実はお前に期待してたんだけどな……。ちなみに、たぶん篠崎はいずれお前に連絡してくると思う」

やけに確信めいた言い方だなと思いながら「ホントですか」と言うと、

「ああ、たぶんな。あいつはあんとき、けっこうお前に気を許しているように見えたから。お前と、あと可能性があるのは池田だな。その二人だ。それなのにあの場で連絡先を教えなかったのは、それ以外の人間には——たとえば俺なんかには、連絡先を知られたくなかったからだと俺は思ってて、だからきっとそのうちにお前んところには連絡が来ると思う」

天童がどうして篠崎さんや坪井少年の身元を知りたがっているかは、僕も理解しているつもりだった。彼は、今回のこれは一種のゲームだと言っている。そのゲーム盤上の、騙そうとする側に風間がいて、一方の騙されまいとする側に僕がいる（天童の視点で言えば、騙されまいとする側に天童がいる）。そこまでは現時点で明らかになっているが、問題は残りの八つの駒である。一見するとその八駒は僕と同じ側にいるように見えるが、しかし実はその中に相手側の手駒が混じっているかもしれない。極端な場合、自分以外の駒がすべて相手側の手駒だという可能性さえある。今こうして電話で話している天童でさえ、もしかしたら風間側の手駒なのかもしれないと疑えば疑える。何を目的にしたゲームなのかすらわからない状態の僕は（あるいは天童は）、とりあえず残り八つの駒に関する情報を集めて、彼らが本当に味方なのか、それとも敵の手駒なのかを見極めなければならない状況にある。今の段階では、とりあえずそのへんから着手するしかないのだ。

そこでふと思いついたことがあった。

「あの風間って人も、お金持ち関係で調べたら見つかるんじゃないんですか？　だって九百万円をぽんと平気で置いてったんですから」と訊ねてみると、

「いや。たしかに今回の話は、個人か企業かはわかんねえけど、すげえ出資者が一枚噛んでるってことだけは間違いなくて、それはそうなんだけど、でもそれがあの風間って奴個人の持ち金だってことだけはねえと俺は思ってる。まあいちおう調べさせてはいるんだけど、そっち方面であいつの正体が判明するってことは、まずないだろうな」

なるほど。風間はボスのふりをしたただの手先で、本当のラスボスはその背後に控えているという可能性もあるのか。見通しすら立っていない勝利のエンディングが、ますます遠ざかったような感覚があった。

「ちなみに天童さんご自身は、誰かに連絡を取りました？」と訊いてみると、

「いや、俺はあんまり人から好かれないタイプだからな。顔つきも兇悪そうに見えるし、言葉遣いも乱暴だし」

「いや、そんなことないですよ」と反射的に応じたが、実際のところは、彼の言うとお

りだと思った。

「まあいいや。とりあえず俺はお前を信用している。いや、正直に言えば、お前を信用することにしたっていう言い方のほうが正しいか。とにかく誰かを味方につけねえと始まんねえからな。今のままで行けば、今月末に集合がかかったとき、俺は徒手空拳のまま、のこのこと呼び出された場所に行くしかねえ。もちろんこうなった以上は、行かなかったって選択肢はあり得ねえんだけど、でもせめてその際に、可能性としてどんなことがあり得るのか、自分がどんな目に遭わされるかについて、できる限りの想像は立てておいて、で、実際に何かが起きたときに、その想像の範囲内だったら俺の勝ち、っていうふうに思いたいんだな。でも今はその想像すら立たねえ状態で、情報量が圧倒的に不足してる。その情報集めのために、誰かと協力しなきゃなんねえってなったときに、俺は毛利……お前がいちばん頼りになると思ったんだが……嫌か？」

「そんなことないですよ。僕の側からしても、天童さんが味方に付いてくれるんであれば、頼もしさも百倍って感じですし」

　風間に対抗するのに使えそうな駒として、あるいはその際にあえて協力を求めたい人物として、自分も含めたあの場の九人の中から人選をするとしたら、僕なら池田、天童、篠崎さん、そして僕自身という四人を選ぶだろうし、それは他の人が選んだとしてもたぶん同じになるだろうと僕は思っている。そのうちの池田とはすでに協力し合う約束ができていたし、天童とも共同戦線を張れるのであれば、それは願ってもないことであった。

「おっと。ところでそっちの用件は？　何か用があって電話してきたんじゃねえのか」

そう言われて僕はようやく本来の用件を思い出した。読んだばかりの『リプレイ』という小説について説明すると、天童はその本の存在を知らなかったようで、「なるほどね。わかった。さっそく俺も読んでみることにするわ」と言った。

くだんの小説を読んで、天童がどういう判断を下すのか、それが楽しみだった。

3

週末から降り始めた雨は、翌週になってもだらだらと降り続いていた。

僕はその雨の中をほぼ毎日、大学へと足を運んでいた。講義のあるなしにかかわらず、暇さえあれば図書館へ行っては、今年の新聞を読み返していたのである。そうしないと不安で仕方がないという気持ちに圧《お》される一方で、意味のないことをしているという自覚もあった。

気持ちの上で折り合いをつける必要があった。僕はこう考えることにした。

常識からいってリピートなどという現象は起こり得ない。それをまず大前提とする。その上で、仮にリピートなるものが可能だったとしたら、と考えてみるのだ。

遊びとして。あるいは思考実験のゲームとして。

その場合、最終的には、いろいろと考えたり新聞を読み返したりした時間は、たぶん無駄になるだろう。しかしありがたいことに、その時間の無駄はすでに金銭的に補償がなされている。百万円という代償は、一ヵ月という時間を無駄にしたとしてもお釣りが来るだろう。代金はすでにいただいている。だから僕はこのゲームに——リピートが本当にあるという前提に立っていろいろと考えたり行動したりするゲームに、時間を費やしてもいいのだ。

そして万が一、本当にリピートができた場合には、ここで時間を費やしたことが重要な意味を持ってくる。せっかく過去に戻れたとしても、何が起こるか（何が起きたか）をちゃんと憶えていなかったら、ただの一般人と変わりがない。それでは意味がない。後になって嘆いても遅いのだ。時間は元には戻らないのだから——いや戻るのか？

とにかくゲームとして取り組んでみようと、そんなふうに開き直ってみたら、かなり気分が楽になったことは確かだった。

その場合、考えるべきことはひとつしかない。

リピート後に何をするか。

過去の自分に戻れた場合、では僕は何を目的として人生をやり直せばいいのか。そのためには何を憶えていけばいいのか。

とりあえず競馬でお金を儲けるというのは、最初に話を聞いたときからすでに僕の中では決定事項となっていたが、しかしそれは誰でも思いつく話だろう。もっと他にも何か、未来の記憶を活かせる場面はないだろうか。ただ単にお金を儲けてオシマイでは、何かしら物足りないような気がしてならないのだ。

そういった点で、実は僕がいちばん羨《うらや》ましく感じていたのは、あの坪井という少年であった。彼は大学受験に合格するという大きな目的をすでに見出している。僕にも何かそういった、お金儲けだけではない、もっと別な、端《はた》から見ても有意義と評価できるような目的が見出せないものか……。

百万円入りの封筒二つは、本棚の奥に隠してある。本当に使っていいものかどうか迷う気持ちがあって、今のところはまだ手をつけていないが、いざとなったときにはアレがあるさという考えから、《バンビーナ》のバイトも、十月に入ってからはシフトを週一回に減らしてもらっていた。完全に辞めていないあたりに、僕の迷いが表れている。

卒論の下書きもほとんど進んでいないし、友達づきあいもしばらくは断っている。起きている間の時間配分でいえば、おそらくはその半分以上を、僕はリピート関連のことに費やしていた。それもリピート後の生活をあれこれシミュレートするという、まったく非生産的な事柄に費やすのが主だったので、現実逃避と誹《そし》られても言い逃れのしようもなかった。

十月九日の夜に電話が鳴ったときにも、まず思ったのが、リピート関連の誰かからではないかということだった。風間、池田、天童と、電話を掛けて寄越しそうな（あるいは電話を掛けてきてもらいたいと僕が思っている）三人の顔が即座に浮かんだ。

「はい。もしもし」と出ると、

「……あの、毛利さんのお宅でしょうか」

受話器の向こうから聞こえてきたのは、若い女性の声だった。

「あ、はい。毛利です。……もしかして、篠崎さんですか？」と思いついて聞いてみる

と、

「……そうです」という答えが返ってきたので、うわぉ、と叫び出しそうになった。天童の読みがここまで的中するとは。

「いまお時間はよろしいでしょうか」と、依然としておずおずとした口調で聞いてくるので、

「ええ、大丈夫です」と、ことさら快活に答えてみせたが効果はなく、そこでしばらく間があいてしまった。何を話したらいいのか、どうも彼女が迷っているふうだったので、僕のほうから話しかけてみる。

「あれからどんな感じですか。僕のほうは、池田さんや天童さんなんかと連絡を取り合って、いろいろわかってきたこととかもあるんですけど」

「え、ホントですか」と彼女は興味を惹かれたような声を出した。

あの後、池田さんとも連絡が取れて、そのときに僕は『リプレイ』のこと、そして天童の動きについて報告した。仕入れた情報は仲間内で共有すべきだというのが僕の考えだった。篠崎さんに対しても同様に、僕は知っていることは何でも話すつもりだった。

といっても、郷原の正体が判明したという件については、篠崎さんに話すのはためらわれた。彼女だって郷原と同じく、あの場では自分の身元を隠したがっていたひとりなのだから。そうやって正体を突き止められたという事例を持ち出せば、僕たちのことを今まで以上に警戒するようになるに決まっている。

なのでとりあえず『リプレイ』の話をすることにした。粗筋《あらすじ》をおおまかに説明すると、

「……そんな本があったんですか。じゃあ私も一回読んでみます」と、素直な反応が返ってきたので、紹介した僕のほうも嬉しくなる。

そこで僕の持ちネタは尽きてしまった。しかし「いろいろわかってきた」と言った手前、話題をひとつしか提供できずに終わるのも何だったので、

「そうそう、僕、最近、学校の図書館で新聞の縮刷版っていうのを読んでるんですよ。いや、別にリピートのことを信じてるってわけじゃないんですけど――」

と言葉を継いで、自分がリピートのことを思考実験としてとらえている、というようなことを説明した。

「さっきの『リプレイ』って小説を読んだときも感じたんですけど、もしリプレイが――じゃなくてリピートが、本当にできたとしたら、自分だったら何ができるか……って考えることって、決して無駄なことじゃないと思うんですよ。僕は文学部の学生だから、特にそう感じるのかもしれないんですけど、もともと小説ってそういうものだと思うんですよね。そういう仮想体験っていうか、思考実験を通じて、人間のあるべき姿だとか自分のなすべきこととかを読者に考えさせるっていうか。今回僕のやっていることもそれと同じだと思うんですよ。だけど僕の場合は今のところ、そんなにたいしたことは考えられていないのが、どうにも悔しくて」

という感じに思いつくままを、十分ほども喋っていただろうか。話の合間合間に「どう思います？」などと相手に問いかけることも忘れない。そうして言葉を重ねているうちに、相手の警戒心が徐々にほぐれていくような手応えがあった。

「……篠崎さんは、そういうことって考えました？　もし自分が今年の一月に戻れたら、何をしたいのか、みたいなことって」

「うーん、考えたことがないって言ったら嘘になりますけど、でもそれよりも今は、あの予言がどうしてあんなふうにできたのかとか、あの人が私たちを集めていったい何を企んでいるのかとか、そっちのほうがまずは心配で。だって今月末にまた連絡が来るって話だったじゃないですか。だったらそのときに行かないっていう選択肢もあるかなって思ったり」

「えっ」と僕は思わず驚きの声を上げた。「これだけ気を持たされておいて、肝心なときに行かないなんてこと、できます？」

「うーん」と篠崎さんは迷ったような声を出したものの、「でも誘いを無視して行かないっていうふうに決めちゃえば、気分的にはすごい楽になるんですよ。そうすれば今以上に悪くなることはないっていうか」

なるほど。それもひとつの見識ではあるなと僕は思った。僕には決してそんなことはできないだろうけど。

「でも、篠崎さんがもし来ないんだったら、こっちとしてもちょっと淋しいかも」と僕は冗談めかして本音を洩らす。「もし何かあっても、僕ができる限りガードしますよ。絶対安全って保証はさすがにできないけど」

「……ありがとう」という返事が返ってくる。少しはにかんだ感じに聞こえた。「まだ行かないって決めたわけじゃないんですよ。でもそういう選択肢もあるかなって考えてはいるって感じで」

「チャンスを逃すことになるかもしれないんですよ。本当に過去に戻って人生をやり直せるかもしれないし。あるいはそうじゃなくても、今度は一千万円ずつ貰えたりとか」

僕がそう言った途端、篠崎さんは「あ」と声を上げた。

「それで思い出したんですけど、あのお金……どうされました？」

「あのお金って、篠崎さんのぶんの百万円をどうしたかってことですか？　ちゃんと取ってあります。自分のぶんだってまだ気味が悪くてそのまま取ってありますもん。……あれが必要になったとか？」

「まさか」と彼女は言下に否定した。「そうじゃなくて、もしいきなり、やっぱり返せみたいなことを言われたときに、実はもう使っちゃってて返せません、なんてことになったら、付け入る隙を与えたみたいな形になって、それはちょっと困るなって思って。使ってないんだったらいいんです。私のぶんは、できればそのまま使わずにいてくれたら——すみません。なんか面倒を押し付けちゃったみたいな形になって」

「あ、それは別に構いませんけど」

どうやらその百万円の件が、彼女が今回電話してきたことの目的だったようで、そろそろ話も終わりに近づいた気配があった。

「あの、もしよかったら、連絡先を教えてもらえません？」と僕は慌て気味に切り出した。「ほら、また何か動きがあったときなんかに、僕のほうで番号を知ってれば、すぐにこっちから電話でお知らせすることもできますし。今だとなんか天童さんが、風間の正体を調べてるみたいなんで、たとえばそれがわかったときなんかにすぐに連絡できれば、篠崎さんも安心できるんじゃないかって思うんですよ」

僕がそう言うと、篠崎さんはしばらく考えているふうだったが、やがて「わかりました」と言って、自宅の電話番号を僕に教えてくれた。

「でもそれって、あの……、私、親と同居してるんで、掛けたときに親が出るかもしれないってことは、承知してててください。あとできれば、その番号、他の人には教えないでいてほしいんですけど」

「天童さんとか池田さんには、ってことですよね。わかりました。そうします」

僕は本気で請け合った。通話を終えたところでしばし考える。

天童と池田はお互いに情報のやりとりはしていない様子だった。それぞれの動きは、僕を通して相手側に伝わっているというのが現状である。そして篠崎さんも僕とだけ連絡を取り合う姿勢を見せた。その関係図を絵に描けばちょうど「Y」の字の形になる。三本の線が集まっているところが、僕がいる場所だ。情報戦なら最高に有利な場所に位置しているはず。

月末まであと三週間ほどしかない。どんなクライマックスが待っているかはわからないが、僕はできる限りのことをそれまでの間にやっておこうと心に誓った。

4

十月十三日は日曜日だったが、午後から大学で少林拳同好会の秋期定例会があり、夕方からはいつものように飲み会になって、結局僕は十時過ぎに帰宅した。すると留守電のランプが点滅していて、モードを解除すると機械が「九件ノめっせーじガアリマス」と報告してきたので、僕は何か動きがあったなと直感した。すぐにメッセージを再生する。

一件目は午後六時九分に掛かってきたもので、伝言は残されていなかった。

続く二件目は午後六時十四分で、「天童だ。折り返し電話をくれ。何時でもいい。今夜はずっとオフィスにいる」とだけ入っていた。

そして三件目は、「風間です」という一言から始まっていた。

これだ。僕は思わず息を飲んだ。いったい何が語られるのか……。

しかしメッセージは「ご不在のようですので、また改めて連絡します」というものが残っていただけで、続いて合成音声が「ゴゴ六ジ十八プンデス」と掛かってきた時刻を告げる。用件は何だったのかと思案している余裕はない。ピーッという音の後には、もう四件目のメッセージが再生されている。

「えーっと、池田です」

風間の用件は、その四件目のメッセージで明らかとなった。

「風間から、また新しい予言があったんですけど……留守電になってるってことは、聞いてないんですよね。また地震の予言でした。詳しい内容とかも教えますし、その件について相談もしたいので、夜中でもいつでもいいんでこれを聞いたらすぐにウチに電話ください」

また風間が地震を予言した……？

しかし呆然としている暇はない。すぐに次のメッセージが始まる。

午後六時四十分に掛かってきた五件目と、午後六時四十五分に掛かってきた六件目は、何もメッセージを残していなかった。

七件目のメッセージは再び池田からのものだった。

「えーっと、池田です。確認してみた範囲では、天童さんと高橋さんのところに、僕と同じ内容の電話が掛かっています。大森さんと横沢さんは会社の電話番号しか教えてもらってないので、まだ連絡がついてないのが現状です。お電話ください。待ってます」

午後七時半過ぎに吹き込まれたものだった。続いて八件目。

意外なことに、それは坪井少年からのものだった。

「あのー、先月横浜でお目にかかった坪井です」と、最初にちゃんと名乗ったのだが、その丁寧な口調と、あの反抗的な目をした少年の姿とが一致せずに、僕は一瞬戸惑ってしまった。

「えーと、毛利さんにお願いなんですけど、絶対に秘密は守ってください。秘密っていうのはもちろん例の話です。これは本当にお願いします。あ、あと、毛利さんだけじゃなくて、他の人たちにも同じように、お願いしますって伝えといてください」

少年からのメッセージが残されたのは午後八時だった。そして最後の一件。

「あ、篠崎ですけど」という第一声を聞いて、僕は少しだけホッとした。こうして事態が動いたときに、彼女から電話があったということが嬉しかったのである。「今日の電話の件で相談したいことがあったんですけど。えーと、明日の朝八時ごろにこちらからまた電話します。毛利さんのほうからは掛け直していただかなくてもいいんで。じゃあまた電話します」

録音された時刻は午後九時五十九分。あと十分早く帰宅していれば間に合っていたかもしれないと、時計を見てそう思った。

全メッセージの再生が終わったところで、ようやく何が起きたかについて考えをめぐらす余裕ができた。

風間がまた予言をしたのだ。池田が残したメッセージによれば、それはまた地震の予言だったという。

風間が僕のところに電話してきたのが六時十八分。天童からの電話がそれよりも先に入っていたが、それは要するに風間が僕たちに電話を掛ける順番が、僕よりも天童のほうが先で、それを聞いた天童が早々に僕のところへ電話をしてきたということなのだろう。メッセージが残されていなかった三件も、誰が掛けて寄越したものかは知らないが、おそらくは同じ用件のものだったに違いない。

全員が新たな予言という予期せぬ事態に動揺し、お互いに連絡を取りたがっていた、そのさなかに、僕は居酒屋で同好会の仲間と暢気《のんき》にビールなどを飲んでいたのである。日中の定例会は仕方なかったにしても、その後の飲み会には出席しないという選択肢もあったのに。飲み会をパスして真っ直ぐ帰っていれば、六時前には帰宅できていただろうし、今回の騒動にリアルタイムで参加できていたはずだった。

しかし今日の夕方以降に地震などあっただろうか。

電話が掛かってきたのが六時過ぎで、前回よりも一時間半ほど後ろにずれているので、地震が起こると予言された時刻も一時間半ずれていたと考えれば——午後七時半ごろか？　そのころには僕は——すでにビールをおかわりしていたはずだ。三杯目だったかもしれない。飲んでいたので確かなことは言えないが、少なくとも僕は揺れを感じていない。

あるいは今回は予言が外れたとか？

新たに予言があったということは理解したが、その予言が当たったのか外れたのか——事態がどう動いたのかがいまだにわからない。

僕はさっそく池田さんに電話を掛けた。コール一回目で相手が出た。挨拶《あいさつ》もそこそこに、

「また予言があったんですって？」と訊くと、

「そうなんだよ。電話が掛かってきたのがだいたい夕方の六時半ごろで、また地震の予言だったんだけど、今回は前回とは違って、地震が起こるのが二週間後だって言ってて……えーと、今月の二十七日だね。日曜日の午後二時六分。千葉では震度二で、東京だ

と震度一だって言ってたね。あと、その地震の後でまた電話をするから、当日は外出せずに家でその電話を待っていてくれっていうのと、あとは秘密を洩らすなっていう例の注意事項も繰り返してたね。今回は結果が出るまでに二週間も余裕があるから、その間につい誰かに喋ってしまいたくなるっていう危険性があるけど、もし誰かがそうやって秘密を洩らしちゃったら、その人だけでなく、私たち全員を連れて行かないって」

ああナルホド。坪井少年が僕に電話してきたわけがそれでようやくわかった。

「でも、このタイミングでまた予言をしてくるとは思いませんでした」と僕が言うと、

「そうなんだよね」と返す池田さんの声には苦悩の色が滲《にじ》んでいた。「どういうトリックを使ったかはいまだによくわからないんだけど、とにかくせっかく一回目がうまくいったのに、ここで変に二回目の予言をして、それが外れたら、すべてが台無しになっちゃうよね。それなのにあえて予言してきたってことは、今度も予言どおりに地震が起こるってことになって、でもそんなことは——」

「あり得ないですよね。常識から言って」

と僕が追従しても、池田さんは「うーん」と唸るばかりで、言葉が出てこない。明らかに予想外の事態に戸惑っている様子。

同様の戸惑いは、次に電話した天童さんも感じている様子だった。

「……最初に地震を言い当てた段階で、あいつはもう完全に俺たちの主導権を握ってるんだよ。だからたとえばそのまま月末に電話してきて、今から出発します、どこどこに集まってくださいと言われれば、俺たちは疑いを抱きつつも奴の言いなりになるしかね

え。好きな日時に好きな場所へ俺たち九人を集められる。もうそれだけでもほとんどあいつの勝ち、俺たちの負けだろ？　それがほぼ決定してたんだ。最初の予言が当たった段階で。それなのに何でまた、もう一回予言するだなんて余計なことをする？　今度のやつが外れたらその段階で、最初の予言が当たったっていう神通力《じんつうりき》も効力を失うだろ？まあ、今度の予言も当たれば、効果がさらに倍増するってこともあるんだろうけど、でもすでに勝ちはほぼ決定してるんだから、何もそんなリスクを背負ってまで倍増させなくてもいいんじゃねえのかって話だ」

僕はそこでふと思いついたことがあり、天童に話してみた。

「天童さん、いま、好きな日時、好きな場所に僕たちを集められる、って言いましたよね。その好きな日時っていうのが、今回の予言の二十七日、午後二時六分ってことなんじゃないですか？　今回の予言のせいで、僕たちはその日時に、自分の家で電話を待ってなきゃなんないですよね？　で、それこそが風間の最終目的だったとしたら？」

僕自身も何を言いたいのかよくわからないまま喋っていたのだが、天童はそれに対して、しばらく考え込んでから、

「うーん。発想の転換としては面白いかもしれないけど、でもそれが風間にとってどんなメリットになり得る？　たとえばどんなケースが考えられる？　たとえば……郷原の会社の社長室に金庫があって、そこからお金を盗むのが目的で、そのためには郷原に家にいてもらわなくてはならない……とか？　いや、お金が目的だったら、何もそんなことをしなくても、リピートには参加費が必要ですとか言って一億でも二億でも簡単に騙

し取れる状況は、最初の予言が当たった段階ですでにできてたはずだ。そもそも地震を言い当てるというものすごいことをやっておいて、その目的が、ある日のある時刻にたった九人の人間を家に居させることだったっていうんじゃ、ぜんぜん釣り合いが取れてねえし。もしそれが目的だったんなら、地震の予知なんて難しいことをやらなくても、もっと簡単にできたはずだし」

「ごもっともです」と僕は言うしかない。

「いや、俺だってひとの話に難癖つけてるだけで、じゃあ自分の案が出せるかっていったら出せねえんだから、恐縮しなきゃなんねえのはこっちのほうだ」と言ったところでしばらく間があき、次に言葉が続いたときには声のトーンが変わっていた。

「もしかしたら、本当に起こるのかもしれねえな、地震。でも、もし本当に起きたら――」

天童はその後は続けずに溜息を吐いた。

5

翌朝の七時半過ぎには篠崎さんから電話があった。前夜遅くまで寝付けなかった僕は、その電話でようやく目を覚ました。

「篠崎です。おはようございます。昨日留守電にメッセージを入れておいたんですけど」

「あ、はい」と答えながら首を鳴らし、起きろと自分を叱咤《しった》する。「聞きました。その十分後に帰ってきたんですよ。だからこっちから掛け直そうかとも思ったんですけど」

「ごめんなさい。前にも言ったとおり、ウチは親と同居なもんで。夕方に風間さんからの電話があって、それだけでも、ウチの娘に何の用があって誰が掛けてきてるんだ、って感じだったから」

部屋の外では降雨の音がしていたが、受話器の向こうからは別種の雑音が聞こえていた。ざわめき、雑踏、そして発車ベルの音。

「今は……駅ですか？」と訊いてみると、

「あ、そうです。出勤の途中なんですけど、フレックスがあるから少しぐらい話し込んでも大丈夫です」

フレックスという言葉の意味がわからなかったが、本筋とは関係なさそうだったので、そのまま話の続きに耳を澄ます。

「それで、問題は昨日の風間さんからの電話なんですけど――あ、もしかして……？」

聞いてません？という部分は省かれていたが、意味は通じた。

「そうなんですよ。えーと、昨日は大学で飲み会があったもんで、本当に夜の十時ごろ帰ってきて、だから直接には聞いてないんですけど、でもどういうものだったかは、池田さんから聞きました」

「で、どう思います？……当たると思います？」という核心を衝《つ》いた質問には、

「わかりません」と正直に答えた。「今度のが外れてくれればすごい楽なんですよ。あ

あ、前回のはまぐれだったんだ、やっぱりリピートなんて現実にはあり得ないんだって思えますからね。でももし当たったらって考えると……。とにかく今は、二十七日の結果を待つしかないでしょう」

「そうなんですよね」と篠崎さんは同意したものの、まだ何か言い足りていないような様子があって、何だろうと思っていたら、

「その前に、毛利さんと個別に会って話すってことは可能ですか？」

「それはもちろんオッケーです。望むところです」と即座に答えた。僕があまりにも勢い込んでいたためだろうか、

「デートじゃないですよ」と釘を刺されてしまった。

「わかってます」

「えーと。じゃあさっそく、今日の夜とかはどうです？　私は六時前には仕事を上がれると思うんですけど」

「僕も大丈夫です。じゃあ夕飯をご一緒する、みたいな感じですよね？　場所はどこにしましょうか？　都内——あーっと、特に山手線沿いだったら、どこでも大丈夫ですけど」

「あ、だったら池袋でもいいですか？」

　ということで、池袋西武の書店前で午後六時に待ち合わせることになった。

　その電話の後、僕はまだ眠気が残っていたのでつい二度寝をしてしまった。ぐっすりと眠って、次に起きたときには昼になっていた。午後は久々に卒論の資料読みに時間を

費やし、午後五時十五分になったところで部屋を出る。

　昼間の雨は夕方になっても止まず、空はすでに薄暗くなっていた。東西線から山手線へと乗り継いで、約束の時間の十分前には池袋駅へと着く。

　池袋西武地下一階の、壁がねじれたようになっている通路を歩いて行くと、篠崎さんが先に来て待っているのが見えた。競歩をしているような人々の行軍からコースアウトし、減速しながら彼女との距離を詰める。そこで彼女も僕に気がついて顔を上げた。

「お待たせしました」

　僕がそう言うと、彼女は、ううん、と首を左右に振り、視線を僕の右肩のあたりに固定した。そのまま視線を上げようとはしないので、僕は彼女の様子をじっくりと観察する。

　今日の篠崎さんは、白のブラウスの上に紺のジャケットを重ね、下は膝丈のチェック柄のスカートといった格好で、まるでどこかの学校の制服を着ているように見えた。顔に化粧っ気がないのは前回と同じで、小作りな顔はそれでも充分に可愛く見える。総じて言えるのは、社会人なのに高校生のような清楚さが感じられるということ。それが彼女の魅力なのだ。

「えーっと、とりあえず外に出ましょうか」

「あ、そうですね」

　言葉を交わす僕らの脇を、人の波がぞろぞろと流れて行く。

　篠崎さんは、いちおう僕のほうに笑顔を向けてはくれるものの、態度にはまだどこかぎこちなさのようなものが感じられた。しかしそれも、出逢いの場からして普通ではなく、その後も電話で二度ほど話しただけの間柄であるということを思えば、仕方のないことではあった。

僕が先に立ち、幅の狭いエスカレーターに乗って、とりあえず地上階に出る。さてどこに行こうかな、と迷っていると、

「あ、じゃあ、私の行きたい店に行ってもいいですか？」

この辺は私のナワバリだから、という感じに、篠崎さんはショルダーバッグの肩紐を掛け直すと、先に立って歩き始めた。僕は彼女の背中を見下ろすようなポジションを保持しながら、その後に続く。そんな状態でしばらく歩いた後、彼女は、レンガ色の外壁に黒の蔦《つた》模様が絡まった意匠のビルの前で立ち止まると、ここでどう？　と目で僕に訊ねて来た。外階段を上がった二階がレストランになっているらしい。頷きを返しながら、僕は男として場のイニシアチブをとろうと、彼女の先に立って階段を上がった。

シックな内装の店で、やや照明が暗めだが雰囲気は悪くなかった。窓際にひとつ空いたテーブルがあり、僕は手前側の席に着いた。窓を背にした側に彼女を座らせる。

僕は本当にお腹が空いていたので、ステーキのセットを、ご飯を大盛りにして注文した。彼女はスパゲッティとドリンクのセット。オーダーを済ませたところで、さっそく僕は話し始める。

「正直言って、何だかあの予言、当たりそうな気がしてるんです、僕は」

篠崎さんの目がハッと僕のほうを見る。僕は意味もなくひとつ頷くと、

「あるいは、当たってほしいと思ってる、って言うほうが正しいのかもしれませんけど。もし今度のも当たったら、じゃあリピートが本当だって話になって——ほら、僕が今年の新聞を読み返したりしてるって話、したじゃないですか。一種のゲームとして。そうやって準備してきたことが、無駄にならずに済むっていうか……。やっぱり心のどこかで思ってるんですよ。もし本当にリピートができたらって。そうなったら、僕らは未来に何が起こるか知ってるわけじゃないですか。そういう全能感をやっぱり味わいたいっていうか」

僕がそう言うと、篠崎さんは一瞬だけ、痛ましそうな表情を見せた。

「私の場合はちょっと違うんですけど……。でもやっぱり、外れたときにどうなるかはだいたい想像がつくんで、今考えるとしたら、やっぱり当たったときのことを考えるってことでいいとは思うんです。だからそこは毛利さんと一緒なんですけど」

「僕とは違うっていうのは？」

「えーと、気持ちの前向きさっていうか……。もしリピートが本当で、今年の一月に戻って人生をやり直せるんだって言われても、私の場合はそんなに楽しいことばかり考えられないっていうか……。毛利さんは独り暮らしをしてるんですよね？」

「あ、はい」と僕は頷く。篠崎さんは睫毛《まつげ》を伏せて言葉を継ぐ。

「私は、ほら、親と同居してるし、会社にも毎日行かなきゃならないし……。もし過去に戻れたとしても、毎日親と顔を合わせて、これから何が起こるか知ってるのに、知らないふりしなきゃならないんですよ、その親に対して。毎日演技をしてかなきゃならないんですよ。会社の同僚だってそうです。毎日顔を合わせてるのに、ずーっと演技し続けていかなきゃならない……。それってけっこう大変だと思いません？」

「じゃあ僕が、その——ロバの耳の役をします」と僕は咄嗟に言い募った。

「……ロバの耳の役？」

「だから王様の耳は——あ、そうか。違った」

「ロバの耳に向かって叫んだわけじゃないですよ」と、篠崎さんはそこでようやく笑顔を見せてくれた。「要するに、私が秘密を抱えてることが苦しい、ってなったときに、話を聞いてくれたりするってこと……ですよね？」

「そういうときのために仲間がいると思うんですけど」

という僕の言葉に、篠崎さんはどう応じていいか戸惑った様子を見せていたが、しばらくして「ありがとう」と微笑んでくれた。

「でも、それだけ苦労して、じゃあリピートした後に何ができるかって言うと——競馬で儲けることができるとか、まずはそういったことが考えられると思うんですけど、私は正直言って、お金ってそんなに必要なものだとは思わないんです。それは私が女だからってのも、たぶんあるとは思うんですけど……。いつか結婚して、自分は旦那さんに養われる立場になる、だからお金のことなんかも自分では考えない、みたいな感覚があって、それでそんなふうに思ってるだけなのかもしれないんですけど、でもお金じゃないってなったときに、じゃあどうしたらいいのかって考えても、特に何も思い浮かばなくて……」

「あ、だったら僕も同じです」と僕は思ったままを口にする。「同じっていうか、まあ競馬で稼ぐとかはいちおう考えてはいるんですけど、それ以外にも何かあるはずだって思ってて、でもそれが思いつかないっていうか」

注文した料理が運ばれてきたので、僕たちは会話を一時中断した。食事中は当たり障りのない雑談に終始した。篠崎さんのほうが二歳年上だということもそこで判明した。

「さっきの話なんですけど……人助けっていう手があるかも」

篠崎さんがそう言ったのは、食事の皿が片付けられて、テーブル上が飲み物だけになったときだった。

人助けか、と僕は思う。となると、まずは今年の六月に数十名の死者・行方不明者を出した、あの自然災害が頭に思い浮かぶ。僕はそのことに言及してから、

「たとえば、あれで亡くなった人たちも、もし僕らが助けようと思えば助けられる——のかな？」

それがもし可能ならば、それこそリピートの権益を有効に使えたと言って、自慢できることになるのかもしれない……。

「その場合、私たちはどう——何をしたらいいと思います？　具体的に」

これは思考実験の問題としても有意義かもしれない、と思いながら、僕は本気でその問題に取り組んでみた。

僕や彼女が——単なる大学生とかＯＬとかが、何月何日にどこそこで災害が発生しますよ、などといくら言おうとも、誰もそれに取り合ってくれたりはしないだろう。今回

と同じ数十人が死んで——それからようやく、災害を事前に予言した人間がいる、と噂になる程度だろう。僕らの予言が正しかったということが、その段階でようやく認められたとしても、それではもう遅い。

ならばその前に実績を作っておくしかない。あの災害が起きる前に、すでに予言者としての実績を作っておくのだ。何でもよい。風間がしたように、地震を予言するというのでもよいだろう。ともかく何らかの実績を作っておいて——最初は身近な範囲の人にしか、聞いてもらえないだろう。しかし的中率が百パーセントであれば、噂が噂を呼び、最終的にはマスコミなどでも取り上げられるようになるはずだ。そして全国レベルで、あいつの予言は百パーセント的中する、という共通認識が得られたところで、満を持して僕があの災害を予言すれば、被災者たちもきっと、あの災害現場から避難してくれるに違いない……。

僕のそうした説明に、篠崎さんは深く頷いた。

「私も、そうするしか手はないと思います。でもそこまで行っちゃうと、もうそれだけでは話は済まなくなっちゃいますよね、きっと。……何でお前らはそうやって何もかも予言できちゃうんだ、いったいお前らは何者なんだ、ってことになって、そうやって詰め寄られたときに、私たち、いったいどう答えたらいいと思います？　リピートのことを正直に話します？　……そうやって考えてくと、風間さんが言ってた、社会のシステムが根本から変わってしまうだろうって話も絡んできますし」

「死ぬはずの人たちを助けるためには、もうそこまで話を大事《おおごと》にしなければならない。

でもそこまで話を大事にしちゃうと、今度は僕らの立場が危ない。……ってことだよね、やっぱり。……うーん」

何か方法はないものか。自分たちの身の安全は確保しつつ、人々を助けるためにできること……。

「あ、そうだ。新聞社なんかに宛てて、匿名で予言の手紙を出す、なんてのは？　だから僕らの正体は明かさないようにして——最初は、そんな手紙なんて、誰も注目しないと思う。でも誰かが読んで、それが必ず的中してるってことになれば、ニュースとして取り上げられるようになって、それで次の予言の内容も新聞の紙面なんかに載るようになれば……。そうすれば、いちおう——たとえ半信半疑だったとしても、そんなふうに災害に遭うだろうと予言された場所には、みんな、念のために近づかないようにしとこう、みたいに思うんじゃない？　それで被災者の人々の命は救えるし、一方で僕らの正体は不明のままだから、僕らに直接危険は及ばないし……」

たぶんそれで条件はすべてクリアしてるはずで、僕は自分の出したその回答に、かなり自信があったのだが——しかし篠崎さんは、どうかなあ？　という表情をしていた。

「……どっか問題あります？」

「うーん。たとえば、的中率百パーセントの予言が書かれた謎の投書が送られて来ました、っていうのが、新聞社の人がもしそれに気づいたとしても、それがちゃんと記事になるのかっていうのが、私からしてみると、ホントにそうなるかしらって思えて。つまりそれが、あまりにもすごい情報すぎて、だから担当の人は上に相談して、上の人はもっと上に相談して……って、そうやって、新聞社の中では、もちろん何人かの人は、そのことを知るようになるとは思うんですけど、だけどその人たちがその情報をどうするか、簡単によそに洩らすようなことをはたしてするのか——ってところが、どうも信用できないような気がして……。たとえば、その手紙に書かれた情報を、自分たちの中だけに留めておけば、どんな事件や事故が起きるか、自分たちだけが前もって知ってるわけでしょ？　だから、そこに前もって取材陣を送り込んでおけば……。スクープだって簡単に取れる——なんてふうに使われちゃうかもしれないし……。でもまあ、そんなふうに意地悪く考えなくても、そもそも必ず当たる予言なんて、あまりにも非現実的すぎて、いくら社内ではそのすごさを認めていようとも、それをそう簡単には記事にはできないと思うんですよ。新聞社が、そんなオカルトじみた話を記事にしたらいけない、みたいな、その、何て言うか……常識が、邪魔をして」

そう言われると、そんな気もしてくる……というよりも、僕は実は、匿名の手紙を出すという案に対しては——提案したのは自分なのに——そんなに乗り気ではなかったのだ。そんなふうに、縁の下の力持ちみたいな形で世の中に貢献するのでは——まあ、そうすることにも意義はあるのだろうが、とにかくそれでは、その——何と言うか——そう、面白みに欠けるのだ。

どうやら話をしているうちに、僕の中では、人助けという当初の目的はもはやどうでもよくなってしまっていて、それよりも、予言者として自分がマスコミに登場することのほうが（当初それは目的を達成するための手段だったはずだが）、いつの間にか目的のように思えてしまっていたのだった。

もしリピートができて過去へ戻れたなら、自分はその段階で特別な存在になる。そのへんの凡人とは明らかに違った存在になる。未来の出来事をすべて知っているのだ。……だったらそれをアピールしたい。俺はお前らとは違うんだ、ということを見せつけてやりたい。誇示してやりたい。風間がしてみせたように、予言のパフォーマンスをして、人々から畏怖の目で見られたい……。

要するに僕はそれがやりたかったのだ。自分の浅はかさに舌を嚙みたくなる。

6

家に帰ると、本家本元の予言が待っていた。帰宅してすぐに風間から電話が掛かってきたのである。

「昨日はご不在のようでしたが……もしかして、用件はもう他の方から聞かれました？」

「いえ、あのー」聞いてないことにしようと瞬間的に思ったが、嘘はよくないと思って正直なところを告げた。「はい。聞きました。また地震を予言されたそうですね」

「ええ。二十七日の午後二時六分。千葉の銚子と茨城県の水戸で震度二、東京では震度一というふうに観測されます。今回は微震ですので速報は入りませんが、ご自身で揺れを感じることはできるでしょう。翌日には新聞でもご確認いただけます。で、地震が起きた後、私のほうからまたご連絡を差し上げますので、当日は家に居てください。その電話でリピートへの出発日と集合場所とをご案内させていただきます。……何かご質問は？」

「注意事項は？」

「あ、忘れていました。今回の予言は実現するまでに二週間ほど間がありますので、ついひとに話してしまいたくなるということも考えられますが、今までどおり、秘密は厳守してください。……というのもお聞き及びなのですよね？　いえいえ、構いませんよ。リピート後にはみなさん、仲間として協力していっていただくことになりますので、今のうちからみなさんにそうして仲良くしていただくことになりますので、今私のほうでも望ましいと思っていることなのですから。では、この間の集まりの後、お互いに連絡先を教え合ったりしたということでしょうか？」

「ええ。……あ、でも、教えてもらってない人もいますけど」

僕が何気なしにそう言うと、

「ゲストの方の電話番号でしたら、必要なら私がお教えしましょうか」

と、風間は僕が思ってもみなかったことを言い出した。そうか。風間なら全員の自宅の番号を知っているはずだ。

「あ、できれば……」あまりにも話がうますぎて、罠《わな》ではないかという気もしたが、僕は相手の甘言にすでに乗ってしまっていた。

大森と横沢の自宅の番号を聞き、さらに坪井と郷原の連絡先も教えてもらう。

「もちろん今は無理ですけど、リピートを果たした後には、私も番号をみなさんにお教えするつもりですし、そのときにはみなさんのお仲間に加えていただければと思っています。……ではまた、二十七日に」

と言って電話が切られた後、僕は自分が書き綴《つづ》ったメモをしばらく見詰めていた。

四章

1

先週まではそれでもゲームの形が見えていた。対戦相手は風間で、彼がいかにして地震を予言できたのか、また彼が何をたくらんでいるのかを、僕たちが究明するというのが基本ルールだった。盤上には風間と僕のほかに、八人のプレイヤーが配置されている。そのうち池田信高、天童太郎、篠崎鮎美の三人とは連絡を取り合って、共同戦線を張っていたが、それでも風間の築き上げた謎の牙城は揺るぎそうになかった。そのまま月末が来れば時間切れで彼の優勢勝ちは決まっていただろう。

それなのに風間は第二の予言という新たな勝負手を打ってきた。この期に及んで、なぜそんな手を打たなければならなかったのか、それがわからない。今回、新たな謎が加わったことで、ゲームの様相が一変してしまった。

混沌《こんとん》とした状況の中で、僕の側に何か打つ手はあるだろうか。そう考えたときに、まだ連絡を取り合っていない他の五人のプレイヤー——横沢洋、大森雅志、高橋和彦、郷原社長、坪井少年の五人と連絡を取ることを思いついた。

《回龍亭》では池田、天童、篠崎の三人に僕も含めた四人が特に目立っていたが、それだけで他の五人が役に立たないものと決めつけるのは早計に過ぎる。彼らが個々にどんな能力を持った駒なのか、僕はまだ見極めていないではないか。

火曜日の夜に、僕はとりあえず五人の中から高橋を選んで電話を掛けてみることにした。長距離トラックの運転手をしているという話だったので、不在の可能性もあると思ったが、相手はすぐに電話に出た。

「はいもしもし」

「あ、あの、毛利といいます。《回龍亭》でお会いした」

「おーおーおー。どうしたい?」という応答は、思っていたよりも友好的な感じで、僕は相手の機嫌を損ねないように注意しながら言葉を継いだ。

「一昨日、二回目の予言があったじゃないですか。あれで僕も——最初は半信半疑だったんですけど、今はかなりリピートを信じる方向に気持ちが傾いてきてるんですよ」

たしか高橋はリピートを百パーセント信じると言っていたはずだと思い、そんなふうに話を切り出してみると、彼は得意そうに「だろ」と応じてきた。

「それで、今ごろになってようやく本気で、リピートができたらどうしようとか、何をしようかとかって思って、それで高橋さんに意見を聞かせていただければと思ったんですけど」

「なんだよ。オレに聞いて、出遅れたぶんを取り返そうってのか」

「あ、はい。おっしゃるとおりです。高橋さんがリピート後にどういうことをなされるつもりでいるのか、教えていただけたら、参考になります」

「なんだか虫のいい話だな。まあ、いいけどよ」と高橋は鷹揚《おうよう》な態度を見せた。「だけど十ヵ月しか戻れねえってのはアレだよな。たとえば十年ぐらい戻れるんなら、オレだってもうちっとマジメに勉強して、優等生たぁ言われねえけど、もうちっといい学校に行って、いい会社に入って……って、いろいろ考えられるのによ。まあ逆に言えば、たった十ヵ月しか戻れねえってケチなところが、その話が嘘じゃなくて本当だって証拠だと、オレは思ってるんだけどな。……ところであんた、競馬はやる人？」

「あ、えーと、一回だけ府中に行って遊んだことはありますけど……」と正直に答える。僕の場合、何に限らず、一回だけ試して終わりというケースはけっこうあるのだ。「ただ、リピートがもしできたら、競馬で儲けたいとは思っていますけど。……高橋さんは？」

「もちろん。オレだって競馬で儲けるつもりさ。ただな、そこで考えなきゃなんねえことってのがあってよ。……そうだ。いい機会だからこれはあんたにも教えといてやる。オレがいくら慎重に馬券を買っても、あんたみたいなのが変な買い方をして、それでリピートの秘密がバレたりしたら元も子もねえからな。よく聞いとけよ」と前置きしてから、彼は馬券の買い方についてレクチャーを始めた。

「素人考えだとよ、結果を前もって全部知ってんだから、いつでもどこでもとにかく勝ちゃいいじゃん、とかって思うかもしんねえけど、実はそうじゃねえんだよな。とにかくオレたちは売場でも換金所でもなるべく目立たないようにしなきゃなんねえんだから、いろいろと気をつけなきゃなんねえポイントってのがあって、たとえば万馬券が出るとわかってるレースでも、それがたとえば土曜の第一レースとかだったりしたら、連複《れんぷく》の一点買いで十万も二十万も買う人間がいたら、その時点でやたらと目立つだろうし、それ以前にそんなメチャクチャな買い方をしちまったら、たとえば百倍を超えてたオッズが急に九十倍とか八十倍とかに下がったりして、しかもそれが連複で入りやがったってんで、オッズの妙な動きと考え合わせりゃ、こりゃ八百長じゃねえかって素人でも思うだろうし、それで大騒ぎになったりしちゃっちゃあ目も当てられねえ。といって小さくちまちま賭けてたんじゃ、いくら当たっても実入りは少ねえし。……オレの話、理解できてる?」

「あ、はい。とりあえず今のところは」と僕は慌てて答える。《回龍亭》で会ったときにもそういう印象を受けたが、やはり高橋はギャンブルが——ことに競馬が好きなようだった。素人考えでは、などといった言葉遣いは、自分が玄人《くろうと》だと思っている人間しか使わない。

「じゃあ最後までよく聞いててくれ」と高橋は話を続けた。「要するに、大きく勝つためには元手も大きく賭ける必要があって、連複の一点買いで何十万も突っ込む必要がある。でもそういうことをしても目立たない、あるいはオッズもそう変わらないレースってのは限られてて、ＧⅠ《ジーワン》か、せいぜいＧⅡ《ジーツー》のクラスまでだろうってのがまず第一の結論だな。わかる?」

「あ、はい。わかります」と僕は答えた。Ｇはグレードの略で、グレードがいちばん高いものがGIと言われ、年に十レース程度しか行われない。トップクラスの馬を集めて行われるため注目度が高く、他のレースとは桁違いに馬券が買われる。

「でもいくらGIって言っても、たとえば今年のオークスとかダービーみたいにガチガチの本命が来たレースじゃ、オッズも五倍とか十倍とかで効率がやたらと悪いから、まあ買わなくてもどうってことたあねえ。逆に絶対に外せないのが今年の桜花《おうか》賞で、これは何と二百十三倍だかって高配当が付いてる。百円買って二万円だから、ここで一気に百万円も買えば、それだけで二億円の配当金が入ってくるってわけだ。あとはまあ、皐月《さつき》賞も安田記念もそこそこ高配当が来てて、まあ買うんだったらその三つだろうな。それ以外のレースは買わないか、あるいは買っても五万とか十万とか遊びで買う程度にしとくか」

「あ、はい。勉強になりました」

と僕は言ったが、それはまったく正直な感想だった。

競馬に関して素人の僕は、前のレースで儲けたお金をすべて次のレースに注ぎ込むということを繰り返して、十二レースすべてに勝てば、百円の元手でも一日で簡単に億単位のお金が稼げると思っていた。自分が馬券を買うことによってオッズが下がるとか、八百長を疑われるとかといった可能性は、微塵《みじん》も考えていなかった。

「とにかく目立つなってことだな。あとは勝ちすぎるなってこと。もし売場で誰かに目を付けられたと思ったら、わざと外せ。しかも大きく。それぐらい警戒しといて損はねえからな。……いいか。あんたがたとえば、売場で恐いお兄さんたちに目を付けられて、捕まったりしても、それはあんたの自業自得だから基本的にオレにゃ関係ねえ話だ。だけどそれでリピートの秘密がバレて、あんたが仲間の名前もバラして、それでオレまで捕まった日にゃシャレにもなんねえ」

「わかりました。リピート後に競馬をするときには、必ず高橋さんの助言に従うようにします」

と下手に出ると、高橋は「そうかそうか」と機嫌よさそうに言った。

高橋との通話は、そういったわけで、風間の正体を暴くという方向性では特に得るものがなかったものの、彼と友好的な関係を築けたことは収穫のひとつだったし、またもしリピートが本当にできた場合には、彼から教えられた競馬での勝ち方は非常に参考になるものでもあった。予想以上の収穫があったと思っていいだろう。何でも試してみるものだなと思う。

2

高橋の場合はそれでよかったのだが、しかし他の四人の場合にはまた事情が違っていて、僕はなかなか電話を掛けることができないでいた。横沢と大森の場合は自宅の番号を、また郷原と坪井はそもそも僕たちに連絡先自体を教えてくれていなかったので、僕が電話をすればそれだけで、身元を勝手に調べられたということで相手が構えてしまうことが予想されたからである。

第二の予言から一週間が経った日曜日の午後。いつまで悩んでいても仕方がないと思い、僕はとりあえず大森に電話を掛けてみることにした。《回龍亭》では隣同士になり、多少は言葉も交わしたということで、他の三人よりは掛けやすいと思ったのである。

自宅の番号をプッシュする。コール音は二回で途切れ、すぐに通話が繋がったものの、相手は「もしもし」も何も言わない。

「もしもし、大森さんのお宅ですか？　僕は毛利といいます。横浜でお会いしました」

「あ、はいはいはいはい。毛利さんですね。ええ、ええ、憶えてます」

電話の出方ひとつをとっても各人の個性が表れている。

「えーと、例の二度目のやつについて、お話を伺いたいと思いまして、自宅のほうの番号を教えていただいたので、お休みのところをすみませんが、電話をさせていただきました」と、番号を誰から教わったかについては明言せずにおいた。名刺にあった勤め先の番号を経由したものと勝手に思ってくれれば助かるのだが。「大森さんはリピートなんて絶対に信じないとおっしゃられてましたよね？　今度の予言についてはどう思います？」

「あ、あれは……外れるでしょう。ええ」

「だったらなんで、また予言なんてしたんでしょう？」と訊いてみると、

「もしかしたら本人は、当たると思ってるんじゃないですか」といって、ちょっと面白い仮説を披露してくれた。

「あのリピートの話も、本人はマジメに信じてるのかもしれません。聞いたことがあり

ます。出来事を記憶するときに、二重に記憶してしまうというのがいるんだそうです。いま起こっていることとして普通に記憶するのとともに、時間を遡って、前に起こったこととしても記憶してしまうんですね。そうすると、すべてがデジャブーとして感じられてしまう。そういう人が、自分の症状を説明するために、ああいった妄想を抱くことも、あり得るんじゃないかって思うんですけど」

記憶に関する珍しい症状を持ち出してくるあたり、さすがに物知りというか、自ら科学者を名乗っただけのことはあるなあと思う。しかしその説で僕が納得できたかといえばそうでもない。

「でも、実際に地震を言い当てたじゃないですか」と言うと、

「で、ですからあれは、ぐ、偶然です。まぐれ当たりです。もちろん、一発で言い当てたわけじゃなくて、何度も何度も外していると思います。でも外したときの記憶は――そういう自分にとって都合の悪い記憶はすぐに消えてしまうし、当たったという都合のよい記憶だけが残ってしまうのです。そうやって妄想を強化するのです。だから本人は本気で、自分がリピートをした人間だと思っていますし、本気で仲間を連れて行こうとして、あちこちに電話を掛けては予言をしていたんだと思います。そ、そのうちの、僕たちに掛けたものがたまたま当たってしまった。もちろん本人はそれが当然だと思っています。本気で未来に何が起こるかを知っていると思っているんです。本当は何も知らないくせにね。だから平気で二度目の予言もできてしまうんです」

大森の説を採れば、なぜ風間がわざわざ二度目の予言をしたかという点が説明できる。

そういう意味では健闘しているのだが……。

「でも……僕たちに百万円ずつ、合計九百万円をポンと渡していきましたよね。あれはじゃあ、どうやって稼いだお金なんですか？」と質問を重ねると、

「そ、そ、それは……たとえば、実家がものすごくお金持ちだとか……」と途端に歯切れが悪くなる。

「もし来週、予言どおりに地震が来たら、どうします？」と最後に訊ねてみると、

「そんなことは絶対あり得ません」と大森は断言した。

続いて横沢の家に電話を掛けてみる。こちらも二度のコールで相手が出たが、

「はい、よこさわです」と応じたのは子供の声だった。

「あ、もしもし。僕は毛利といいます。パパはいます？」と言うと、受話器の向こうで

「パパー、モリさんってひとから電話ー」と叫ぶ声が聞こえ、しばらくしてドスドスという足音が近づいてきて、

「あ、はい。横沢です」と少し慌てた様子の男が代わって出た。

「あ、あの、毛利です。横浜で同席させていただいた、学生の――」と名乗ると、

「あ、モーリさんね。はいはい」と横沢は妙に納得した様子だった。子供の伝え方が悪かったので、森という苗字の別人と勘違いしていたらしい。

「お休みのところすみません。ちょっと連絡を取ってみようと思ったんですが、ご自宅の番号を教えていただいていたので、こちらに掛けさせていただきました」と、大森のときと同じテクニックを使って言い訳をする。「先週、二度目の予言があったじゃないで

すか。あれについて、みなさんがどう思っていらっしゃるのか、ちょっと電話して聞いて回ってるんですよ。横沢さんはどう思います？　あの予言、当たると思います？」とさっそく訊いてみると、

「さあ」と気のない返事が返ってくる。「そんなの今考えなくても、来週になればハッキリするじゃないですか」

「じゃあ何であんな予言をしたと思います？」と重ねて訊いてみても、

「何でって、わかりやすくするためじゃないですか？　私らにとってはありがたいことですよね？　事前に判断材料を与えてくれるんですから。当たればアレが本当のことだってことがわかって、集合がかかれば行くし、当たらなければやっぱり嘘だったんだってことで、行かないで済ますことができる」

どうも話が嚙み合っていない感じがする。

「もしリピートが本当のことだったとして、過去に戻れたら、横沢さんは何をします？」

これもみんなに訊いてみたかった質問である。特に家庭を持っているという点で、僕とは状況が違う横沢がどう考えているのか、興味があったのだが、

「どうしましょうねえ」と、やはり曖昧《あいまい》な返事しか返ってこない。「とりあえず、仕事上のミスを回避したり、そういうことができるってのはわかってますけど。たった十ヵ月しか戻れないんじゃ、たいしたことはできませんよね。……あ、悪いけど、その件についてはまた来週以降、時間のあるときにでも」と急に声の調子が変わった。

「あ、誰か近くにおられます」

「ええ、そうなんですよ」

どうやら奥さんか誰かが様子を見にきたらしかった。

「わかりました。いきなりお電話してすみませんでした。じゃあ」

と言って僕は受話器を置いた。たとえ途中で邪魔が入らなかったとしても、横沢との会話で得るものは何もなかっただろう。リピートが本当にできるかどうかは、誰にとっても重大な関心事であるはずなのに、横沢はそれをどうでもいい問題だと感じているらしかった。

リピートをまったく信じていないのならまだわかる。しかしそういうわけでもないらしい。彼の態度は僕には理解不能だった。

郷原社長と坪井少年に電話をする気力もそれでなくなった。

結局、あまり収穫はなかったな、と思いながら、僕はベッドの上に仰向《あおむ》けに寝転がった。

3

卒論の作業はほとんど進んでいなかった。テーマには戦後文学を選んでいたが、もともとそれは僕にとってどうでもよい問題だったのだ。ただ、卒業しない（できない）と世間体が悪い、そして卒業するためには卒論を書かなければならない——という決まりが世の中にはあって、だからこそ僕はそのための勉強をしていたのだ。

だけどリピートがもし本当に可能ならば、卒業なんてまだまだ先のこと。何しろ三年生に戻ってしまうのだから。

それでもいちおう、今回の人生で勉強をしておけば次の人生での作業が楽になる、という考え方もあったのだが、しかし今の僕にはそれよりももっと大事なことがあった。リピーターの特権は何と言っても《未来の記憶》にある。その多寡によって、次の人生でどれだけのことができるかが左右されるのだ。だから今のうちにそれをできるだけ、頭の中に詰め込んでおこうと思ったのである。まずはそれが最優先。出発日までの残り時間を、なるべくそのことに使いたい——というのが、勉強をしないことの言い訳として、僕の中ではもうすでに通用してしまっていた。

しかし傍目《はため》には、僕は勉強熱心な学生に見えていたに違いない。ほとんど毎日大学に来ては、図書館が閉館するまでの間、一心に資料を読んでいるのだから。ただし僕が丹念に読み込んでいるのは、卒論の資料ではなくただの新聞記事であった。紙面にはあらゆる情報が詰まっている。僕はそれを懸命に記憶していた。政治、経済、国際情勢。国内のあらゆる事件事故、あるいは自然災害。そしてスポーツの結果……。

ただ問題は、仮にこれらの情報をすべて記憶したままリピートできたとして、ではそれを何に活用するか——活用できるのか——という点にあった。これだけの情報量があって、その中で本当に活用できたのは結局、競馬の結果を伝える十センチ角ほどの小さな記事だけだった——などというのでは、やはり僕は情けないと思うのである。

グリムウッドの小説では、本来の人生では誰か別な人が創ったはずの、歌とか、映画とか、あるいはヒット商品などといったものを、やり直しの人生ではすべて自分が創ったものとして戴いてしまう――といった《未来の記憶》の活用の仕方が提示されていた。競馬で儲けるのとは違って、それは富とともに、クリエイターとしての名声をも、作中人物にもたらしてくれるのである……。ただしその小説では、過去への遡行の幅は二十五年間もあって、だからこそそうした活用ができたのだとも言える。対して僕らに与えられた遡行の幅は、たったの十ヵ月間。その短さの中で、僕がその小説中の人物と同じことをしようとしても、やはりそれはちょっと難しいことのような気がする。

二度目の予言から十日が経ち、あと三日で結果が判明するという日。僕はその夕方、久しぶりに新宿まで出ていた。《バンビーナ》でのバイトが入っていたのである。

夕闇がヴェールのようにうっすらと街を覆い、色とりどりのネオンが輝きを増す時刻。新宿歌舞伎町は本来の顔を見せ始めていた。僕は知り合いのキャッチに挨拶をしてからビルに入り、六時過ぎにはタイムカードを押す。

ロッカールームで制服に着替え、鏡に向かって髪を整えながら、僕は相変わらずリピートについて考えていた。

本当に過去に戻れて、人生をやり直すことができた場合、そのやり直しの人生の中で僕は再び、今日のこの日、この時間というものを経験することになるだろう。しかしそのときにはきっと、僕はここにはいないだろう……。

昼間、新聞の縮刷版を眺めていたときには、やはり競馬の結果を伝える記事に目が行ってしまった。桜花賞の連勝複式6－7が二一三・六倍。それを百万円購入すれば、一気に二億円以上が稼げる。サラリーマンの生涯収入に相当する額である。それだけのお金を預金しておけば、利息だけで年収一千万円になる。元金はそのままで、一生遊んで暮らせるのだ。

そんなふうに競馬で簡単に億単位の金が稼げることがわかっていて、どうして時給千円程度のバイトを続けることができようか。カウンターの中で疲れた男どもの愚痴を聞かされたり、あるいは他人の嘔吐《おうと》物で詰まったトイレの処理をしたり……。

風間は、リピート後の注意事項として、なるべく今回と同じ生活をするように、というようなことを言っていたが、実際には僕がここのバイトを辞めたとしても、たぶん問題等は発生しないはずだ。ただ単に、僕にとって、未来の記憶を活かす場がひとつ減るというだけで……。

「ケイちゃん、おはようっ」

「あ、おはようございます」

チーママが出勤して来て、僕は慌てて立ち上がった。今日はわりと機嫌がよいらしくてホッとする。チーママと言ってもまだ二十四歳。僕とふたつしか違わない。

「バイト減らしたぶん、勉強ちゃんとやってんでしょうね？　卒論のためとか言って、実はカノジョができたとかなんじゃないの？」

「いえいえぜんぜん。そんなことないですよ」

と答えながら、そういえば最近セックスをしてないなと思う。忘れていた感覚が身体の奥のほうでかすかに蠢《うごめ》くのを感じた。卒論もリピートも何もかも忘れて、たまにはそういう方面で耽溺《たんでき》してみるのもいいかもしれない……。

モヤモヤとした気分のまま、僕はそのとき、篠崎さんの清純派アイドルふうの容貌を思い浮かべていた。

脳内でいろいろとシミュレーションを繰り返した結果、僕はリピート後に一般の女性と対等に付き合うのは無理だろうと判断していた。一般人をカノジョにした場合、どうしても相手に秘密を打ち明けたくなる――というよりは予言能力を見せびらかしたくなるだろう。しかしそれは許されていない。だから秘密を抱えたまま付き合うことになるのだろうが、それでも自分は明日何が起こるか知ってるのにこいつは知らない、という部分で、どこか相手を見下したような感じが表に出てしまうのではないかと思うのである。

対等の関係というのは、同じリピーター同士でなければあり得ない。それは僕だけでなく、リピーターの全員が、実際に過去に戻ったときには同じように感じるだろうと思っている。しかしリピーター仲間は今回（風間を入れて）男性九人に女性一人という内訳だから、仲間内でカップルが成立するとしても最大で一組だけである。男性陣には選択の余地がないが、相手が篠崎さんなら文句はないだろう。要は篠崎さんが男性陣九人の中から誰を選ぶかという話で、そうなると現時点では僕が選ばれる可能性がいちばん高いのではないか。

いずれ篠崎さんとはそういう関係になるだろう、という都合のよいストーリーが、僕の頭の中ではすでにできあがっていた。それがリピートという、現実にはあり得ない現象を前提にしているということも、ともすれば忘れてしまいがちなほどに、その未来予想図は僕にとって魅力的なものだった。

いや、リピートが本当にあり得ない現象かどうかは、三日後には判明する。風間は本当に未来を知っているのではないか。でなければ二度目の予言などするわけがない。二十七日の午後二時六分。おそらく本当に地震は起きるのだろう……。

「ケイちゃん、悪いけど、ボトルチェックしといてくれる？」

「あ、はい」

チーママに言われて僕は素直に立ち上がった。表面上はチーフと従業員の関係。しかし僕が今ここで三日後の地震を予言し、それが的中したら、彼女は僕のことを畏怖の目で見るようになるに違いない。水商売のバイトをしている今は仮の姿で、本当の僕は誰もが驚くであろう切り札を隠し持っているのだ。

七時の開店時には、女の子はチーママを入れて四人しかいなかった。同伴組や遅番の子たちが出勤してくるのが午後九時過ぎで、客入りのピークはさらに一時間ほど後になる。

十時にボックス席がすべて埋まり、じきにカウンター席もすべて埋まった。僕ひとりでは手が回らなくなったのでチーママにサインを送ると、麗香がサポートに来た。

十一時に団体客が一組帰り、カウンター席に座らされていた三人組がボックス席へ移動したところで、僕はようやく一息つくことができた。洗い物をしている麗香に、

「それは僕がやっとくから、麗香は柴さんたちに付いてボックスに行け」と指示を出すと、彼女は不意に小声で、

「……ねえ、ケイちゃん？　今日バイトの後、一緒にどっか食べに行かない？」と言う。

おやおや、どういう風の吹き回しだ？　僕は今さらのように、麗香の顔を改めて見返した。

店では二十歳と公称しているが、実際にはまだ十八歳。露出度の高い派手目の服が好きで、太股や二の腕に若い子ならではの色気がほのかに漂っている。プライベートでも店と同じような格好をしていたりするので、けっこう遊んでいるふうに見られがちだが、性格は意外と内向的だということを、僕は知っていた。

それがこの誘いだ。僕は念のために、いちおう冗談めかしながらも、釘を刺しておいた。

「知ってると思うけど、店内での恋愛は禁止だぞ」

「……お食事に行こうってだけじゃん」

視線を逸らし、口を尖らせたまま言う。僕は努めて明るい口調で言い足した。

「ならいっか。アフターが入らなければ——ってことで。お互いに」

「やった」

麗香は小さくガッツポーズをしてみせた。

彼女がバイトで入ってきたのは今年の七月。一緒に仕事をするようになって、もう四ヵ月近い月日が経っていたが、その間、チーママの誘いなどで、大勢でアフターに繰り

出すことはあったものの、彼女が誰かと個別に付き合おう、というようなことを言い出したことは、今までになかったように記憶している。

　早番の上がり時刻は午前零時だったが、僕は三十分ほど余分に働いた。それからロッカールームに下がると、思っていたとおり、麗香以外の早番組はもうすでに帰っていた。

「アフターは入ってないよね？　でも……どうして今さら？」と訊いてみると、

「えーっと、うまく言えないんだけど――なんかケイちゃん、もうじき遠いところに行っちゃうみたいな気がして……」と、思い当たるフシがないでもないことを言われて、瞬間的にドキッとしたが、

「おいおい、縁起でもないこと言うなよ」と僕は笑って誤魔化した。「じゃ、アフターに行きましょうか」

　二人で店を出て、まずはショットバーに入り、そして次には当然のように、僕は麗香をホテルへと連れ込んだ。

　彼女は逆らわずに付いてきた。その覚悟はそれなりに持って臨んできたものらしい。

　彼女の身体は柔らかかった。服を着ているときには、あともう少し痩せればよいのにと思って見ていた身体が、いざ裸にしてみればちょうどよい肉付きで、抱いたときの肌の弾力の具合も申し分ない。

「あたし、ケイちゃんのこと、好きになっちゃったみたい。……いい？」

　一回戦が終わった直後、ベッドの中で目を潤《うる》ませながら、麗香はそんなことを言い出した。今日のこれを、僕が遊びで済ませるつもりなのか、それとも本気に取ってもいい

のか、判断がつかない様子であった。

「もちろん。……麗香にそう言ってもらえて嬉しいよ」

と僕は答えた。彼女はそれを聞くと、僕の身体にギューッと抱き付いてきた。その肉感がまたよい感じなのである。それでつい調子に乗ってさらに余計なことを言ってしまった。

「あ、そうだ。来月、三、四って連休あるじゃん。そんとき二人でどっか行かない？泊まりとかで」

「ホントに？　行く行く」

と言いながら身体を揺すって、麗香はもうベッドの中で大はしゃぎだった。さすがに調子に乗りすぎたかなと、僕は心密かに反省する。

その連休は、僕には訪れないはずだった。

というか、今さら訪れてもらっては困るのだ。

4

現代の科学では地震を分単位の精度で予知することは不可能である。

それが一度ならず二度までも実現したとなると、現代科学のほうが見直しを迫られることになる。同時に、現代科学では説明がつかないからという理由だけでリピートを否定することもできなくなるはずだ。

運命の日。十月二十七日。時刻はすでに午後二時を過ぎている。

一一七番で秒針までキッチリと合わせた卓上時計と睨めっこをして、僕は最終審判の下される時——午後二時六分が来るのを、息を殺して待ち続けていた。

あと十秒。……あと五秒。

そして秒針が頂上を過ぎる。ここから一分以内に結果が出る。秒針は痙攣《けいれん》するような動きで少しずつ時を刻んでゆく。時計の横には水を目一杯に満たしたコップが置かれている。僕は全身をセンサーにしてその時を待ち続けた。……十五秒。……二十秒。

そして秒針が八の目盛を過ぎて二つ目——四十二秒になったとき。

部屋が揺れた。思っていたよりもハッキリとした揺れだった。全身をセンサーにしていなくても、その震動は感じられたに違いない。表面張力で盛り上がったコップの水面も左右に振れ、ついには溢れた水が雫《しずく》となって卓上に流れ落ちた。

揺れていたのは、時間にすればほんの三秒ほどの間だった。震動が収まったのを確認してから、僕は詰めていた息を吐いた。

予言どおりに地震は起きた。もはや間違いない。

風間は現代科学を超越したところにいる。

彼は本当にリピートを体験しているのだ。

地震から三十分後。予告どおりに風間から電話が掛かってきた。

「確認されましたよね」と言うので「はい」と素直に答える。

「では、出発日を申し上げます。三日後の十月三十日。水曜日ですね。その日の午前十時に、新木場駅まで来てください。京葉線の駅です。地下鉄有楽町線の終点でもありますね。十時に新木場の駅前のロータリーに集合です。私が迎えに行きます。その時点でおられなかった場合には、残念ですが権利を放棄したものと解釈させていただきます。あとこれは当たり前のことですが、当日は毛利くんおひとりで来てください。私が直接声をかけた九人以外に誰かがその場にいたら、約束を破ったということで、みなさん全員を置いていくことにします」

その注意事項を聞いて、咄嗟に天童のことを思った。前回の《回龍亭》のときと同様、彼は今度もまた、探偵だか誰だかを張り込ませるつもりでいるのではないか。それで風間が僕たちを見捨てるようなことがあったら、悔やんでも悔やみきれない。天童には後で電話して、当日はひとりで来るように、僕からもお願いしておかなくては。

「あと、これは言わなくても大丈夫だとは思うのですが、出発まではあと三日——今日を含めてですね、あと三日間、この世界で過ごすことになるのですが、そこでは決して無理なことはなさらないでください。残りの三日間はいつもと同じように過ごしてください。どうせリピートできるのだから、ここでどんな無茶なことをしても、それは最終的にはなかったことになる……という考え方は、間違ってはいないのですが、ただそれで——極端な話をしますが、たとえば誰か恨みのある人に、この機会に復讐《ふくしゅう》してやれ、などと思って実行してしまったがために、警察に捕まって集合場所に来られなくなったというんじゃ困りますし、あるいはそうじゃなくて、じゃあ贅沢三昧《ぜいたくざんまい》をしよう、と考えて、そのために無理な借金をして、それで当日借金取りに追いかけられて新木場まで相手が来てしまった、などということになったら、私はそこでみなさんを置いて、見捨てて行くことになります。とにかく目立つようなことはしないでください。当日も家を普通に出て、誰かに後を追われたり付けられたりするようなことがないようにしてください。それだけはくれぐれもお願いいたします。……何かご質問は？」

不意にそんなふうに訊かれて、慌てて考える。訊きたいことはいくらでもあるはずだと思うのに、咄嗟には何も出てこない。その挙句、

「えーと、何か持って行かないといけない物とかは……」と馬鹿なことを訊いてしまった。

「特に何もありません。過去には何も持って行けませんからね。とりあえず記憶と、あとは新木場までの電車賃があれば大丈夫です」

風間は真面目に答えてくれた。僕は最後に念を押す。

「本当に……本当に過去に戻れるんですね？」

「ええ。信じられないかもしれませんが、本当です」

では三日後に、という言葉を残して、風間は電話を切った。

天童に電話をしなくてはならない。池田さんとも話したい。篠崎さんとも。

しかし僕は一時間ほど間を置くことにした。風間が全員に電話をして回るのに、それくらいの時間はかかるだろうと思ったからである。まず風間からの電話を受けて、それからみんなで話し合う、というふうにしたほうがいい。

四時を過ぎたらこちらから電話をしようと僕は思っていたが、その前に、三時過ぎに

は一本目の電話が掛かってきた。

池田さんからだった。

「あ、毛利くんですか。風間から電話……ありました？」

「ええ、先ほど」

「地震、本当にありましたね」

「ええ」

とりあえずそんなふうに事実を確認し合ったところで、しばらくは沈黙が続いた。

「三十日の午前十時に新木場、ですね」

「ええ」

「行きますよね」

「ええ。もちろん」

結局そんなふうに情報を確認し合っただけで、それ以上特に話し合うべきこともなく、僕たちは通話を終えた。

次いで三時半には篠崎さんから電話が掛かってきた。最初はやはり事実を確認し合うだけだったが、彼女の場合には当日集合場所に行かないという選択肢があり、それで僕に相談を持ちかけてきたのだった。

「まだ迷ってるんです。毛利くんはもう行くって決めてるんだよね？」

「ええ。もし篠崎さんがここに残るっていうことになると、これでお別れってことになるんですよね。せっかく知り合ったのに——」と、そこで言葉が途切れてしまう。

別に離れればなれになるわけでもない……のか？

「あ、いま毛利くん、私がここに残ったとしても、過去に戻ればそこにはやっぱり《篠崎さん》がいて――みたいなこと、思ったでしょ」

「あ……わかります？」と僕は照れ笑いをした。「でもその篠崎さんは、僕とは知り合いじゃないいんですよね……」

「そうしたら、ナンパとかする？」悪戯《いたずら》っぽく、そんなことを言う。僕も負けずに、

「僕がもしナンパしたら、篠崎さんはナンパされちゃいます？ そのときにはカレシとか、いました？」

何気なくそう言ってから、もしそうだったら嫌だな、と思った。と同時に、由子のことも脳裏をかすめる。

「残念ですけど」と彼女は答えたが、それだけではどっちの意味かわからない。「でもナンパとかって嫌いだから、声かけられてもたぶん無視すると思います」

「僕は未来から来ました、未来では知り合いだったんですよ――って言ったら？」

「そういうのって……考えてみると変ですよね。その過去の私は、毛利くんのことぜんぜん知らないのに、毛利くんのほうは私のことをいろいろと知ってたり。……そうか。もし私が過去に戻って、会社で、今年の新人とかが入ってきたときには、向こうは初対面のつもりでいるのに、私はあの子たちのことを――どんな性格で、どんな趣味があってとかって、知ってるんだよね、一方的に。……そうやって考えると、やっぱり大変だなあって思っちゃう」

「でも、行きましょうよ。大変なのはわかりますけど、そのぶん、いろいろできることもあると思います。……とにかく僕は、篠崎さんに一緒に来てほしいって思ってます。それだけは理解しておいてください」

僕としてはかなり大胆なことを言ったつもりだったが、彼女はそれほど真剣には受け取らなかった様子で、

「うーん、毛利くんの言いたいこともわかるんだけど……」

「もし僕ひとりで過去に戻って、篠崎さんと再会できたとしても、その篠崎さんは、僕との想い出を共有してないんですよね？　一緒に池袋で食事したことも、リピートのことで真剣に相談し合ったことも、僕にとっては大切な想い出なのに、それを向こうは憶えてないっていうんじゃ、あまりにも悲しすぎます。僕は過去に戻ったときには、他でもないあなたと再会したいんです」と僕はさらに言葉を重ねて彼女を口説いた。

「あ、でも……もし私が残って、毛利くんが過去に戻ったとしますよね？　そのとき、私から見て毛利くんって、どうなっちゃうんだろう？　って、今ちょっとふと思ったんですけど。……どう思います？　毛利くんの——中身って言うのかな？　人格のほうは、過去に戻っちゃうんですよね？　ってことは、こっちにはその中身の抜けた、身体だけが残るってことになって……それって、もしかして、死んじゃうってこと？」

僕はアッと息を飲んだ。そういう着眼では、いままで考えたことがなかった。

どうなんだろう？　……彼女の言うとおりなのだろうか？

これればかりは、たとえ経験者に聞いたとしても、答えの返ってこない問題だった。

「もしそういうことになるんだったら、私も――もし戻ることにしたら、この世界では死んじゃうってことになって、もしそうなったら、両親が……」と彼女は言葉を詰まらせた。

「でもさ」と僕は思いつくままに喋り始めた。「戻った先には先で、そこにはちゃんとご両親がいるわけでしょ？　で、鮎美さんにとってはそれが、唯一の人生ってことになるんですよね？　たぶん。だから戻ったら戻ったで、そこにいるご両親が、鮎美さんの本当のご両親ってことになって、だから……」

「ええ、わかります。たぶんその考え方で、いいとは思うんですけど――」

そう言いつつも、彼女はやはりどこか、納得できていない様子だった。

「とにかく、三十日に、僕は新木場に行きます。そこで篠崎さんが来るのを待っています」

僕は重ねてそう言ったが、彼女は最後まで、自分は行くとも行かないとも断言しなかった。

5

さらに四時を過ぎたのを確認してから、僕は天童に電話を掛けた。《天童企画》のオフィスが実は自宅も兼ねているということはすでに聞いていたので、名刺の番号に掛ければ繫がることはわかっていた。

「はい。……おう、毛利か。……なるほどね。いや、それなら大丈夫だ。俺もさすがに今度の予言が当たったことで、考え方を変えざるを得なくなった。今さらあいつの身元をどうこうしてもしょうがねえ。……うん。そうだ。俺ひとりで行くさ。……いや、そこまで気が回るってのはいいことだ。さすがに俺が見込んだだけのことはある。じゃあな」

ということで、実際には心配するほどのこともなかった。

むしろ心配なのは、先週の段階で「今度の予言は絶対に当たらない」と断言していた大森なのではないか。そう思って電話をしてみると、

「よ、予言のトリックがわかりましたよ」といきなりそんなことを言う。何かと思えば、

「いいですか、さっき起こったあれは、本当は地震なんかじゃないんです。実は地下核実験か何かが秘密裡に行われていたんです。この日本で。九月のやつも同じです。それを地震と偽って報道してるんですよ、奴らは。だったら前もって何時何分に地震が起きますって予言することもできますよね」などと言う。

「じゃああの風間って人は、そういう政府の秘密情報みたいなのを知り得る立場にいて、で、それを元にあのリピートがどうこうって話を作って、それを僕らにして、で、いったい何が狙いなんです？」と訊いてみると、

「……生命を狙ってるんですよ。ぼ、僕たちを皆殺しにするつもりなんです、きっと」

と小声で言う。どうやら大森自身が「妄想」に逃げ込んでしまったらしい。

「じゃあ三十日は行かないんですか？」と訊くと、ぐっと詰まったが、

「い、行きます」と言う。「仮説を立てるだけで満足してちゃ科学者の名がすたります。最後まで見届けないと」

「来るんだったらひとりで来てくださいね。大森さんひとりのせいで、僕たちが置き去りにされるようなことがあったら、一生恨みますよ」

とりあえずそんなふうに釘を刺すことぐらいしかできなかった。

これが最後の機会だと思い、僕はさらに郷原と坪井にも連絡を取ってみることにした。まずは郷原社長から。風間から聞いた番号をプッシュすると、

「はい。……もしもし？」と出た声は本人のものらしかったが、いちおう確認してみる。

「もしもし。僕は毛利といいます。郷原さんをお願いしたいのですが」と言うと、

「毛利さんと言いますと？」と慎重に訊ね返してくる。

「一ヵ月ほど前に、横浜でお目にかかりました。郷原さんは僕の三つ右の席に座っておられました」

「ああ、あの毛利くんでしたか。よくウチの番号がわかりましたね」

「ええ。勝手に調べさせていただきました。すみません」

素直に謝ると、郷原は許してくれたらしかった。

「それで？　用件はやはり、先ほどの地震のことですか？」

「ええ。郷原さんはたしか、半信半疑とのことでしたが？」

「今はもう、ほとんど信じていますよ。あそこまでされればねえ。……実は私、戦時中に空襲に遭ったことがあって、そのときに一度だけですが、信じられない体験をしたこ

とがありましてね――」と前置きして、彼は唐突に思い出話をし始めた。

当時中学生だった郷原少年はその夜、突然の空襲警報に叩き起こされ、家族や近所の人たちとともに裏山の防空壕に避難した。真っ暗闇の中で幼い弟を抱きしめながら爆撃の音を聞いているうちに、不意に目の前にビジョンが現れた。まるで映画を見ているかのようだった。燃えさかる地上の家並みが見える。暗天から地上へと降り注ぐ無数の焼夷弾の軌跡が見える。そのうちのひとつが自宅の屋根に落ちる。自宅の裏庭に落ちる。家が燃え始める。庭木が燃え始める。犬小屋に繋いだままだった飼い犬が必死に逃げ出そうとしているのが見える。

翌朝、防空壕から這《は》い出た郷原は、自分が見たビジョンが夢ではなかったことを知る。彼が幻視したとおりの形で家は焼け落ち、そして飼い犬も、彼が幻視したとおりの位置で焼け死んでいた……。

「夢でも幻でもありません。私は防空壕の中にいながらにして、外の様子をハッキリと見ることができたのです。……この世には、科学では説明のつかないことが稀に起こることもあるんです」

郷原は真剣に話している様子だったが、僕は適当に流して聞いていた。郷原が少年時代に神秘体験をしていようがしていまいが、そんなことはどうでもいい。リピートとはまったく関係のない話ではないか。

ただひとつ、郷原の年齢でそういった戦争体験をしているという事実には、虚を衝かれる思いがした。僕たちはそういう極限状態を体験したことがない。そして身近にそういう体験をしたことのある人たちがいるということを、つい忘れてしまいがちである。

続いて僕がリピートの活用法について訊ねてみると、彼は困ったように笑った。

「私にとっては、十ヵ月はあまりにも短すぎるんでね。この歳になると、十ヵ月前も今も、ほとんど変わらないんですよ。まあとりあえず、孫たちと一緒にディズニーランドにでも行ってみようかと思っています。それだったら別に、過去へ戻らなくてもできるんですが、やはり何というか、ボーナス的にいただいた時間だからこそ、そうやって無駄遣いもできるというか」

その言い方があまりにも穏やかな感じだったので、僕は何も言うことができなかった。

「ありがとうございました」と最後にお礼を言って、僕は電話を切った。

しばらく間を置いてから、僕は坪井にも電話を掛けた。二週間前に風間から聞き出した番号をプッシュする。三度の呼び出し音の後、

「はい、坪井です」

と、出たのが若い女性の声だったので、僕は一瞬言葉に詰まった。

「あ、えー、毛利という者ですが、坪井くんをお願いしたいのですが」

「えーと、カナメくんは今ちょっと買い物に出てて、いないんですけど」

カナメくんというのが、あの坪井少年のことなのだろうとは理解した。しかしそういうお前は誰なんだ？　と僕は首を捻《ひね》る。

「えー、失礼ですけど……あなたは？」

「あ、アタシは学校の友達で、今日はちょっと遊びに来てるんですけど。今はカナメは

お買い物に出てて、アタシはお留守番。もうちょっとすれば帰って来ると思うんですけど。モーリさんでしたっけ？……どうします？」

ひとん家《ち》の電話に勝手に出るなよ、と思う。後で掛け直しますと言うべきところなのだろうが、この相手がわりと開けっぴろげな性格だと踏んで、僕はこのまま相手との会話を続けることにした。坪井がどういう人間なのかをこの際、彼の女友達だというこの相手から、聞き出そうと思ったのだ。

「えーっと、坪井くんの学校の友達って——学校って、予備校ってこと？」

「あ、そうです。アタシは神谷《かみや》って言います」

「神谷さんはじゃあ、坪井くんのカノジョとかってこと？」

「じゃなくてー。そういうアレじゃないですよん」

「でも今だって、そうやって部屋に上がり込んでるわけでしょ？」

「でもカナメはただの友達。だってアタシ、カレシは別にちゃんといるもん」

なるほど。カノジョではない異性の友人がいて、それが部屋に遊びに来ていて——とすると坪井も、けっこう社交的な生活をしているわけだ。先日の印象からすると、もっとまわりから浮いているような、そういう存在のようにも見えたのだが。

神谷さんは独りで喋り続けている。

「……今日はただアタシ——カナメって最近、学校に来てないんですよ。で、どうしてんのかなーって思って、それで今日は様子見に来たってわけ。そうしたらあいつ、寝惚《ねぼ》けたこと言ってるんですよ。もう勉強しなくても大丈夫だ、オレは東大に合格すること

になってるから って」

あ、それは微妙にまずいのでは……? 秘密をよそに洩らしたことになるのでは――

と思っていると、

「アタシが思うに、たぶん裏口入学の詐欺か何かに引っかかってるんじゃないかって思うんですけどね。私大ならともかく、国公立の大学にそんなのないって。……あ、もしかして、モーリさんって、そっちの関係の……?」

恐るおそる、といった感じで、そんなふうに聞かれてしまった。まさかそこで自分にお鉢が回ってくるとは予期していなかった僕は、慌ててしまった。

「いえ違います。……うん。それじゃまた、あの……本人が帰って来たら、毛利から電話があったって伝えといてください。特に用事はなかったんだけどって。それじゃね」

「バイバイ」

受話器を置いたところで、どっと冷や汗が出た。

6

出発の前日――二十九日の夜。

あと一日を切った、そして半日を切った――という、その残された時間と反比例するように、興奮の度合は刻々と増してゆく。

夜の十時をまわったところで、僕はもうじっとしていることができず、池田さんに電話を入れた。

池田さんは落ち着き払った声で電話に出た。

「今さらジタバタしてもしょうがないでしょう。もうこうなったら明日、指示どおりに新木場駅に行くのみです。落ち着きましょう、毛利くん」

クールな応対だったが、それでも僕の興奮の熱を冷ますことはなかった。

「いよいよ明日なんですよね」

まるで遠足前夜の小学生のような感じだった。そしてその興奮を共にわかちあえるのは、同じ仲間である彼らしかいないのだ。

電話を終えると時刻は十一時だった。寝過ごしてはいけないと思い、早めに布団に入ったのだが、しかしなかなか寝つけず、結局、一睡もできないままに、僕は当日の朝を迎えることとなった。

七時になったところで起き出し、カーテンを開けて外の天気を確認する。曇りだった。あと三時間か。

特にすることがなく、僕はとりあえず届いていた今朝の新聞を隅々まで読み返した。食欲はほとんど感じなかったが、トースト二枚をインスタントコーヒーで胃袋に流し込んだ。それでも間が保たずに、僕は結局、かなり早めに部屋を出てしまった。

落合駅から東西線に乗り、飯田橋駅で有楽町線に乗り換えて、新木場駅に到着したのが午前九時十五分。

降り立った新木場は、開発途上の街だった。駅前に幾棟か並んで立っているビルは、充分すぎるほど土地に余裕があって、隙間からは遠くまで視界が開けている。都内では珍しいことに、頭上にも空が大きく開けて見えていたが、今日はあいにくと天気が悪く、濃い鼠色の雲が重く垂れ込めている。近くにヘリポートがあるらしく、バリバリというあの独特の飛行音が、時には二つ三つと重なって、雲の天蓋に反響している。

駅前広場に出ると、先客がすでに二人来ていた。高橋と坪井である。元ヤンキーのトラック野郎と、東大受験を目指す予備校生という二人が、微妙な距離をあけて立っている。僕が姿を現すと、高橋がホッとしたような表情を見せ、

「よう。いよいよだな」と声をかけてきた。

一方、坪井のほうも僕に何か言いたそうな素振りを見せていたが、高橋がいる手前、話しかけられないでいる様子だったので、僕は彼を少し離れた場所へ連れて行った。どうせ日曜日の件だろうと思っていると、案の定、少年は、

「……秘密は洩らしてないからね」と拗ねたような口ぶりで言った。「神谷が勝手にいろいろ、あることないこと喋ったみたいだけど」

「わかった。風間に言い付けたりはしないよ」と僕は鷹揚に答えた。

京葉線と有楽町線を合わせれば、電車は数分おきに発着している様子だったが、乗降客はそれほど多くない。ロータリーの端にバス停があり、そこでビジネスマンふうの男たちが数人、バスを待っていたが、それ以外にはほとんど人の姿は見られなかった。

「……あの降着は、オレもさすがにひでえと思ったけどな。ただ、もしかしたら、R8から来たリピーターたちが春競馬で無茶な買い方をして、それで中央のやつらが気づい

て、だからあんなふうにわざと外して来たんじゃねえかって思えば思えるんだよな。そんときには武豊《たけゆたか》もグルってことになるけど、まあ、あり得ねえ話じゃねえし」

高橋が秋の天皇賞について熱く語っているのを聞いているうちに、また新たに電車が到着したようで、駅から池田が出てくるのが見えた。続いて、天童、横沢、大森と、立て続けに四人が姿を見せた。時刻はまだ九時半にもなっていない。

天童と横沢はスーツ姿で来ていた。天童は前回と同じく、黒の上下にネクタイも黒で、長身と鋭い目付きをあわせると、まるで殺し屋のようだった。一方の横沢は、鞄のほかにお弁当と思われる布袋も提げており、家族に見送られて出勤する姿が想像された。電話に出た子供の声を思い出す。君のパパは会社には行かずに、こんなところで時間旅行に向かおうとしているんだよと、胸の中でその子供に話しかけてみたりする。

大森は池田を相手に熱弁をふるっていた。話の内容は、先日僕が電話をしたときに聞かされたものと同じらしかった。

さらに十五分ほどして、八人目として姿を現したのは、篠崎さんだった。僕はその姿を目にした途端、来てくれたんだ、という思いで胸の奥が熱くなるのを感じた。

彼女は僕のそばに来ると、耳元で「毛利くん、もしもの場合は守ってね」と囁《ささや》いた。僕はひとつ頷いてから、「任せてください。恋人役でもロバの耳の役でも、何でもやります」と囁き返した。

最後のひとり、郷原も、今日は時間内に姿を見せた。そうして年齢も性別も職業もバラバラな九人が集まって、何やら立ち話をしている姿は、端から見てどういう集団と映ったことだろう。クイズにして道行く人に出題してみたかった。正解は──時間旅行のツアーに参加する人たちです。……そんなの誰も正解できないって。

「毛利くんはご機嫌ね」と篠崎さんに言われて初めて、僕は自分が鼻歌を歌っていたことに気がついた。しかもそれは原田真二の「タイム・トラベル」のサビの部分だった。それを繰り返していたのだ。

浮かれていると思われるのは心外だったが、とにかく興奮しているのは確かだった。それは僕に限った話ではなく、たとえば高橋はさかんに路上に唾を吐いていたし、また大森はひっきりなしに髪の毛を掻き毟っていた。

いちばん落ち着いていたのは、あるいは横沢だったかもしれない。池田さんを相手に何を話しているのかと思って聞き耳を立てていたら、何とゴルフのスイングについて相談をしているのだった。

その池田さんが、不意に横沢の話を遮《さえぎ》って、「あれか?」と大きな声を出した。マイクロバスが一台、僕たちのほうに向かって近づいてきた。車体のフロント部分に《西洋航空》という社名と、その会社のシンボルマークらしきものが描かれている。

運転しているのは──風間だった。

車は僕たちの前で横向きに止まった。運転席側のドアが開き、風間が車の前部を回り込むようにして、僕たちの前に姿を見せた。まずは僕たち全員を見わたして、「おはようございます。みなさんお揃いですね」と言う。次いであたりをキョロキョロと見回して、「余計な人は連れてきていませんね」と確認する。

僕たちは身じろぎもできないでいた。

「では、これから問題の場所に移動します。まだ時間的に余裕もあります。前もって話しておかないとならないこともいくつかありますが、路上でおおっぴらにできる話でもないので、とりあえず乗ってください」

風間は車体横のスライドドアを開けると、僕たちに乗るようにと手振りで促した。彼のジャンパーの背中に、車体に描かれているのと同じ航空会社のロゴとシンボルマークがプリントされていることに、僕はそのとき気付いた。

車内には運転席の後ろに、三人掛け、二人掛け、三人掛けとシートが三列あり、八人が乗ったところで、スライドドアが風間の手によって外から閉められた。ひとり余った坪井少年は助手席に座らされ、最後に風間が運転席に乗り込んで、ついに十人の人間が車内に勢揃いした形になる。

「では、とりあえず移動します」

マイクロバスはエンジンを始動させると、駅のロータリーを回り、車のほとんど走っていない大通りを南下し、すぐに東へと方向を変えて走り出した。道の左右は貯木池になっていて、フェンス越しに、丸木が並んで水面に浮かんでいるのが見えた。行く手の空にヘリが飛んでいる。

「空か……」

隣に座った天童の呟きが聞こえた。

7

到着したのは、コンクリートで均《なら》された、見わたすかぎりのだだっ広いスペース。そこに十数台ものヘリコプターが、思い思いの場所で羽根を休めていた。風間の説明によると《東京ヘリポート》という施設だとのこと。都内にこうした施設があるということを、僕は今日になるまで知らなかった。

その駐車場にマイクロバスを止め、後部座席のほうに半身を向ける形で、風間は僕たちに出発前の最後のレクチャーを開始した。

「さて。今日は無事にみなさん全員にお集まりいただきまして、まことに嬉しく思っております。まず最初に言っておきますと、目的地は空です。《時空の裂け目》は空中に開くのです。私たちはそれを《黒いオーロラ》と呼んでいます」

「黒いオーロラ……」と思わず口内で復唱してしまう。

「実際、オーロラのように見えるのです。ただし色は真っ黒の。ゆらゆらと空中に漂う感じで見えます。それが現れる時刻は、十一時三十七分です」

十一時三十七分。あと一時間半……。

僕は深呼吸をした。

「その前に改めて、ここで最後の注意事項と連絡事項とを伝えておきましょう。まずは一点目。……過去へ戻ったら、まずすぐに、私のほうに連絡を入れてください。電話番号を言いますから、しっかりと記憶しておいてください。……メモに書いても持って行けませんので」

彼は軽く微笑んで、そして自分の電話番号を告げた。続いて語呂合わせの憶え方も言い添えるが、それがちょっと苦し紛れで、僕は思わず笑ってしまった。でもそれがかえって記憶に残りやすいようになっている。僕は心の中でその語呂合わせを復唱した。

「それから二点目。……今は昼前ですが、戻った先は深夜です。それからおそらく、戻った先での自分の体勢も、それぞれに、たとえば寝ていたり、座っていたり、歩いていたり、あるいは運転している最中だったりするかもしれません。つまり、いきなりそういう格好をしている自分の体内に戻ることになるわけです。……そのときの様子を詳しく説明しますと、一瞬のブラックアウトがあって、それからストンと落ちるような感覚とともに、戻った先の身体の中で意識を取り戻すことになります。で、その際に、くれぐれも怪我などなさらないように願います。戻り先の――一月十三日の二十三時十三分七秒に、自分がどういった体勢にあり、どういった状況下にあったか、それを憶えてらっしゃる方は、事前にそのイメージを充分に持っておかれると、よいと思います」

一月十三日。日曜日の午後十一時過ぎ。はたして僕はどこで、何をしていただろう……。たぶん部屋で寝ていたのではないかと思うのだが。

「そして三点目。……リピートを果たした直後には、みなさん、自分がこれからどうしたらいいのか、あるいは何をすればいいのかといったことで、必ず悩まれることと思います。あるいは競馬や株で儲けようと思っている人には、馬券や株の買い方をレクチャーしたりする必要もあります。そのために、向こうに着いたらとりあえず一回、みなさんを集めて、私からいろいろとお話しさせていただこうと思うのですが。……まあ、戻った先の状況にもよりますが、なるべく全員の方に参加していただきたいと思います。日時は、戻った次の次の日がちょうど成人の日でお休みですから、その日の午後といったあたりを考えています。今はまだ予約は取れませんが――」と言ったところで風間は少し笑った。「R8からR9に――つまり今回来たときも、ゲストのみなさんに集まっていただいた場所があるので、R10でもそこに集まるようにしたいと思います。詳しい日時や場所については、リピート後にみなさんから電話をいただいたときに説明します」

その後の注意事項は、今までに聞いた話の繰り返しだった。曰く――なるべく前と同じ生活を送るように心懸けるように。曰く――リピートの秘密を余所《よそ》に洩らさないように。

「――これで最後になりますが、何か質問はありますか？」

そう言われて、聞きたいことはまだまだたくさんあるようにも思うのだが、特にこれと焦点を絞った質問ができるでもなく、時計を見やれば、もうあまり時間も残されていない。

あと一時間――この期に及んで、どういうわけなのだろう、僕にはこの現実が、そしてリピートが、妙にリアリティのないものとして感じられるのだった。

質問の声が上がらないのを確認して、風間が言った。

「では、ちょっと早めですが、そろそろ行きましょうか」

風間に促されて車を降りた僕たちは、管制塔のような建物の中にある、待合室のようなスペースに通された。風間はひとり外に出ている。外に幾つも立ち並ぶ倉庫のひとつ――《西洋航空》と大きく書かれた建物から、ヘリコプターが一機、牽引車のようなもので運び出されているのを、風間が係員とともに見守っている。

待合室には僕たちの他にも職員のような人が何人かいて、小声でもリピートに関する話がしづらい状況にあった。僕たちはただ、壁に大きく設けられたガラス窓を通して、ヘリコプターの離陸準備が着々と進められているのを、黙って見ているしかなかった。

時計の針がそろそろ十一時を指そうかというところになって、問題のヘリがようやく羽根を回転させ始めた。機体の風防ガラスの向こうに、ヘッドホンのようなものを頭に被った風間が操縦席に座っているのが見える。

ややあって、ヘリの前にいた係員が、こちらのほうへ駆け寄って来た。彼がドアを開けた途端に、ヘリのたてる騒音が激しくなった。

「どうぞ。乗ってください」

係員に先導され、僕らは二十メートルほど先に止まっているヘリコプターへと、小走りに向かった。

それにしても、まさか今日、こんなふうに、ヘリに乗ることになろうとは……。

機体に近づくにつれて、騒音はいよいよ激しくなってくる。赤と白に塗られた、滑らかな流線型のボディは、今は左側面をこちらに向けている。頭上を回るブレード。よくよく見れば、普通は機体の下がソリのようになっているのが、このヘリコプターはそうなっておらず、代わりに車輪が付いている。ドアが三枚並んで開いており、最年長の郷原が一番前のドアに案内された。風間の左隣で、そこも操縦席のようだった。あとのドアからは、それぞれ四人ずつ乗れるようになっている。案内してきた係員が、僕らを適当に前後へと振り分ける。

僕は前列の席に乗り込んだ。いちばん右側の席である。後から天童、池田、坪井少年と続いて乗り込んで来て、さらに係員が上半身だけを乗り入れて、手早く座席の安全ベルトを僕らに掛けてくれた。そうして引っ込むと、外からバタンとドアが閉められる。後列も同じようにして、みんなが乗り込んでから、全員に安全ベルトが掛けられ、ドアが閉められる。

十人全員が乗ったところで、僕はようやく理解していた。このヘリの定員が十名なのだ。だからゲストは最大で九人までと決められていたのだ。

いろんな経験をしてきた僕も、ヘリに乗るのは初めてだった。何か息苦しい感じがする。僕はたまらず深呼吸をした。ドアを閉めても頭上からの騒音は相変わらずで、よく聞けばそれは、キーンという高周波の音と、ブレードが空気を裂くバリバリという音、その二種類の音が入り混じっていた。前者はどうやらエンジンの立てる音らしい。

視界は意外と開けていた。僕の前には操縦席があり、風間が座っている。その席よりも僕らの席のほうが、椅子が一段高くなっているらしい。正面の風防ガラスの向こうで、係員が手で何やら合図をしているのが見える。

「それでは、出発します」

スピーカーを通した風間の声がそう告げた。天井とコードで繋がっている、あのヘッドホンのようなものには、マイクが付いていて、それで機内の乗客に話しかけられるようになっているらしい。

ブレードが空気を裂く音が、やや音調が変わったなと思ったら、機体がふわりと揺らいだ。そのまま不安定な揺れを感じているうちに、見る見る地面が遠ざかってゆく。すでにヘリは空に浮かんでいた。

やがて機体はぐらりと左に傾き、そのまま旋回してコースを変えた。前傾姿勢のまま、さらに高度を増してゆく。眼下を流れていた地面が、いつの間にか水面に変わる。海上に出たのだ。その海面も、はるか下方に見えていた。

航跡を後ろに残した船が、海面に幾隻も浮かんでいる。波濤《はとう》のひとつひとつが、まるで縮緬《ちりめん》模様のように小さく見えている。機体が前に傾いているため、水平線が僕の目線よりも上に位置しているのが、何とも気持ち悪い。

前後に左右に、そして上下にも揺れる機体の、何と不安定なことだろう。

「えー、ただいま、高度は七百フィート。だいたい二百三十メートルくらいです。……左手に海岸線が見えるでしょうか。あれが房総半島です」

風間がそんなふうに、遊覧飛行ふうのアナウンスを入れる。しかし覚悟を決める時間も充分に与えられないまま、気がつけばいきなりこうして空を飛んでいる僕にとっては、それどころではなかった。

ヘリはそのまま十分ほど飛行し続けた。そして、

「えー、ただいま時刻は十一時二十分。すでに問題のポイントに到着しています。これから十七分間は、ホバリングして待機します」

機体が、今度はいったん後ろに傾き、それからようやく水平になった。僕は胸がムカムカしていた。あと十七分もこれが続くのか……。

「おい、毛利、聞こえるか？」

左隣の天童が、僕の耳元で囁いている。いや、実際には普通の声を出しているのだろう。しかしローターの立てる騒音のせいで、何とか耳に届く程度にしか聞こえない。

声を出すと吐きそうで、僕はただ頷きを返した。

「いいか、黙ってよく聞け。まわりの風景をよく憶えとくんだ。この風景──房総半島の海岸線に何が見えるか、あの三浦半島が……あれは三浦半島だよな？　あれがどの程度の大きさに見えているか、自分がいまどのくらいの高さにいるのか──そういったことを、しっかり目に焼き付けとけ」

天童がどういう意図で、そうした指示を出すのかわからないまま、僕は言われたとおりに、そうした光景に目をやった。もとより、他には眼下に海面が広がるばかりで、見るべきものといえば、そうしたものしかなかったのだが。

機体は微動を繰り返しながら、空中の同じ地点に止まっていた。クレーンか何かで吊り上げられているような感じだった。いや、それだったらむしろ安心できるのだが、実際にはワイヤで吊られているのでも何でもなく、ただ単に頭上を回るプロペラによって、何もない空中に浮かんでいるだけなのだ。

それからの時間は、非常にゆっくりと過ぎて行った。ヘリをホバリングさせた状態のまま、永遠とも思える十七分間が過ぎ、そしてようやくアナウンスが入る。

「えー、そろそろ時間です。あと三十秒ほどで見え始めると思います」

そして、それは空中にゆっくりと出現した。

本当に風間の言うとおりだった。

――黒いオーロラ。

ポッカリと口を開けた異空間の黒い帯。それはユラリユラリと波打ちながら、形を変えて、だんだんと大きくなってゆく。

これが……。僕は思わず目を瞠《みは》った。

たしかにそれは、僕の知っているどんな自然現象とも違っていた。まわりはどこまでも続く灰色の雲の層で、しかしその黒い帯の部分とは、まったく繋がっていない。まったく異なる空間が二つ、そこには並んでいるのだ。

「では、戻る覚悟を決めてください。今から入ります。……五……四……三……二……一……」

機体がふわっと揺れ、気がつけば黒い帯は、僕の視界を覆い尽くしていた。

そして――。

五章

1

目の前が暗転したと同時に、墜《お》ちている——と直感していた。無重力状態だった。

しかしそれも刹那《せつな》のこと。

足から地面に落ちた。体重を支えられない。そのまま地面が傾く。重力の方向が変わる。何か叫んだように思う。わけがわからないままに、僕は膝を打ち、次いで顔面を強打した。腕を打った。お腹も打ちつけた。

路面の冷たい感触が僕の頬に当たっている。

高度二百メートルの、あの高さから落ちたのだから、たぶん僕はこのまま死ぬのだろう、と瞬間的に思った。しかし下は一面の海だったはずである。路面に落ちるはずはない。身体が受けたダメージもさほどではないらしい。

「ちょっと、ケースケくん、大丈夫?」

聞き覚えのある女の声が、笑いを含みながらも心配そうな口調で、そんなことを言っている。由子の声だった。僕は顔を起こし、目の前を見た。

だんだん状況が把握できてくる。僕は路面にうつぶせに倒れているのだった。目にした街並みは馴染みのあるもので、コーワマンションの赤煉瓦にサンクスの看板、冬枯れた銀杏《いちょう》の街路樹と放置自転車――いつもの落合駅へと向かう道だ。路面に伏せっていたために、車道を車が過ぎるシャーッという音が耳元でやけに大きく聞こえた。道に沿って街灯が並び、流れて行く車のライトが夜に滲んでいるのが目に入る――そう、夜だった。

「――ああ」

吐き出した息が白く曇るのが、夜目にもハッキリと見えた。街には真冬の夜の冷たさが立ちこめており――つまり僕は戻ったのだ。冬の夜に。一月に。

本当に。

僕は両手を地面につき、上体を起こしてそのまま立ち上がった。手も足も、大丈夫、ちゃんと動いている。

そして振り返れば、由子が心配そうに僕の様子を窺っているのだった。カシミア混の黒のコート、襟元に覗く黒のマフラー、脚には茶色のロングブーツ、そして両耳まで覆う緑色の毛糸の帽子――見覚えのある服装だった。

そうだったのか……。僕はようやく、前後関係まで含めて、今のだいたいの状況を把握していた。

今日の午後、由子はこの格好で僕の部屋を訪ねて来たのだ。彼女が今コートの中に着ている服も、なんとなく思い出せる。身体の線が浮き出るピッタリとした白いウールのセーターに、焦げ茶色のタイトミニ。数時間前——といっても僕にとってそれは十ヵ月前のことなのだが——僕はその服を脱がせ、そして彼女が再びその服を着るのも見ていた。一緒にテレビの映画を見て、そろそろ帰らなくちゃと言う彼女を駅まで送りに一緒に出た、今はその途上である……。

一気に記憶が蘇《よみがえ》った。忘れていた細部までが芋蔓式に思い起こされる。……先ほどまで一緒に見ていた映画は、たしか「ワーキング・ガール」だったはずだ。それを見ながら、僕らはコンビニで買ったおでんを食べ、缶ビールを二本飲んだ——ああ、それで今、僕は顔が火照《ほて》っているんだ。アルコールがまだ抜け切っていない……。

蘇った記憶を裏付けるように、口中にはおでんのダシの味がかすかに感じられていた。記憶をベースにした僕の実感では、何時間も前にトーストを食べたきりのはずなのに、実際にはお腹はいっぱいだし、おでんの味が口中に残っている。記憶と体感がマッチしていない。それは実に妙な感じだった。

そういえば逆に、つい先ほどまで感じていた、乗り物酔いのあの気持ち悪さは、今ではまったく雲散している。

「ねえ、何かボンヤリしてるみたいだけど……ホントに大丈夫？　ケースケくん、いま思いっきり顔面から行ったでしょ……？」

心配そうにそう言われ、それで初めて、僕は自分の顔面の各所がズキズキと痛みを訴えているのに気付いた。額と鼻の頭に手をやり、そして鼻の下を撫でてみる。どうやら鼻血は出てないようだ。

「うん。大丈夫みたい」

次いで自分の格好を見下ろす。部屋を出がけに羽織ったMA－1のジャケットとリーバイスのジーンズ。倒れたときに地面と接していた箇所は、思い切り白く汚れてしまっている。僕は慌ててその汚れを叩き落とした。それと同時に急に他人の目が気になり始めた。深夜十一時を過ぎていても、通りには人影がちらほらと見えている。その中にはきっと、僕が歩いていて突然転ぶのを見ていた人もいるだろう……。

由子がなおも心配そうに言っている。

「転んだときに打ったとこは大丈夫でもさー、そもそもあんなふうに転ぶのが変じゃない？ なんか歩いてて、急にフッて意識を失ったみたいに見えたんだけど……」

それを聞いて僕は思わず頬を緩めた。……なるほど。外からはそう見えたのか。

「ただ単に躓《つまず》いただけだよ。……もういいだろ、その話は。行くぞ」

僕は先に立って歩き出した。早く部屋に戻ってひとりになりたかった。由子はまだ安心できないといった表情で、僕に遅れないようにと急ぎ足で横に並びながら、ホントに大丈夫かなあ、などと呟いている。

駅に着くと、いつものように——というか、昔いつもそうしていたように——改札の手前で別れの挨拶をする。

「じゃあ、気をつけて帰れよ」

「うん。じゃあね。今日は楽しかった。……でもケースケくん、ホントに大丈夫だよね？」

「見りゃわかるだろ」

「だってさー、あまりにもドンくさい転び方だったから……。笑うよりもさー、心配しちゃったよ」

僕は言葉で答えるかわりに、両腕を広げ、微笑んで見せた。由子も微笑みを返してくる。

「……ぜんぜん大丈夫みたいね。だったら大笑いしとけばよかった」

「させるかっての。うん。じゃあ、また……今度」

「うん。バイバイ」

お互いに手を振り合い、そして由子の姿は、改札の向こうへと消えて行く。

また今度、か……。ひとりになった途端、僕は胸苦しい思いにとらわれた。今はまだよいのだ。由子は我儘《わまま》を言わないし、本音を口にしない。まだ猫をかぶっていたのだ、このころは。

彼女の本性を知ってしまった今の僕は、改めて彼女と付き合うつもりはなかった。あの見苦しい別れ際のやり取りは、思い出すだに嫌な記憶として、今でも僕の胸に残っている。今度の人生では僕のほうから振ってやる。意趣返しだ。

しかし今日のところは、そうもできなかった。さっきまで仲睦まじく過ごしていたはずなのだから。いきなり冷たい態度をとるのも変だろう……。

この当時、由子と付き合っていたのを、僕は決して忘れていたわけではない。記憶にはちゃんとあった。ただしそれはあくまでも記憶であって、きっとどうにかなるものだと、僕は少しばかり事態を甘く見ていたようだ。

いや、そんなことはどうでもいい。

リピートは現実のものだった！　僕は今年の一月に帰ってきたのだ！

あれこれ余計なことを考えるより前に、まずはその感慨に浸るべきだった。

そう。僕はリピートを果たしたのだ。この先、何が起こるか、現時点では誰も知らないことを僕は知っている。あそこを歩いている人も、そこのコンビニにいる人たちも、みんなが誰も知らないことを、僕だけが知っているのだ……。

改めて自分がどんな立場にいるかを認識する。自然と身体が熱くなってきた。……そうだ、僕はこの世界では、すごい奴なんだ。

ひとつ深呼吸をしてみた。胸の中に冷たい空気が入り、スーッと身体が浄化されたような気分になる。吐息が夜に白く煙った。

――そうだ。電話しなきゃ。

風間から教わった番号――苦しい語呂合わせ。頭の中で復唱してみた。……大丈夫、ちゃんと憶えている。

そう。僕には仲間がいるのだ……。リピーターとしての自覚が全身を熱くする。叫び出したいのをぐっと堪《こら》え、僕はあえてゆっくりと歩を進めた。

昼だったのが夜に変わり、秋だったのが真冬になっている。しかし街の様子は、今朝僕が出て来たときと、そう変わってはいないように見える。

……いや、違う。この角の《大村画材店》は――この旧店舗は、改築のためにもう何ヵ月も前に取り壊されたはずじゃないか。

十ヵ月という、中途半端な遡行の幅。それでもひとつ、明らかに過去に戻ったのだという証拠を街角に見つけた僕は、それだけでかなり満足した気分になった。

2

部屋に帰り着くと、自分が時間を遡行したのだという実感は、さらに随所から感じることができた。

つっかけ代わりに履いていたスニーカーを玄関で脱げば、その横には、半年間ほど履き続け、そして十月にはボロボロの状態で靴箱に放り込まれていたはずの、あのバックスウェードの靴が、まだ下ろしたての状態で置かれている。

キッチンの水切りには、洗い物の際に次々と割ってしまったために、十月の時点では一個だけになってしまったグラスが、ちゃんと四つ揃って並べられていた。そのかわり、由子と一緒に買ったはずのワイングラスは、食器棚から消えてしまっている。

そうか。あれは二月の旅行のときに買ったんだっけ……。

なんとなく冷蔵庫の中を覗いてみたくなって、ドアを開けてみた。すると中の様子はやはり今朝（十月三十日の朝）の状態とは明らかに違っていた。

そのまま奥の洋間へと向かう。すると差異はもっと明確なものとなって見えた。そこにはあるべきものがなく、ないはずのものがあった。

ベッドには毛布が出されていた。壁のカレンダーは一月を表にしている。本棚にはまだ空きがある。ゴミ箱の中身が溢れそうになっている。壁紙の色が心なしか鮮やかに見える……。

炬燵《こたつ》板の上には、由子と二人で先ほどまで食い散らかしていた残滓《ざんし》の、おでんの容器や空き缶などが散乱していた。

そう。ここはたしかに僕の部屋だ。ぱっと見はほぼ同じ。しかしよくよく見れば、細かいところが微妙に異なっている。随所に見られるそうした細かな異同が、なんだか妙としか言いようのない感興を、僕に起こさせていた。

あ、そうだ、電話——。

僕がそう思い出した瞬間、まるでタイミングを計っていたかのように、電話のベルが鳴り響いた。留守録機能付きのものに買い換える前の、古い機種の懐かしい呼び出し音である。

「はい。もしもし」

「あ、毛利くんですか？」

池田さんからだった。

「いやー、本当に戻ってしまいましたね」

「ですねー。ホントに。夢じゃないんですよね」

僕たちはまずそんなふうに感慨を分かち合った。

「明後日、毛利くんも来るよね？」

「ええ。……でも僕まだ風間さんに電話してないんですよ。外出中だったんで。歩いてる最中だったんですよ。それで思いっきり転んじゃいました。そんなことがあって、いま慌てて戻ってきたところだったんです」

僕はチラと棚の置き時計を見やった。十一時半過ぎといった時刻を指している。到着時刻は十一時十三分だとか言ってたから、この世界に戻ってきてからもうすでに、二十分ほどが経った計算になる。

「そうか。じゃあそっちを先にしとかないとね」

「はい。すみません」

と言って電話を切ろうとしたのだが、池田さんは「あ、ちょっと待って」と言って、

「私の電話番号を教えておきます。いえ、十月のときとは変わってまして。四月に引越しをしたんですよ。で、今はまだ引越し前で、千葉に住んでるんです」

なるほど。そういうケースもあるのか。僕は言われるままに番号をメモし、最後に「おやすみなさい」と言って電話を切った。つい先ほどまでは昼間だったので、その挨拶も変な気がしたが、実際に今は深夜なのだから仕方がない。

受話器を持ったままフックだけを押して通話をリセットし、続いて風間から聞いた苦しい語呂合わせの番号をプッシュする。しかし話し中だった。きっと仲間の誰かが帰還報告をしているのだろう。

しばらく間を置いて掛け直してみると、今度はすぐに繋がった。

「すみません。外出中だったものですから」と報告が遅れた言い訳をすると、

「……外出中？　大丈夫でしたか？」

風間の声が少し曇った。

「ええ。ちょうど歩いてるところだったみたいで、それで気がついたら転んでました。でも幸いなことに、特に怪我とかはしてないみたいです」

「そうですか。で、どうです？　実際に過去に戻れた、今の毛利くんの正直な感想は？」

「えー、何て言ったらいいんでしょう。正直、まだ実感が湧かないっていうか……」

過去に戻ったのだということは理解している。しかし僕自身はどう見ても、相変わらず元のままの僕であり、そして今いる場所も元通りの、みすぼらしい１ＤＫの部屋なのだ。リピートの実感が今ひとつ湧かないというのも、ある意味で当然のことと言えただろう。

リピーターの唯一の武器といえば記憶だ。その記憶が薄れてしまっていては、何にもならない。

それで僕は慌てて記憶を確かめてみた。……今日は一月十三日。センター試験の二日目が終わったところ。大相撲は初場所の初日。この時期のいちばん大きなニュースはイラク情勢で、国連軍が定めた最終回答の期限は十五日……。

大丈夫。ちゃんと憶えている。

「で、さっき駐車場で言ってた件なんですが、明後日、毛利くんは都合のほうは……」

「あ、大丈夫です」

僕は風間から明後日の予定を聞いた。集合は渋谷のハチ公前に午後一時。カラオケボックスに移動し（もちろん歌などは歌わずに）、リピート後の方針についてみんなで話し合いをする。

「じゃあ、今後とも、よろしくお願いします」

「あ、いえ、こちらこそ」

と、風間への報告も終えたところで、僕はひとつ大きく息を吐いた。

3

超能力が――たとえば念動力が身についたというのであれば、僕は今、試しにそのへんの物を宙に浮かしてみるとか、何かそんなことをしているだろう。

しかし僕がリピートで得たメリットは唯一、未来の記憶だけであって、それは言うなれば予知能力のようなものである。試しに使ってみるということができない。能力を発揮できない……その燻《くすぶ》りが胸に支《つか》えたまま、僕はとりあえずベッドに腰を落ち着けた。リモコンでテレビを点《つ》けてみるとスポーツニュースをやっていた。

大相撲初場所初日の結果です。四横綱は揃って白星スタートを飾りました……。

はいはい。記憶してきたとおり。

確かに今日は一月十三日なのだった。僕は今、メディアを通して、確かにそのことを確認した。

本当に僕は過去に戻って来たのだ。

それなのに——何だろう、この虚脱した感じは。

テレビを点けたまま、しばらくボーッとしていた。そこに電話が鳴る。

「はい。もしもし」と出ると、

「俺だ」と名乗ったのは天童さんだった。「さっき掛けたんだけど、出ねえし、留守電にもなってねえし」

「あ、ついさっきまで、外出してたんですよ。それと留守電はまだないんです。この——一月の時点では」

そうだ、いずれ早いうちに留守録機能付きの電話を買ってきて付け替えなければと思う。

「いや、それにしても……ホントに戻ったな」

「ええ」

それだけで、すぐに会話が途切れてしまう。池田の場合と同じだったが、僕はそこで彼に聞いておくべきことがあったのを思い出した。

「あ、そうだ。天童さん？　さっき——あの、ヘリに乗ってるときのことなんですけど——」

時間的な断裂があるので、どう表現したらよいのか少し迷ってしまった。僕の感覚からすれば、あのヘリに乗っていたのは、つい一時間もしない前のことなのである。

「あのとき天童さん、ホバリングしてるときに、この位置を憶えとけっていうようなことを言ってましたよね。あれって——？」

ヘリの中では騒音がひどく、また僕も気分が悪かったので、その発言の真意を訊ねることができなかった。そして実際にリピートが叶ってみれば、そんな瑣末事《さまつじ》はつい忘れてしまいそうになっていたが……。

「ああ、あれな。……ちなみにお前、ちゃんと憶えてるか？　陸地との位置関係とか、高さとか」

「ええ、まあ。だいたいは」

「そうか。……ま、それが役に立つかどうかは、今後の展開次第なんだけどな」

まただ。彼の考えていることがわからない。

「役に立つって……それはどういう——？」と訊いてみると、

「俺はみんなと違って——欲張りだと言われそうだが、とにかく人生をやり直すにしても、ただ一回だけやり直すってだけじゃあ満足できねえ。もしリピートの話が本当だったら、一回だけじゃなくて——要するに風間みてえに、ずーっとリピートし続けていたいって思ってたのよ。……それは明後日、風間に頼んでみるつもりだけどな。で、もしそれが許されたとしても、たとえば風間が何か、不慮の事故とかで死んじまったら……どうなる？」

もし風間さんが死んでしまったら——それはまた、突拍子もないことを。

「リピーターったって不死身じゃねえ。不慮の事故で死ぬことだってあるだろう。……で、パイロットがそうして死んじまったら、さらに次へ――R11へ行きたいってときに、誰があのポイントまで俺らを運んでってくれる？……ま、ヘリは誰か操縦士を雇うにしても、そんときには、俺ら自身があのポイントを知ってなきゃなんねえ」

「……あの時点で、そんなことまで考えてたんですか？」

「まあな。……っていうか、あの時点でも、正直言って俺はリピートに関しては、半信半疑だったんだけどな。でもまあ、とりあえず考えられるだけの手は打っておこうと思って、あんなことを頼んだんだ。自分ひとりじゃ――何しろ空中だったからな。場所を憶えるっていっても、イマイチ要領がわかんなくて自信がなかったし。……ま、いちおう、あのヘリの位置な、せっかく憶えたんなら、今後も忘れないように努力しといてくれ。今後どうなるかわかんねえし」

受話器を置いたところで自然と溜息が出た。天童は先の先まで考えている。

リピートを繰り返す。永遠にリピートし続ける。

その意味は僕にもわかっている。風間がなぜ十回もリピートを繰り返しているのかも。

要するにそれは、不老不死の体現なのだ。

今年を繰り返している限り、肉体が老いることはないし、事故にでも遭わない限りは死ぬこともない。ずっと生き続ける。古来より数多《あまた》の権力者たちが追い求めてきた夢が――不老不死が、リピートを繰り返すことによって簡単に実現できてしまうのだ。

風間ばかりではなく、今の様子からすれば天童もそれを望んでいるらしい。なるほど、死というものはいつの世でも恐怖の根源であり、それを免《まぬが》れることができるという意味では、誰もが望んでしかるべきものなのかもしれない。

でも僕はそれをあまり望んではいない。リピートを繰り返している限り、僕は永遠に大学生のままでいなければならない。社会人には永遠になれないのだ。「サザエさん」のタラちゃんが永遠に小学生になれないように。それはやはり歪《いびつ》なことのように感じられる。

あるいは僕も、もっと歳をとりさえすれば、不老不死を心底願うようになるのだろうか。

リピートを繰り返すということでいえば、僕の場合、リピートを一回だけでなく、何回か繰り返すことができたら……というふうに考えたことはあった。やり直しの人生を何パターンか試してみて、よし今回が最高だ、これ以上繰り返しても今回を上回る結果は出せないだろう、と思ったところで繰り返しを止め、その後の人生を歩み出すことができたらいいのにという思い。機会があったらダメモトで風間さんに打診してみようかな、くらいのことは企図していたのだが……。

時計を見ると深夜零時を回っていた。この世界――R10の世界に来てから、すでに小一時間が経過している。僕は電話機を見ながら、さてどうしようかなと考える。

できれば他の六人とも連絡を取り、リピートの感慨を彼らとも分かち合いたかったが、明後日には(すでに日付が変わっていたので、正確に言えば明日には)渋谷でみんなと再会できるはずなので、別にそのときでもいいやという気がしていた。池田たち三人を相手にすでに感慨を分かち合ったので、それであらかた気が済んだということもある。それでも篠崎さんとは、リピート直後の現時点でとりあえず連絡を取り合っておきたかったのだが、親と同居している女の子に電話をするのがためらわれる時刻にすでになってしまっている。向こうから掛けてきてくれるのを待つしかない。

結局自分から電話をするのは諦めて、僕はメモ用紙を持って炬燵の定位置へと戻った。池田から聞いた番号を彼の名刺の裏に書き写しておこうと思ったのだが、その名刺がこの世界ではまだ部屋にないということにすぐに気づいた。

そうか。みんなの連絡先。

池田さんの新しい番号はここにある。風間の番号も語呂合わせで憶えている。天童さんの番号は……大丈夫、憶えている。では篠崎さんの番号は……？

僕は点けっ放しにしてあったテレビを消し、炬燵の上を片付けると、戸棚から未使用の大学ノートの束を探し出してきて、そこに書き物のできる環境を作った。みんなの電話番号や、リピート前に懸命に記憶してきた《未来の記憶》を、記憶が鮮明なうちにできるだけノートに書きつけておこうと思ったのだ。

それから三十分ほどの間、僕はひたすら文字を書いていた。リピーター仲間の電話番号は全員分、完璧に思い出すことができた。ところが新聞記事のほうは、ノートの一ページを一日分として割き、さあ書くぞと意気込んで臨んだのだが、しかし多い日でも数行程度、少ない日には何も書くことがないという状況には、我ながら情けなくなった。あんなに時間をかけて新聞を丹念に読んできたのに、持って帰れた記憶はこんな程度でしかなかったのか……。

そうして記憶を書き出しているうちに、今度はだんだんと眠たくなってきた。現在時刻は深夜一時を少しまわったところで、ただし僕の実感からすれば、今はまだ十月三十日の昼過ぎといった頃合のはずである。前夜（十月二十九日の夜）に完徹した僕の意識が眠りを欲しているのか、それとも一月十三日を終日過ごした肉体のほうが眠りを欲しているのか……。そのどちらともつかないままに、意識は刻々と遠のき、瞼《まぶた》が重く垂れ下がってくる。

結局、篠崎さんからの連絡はなかったな……。

僕は大きな欠伸《あくび》をしたのを機に、ノートの上にシャープペンを放り出すと、ベッドに横たわった。

そのまま、あっという間に眠りに落ちる。

4

ハッと目覚めたときには、もうすでに夜が明けていた。カーテンの隙間がほんのりと明るい。棚の時計でとりあえず時刻を確認する。七時五分過ぎ。

部屋は寒かったが、僕は目覚めるとすぐに布団を撥《は》ね除《の》けて、ベッドから身を起こした。血が騒いでじっとしていられない。

窓際に立ってカーテンを開き、思い切って窓も開けて、ベランダに出てみた。

新しい朝だ、と僕は思った。今日からの僕は、今までの僕とは違うのだ……。

深呼吸をしてみた。朝の空気が胸を冷ます。吐き出した息は白く濁り、すぐに消えてなくなる……。そこでブルッときた。やはり寒い。僕はすぐに室内に戻ると窓を閉めた。炬燵のスイッチを入れて、足を突っ込みながら考える。

さて。今日は一月の十四日か。……これからどうしよう。

今日は平日なのでもちろん学校はあるはず。しかし飛び石連休の中日なので、前の人生でも僕は学校を休んでいたかもしれない。三年次の後期のカリキュラムは……僕はどんな講義を履修していたんだっけ……。

まあいいや、と僕は思った。今日は祝福すべきリピートの初日だし。とりあえず自主休講ってことにしちゃおう。

炬燵板の上には数冊のノートがページを開いたまま置かれていた。……まだメモもぜんぜん完成してないし。

というわけで、僕は早朝から、前の人生で憶えてきた新聞記事の内容をノートに書き起こすという昨夜来の作業の続きに専念し始めた。

しばらくしたところで電話が鳴った。

時刻を確認すると朝八時を過ぎたところで、誰だろうと思っていると、

「はい。もしもし」

「あ、もしもし？　毛利さんのお宅でしょうか？」

という声は篠崎さんのものだった。声に不安げな様子が滲んでいるのは、番号の記憶

に自信がなかったからだろうか。

「あ、毛利です。篠崎さんですよね？」

と僕が言うと、彼女は明らかにホッとした様子だった。

「よかったー。もし毛利くんに、篠崎さん？　え、誰です？　とかって言われたら、どうしようって思ってました」

逆の立場で、もし自分がそんなふうに言われたらと想像してみると、それはけっこうショックかもしれないと思った。

「戻って来れたんですよね。……一緒に」と彼女は感慨深げに言った。

電話の背後に雑音が聞こえている。また駅から掛けているようだった。それで、

「今日も会社に行くんですか？」と訊いてみると、

「こっちに戻っても結局は会社員ですから。簡単に休むってわけにはいかないのよね。毛利くんだって大学があるんじゃないの？」

「今日は自主休講にしました」

「私もホントは休みたいんだけど、でも今日行っとけば、だいたいの感じが摑めるかなと思って。だって今日会社に行って、どんな仕事をしなきゃなんないのか、まだわかってないんですよ」と言って彼女はクスクスと笑った。「だからきっと会社でもトンチンカンなことを言ったりしちゃったりすると思うんですよ。でも今日は飛び石連休の間だから、休んでる人もいるだろうし、そういう人の少ないときに社会復帰を済ませておこうかなーなんて」

「なるほどね」と答えたところでちょっと間があいたので、僕はすぐに次の話題を振った。

「こっちに戻ってきたとき、何してました？」

「私はちょうど部屋で、ベッドに横になって音楽を聴いてるところだったんですよ。で――毛利くんって、高い所から落ちる夢って見たことあります？　あー、落ちるー、って思った次の瞬間、ベッドに寝てる自分の身体に背中からすーって吸い込まれるような感じがして、それで飛び起きると汗びっしょりになってるっていうような。……ちょうどそんな感じで、しかもちょうどウォークマンで音楽を聴いてるとこだったから、左右の耳にイヤホンが入ってて、音がジャカジャカ鳴ってるもんだからすごいビックリして、思わず耳からイヤホンを引き抜いて、うわっ、なんだこれーって感じで。もう心臓はバクバクするし、息も絶え絶えって感じで」

「わかるわかる」

そのときの彼女の混乱ぶりが想像されて、僕は微笑んだ。

「毛利くんは大丈夫だったの？」と反対に訊かれたので、

「それが、僕はちょうどその時、外を歩いてたんですよ。……っていうか、戻った瞬間にはそんなこと、わかんないじゃないですか。それで気がついたら、体重がガーッて傾いてて、もうどうにもなんなくて、ガンッて顔打って、歩道にうつぶせに倒れたときに初めて気がついたっていうか。それが一緒に歩いてた人の――」

そう言ってる最中に、僕は「あ、しまった」と内心で思っていた。そんな夜遅くにいったい誰と歩いてたのか——そこを衝かれると、この話はまずいのである。といって途中で止めるのも変なので、僕はとりあえずそのまま話し続けた。

「——その人の言うには、何かそれまでは普通に歩いてたんだけど、突然意識を失ったみたく見えて、顔からガンッて倒れ込んでったんだそうです。そんなふうに見えたんだって。受け身も何もとらずに」

と一気に喋ると、篠崎さんは「ホントに？ 大丈夫でした？」と心配してくれた。

「あ、うん。怪我とかはぜんぜんしなかったんですけど。……時間、大丈夫ですか？」

「あ、それはフレックスが——あっ、そっか、今はまだないんだった！ ごめん。ちょっとヤバいかも」

彼女が電話を切りそうな感じだったので、僕は慌てて「明日、行きますよね？」と最後の質問をした。

「ええ。行きます。じゃあ時間がないから、ごめんね。じゃあまた明日」

「行ってらっしゃい」

通話を終えて、僕はひとつ溜息を吐いた。篠崎さんも無事にリピートできたことが、これで確認できたのだ。

気持ちが落ち着いたところで、再びノートへの書き出し作業に戻る。しかしそれは事前に思っていたよりもはるかに困難な作業であった。

昨晩も作業中に同じことを思ったのだが、人間の記憶力なんて、実に頼りないものである。あれだけ時間をかけて新聞を読んできたのに、ちゃんと日付と絡めて——だから活用できるような形で、思い出すことのできた記事は、ほんの僅かな分量だけなのだ。

記憶の仕方に問題があったのかもしれないと、今さらながらに思った。たとえば、読んだ本の粗筋を言うことができるのと同様に、全体のおおまかな流れは、僕だってちゃんと押さえている。つまり僕はリピート前に、小説を読むようにして、十ヵ月分の新聞記事を読んできてしまったのだ。だから大筋は言える。印象に残った細部も言える。だけど、たとえば七月二十六日の新聞のトップニュースは何だったか、などという形では、記憶を容易には引き出すことができない。それは小説に喩《たと》えて言えば、三十四ページに何が書いてあったか、などと問われても答えられないのと同様であろう。

鳴くよウグイス平安京。いい国造ろう鎌倉幕府。数字——日付と絡めるんだったら、たとえばそういった語呂合わせの方式などが、意外に有効だったかもしれない。……今になってそう思っても、もう遅いのだが。

視覚的な記憶の断片ならば、かなりの数、頭に残っている。だから一面に掲載された写真なんかは、けっこう思い出せるのだ。ある日は首脳会談の模様を伝える写真が、またある日はスポーツの祭典の開会式の模様を写した写真が、一面を飾っていた。それらの写真とともに大きなポイント数の活字で掲げられた見出し文字も、連動した形で思い出せる。しかしそれがいったい何日の新聞だったか、肝心のその点がハッキリしないのだ。位置の確定しないジグソーパズルのピースめいた、そんな記憶の断片が、僕の頭の中に点在している。

パズルのピースは時として、完全にバラバラな状態ではなかったりする。隣り合ったパズルのピース同士――何日にもまたがった記事を、一連のものとして憶えている場合もある。ただそれが、パズルでいえば枠のどことも繋がってはおらず、とりあえず作りかけの集合体として、脇に取り除けて置かれている状態なので、今はまだノートに書くことができない。そうした一連の記事のどれかひとつが、日付が明らかになりさえすれば、一気に数日分の空欄がそれで埋まるのに。

ジグソーパズルに喩えた場合の枠とは、日付のハッキリとした記憶である。大きな事件や事故、あるいは毎月の一日の朝刊紙面などが、それにあたる。前者はもちろん日付も含めた形でちゃんと憶えてきているし、後者も、元の世界で縮刷版を読んだときに、各冊の表紙を開いたときに最初に目に入るページとして――つまり視覚情報として、けっこうしっかりとした形で記憶してきているのだ。

あとは個人的な記憶と絡めたものも日付を記憶している場合がある。ことに非日常的な場面での記憶は、そういった形で憶えているケースが多い。たとえば夏休みに帰省していた期間などがそうで、実家で見たテレビのニュース画面が、ふと思い浮かんだりする。夕食を摂りながら見ているテレビ画面と、それにぶつくさとコメントしている母の声。個人的な記憶は、たとえばそんな形で蘇る。

もちろんリピートへの誘いに関する記憶もちゃんと日付つきで憶えている。たとえば風間から電話が掛かってきたのは九月一日である。午後五時四十五分には例の地震があった。三宅島で震度四、東京では震度一。《回龍亭》での会食は九月二十九日で、その前々日、二十七日には台風が通り、二十八日はフェーン現象とやらでやたら暑かったはず……。

そんなちょっとした記憶の断片を手掛かりにして、僕はノートの空白部分を少しずつ埋めてゆく。

由子に別れ話を切り出されたのは、三月の……あれはいつだ？　大喧嘩をしたのは？最後のあの電話を掛けたのは……？

――あんた、バッカじゃないの。

嫌悪感を剝き出しにした声。あれは春休みの――バイトに出る前だったから、そう、たしか木曜日だった。二十八日だ。三月二十八日の木曜日。

ノートを開き、その翌日、二十九日の朝刊に何の記事があったかを確認してみる。三行の書き込みがあった。けっこう思い出せたほうである。モスクワで改革派の集会。原発事故の原因調査結果。春の選抜高校野球でノーヒットノーラン達成……。

そうした文字の連なりを見ても、由子に掛けたあの電話と、記憶の上では何ら繫がりは見出せなかった。……ああ、そういえば僕はその前後、由子に振られたショックで、テレビも見られないほどに落ち込んでいたんだっけ……。

今度の人生では僕のほうから彼女に別れを告げるつもりなので、とりあえずあの嫌な記憶は繰り返さずに済むはずだ。

問題は別れを切り出すタイミングだな、と思う。昨夜のあのアツアツな感じからすると、現段階でいきなり別れを切り出すのもおかしい気がするが、かといって別れを自然なものに見せるために、一ヵ月も二ヵ月も今のまま関係を続ける気があるかといえば、ハッキリ言ってない。由子の本性に今では嫌悪感すら抱いているし、篠崎さんとのこともある。

過去に僕のほうから女性を振ったこともないわけではないが、ここまで二人の間に温度差があるケースは今回が初めてだった。

簡単に女性と別れられる方法はないものだろうか……。

5

一月十五日の午後。渋谷ハチ公前広場には大勢の人が集まっていた。成人式からの流れなのだろうか、晴着を身にまとった若い男女の姿が多く見られるのが、普段とは違っていた。

僕は駅を出てすぐに、天童の姿を発見した。彼の長身は群衆の中にいても頭ひとつ抜き出ている。その長身を目印に電話ボックスの並ぶコーナーのほうに近づいて行くと、その場には天童を含めて四人の仲間がすでに集まっていた。池田さん、横沢さん、天童、そして篠崎さんという顔ぶれである。他の仲間もまだ後から来るのだろう。時刻を確認すると、約束の午後一時までにはまだ十五分の余裕があった。

彼らと直接こうして顔を合わせると、無事に再会を果たしたという感慨が湧いてきて、僕は自然と笑顔になってしまう。それは僕だけではないようで、あの悪相の天童ですら今は頰を緩めている。

「よう。来たな」

「お久しぶり……というか何というか」

うまい挨拶の言葉が見つからず、そんな言い方になってしまった。新木場駅前で僕たちが同じように集まったのは（感覚の上では）つい一昨日のことである。しかし実際にはあのときと今とでは十ヵ月の隔たりがある。しかも通常とは逆の方向で。

天童は相変わらず黒のスーツ姿で、真冬の今は上にロングコートを羽織っていた（それも色は黒という徹底ぶりがいかにもな感じだった）。池田さんと横沢さんはわりとカジュアルな格好で来ている。篠崎さんは襟元に綿毛のついたベージュのコートを着込んでいて、どこか印象が違うなと思ってよく見てみると、

「あ、髪型……」

リピート前には肩口までだった髪が、今は胸のあたりまで伸びている。

「冬場はロングにしてたの。どう、似合う？」

「似合ってます」

僕が小声で答えると、篠崎さんは嬉しそうに微笑んだ。頰に赤みが差しているのは寒さのせいだろうが、それもあわせて可愛いなと改めて思う。そのまま彼女と小声で会話を続けたかったのだが、

「毛利くん」と池田さんが横から割り込んできた。「どうです？　こっちに来て、何かそれらしい経験はしました？」

「いえ、今のところは特に。昨日はずっと家にいましたし。……池田さんは？」

「私はとりあえず昨日は仕事場に行ったんですが、レッスンのスケジュールがわからなくて苦労しました。……十ヵ月も前の仕事の予定なんて憶えてないって」と言って肩をすくめる。

「あ、僕も一緒です。十ヵ月も前の講義の内容なんて憶えてないですから、もうじき後期試験なんですけど、単位が取れるかどうか不安で……。どうせ戻るなら、四月一日とかそういうキリのよい日にしてくれればいいのに。……あ、えーと、坪井くん？」

そばに誰かが立っている気配がして目を向けると、いつの間にかそこに坪井少年が立っていた。ダウンジャケットの下には何と高校の制服を着ている。その服装の意外性と、あとはR9のときに特徴的だった金髪が今は普通の黒髪になっていることもあって、すぐには彼だとわからなかった。僕が声をかけても少年は何も言わず、ポケットに両手を突っ込んだまま首をちょこんと動かしただけで（しかも寒さに首をすくめたとも取れる動作で）挨拶を済ませた。髪型などの外見は変わっていても、愛想のなさはR9のときと同じだった。

それでも池田さんは「お帰りなさい」と満面の笑みで彼を迎えた。

「坪井くんも来たから、あと来てないのは……」

「高橋さん、郷原さん、大森さんに、風間さん」と僕が応じる。

高橋は《回龍亭》でも新木場駅でも早めに来ていたので、今日まだ来ていないということはこのまま来ない可能性もあるなと僕は思った。運送の仕事が入っていたか、あるいは中山競馬場へ当座のお小遣いを稼ぎに行ったか……。

僕が心配していたのはむしろ大森のほうであった。あのガリガリ男はヘリに乗る直前までリピートよりも現代科学のほうを信じる態度を見せていた。それがこうしてリピートができてしまった今、彼はどんなことを思っているだろう。素直にリピートができたと喜んでいてくれればいいのだが、むしろ科学信仰を破壊された精神的ショックのほうが大きかったのではないか……。

僕がそんな懸念を言葉にすると、池田さんは、

「まだ信じてなかったりしてね」と冗談交じりに言った。「ヘリの中で眠らされたか何かして、そのまま二ヵ月半もの間、眠らされ続けて——だから今は翌年の一月なのだ、とかって思ってたりして」

「まさか」と言って僕も笑う。「だってテレビとか見ればすぐにわかるじゃないですか」

「テレビはすべて一年前に録画したものを流しているんだな。彼の家だけに」

「なんでそんなことを」と訊くと、

「それが陰謀なんだよ」と言って池田さんはクスクスと笑う。

それからしばらくして風間が姿を見せた。リピート前と外見はほとんど変わらず、サングラスと口髭がやはり彼のトレードマークになっている。

僕たちは自然と横一列になって、彼と相対する形になった。

「どうも、みなさん。この世界でははじめまして」

と言って風間は一礼した。他の人間が現れたときとは違って、僕たちは神妙にお辞儀を返した。何しろ彼は僕たちを選んでここに連れてきてくれた恩人なのだから。

「えーと、今日はあと、大森さんが来られるはずなのですが……。もうちょっと待ってみましょうか。ちなみに高橋さんと郷原さんは残念ながら欠席です」

その時点ですでに約束の午後一時を過ぎていた。

一時十分になったところで僕が、「電話してみましょうか」と言うと、風間は「あと五分待ちましょう」と言う。

天童が「あ、来た」と言ったのはその直後だった。

大森は姿を見せるなり風間に駆け寄って握手を求めた。

「ど、どうも。いやー参りました。風間さん、あなたは僕の恩人です。前世では疑ってすみませんでした」と早口にまくしたてながら、落ち着きなく何度も頭を下げる。それにしても「前世では」どうのこうのという表現は、言い得て妙だとは思うが、第三者が聞いていたらとても奇異なものとして感じられるだろう。

風間も同じことを懸念したのか、

「大森さん。あまり大声で言わないようにお願いします」

と言ってまわりを気にする仕草を見せると、

「あ、すみません」と詫びた大森はまた何度も頭を下げる。

僕は池田さんと顔を見合わせると、声を出さずに笑い合った。

「じゃあ移動しましょう」

風間が先頭に立ってスクランブル交差点を渡る。

彼が予約していたカラオケボックスはセンター街沿いにあった。十人は楽に座れる個室へと案内される。室内にはＢＧＭが流れていたが、会話の妨げになるほどではなかった。

入口から見て右側に長い部屋で、奥側のソファに風間、坪井少年、天童、池田さんと座り、手前側には横沢、大森、篠崎さん、僕の順で座る。

とりあえずコートを脱いで落ち着いた後、目の前にメニューがあったので、僕はドリンクのページをさがして、みんなが見られるように横に開いてテーブルの上に置いた。

「とりあえずドリンクを頼みません？　で、みんなで乾杯しましょうよ」

と言って全員の顔を見回したのだが、その視線がすっと風間のほうに吸い寄せられる感じがした。みんなの笑顔が並ぶ中で、彼だけが硬い表情を見せていたのだ。

気がつけば僕だけではなく、全員が彼のほうを見ていた。

そして風間が口を開く。

「今日はみなさんにまず、残念なニュースからお伝えしなくてはなりません」

そのときはいつもに増して、彼の声が重みをもって感じられた。

「私たちの仲間になるはずだった高橋さんが、残念なことに……亡くなられたそうです」

不意打ちだった。

何の言葉も出てこない。いきなり冷水を浴びせられたような感じだった。

「彼から到着後の電話が掛かって来なかったので、昨日はこちらから何度か電話を掛けてみたのですが、昨夜遅くにようやく繋がって——しかし出たのは本人ではなく会社の人で、そこで彼の訃報を聞きました。……交通事故だったそうです。事故が起きたのは十三日の午後十一時十三分。つまりリピートした直後です」

僕は思わず「ああ」という呻《うめ》き声を洩らしてしまった。高橋の身に何が起きたのか、瞬時に理解してしまったのだ。僕に続いて何人かが同じような反応を示した。

腕にぞわぞわと鳥肌が立つのが自分でわかった。

「リピートでこちらに戻ってきたときに、高橋さんは仕事中だったようです。トラックを運転していて、スピードもかなり出ていた上に、道もちょうど左にカーブしているところだったらしく、高橋さんのトラックは中央分離帯を乗り越えて、対向車線を走っていたトラックと正面衝突をしたそうです。……即死だったという話です」

自分のリピート体験を思い返す。――一瞬のブラックアウト。失墜感。そして不意に蘇る重力……。あのときもし自分が車を運転していたら、どうなっていただろう。重力にあらがうようにと、無意識のうちに思わず踏ん張った足は、地面ではなくペダルを踏み込む。数十キロの速度で疾駆する車を運転している者にとって、その一瞬のコントロールミスが命取りになる場合もあるだろう。

想像するだに恐ろしかった。高橋さんは死の直前に、その恐怖を味わったのだろうか。何が起こったのかすら認識しないいまま逝ったという可能性もある。恐怖も苦痛も感じないまま、リピートの際のあのブラックアウトがそのまま永続したような……。

彼のためを思えば、むしろそうであって欲しかった。

そこで僕はふと疑問に思ったことがあり、風間に訊いてみた。

「……そういったことっていうのは、以前にもありました？」

「R９までに、という意味ですか？」

「ええ。ゲストを連れて来るのはこれで三回目って話でしたよね？」

「ええ。……正直に言うと、過去にもすんでのところで、というケースならありました。なのでいちおう心配はしていたのですが……」

事前に食い止めることはできなかったのか……？　しかしどう考えても、それは防ぎようのないことだった。電話で無作為に選んだメンバーの中に、問題の時刻に運転中だった人がいるかどうか、事前にどうやって調べようがある？

「郷原さんは!?」と、そのとき篠崎さんがヒステリックな声を上げた。

僕はそれを聞いたとき、自分の血の気がさっと退くのがわかった。

しかし風間は即座に「大丈夫です」と応じて、両手で落ち着いて、というジェスチャーをしてみせた。

「郷原さんからは到着の連絡がありました。しかも国際電話で——商用でドイツに行っている最中だったそうです。今日もですから帰国が間に合わなかったというだけで、彼は無事でいますのでご安心ください」

最悪の結果を想像した直後だっただけに、その報告は僕をことさらに安心させた。自然と大きな溜息が出てしまう。

「高橋の冥福を祈ろう」と発言したのは天童だった。見れば彼はすでに両手を合わせて目を閉じている。

僕もすぐにそれにならった。視界が塞がれると、瞼の裏に高橋の姿が浮かんだ。と同時に電話で話したときの会話も耳朶《じだ》に蘇る。

――なんだよ。オレに聞いて、出遅れたぶんを取り返そうってのか。まあ、いいけどよ。

――たとえば十年ぐらい戻れるんなら、オレだってもうちっとマジメに勉強して、優等生たぁ言わねえけど、もうちっといい学校に行って、いい会社に入って……。

ヤンキーじみた外見や喋り口調から受ける表面的な印象とは異なり、その素顔は僕にとって意外と親しみの持てるものだったように思う。年齢も近かったし、あるいはこの世界で再会していたら、今まで以上に親しい間柄になっていたかもしれない。

しかし死んでしまったら終わりなのだ。リピーターのメリットも何もない。

運が悪かったと思うしかないのか……。

日曜の夜に車を運転している人なんて、そう大勢いるもんじゃない。運転中だったとしても必ず事故を起こすとは限らないし、たとえ事故を起こしたとしても、必ず死ぬとは限らない。

リピートという、本来なら恩恵をもたらすはずのものが、逆に仇《あだ》となって、彼のように事故死してしまうケースなどは、だから滅多にないことだろう。数万人に一人とかそれぐらい稀な出来事のはずだ。

彼は運が悪かったのだ。

逆にその、リピートの持つ唯一の難点を、それとは意識しないまま、いつの間にかクリアしていた僕は、運がよかったとも言えるわけだ。

高橋の不幸を嘆くとともに、僕はそうして自分の幸運を改めて意識することとなった。そしてリスクを冒して戻ってきた以上は、その見返りはどんな形であれ、きっちりとこの世界からいただくべきだとも思った。

6

高橋の死の報《しら》せは僕たちに計り知れないほどの衝撃を与えた――はずだったが、しばらくして僕は意外なほど早くそのショックから立ち直っている自分に気づいた。

仲間だという意識はあったものの、まだ実際にはそれほどの付き合いがなかったからなのかもしれない。喩えて言えば、クラス替えの直後に同級生が死んだ、みたいな感じで、いちおう痛ましいとは思うものの、しかしその死を心から悼《いた》むという気持ちには正直言ってなれないのである。

「やっぱり飲み物を頼みましょうか」と提案した池田さんも、それに同意した他のみんなも、もしかしたら僕と同じ気持ちだったのかもしれない。

僕がみんなのオーダーをメモに取り、インターホンで注文する。五分ほどしてドリンクを運んできた店員は、歌も歌わず、雑談すら交わさずに、ただ静かにテーブルを囲んでいるだけの僕たちの様子を見て、不審そうな表情を見せた。

ドリンクが行きわたった後、特に乾杯などはせずに、おのおの勝手に飲み物に口をつけたのが、僕たちが見せた唯一の、死んだ高橋に対する弔意の表れだったかもしれない。

「とんだ事故が起きてしまって、まずはその報告から始めなければなりませんでしたが、ここからが、今日みなさんにお集まりいただいた本題になります」

ドアからいちばん遠い奥のコーナーに座る風間が、そんなふうに話を切り出した。

「とにかく強調しておかなければならないのが、リピーターの秘密を絶対に外部に洩らしてはならないということです。これは今までにもみなさんに何度も繰り返して説明して参りましたが、正直言ってリピート前の段階ではみなさん、それほど真剣には受け止めておられない様子でした。そもそもリピートなんて信じられないという方が大半でしたからね。でも今は状況が違います。真剣に聞いていてください。

リピーターが持つ《未来の記憶》は、金銭に換えられない価値があります。競馬で何百万も何千万も稼げる……どころではありません。株価の変動や新商品の開発、あるいは政治家のスキャンダル発覚などの例を考えていただければ、それが特定の人たちにとってどれだけの価値を持つものか、みなさんにも想像していただけると思います。で、みなさんがそういった情報を持っているということが、もし誰かに知られたとしたら、それを巡ってこの世に存在するいろんな勢力が暗躍を始めます。政府筋の人間やそれに敵対する勢力、あるいは経済界の大物などもそうですし、本当に怖いのはそれらと繋がりのある右翼や暴力団などの連中かもしれません。あるいは宗教団体なども絡んでくるかもしれませんが、とにかくそういった魑魅魍魎《ちみもうりょう》たちが、みなさんを巡ってあちこちで暗躍をし始めるのです。中には敵の手に渡るぐらいなら殺してしまえ、と思う人だって出てくるかもしれません。あるいは、そういった勢力とは無関係な、本当に名もない一般市民が、あなたがたの命を狙うことだってあるかもしれません。不公平だという思い――つまり妬みですね、それが相手の排除という形で表面化することも、可能性としては充分に考えられます……。

まあ、みなさんに注意事項を守らせるためには、恐怖心を植えつけておくのが一番だと思って、こんな話をしているわけですが、でももし秘密が洩れた場合には、今言ったような事態になる可能性も決して低くないということだけは、肝に銘じておいてください」

風間はそこでしばらく間を取り、僕たちの顔を見回した。自分の言葉が聞き手のひとりひとりの心に充分染みわたるのを待っている様子だった。

「またそれとは別に考えなければならないのが、みなさんの心のケアの問題です。私は今までに二回、ゲストの方々をお招きして、リピートをしたことがあるわけなんですが、中にはそのリピートという現象そのものにショックを受けて――というか、リピートができてしまったという事実そのものにショックを受けて、ですね、それでリピート後の人生が大きく方向転換してしまった人というのがおられました。彼は高校で物理を教えられている先生でしたが、彼はリピートの前には私の話をぜんぜん信じないという立場を取っていて、それが結局、リピートができてしまったということで、それまで自分が信じていた学問に対して急に自信が持てなくなってしまったんですね。彼の言い方を借りれば、世界の底が抜けてしまった感じがしたそうです。それで教壇に立てなくなって、学校も最終的には辞められてしまったのですが、ただリピートを体験したということ自体については、彼は後悔してないし、それどころか大変ためになったとおっしゃられていました。……中にはそういう方もおられるわけです。

で、世界の底が抜けてしまった、というような喪失感——あるいは崩壊感でしょうか、そういった感覚は、多かれ少なかれリピートを経験した人に共通するもののようです。みなさんもそういった感覚にとらわれているのではないでしょうか？　ただそれが——やり直しの人生でいろいろ得をするぞ、といった前向きな姿勢と、その手前で呆然と立ち尽くす姿勢とで、どっちのほうが勝るかといったときに、前向きな姿勢のほうが勝ってくれれば何も問題はないのですが、そうではなく、呆然と立ち尽くしたままリピート期間が終わってしまうような人の場合には、誰かがその背中を押してあげる必要があります。今日もですからそのために——そういった人がいた場合に、前向きの一歩目を踏み出させてあげるために、こうした集まりの場を設けたということもあるのですが……。そういった方はみなさんの中におられますでしょうか？　大森さんは……？」

指名された大森さんは、髪の毛をばりばりと掻き毟《むし》りながら、「ぼ、僕ですか」と目をぱちくりさせた。

「た、たしかに僕は、こっちに来てしばらくの間は呆然としてましたけど、でも今は自分のすべきこともちゃんと把握してますし、これ以上ないくらいに今は精神的に立ち直ってます。大丈夫です」

風間さんはその返答に納得した様子で、何度も頷いた後、

「ではみなさん、今までにお話しした注意事項の二点に関してはどちらも、特に問題はないと思ってよろしい……ですね？　では続きまして、リピーターとして私たちにどんなことができるのか、あるいはどうすれば今回のこの、やり直しの人生を成功に導けるのか、といった話に進みたいと思います。……ただ坪井くんの場合には、もうすでに今回の人生で自分が何をすべきか、目標は決まって……いるんですよね？」

風間が右隣に座る坪井に話を振ると、少年は「はい」とやけに素直な返事をする。

「彼の場合には、リピーターのメリットを受験に活かすことがすでに決まっています。……そのための準備もR９でちゃんとしてきましたよね？」

「あ、はい。もうバッチリです」と返す言葉は素直だが、なぜか面を伏せて恥ずかしそうに喋っている。あるいは対人赤面恐怖症とか何か、そういった症状があるのかもしれない。

「他のみなさんはどうでしょう？」という問い掛けに答えて、

「私は……やっぱり、とりあえずはお金ですね」と発言し始めたのは池田さんだった。

「競馬で稼いでやろうと思っています」

「幾らぐらい稼ぎたいですか？」

「うーん。幾らぐらいと言われても、まあたくさんあればあったに越したことはないですからねえ。でも十億とか二十億とかあっても分不相応で重荷になるだけかもしれないですし、まあ現実的には一億とか二億とか、とりあえずはそのくらいでしょうか」

「他に競馬でお金を稼ぐつもりだという方はいらっしゃいますか？」

風間がそんなふうに質問をしてきたので、僕は慌てて右手を挙げたが、左右を見回しても他に挙手をしている人物はいなかった。

風間も意外の念に打たれた様子で、

「みなさん、思っていたよりも欲がない方たちのようですね。少し驚きました。では池田さんと毛利くんだけにお話しすることになりますが――」

と言ってから、僕たち二人に向けて、リピーターが競馬でお金を稼ぐ際の注意点について説明をし始めた。僕がリピート前に高橋から聞いていた話と重なる部分が多かったが、経験者である風間の説明のほうが雑な部分が多いようにも思えた。実際には高橋ほど慎重に構えなくても大丈夫だということなのだろう。

「もし何月何日の第何レースの結果を知りたい、ということがあったときには、私に電話していただけたらお教えします」と言って風間は説明を締めくくった。

「他に何か質問などはありませんか？」

「あの、この世界には、リピーターは何人いるんでしょうか？」

おずおずとした口調で質問を発したのは大森さんだった。

「どういうことでしょう？　この世界でリピーターといえば、私たち十人だけですよ」

風間が不思議そうな顔つきで答える。僕も大森の発言の意図がわからなかった。

「いえ、あの、こういうことです。この世界はR10ということでしたが、それは言ってみればR９のやり直しなわけです。R９という世界があるからこそ、そのやり直しとしてのR10がある。そう考えたときに——R9のスタート時点では、R8から来たリピーターたちがいたわけじゃないですか。さらに言えば、そのR8の開始時点にはR7から来たリピーターたちがいたという話でしたから、僕たち十人以外にも、過去にそうしてリピートを経験した人たちが、この世界にいてもおかしくないと思ったのですが……」

大森がそんなふうに説明をしても、僕にはよくわからなかったが、

「並行世界の解釈としては、そういうふうにも考えられるよな」と発言した天童は、大森の説明を理解している様子だった。「R10をR9の分岐として捉えると、R9のスタート時点に俺らが加わったってことになるからな。だけどそんなことは……ない？」

最後の問い掛けは風間に向けられたものだった。風間はひとつ頷いて、

「この世界にリピーターは私たちしかいません。R8から9に連れていったゲストたちから到着早々に掛かってきた電話は、今回は掛かってきていません。それで説明になってますでしょうか？」

「サンキュー。俺はそれでわかった。大森も考えてみろ。だって逆に言やあ、もしそういう連中がいたとしたら、そいつらはR8から9に来たつもりだったのに、今はR10ですって風間から言われるわけだろ？　あるいは俺たちだって、もしかしたら一昨日電話したときに風間から、いやー実はここはR48なんですよ、なんて言われる可能性があったって思うか？」

僕には論点が今ひとつ理解できていなかったが、最初に疑問を呈した大森が「わかりました」と納得した様子を見せていたので、まあいいかと思って流すことにした。

問題がひとつ片付いた様子だったので、僕は挙手をして質問をした。例の質問である。

「あ、ひとつお聞きしたいことがあったんですが……。僕らはR11へ行くということはできないんですか？」

風間は一瞬戸惑ったような態度を見せたが、すぐにキッパリとした口調で答えた。

「それだけは、申し訳ありませんが」

大森がそのとき不意にガリガリと髪の毛を掻き毟り始めた。右隣の篠崎さんがそれを避けるように僕のほうに身体を寄せてくる。

風間が理由を説明し始めた。

「ご承知のように、私はリピートを繰り返していますが、それはそもそもリピートという現象を見つけた私だけの特権というふうに考えていただければと思います。私が毎回こうして九人のゲストの方をお連れするようにしているのは、あくまでも私の好意であり、幸運のお裾分けをしているのだと思っていただきたい。そのお裾分けを、私はできるだけ大勢の方に行きわたらせたいと思っているのですが、いっぺんに大勢の人を連れて行くと秘密が洩れる危険性もそれだけ増しますし、その前にそもそもヘリの定員数の問題もありますので、ゲストは一回あたりに九人までと決まっています。そんな中で一人の人が二度三度とリピートを繰り返すということになれば、ゲストのための席もそのぶん減ってしまいますし、結果、トータルでリピートをした人の数も少なくなってしまいますし」

その説明で僕は何も言えなくなってしまったが、代わりに大森が発言をした。

「あの……できれば僕だけは、リピートを繰り返させていただきたいのですが」と言って猛烈に髪を掻き毟る。「いえ、あの……決してワガママとかではありません。じ、自分のためではないのです。僕の研究しているバイオ技術がもし完成すれば、大勢の人が救われるはずなんです。食糧危機問題が解決されて、大勢のアフリカの子供たちが飢え死なんなくて済むんです。ただ今のままだと研究の完成までに十年かかるか二十年かかるかわからない状況で、その間にどれだけの数の子供たちが飢え死にするかを考えてください。でも僕がリピートを繰り返させていただければ、その間はずっと今年が繰り返されるわけです。で、その間に研究を完成させることができれば、研究の実用化がずっと前倒しになって、来年以降に本来死ぬはずだった子供たちが何億人単位で救われるんです」

僕は心の中で「あっ」と叫んでいた。大森のその話に感動している自分がいた。彼の提示したリピート活用法は個人レベルにとどまらず、人類にとっての恩恵になり得る。リピートの活用法についてずっと考え続けてきた僕にとって、それは最良の答えのように思えた。

しかし風間は無情にも首を横に振るのだった。

「申し訳ありませんが、例外は認められません」

「なん――」と言いかけたまま、大森は固まってしまった。その顔に絶望の色がよぎる。

「こう考えてください」と風間は冷徹に話し始めた。「大森さんがリピートを繰り返して、たとえばR30でその研究を完成させたとしましょう。そこで大森さんはリピートの輪から外れます。その世界ではその後、食糧問題が解決して、大勢の子供たちが救われることになります。しかしそれまでの世界ではどうです？　R29では？　あるいはR31では？　子供たちが救われるのはR30の世界だけであり、そういう理想世界を満喫できるのはR30で降りる大森さんだけです。もちろんその世界にも天童さんや池田さんはおられて、その人たちはそういう理想世界を体験するのでしょうが、でもそれはここにおられる天童さんや池田さん、あなたたちではないんです。みなさんはこのR10の世界に残られるんです。そしてここでは子供たちは救われない。R30の世界だけをよくして、で、大森さんはその世界に残る。それは大森さんの自己満足でしかないのではないでしょうか。人類のためなどではなく。……そんな個人的なことのために、次のゲストの人数を減らすことはできません」

「ち、違うんです」と大森は激しく髪を掻き毟ったが、続く言葉は出てこなかった。

風間の説明を聞いているうちに、僕は何が正しいことなのかわからなくなってしまった。

大森の考えは一見、利他的ですばらしいことのように思えた。しかしこの世界に残るしかない僕たちにとって、R30は別世界である。空想世界に等しい。たとえ空想世界の中で子供たちが救われるのだとしても、僕にとっての現実であるこのR10で子供たちが救われるのでなければ何の意味もない……。

「それでも、大森さんが今回リピートしたおかげで、その研究がこの世界で本来よりも十ヵ月ぶん早く完成することになるのだとしたら、それだけでもここにおられるみなさんにとっては――つまり同じR10に残る人たちからすればですね、それはとても意味のあることだと私は思いますよ」

風間は最後にそんなふうに言って大森を励ました。

僕は不意にひとつのことを悟った。

風間に誘われてこの世界に来た僕たちゲスト九人は（いや、高橋が抜けたのですでに八人になっているが）、誰もが同じこの世界に残るという前提があってこそ、仲間意識を持つことができるのだ。もしこの中の誰かひとりだけがR11に行くことを許されたとしたら、そいつはもう僕にとって仲間でも何でもない。ひとりだけ優遇措置が取られ、僕たちを見捨てて十ヵ月後にはどこかに行ってしまう人間を、どうして仲間扱いできようか……。

まだ納得できていない様子の大森を置いて、話し合いはその後も続けられた。篠崎さんと横沢さんの二人は、リピート後の人生の目的をまだ見出せていないと報告した。

7

「でもどうして、こんな現象が起きるんだろうな」と天童が発言をした。すでに風間を中心とした話し合いの雰囲気はなくなって雑談モードに入っていた。

「さっき風間も、前回だか前々回だかのリピーターで、世界の底が抜けたみたいに感じたっていう物理の先生だかの話をしてただろ？　実を言うと俺も大学じゃあ物理を専攻してたもんで、その先生だかって奴の気持ちもすげえよくわかって、で、みんなに改めてここで訊いてみたいんだけど……。お前らさ、何でこんなことが起きたのかって、不思議に思ったりはしねえの？」

一瞬、困惑した空気が場に流れた。

誰も何も言わないので、僕がみんなを代表して発言する。

「もちろん不思議だとは思ってます。でも現実にこうしてリピートできてしまった以上は、とりあえずその現実を受け入れるしかないじゃないですか。理屈がわかってないっていうのはありますけど、でもそんなことを言ったら、テレビがなぜ映るのかだって、僕は専門家じゃないですから、理屈を説明できませんし」

「そんなもんか？」と天童がガッカリした表情を見せる。と、そのとき、

「ぼ、僕は違います」

不意に発言したのは、先ほどリピートの繰り返しを申し出て却下されて以来、ずっと沈んでいた観のあった大森だった。

「僕はリピート前からずっとそのことを考えていました。何か科学的に説明できる理論のようなものはないかって。それでこっちに来たあと、いちおう僕なりに《ある仮説》には達したんですが——でもそれをここで説明しても誰にも理解してもらえないんじゃないかと思って今まで遠慮してたんですが、天童さん、あなただったらわかってもらえそうです。……聞いてもらえます？」

「そんな説明があるんなら、ぜひとも聞かしてもらいてえ」

すると大森は、足元に置いていたアタッシェケースのような形の鞄を開け、中から取り出した機械をテーブルの上に置いた。それはラップトップ型のパソコンだった。

「いいですかね？」と誰にともなく訊きながら、彼はカラオケの機械の電源コードを勝手に抜いてしまって、代わりにパソコンのコードをコンセントに繋いだ。

パソコンが起動する際の独特の音がした。横沢と場所を交替した大森は、ソファに半身になって座り、機械をテーブル上に横向きに置いて、液晶画面を僕たちのほうに向けている。最新式のカラー液晶が使われているようだったが、少しでも角度が変わると途端に見えにくくなるのが液晶表示の難点である。

「見えます？」と聞かれたが、ハッキリ言って僕の位置からだと、画面はほとんど見て取ることができなかった。その場に立ち上がり、いろいろと頭の位置を変えてみて、どうにか見えそうなポジションを確保する。

画面上に大きく開いたウィンドウ内には、背景が真っ黒な中、三角や丸や四角などといった記号文字が全部で五つほど、てんでバラバラな位置に表示されていた。各記号はそれぞれ違った原色で描出されている。

「こ、これは人工生命というもので、ALと呼ばれています。……ちなみにみなさんはAIというのはご存じでしょうか？」

「人工知能だろ」

みんなを代表する形で天童さんが即座に反応する。

「そうです。人工知能というのは、に、人間の思考をどうにかしてプログラム化できないかということで研究されているものなんですが、一方でこの人工生命というものは、知能ではなく、生き物としての動物的本能というか、動物的形態というか、それをプログラム化したものです。で、これは僕の研究所で試作したものなんですけど、この記号のひとつひとつが一個の生命体を表しています。……今これは止まっています。ここに時間が表示されているんですが」

ウィンドウの下隅を指でつつく。《00000》と表示されているようだった。

「これを、では少し動かしてみます」

大森はそう言いながらキーボードをダダダダッと叩いた。パソコンが横向きに置かれているので、少し打ちにくそうだった。別なウィンドウに彼の打った英数字がパラパラと表示されるのが見えた。大森は最後にポンとキーをひとつ打つと、

「ほら、動きだしました」と言う。

彼の言うとおり、お互いに色の異なった五つの記号は、時間表示の数字がひとつ増すごとに、コマ送りで見ているがごとく、ジリ、ジリと少しずつ動きを見せ始めた。もうひとつ開いていた小さなウィンドウ内にも、同じタイミングで、英数字の羅列が目に見えない速度でダーッと表示されては、すぐにスクロールして上に流れて行く。

「ここらで一回止めてみます」

大森はそう言ってひとつのキーを叩いた。すると各記号たちは動きを止め、時間表示だという数字も《00017》でカウントを停止した。

「この人工生命たちは本能に従って行動しています。といってもその本能はプログラミ

ングされたもので、実に単純なアルゴリズムから成っています。このパソコン上の色は、RGBという——つまり赤、緑、青の三原色から成り立っていて、たとえばこの赤い丸は、RGBで言えば［1・0・0］というマトリックスで表すことができます。この四角は青だから、RGBの順で言えば［0・0・1］ですね。で、この記号たちは、自分が0の部分に1を持っている相手を見つけたら、そいつに近寄って行って、接触しようとします。たとえばこの丸と四角は、お互いに相手の持つ色の1という数字を狙って近づいています。でもその場合、最終的にどちらのアクションで両者が接触したかが問題になって、もし最後にこの赤い丸のほうの動きで両者が触れたら、その場合は赤が接触して、青は接触されたことになります。で、接触したほうの赤は、相手の青の1を奪って［1・0・1］——つまりマゼンタになるし、逆に青は相手の持っていた0を押し付けられて［0・0・0］になります。オール0になってしまうと、この世界では死んだことになって、画面上から消えてしまいます。逆にこの青い四角が最後に動いて両者が接触した場合には、青の方がマゼンタになり、赤のほうが死んでしまうわけですね。……この三角の奴は白だから［1・1・1］で、今のところは誰かを追う必要がなくて、他の相手に触られないようにただひたすら逃げまくっています」

それがどうしたと言うのだろう……。僕はガリガリ男の意図するところがまったくわからずに、ただ説明の続きを待つしかなかった。

大森はまたダダダッとキーボードを叩く。するとまた新たなウィンドウが開いた。

「これはこの赤い丸のログファイルです。時間ごとに、こいつが何を目標にしてどう動いたかという、そのすべてがファイルに書き出されています。つまりこれが、この赤い丸のこれまでの人生の記録というわけです。……では一回、ここですべてを初期状態に戻します」

と言ってまたキーを叩く。ウィンドウ内の記号たちは最初にいた位置に表示され直し、時間表示のカウンターも《0000》に戻る。

「それじゃ、やり直します」

大森がキーを叩く。すると五匹の記号生物たちは再びジリ、ジリと動きだし、やがてカウンターの数字が《0017》となったところで、またしても大森がキーを叩いてプログラムをストップさせた。

「見てください。前回とまったく同じ結果になりました。もちろんそうなるように僕が手を加えたんですが……。元のプログラムにはランダムな現象を起こさせる関数が組み込まれていて、プログラムを動かすたびに違った結果が出るようになっていました。見ていて飽きないようにそうなっていたんですが、でも僕はそのランダム処理を取っ払ってしまいました。その結果、この五つの生命体は、決定論的な世界観に支配された状態になっています。

まあそれはどうでもいいんですが、えーと、話を戻しますと、たとえばここで僕がこの一時停止状態を解除したとすれば、こいつらはまたこの続きを、それぞれの本能に従ってやっていくことになります。そのときに、もしこいつらに自我のようなものがあったとして考えてみてください。……だとしてもこいつらは、自分では、この世界に一時停止状態があったなんてことは絶対に知ることはできません。それはプログラムの外で——こいつらの世界の外で起きたことですから。こいつらにとって時間とは、一時停止の前と後で、あくまでもひと続きのものとして、等速で流れていたものとして感じられているはずです。でも僕たちから見れば、このとおりに一時停止してますし、ついでに言えば僕はこの先こいつらがどうなっていくのかも、もう何回も見ましたんで、すべて知っています。……ま、それが決定論というやつなんですけど。

要するにこいつらにとっては、今は世界の誕生から十七秒後であり——もちろん今ってのは今しかなくて、時間は一方通行に流れているものであり、未来は未知なものなんですけど、でも僕らから見た場合には、こいつらの今は今だけじゃない。僕は何度もこれと同じ状態を見ていますし、こいつらにとっては未知なはずの未来も僕は知ってます」

大森はまたキーを叩いてプログラムに何かを指示した。今回はやや長く続いて、そして指示が終わってみれば、ウィンドウ内の配置は初期状態に戻り、時間も《00000》に戻されていた。そして記号生命たちは、再び動き始める。

時刻表示のカウンターが《00017》を示したところで、大森はまた一時停止をかけた。

僕は、あれ？　と思った。前回と同じ《00017》で停止したはずなのに、今回は赤丸と青の四角の二つが、前回とは違った場所に止まっている。

「今回は少し趣向を変えてみました」

大森はそう言って、ひとつのウィンドウを僕たちに指し示した。ログファイルというやつが表示されているウィンドウだった。数字と英字の羅列からなる文字列の意味は、僕にはいまだに不明だったが、各行頭の数字の意味だけは先ほどの説明で理解していた。その数字が今回は《0034》となっている。

「——これはこの赤い丸のログファイルなんですが、この世界では、時間がほら、スタートからまだ十七秒しか経っていないはずなのに、でもこいつだけはこんなふうに、スタートから三十四秒も経っているって認識しています。……これはさっき、プログラムをリスタートさせるときに、それぞれのログファイルが初期化される中で、こいつだけは僕がさっき停止したときのまま、ファイルの中身を取っておいて、そのままの状態でリスタートさせたからなんですが、このプログラムはログを見ながら動くようになっていますから、この赤い奴にとっては、たしか今はスタートから十七秒経った状態のはずなのに、配置とかがいきなりスタート時のものに戻ってて、あれ？　ってなって、それでこの赤丸の動きがいつもと変わって、で、赤だけじゃなくてこの青も連動して動きが変化して、こんなふうに違ったものになったわけです。

で、このプログラム世界における時間経過は、このカウンターのとおり、今はまだ十七秒しか経ってないんですけど、こいつだけは、このファイルを見ればわかるように、スタートから三十四秒がすでに経過したと思い込んでいます。これは僕たちの身に起こったこととほぼ同じで、つまりこの赤い丸は、このプログラムの世界で、今まさにリピートを体験した——ということになりません？」

「つまり俺らもこの……人工生命と同じだと？」

天童が尋ねると、大森は大きく頷いた。

「そうです。このプログラムの世界にも、それなりの法則性があって、こいつらは一秒に一マスしか動けないっていうルールに従いながら動いています。プログラムがそうなっているんです。僕らが瞬間移動できないのと同様に、こいつらも一秒に何マスも動けないってルールがあるんです。そしてさっきも説明したように、このプログラムの中では——こいつらにとっては、時間は一様に流れています。同様に、僕らも時間が一様に流れていると感じています。……すべて一緒じゃないですか？

でもこいつらは、僕らから見たら単なるプログラムです。ということは僕らだって、もっと上位の存在から見た場合には、単なるプログラムでしかないって可能性はあります。……可能性があるということは、そういうふうに考えてもまったく問題がないっていうことになります」

「そんなの、だって……そもそも、この丸や四角が生き物だって言われても——」

うまい言葉が見つからないまま、僕はとりあえずそんなふうに反駁《はんばく》してみた。

改めて液晶画面上に描画された原色の記号たちを見る。自分たちがこれと同じだと言われても、どうもピンと来ない。

「結局はこんなの、プログラムじゃないですか。0と1の羅列なわけでしょ？」と訊いてみると、

「いや、俺らだって、素粒子の羅列でできている」と答えたのは天童だった。

「人間は細胞の集まりだし、細胞は分子の集まりで、分子は原子の集まり。で、その原子も結局は陽子と電子と中性子っていう三種類の素粒子からできていると。……まあ要するに、人間だって0と1からできているようなもんだ」

「え……でも、それはやっぱ違いますよ。0とか1とかってのは、それは実体じゃなくて、数字というか――概念じゃないですか。でも原子とか電子とかっていうのは、ちゃんと実体のあるモノだから――」と反駁しかけたが、

「本当に実体はあるのか？」と天童さんは、ことさらゆっくりとした語調で言った。

「お前が実体だと思っているのは、すべて情報じゃないのか？　目で見ているモノ――それは単に、目がこういうモノを見てますよって伝わってくる情報でしかない。手で摑んで、ここにモノがちゃんとありますよと言っても、それも手の神経が伝えてくる情報でしかない。さっき大森がそこで丸い奴のログファイルを開いて見せただろう？　あの中には、他の図形が今どこにいるかって情報も書かれてた。ってことは、つまりその丸は、他の図形をちゃんと《見てた》ってことになる。丸にとって他の四角や三角は、ちゃんと見えてるし、近寄ってって接触もできる存在なわけだ。丸がそうやって《見えた》とか《触った》とかって認識してる情報と、お前がいまこの世界で五官を通して受け取っている情報の、いったいどこが違うのかって言えば……違わない。一緒だ」

「そ、そ、そうなんですよ」大森は我が意を得たりといった感じで何度も頷く。

僕には二人の言わんとしていることがまったく理解できなかった。自分たちがコンピューター上の幻影的存在でしかないなどといくら言われようとも、少なくとも僕たち自

身には確たる実在感があって、それを否定することはできないはずだ。

僕たちが納得していないふうなのを見て、大森がさらに言葉を継ぐ。

「僕たちのこの世界は物理法則に支配されています。そうですよね？　で、その物理法則はプログラミングと言い替えてもよいはずなんです。この世界が単純なプログラムで動いてるということは、理系の人間からすればけっこう当たり前のことで、たとえば今から二百年近く前に——だからコンピューターなんて概念すらなかった時代に、もうすでにラプラスという人が、そんなようなことを言ってたりするんです」

「ただ、俺らが実はその画面の中の記号みたいなもんだって、たとえ看破しようが、だからって俺らの何が変わるかっちゃ実は何も変わんねえんだけどな。だからそういうふうに考えることもできるってだけで普通は終わっちまう話なんだけど、ただ今回は、そう考えたほうがリピートという現象を俺らが受け入れやすいってことがあって——だから今の話は、そんなふうに理解しといて別に損はねえんだけど、でも得があるかっちゃ特にねえっていう、ただそれだけの話だって聞いといてほしいんだけど」

「ただ、そういうことを考えずにはいられない人間っていうのがこの世の中にはいて、そういう人たちにはとにかくそういった手続きを踏むってことが大事なんです」

二人の説明は依然として僕にはよくわからなかったが、ただ、僕たちがそれを理解しなくても特に何も問題はないということだけはよくわかった。

「ちなみに俺は、あんたとは違うことを考えてたんだけどな」と大森に言って、天童さんはさらに別な話をした。

「前の世界で篠崎がこんなことを言ってただろ？　『予言はまぐれ当たりだと考えれば別に物理法則に反してねえけど、時間を遡るのは物理法則に反してるから信じられない』とか何とか。だけどこっちに来てからよくよく考えてみりゃ、俺らは別に物理法則に反してねえんだよ。一月十三日の午後十一時十三分の……何秒だっけ？」

「七秒」と風間が答える。天童はひとつ頷いてから、

「十一時十三分七秒。……その前後で、俺らは別に瞬間移動とかはしてねえだろ？　十三分六秒にいた場所と、十三分八秒にいた場所は同じで、手に持ってたものも急に消えたり出てきたりはしてねえ。たとえラプラスの悪魔がこの世界を監視してたとしても、その瞬間に物理的に不自然な動きなんてのはどこにも観察されてねえんだよ。ただ俺らの意識の中だけが、その前後で時間的に繫がってねえように感じてるってだけで。つまり異変が起きたのは俺らの脳の中だけだってこと。いや、あんたらが俺と本当に同じ経験をしてるかどうかすら俺にはわかんねえんだから、正確に言えば、俺にとって異変が起きたのは俺の脳内だけってことになる。

いや、たとえそうだったとしても、瞬間的に十ヵ月分の記憶が増えたんだから、その瞬間の脳内を分子レベルで観察してたら、物理法則に反した分子の増加とかがそこで観察されていたはずだ、というような見方もあるかもしんねえけど、でもその記憶は実は回路として前もって脳内に組み込まれていて、ただ単にそこへの接続だけが十一時十三分七秒に行われたのだとすれば、それが瞬間であっても別に構わねえわけだし。

何が言いてえのかってえと、要するに俺はその瞬間に、十ヵ月ぶんの夢を見たってい

うふうに考えれば、特に物理法則には反してねえってこと。寝てる間には十ヵ月ぶんにも感じられた時間の流れが、起きてみればほんの一瞬の間に見た夢だったっていうようなことも、話としちゃよくあるだろ？」

「邯鄲《かんたん》の夢だ」と僕は思わず口にしていた。中国の故事にそれとよく似た話があるのを思い出したのだ。

「簡単だろ」と言って天童は一瞬ニヤリと笑い、すぐに真顔に戻ると、「もちろん俺はR9の人生を単なる夢だとは思ってねえから、そこだけは勘違いしねえでくれ。あれは俺にとっては実際に経験したことだってのは間違いのねえ事実だ。だけど物理的に無矛盾であろうとするならば、あれは一瞬の間に俺が見た予知夢だったたって解釈も成り立って、それはそれで俺は否定しないってだけの話」

「そ、それでも結局は、僕の場合と同じで、別にそんなことは、考えても考えなくても、基本的には何も変わらないんですよね」と大森が口を挟むと、

「そのとおり」と言って天童はにっこりと笑った。「だから別に俺らの今言ったことを、みんなはぜんぜん気にする必要はねえから。あー何かお経を唱えてるなー、ぐらいに思って聞き流してくれればよかったってだけの話で、ただ俺らには、そのお経を唱えるって手続きがどうしても必要だったたってこと」

結局、その話が何の役に立つのか、僕にはわからず終《じま》いだった。他の五人にとってもたぶん同じだっただろうと思う。ただ一人、大森だけは嬉しそうに何度も頷いている。

大森にとって、今日のこの場で天童という話の合う相手を仲間内に見つけられたこと

は、大いに意義のあることだったに違いない。

僕もいちおう、他のリピーターたちの元気な姿を見ることができて、それだけでも今日の会合は有意義だったと思っている。

ただひとつ残念だったのは、高橋の訃報の件だった。あれさえなければ完璧だったのに……。

六章

1

リピーターの特権は《未来の記憶》を有している点にある。

僕が特別に意識して記憶してきたのは、新聞紙面を飾るような社会的な出来事に関するものが主だったが、それとはまた違った日常レベルでの出来事も、実は意外と記憶に残っているものだということが、リピート直後の何日間かで実感できた。

たとえばR10で初めて学校に行ったときのこと。

最初に出た《現代思想》の講義内容は、たしかに一度聞いた覚えのあるものだったが、同じ講義を二度聞くことは単位を落とした学生なら普通に経験していることなので、その段階ではリピーター特有の感慨に浸ることはなかった。

問題は講義が終わった後である。学部棟のロビーを歩いていると、

「あ、モーリン。待って待って」

と僕を呼び止めた者がいた。同じ学部生の桜井良一である。喫煙コーナーでタバコを吸っている彼の傍らには見城和紀もいて、二人でニヤニヤ笑いながら僕のほうを見てい

る。それを認めた瞬間、僕は、これはたしか前にも経験したことがある……と、強烈なほどのデジャブーを感じ始めていた。

「え、なに？」と言いながら彼らのほうに寄っていくと、

「今週の日曜なんだけど、お前ヒマ？」と桜井が聞いてくる。それも記憶にあるとおりだった。そう。彼は次にこう言うはずだ。——ディズニーランドに行かない？

「ディズニーランドに行かないかって話が出てんだけど」

「男だけで？」と、いちおう記憶にあるとおりに訊き返すが、もちろん答えは知っている。

「馬鹿。そんなわきゃねーだろ。タマッチが学外の友達を二人連れて来るって。だから人数を合わせなきゃと思って」

女の子が来るというのに、どうして僕はこの話を断ったんだろう？　由子に気兼ねして、ということではなかったはずだ。何か別な予定が入っていたはずで……あ、そうか。思い出した。

「残念だけどオレはパス。今度の日曜はコンサート見に行く予定があって、もうチケットも買ってあるから」

そのチケットは由子が持っているはずである。二枚で一万いくらかしたはずのチケット代を無駄にするのももったいないと思って、僕は反射的に桜井の誘いを断ってしまった。

しかし冷静になって考えてみると、すでに一度見たコンサートではあるし、おまけに

由子と二人きりでとなると、なおさら行く必要はないようにも思えてくる。しかし即座に前言を撤回するのも変だと思ってそのままにしていると、

「じゃあしょうがねーか」と言って桜井はタバコを灰皿に潰した。「モーリンがいりゃあ女の子たちの喰いつきもいいだろうに」

「オレは釣りの餌かよ」と苦笑交じりに言い返しながら、たぶんR９でも同じことを言ったのだろうなと思った。そんな記憶もおぼろげながらある。

デジャブーの感覚は依然として続いている。あのくすぐったいような特有の感覚は、普段ならすぐに収まるはずだったが、今回はそれがずっと持続している。最初は神経が麻痺したような感覚があったのが、次第に独特の恍惚感へと変化しているのがわかる。その感覚には、性的な快感に近いものがあった。

ただしそれは、僕がR９のときと同じ経験をしなければ、味わうことができないものだった。少なくとも僕が前回と同じ場所にいなければ、同じ経験はしたくてもできない。だから僕は、いずれ競馬で大儲けして、お金の心配をしなくて済むようになるとわかっていながら、とりあえず当面の間はR９のときと同じように週三回のシフトで《バンビーナ》でのバイトも続けることにしたのだった。

一月十七日の木曜日。リピートを果たしてから四日後に、僕はR10では初めて《バンビーナ》に出勤した。そしてその夜、僕はリピーターのメリットを活かして、店ではわりと小器用に立ち回ることができたのだった。

記憶というのはどんな仕組みになっているのか、不思議なもので、実際にその場にな

ってみると嘘のように鮮明に、前の人生における同じ場面での記憶が、フッと頭の中に蘇ってくることがある。

たとえば次のような場面で——。

その日の一番客は佐藤さんであった。週に二回は《バンビーナ》に飲みに来る常連さんである。そのぶん該当する記憶も多いわけで、今年に限っても、僕は彼と最低でも三十回は顔を合わせているはずである。その中のどれが今日の記憶なのか、わからなくても当然のことなのに、僕には今日の記憶が（断片的ながら）思い出せてしまったのである。

「あ、いらっしゃいませ。今日は早いですね」

「ああ。いつもの店が休んでやがってよ」

そう言いながら、カウンター席のど真ん中に腰を下ろす。

佐藤さんが来店するのは、ほとんどが九時を過ぎてからである。開店早々に来るのは珍しい。それが記憶を呼び覚ます際のきっかけになったようだった。

「最近、行ってます？　パチンコ」

おしぼりを渡しながら、それとなく訊ねてみると、

「今日行ってきたよ。二丁目の幸楽が開店だっていうもんで。朝から並んで」

やはり思ったとおりだった。R９では佐藤さんのほうから、その話を僕にしてきたのである。

「で、勝ったんですか？」

たしか十三箱出したはずだと思い出しながら訊ねてみると、はたして、

「おう。十三箱積んだとこで勘弁してやったけど」

という答えが返ってくる。

「――じゃあアタシ、何か貰っていい？」

佐藤さんの隣に入ろうとしていたユキが、まだ腰も下ろさないうちから、ちゃっかりとそんなふうにオネダリをする。

「いいよ。ユキちゃんはビール？　だよな？」

「うん。ヱビスがいいな」

「いいよ。じゃあ毛利くん、ヱビスをこいつに」

ユキがカウンターに来た瞬間、ヱビスが出ることが僕にはわかっていたのだが、先に佐藤さんのセットを作るという仕事が入っていたので、ユキに言われるより前にビールを用意しておくという技は、残念ながら披露することができなかった。

またこんな場面でも――。

十時過ぎに松永さんという常連さんが来てカウンター席についた。チーズクラッカーを注文する。その時点でも記憶はまだ蘇っていなかったが、彼の前に皿を出した瞬間、僕の脳裏にある映像が思い浮かんだのである。

松永さんがグラスを倒してしまう。チークラの皿が水を被って台無しになる。自分が悪いのに「まだ一枚しか食ってねえのに」とぼやく松永さん……。

そうだ。あれは今日の出来事だ。

出されたチークラを一枚食べた松永さんは、隣に座った、これも常連客の太田さんと、サッカーについて熱く語り合っている。

「こんな国にジーコが来てくれてさあ——」

松永さんは話をするとき、やたらと手を大きく振り回す癖がある。その手がグラスを叩くのだ。

《先読み》のできた僕は、素早く彼のグラスを取り上げた。松永さんの手が、先ほどまでグラスの置かれていた箇所を通過したのは、そのわずか数秒後のことだった。僕はグラスについた水滴を拭い、念のために本人から少し離れた位置にコースターを移動させて、その上にグラスを置いた。結局、松永さんはその日、グラスを倒すことなく、チーズクラッカーを全部食べてから帰っていった。

その出来事を、僕は自分ではファインプレイだと思っていた。しかしそれは誰にもわかってもらえない……。

2

閉店間際にはオーナーが来店した。《バンビーナ》の経営者でありながら、彼が店に来ることはあまり多くない。だから僕の記憶はすぐに呼び覚まされた。

そうだ。今日は閉店後、オーナーたちの麻雀に朝まで付き合わされるんだ……。

実際、そのとおりになった。店が撥《は》ねた後、オーナーとチーママ、ユキ、そして僕というメンツで、すぐ近くの雀荘に向かう。案内された席も、もちろん僕の記憶にあったとおり窓際のものだった。

すぐに場決めをして、席の配置が決まる。その配置もたぶんR9のときと同じなのだろう。そして東《トン》一局の勝負が始まる。朧《おぼろ》げな記憶によれば、僕はこの日、トップを二回取り、他もそこそこに収めて、トータルで一万円ほど勝ったはずである。つまり前世とまったく同じように打てば、それだけで僕は今日ここで一万円を儲けることができるし、さらにリピーターの特権を活かして無駄な振り込みを回避することができれば、もっと儲けられるということにもなる。

リピートのメリットを活かすにはもってこいの状況だと思った。それなのに僕の記憶はいっこうに蘇ろうとはしない。勝負はすでに始まっている。牌をツモるたびに、前世で自分が何を切ったかを思い出そうとするのだが、いっこうに思い出せない。だから普通に、いつもの自分ならこう打つだろうという戦略に従って、牌を入れ替えてゆくだけ。

「ポン」

オーナーの切った白《ハク》をチーママが鳴いた。上家《カミチャ》の河を見れば、索子《ソウズ》に染めているのが見え見えである。そこでようやく記憶が蘇った。そうだ。混一小三元《ホンイッショウサンゲン》。彼女が上がったのだ。そして振り込んだのは僕。たしか發《ハツ》を暗子《アンコ》で手の内に持っていて、中《チュン》の単騎待ちだった。二枚切れの中を僕がツモ切りして振り込んだのだ……。

記憶が蘇った途端に、僕は中を引いた。そうだ。前世ではこれをツモ切りして、初《しょ》っ端《ぱな》からハネ萬を振り込んだのだ……。

僕は雀頭の八萬を一枚落とした。チーママの当たり牌である二枚切れの中を抱え込んで、もはやベタ降《お》りの態勢である。

結局、その局はオーナーがツモ上がった。

「おう。ツモったー。ピンヅモドラ一でイチサンナナヒャク」

点棒のやり取りが行われ、場に出ていた牌が卓の中央の穴に落とし込まれてゆく。そこで僕はふと気づいてしまったのである。

待てよ。この牌の入れ方で、次の配牌が変わってしまうんじゃないのか……？

考えるまでもなく結論は出ていた。まったく同じということはすでにあり得ない。チーママが上がらずに、もっと遅い順目でオーナーが上がったことによって、場に出ている牌の状況がすでに違ってしまっていたのだから。前回は山に積まれたままになっていたはずの牌の一部が、今回はすでに捲《めく》られて河に捨てられた状態になっている。上がりを逃したチーママは手牌を伏せており、代わりにオーナーが手牌を開いている。その段階でもう前回とは違ってしまっている。それをどう落とし込もうとも、もはやＲ９のときとまったく同じ山には積み上がらないだろう……。

いったん諦めかけた僕は、次の牌が卓上にせり上がってきたときにようやく、自分の勘違いに気づいた。

おっと。そうだ。全自動卓は二組の牌を交互に使っているのだった。今せり上がってきた牌は、僕らが卓についた時に、何気なく機械に落とし込んだものだ。その時点では前世と何ら変わったところはなかったように思う。僕も変に意識したりせずに、自然に手を動かしていたはず。だからこの山は、前世のときと同じように積まれているのではないか。つまり少なくともこの局までは、R9のときの記憶が活かせるのではないか……。

僕がそう思い直した直後、

「ケイちゃん、親。サイコロ振って」とチーママに言われ、僕は慌ててサイコロのボタンに指を伸ばしかけ——そこで凍りついたように手を止めてしまった。

違う。R9ではチーが連荘《レンチャン》したのだ。僕がサイコロを押したら、何の目が出ても前回と同じにはならない。この卓はもうすでにR9のときとは違った道を歩み始めている……。

「何ボーッとしてんの？　早く」とチーママに急《せ》かされて、僕は仕方なくサイを振る。

結局、朝六時までの間に半荘《ハンチャン》を四回やって、僕は三着、ビリ、二着、ビリという成績だった。一万円の儲けを見込んでいたのに、結果は八千円の負け。

雀荘を出たところで、食事に行くという他の三人とは別れ、駅へと向かう道すがら、僕はひたすら考え続けていた。

風間さんがR9で説明していた、あのカオス理論とかいうやつ。

あれと同じなのだ。

R9とまったく同じ行動なんて取れやしない。百数十枚もある牌を、R9のときとまったく同じように動かすことなど、できるはずがない。他の三人にはそれができても、リピーターである僕にだけはそれができない。皮肉な話だが、リピーターだからこそ、それができないのだ。

そしてひとたび結果が違い始めたら、その狂いを是正することはもはや不可能となり、リピーターはその時点でもう一般人と同じレベルの存在にまで成り下がってしまうのだ。

この能力は賭け事には使えないのか……？　しかし競馬に関しては毎回、前世と同じ結果が繰り返されるという話だった。その違いは何か。おそらく競馬の場合には、リピーターである僕らが傍観者の立場にいるという、そこが大きな差なのだ。しかし今日の麻雀では、僕が直接勝負に関与してしまった。だから同じ麻雀でも、たとえば僕を含まない四人で卓を囲んでいたとしたら――そう、だからあの雀荘でも、僕らとは別な卓で遊んでいたお客さんたちは皆、前世と同じ手を上がっていたのだろう。

いや……そうでもない……のかもしれない。二次的な影響というものを、僕は考えに入れなければならないのかもしれない。

僕らのついた卓では、最初の半荘から、R9のときとはまったく違った展開になってしまっていた。オーナーが大きな手を上がって馬鹿笑いをした、その声の発せられるタイミングも、前回とはまったく違っていたはずである。チーママの「あーもう」という嘆き声も。そういった騒音が、他の卓に影響を及ぼしていないとも限らないではないか。そういった声が他の客の耳にまで届いていて、無意識のうちに彼らの動作に影響を与えていた――たとえばちょうどサイコロのボタンを押そうとしていたときに、オーナーのあの馬鹿笑いが店内に響きわたり、それで無意識のうちにボタンを押している時間が零コンマ何秒、R9のときよりも長くなっていたとしたら。あるいは牌を機械に落とし込むときに、チーママのあの嘆き声が聞こえてきて、その影響で牌を落とすその手つきが、R9のときよりも幾分かぞんざいになっていたとしたら……。

そしてひとたび狂いが生じたら、その卓での勝負はそれ以降、R9のときとはまったく違った展開を見せることになる。また誰かが馬鹿笑いをするかもしれない。そしてそれがさらに隣の卓にも影響を及ぼして……。

そして僕はさらに考える。二次的な影響があるのなら、さらに三次的、四次的な影響というのも、あるのではないだろうか……。

たとえばあの雀荘にいた客のひとりが、R9では――本来の歴史では――麻雀に負けていたはずなのに、今回は大勝したとする。そのお金を、彼は何に使うだろう。R9では買わなかったはずの物を今回の彼は買ってしまうかもしれない……。

チーでもいい。彼女はたしか前世では今日の麻雀で何千円か負けていたはずだ。それが今回は一万円近く勝ってしまった。彼女がそれで、R9では買わなかった物を――たとえば今日の午後、どこかのブティックで、一点ものの服を買ったとしたら。すると今度はR9のときにその服を買った人が、今回はその服を買わずに（買えずに）、何か別なものを買うことになる。たとえばハイヒールを買ったとしよう。R9では履いていなかった靴だ。その靴を履いて、彼女（僕の中ではOLのイメージ）は駅の階段を下りている。その途中でヒールがポキンと折れてしまう。彼女は階段を転げ落ち、足を骨折してしまう。治療のために一週間ほど会社を休んでしまう。彼女が休んでいる間、同僚たちが仕事を代わってあげなくてはならなくなった。四人の社員が残業をする羽目になる。

そのうちの一人はデートをドタキャンして残業をしているのだ。するとその恋人が浮気をしてしまって……。

まるで「風が吹いたら桶屋が儲かる」みたいな話だが、そういう可能性だって皆無ではないはずだ。

そうやって考えてゆくと、いったい今日の僕のあの麻雀のせいで何人の運命が狂わされたことか、想像するだに恐ろしくなる。

もちろん、彼らの運命を思って——などということではない。その影響が巡り巡って、いつ自分のもとに降りかからないとも限らないではないか。恋人にドタキャンされたその女が、浮気相手を求めて夜の街をさまよった果てに、ふいと《バンビーナ》に姿を見せないとも限らない。あるいはチーがブティックの店員と喧嘩をしてしまい、その店員がその晩、むしゃくしゃした気分で帰宅する途中で、どこかの家に火をつけてしまわないとも限らない。しかしそんなニュースはR9のときには報じられていなかった。僕の知っている未来には起こらなかったこと——しかしそれが、今後いつ起こってしまわないとも限らない。もうすでにこの世界は、僕の知っているR9の世界とは微妙に違ってしまっているのかもしれない。リピーターである僕にとって、そうした事態は重大な危機を意味する。

もしも未来が僕の記憶してきたとおりにならなかったとしたら……。

R9のときに受けたアドバイスを思い出す。

なるべく今回と同じ生活をしなさい。極端な話、身近な人が事故に遭うことが事前にわかっていたとしても――いや、それが身近な人であればこそ――敢えてその人を助けない。見殺しにする。そういう選択肢もあるのだということを知っておいてもらいたい。あるいは、その人をあくまでも助けるつもりであれば、その時点で自分はリピーターとしてのメリットをあらかた失うという、その覚悟はしておく必要があるだろう……。
風間さんの言っていた、酷薄とも取れるあの理屈が――その真意が、僕にもようやく理解できたような気がしていた。

3

身近な相手との関係を大幅に変えてしまうと、それだけでリピーターとしてのメリットをあらかた失う惧《おそ》れがある――にしても、だからといって僕はR９のときと同じように由子と付き合い続ける気は毛頭なかった。

坪井少年がリピーターの能力を使って大学生になる代わりに四月以降の記憶が使えなくなるのと同様、僕は由子と速攻で別れる代わりに、以降のリピーター人生を棒に振ることになるのかもしれない。

しかしそれでも別に構わない気がした。僕のほうから由子と綺麗に別れる（そしてできれば篠崎さんと付き合う）ことができるのなら、日常レベルでの特権はそれで打ち止めになったとしても仕方がない。あとは競馬で大金を稼ぐことができれば、やり直しの人生としてはほぼ満足できるものになるのではないか。

水曜日の夜、由子から電話が掛かってきたときに、僕はとりあえず日曜日のコンサートは都合が悪くて行けなくなったとすでに伝えていた。

「ごめん。土日はオレ、急に実家へ帰んなきゃなんなくなって。親父さんが何か手術するとか言って、急に入院しちゃったらしくてさ」と嘘をつくと、

「それじゃあしょうがないね。うん。だったらコンサートは誰か一緒に行ってくれる代わりの人を見つけるから」

「うん。また電話する」

とは言ったものの、僕のほうから次の電話をするつもりはなかった。

彼女からの誘いは今後も断り続けるつもりだった。そうなれば彼女だって二人の仲が冷めつつあるということを認めざるを得なくなるだろう。それだけの手続きを踏んだ上で、最終的には僕のほうから別れを切り出すのだ。できれば今月中に。

というわけで予定が空いた日曜日の午前中。僕は新宿にあるという競馬の場外馬券売場を目指していた。

東口を出ていつもとは逆方向に進むと、風間から聞いていたとおりの建物が四丁目の交差点の手前に立っていた。モノトーンで統一された外観はお洒落な感じで、一見しただけでは何の施設かわからなかったが、壁に《WINS》と書かれているのでそれとわかった。僕が入場したときにはすでに中山の第一レースは終わっており、モニターには第二レースのオッズ表が映し出されていた。

今日はとりあえず手持ちの現金を増やしておくつもりだった。第四レースで二百倍の

大穴が出ることはR9から記憶してきていたし、それ以外のレース結果も昨日風間さんに電話して聞いてあった。それらを踏まえて僕が事前に立てておいた計画は「(1)第二レースで小さく勝って軍資金を作り、(2)第三レースではわざと負けておいて、(3)そして万馬券の出た第四レースで大きく勝ち、(4)大金をせしめた後は早々にこの売場から立ち去る」というもので、午前中のうちに勝負を決めるつもりでいた。

構内は想像以上に広かったが、人の姿は逆に思っていたほど多くなかった。僕はいちばん上の四階まで上がったのだが、フロア全体で百人もいなかったように思う。客筋はやはり中年以上の男たちが主で、僕のように若い世代の姿はそれほど多くない。中には薄汚れたジャンパーを着て首にタオルを巻いた、まるでコントに出てくる《ギャンブル狂》を地で行くような格好をした人もいた。僕は次回もし来ることがあったら、この客筋の中でも目立たないように、なるべくみすぼらしい格好をして来ようと思った。

モニター画面でオッズを確認してから、売場の窓口に立つ。少し離れた場所には制服姿の警備員が立っていて、僕は妙にドキドキしてしまった。

「第二レースの連勝複式、2－5、3－5、6－8をそれぞれ千円ずつ」

連複の一点買いで的中させると注目を浴びると思って、僕は各レースとも三点ずつ買うことに決めていた。高橋さんの助言を僕なりにルール化した買い方である。最後の6－8は万馬券を狙ったもので、いつも三点の中に一点、大穴狙いを入れておくのは、勝負どころ(今日で言えば第四レース)で大勝ちするための伏線である。

三千円を支払い、名刺サイズの紙切れを一枚もらう。これがあと二十分もしないうちに、二万円相当の価値を持つようになるのだ。

　売場付近から早々に離れ、なるべく人の少ないところに居場所を定めて、僕はレースの結果を確認した。勝つことはわかっていたが、実際に馬が走っている姿をモニター上で見ている間はやはりドキドキした。

　レース終了直後に換金所に向かったのは、僕を含めて十数人しかいなかった。元の位置に戻るとすでにモニター画面上には次のレースのオッズが出ていた。二十倍、五十倍、百倍以上という倍率だけで買う目を決め、窓口に向かう。今度は最初から外れるとわかっているので、変にドキドキすることもない。

「第三レースの連勝複式、4－5、5－8、7－8をそれぞれ三千円ずつ――」

　窓口の女性に買い目を伝えているときに、不意に人の気配を感じて振り返ると、五十年配のオジサンが真後ろに並んでいたので、僕はかなり驚いてしまった。左右の窓口は空いていたので、彼がそこにいるのは、僕の買い目を盗み聞くためであることは明らかだった。僕と視線が合うと、男はそそくさとその場から立ち去って行った。

　先ほど僕が換金所に足を運んだのを見て、運のよい奴だ、一度あいつの買い目にあやかって勝負してみよう、などと思ったのかもしれない。今回、わざと外すような目をあえて買っておいてよかったと思う。もし僕が警戒を怠っていて、たとえば先ほどのレースも今回も連複の一点買いで結果を的中させていたら、僕はすぐにこの構内で注目の的となり、肝心の第四レースの馬券が買えなくなっていたかもしれない。やはりこういう場では、警戒してし過ぎるということはないのだ。

第三レースは風間から聞いていたとおりに2―4の目が来て、僕は一瞬にして紙くずに変じた元値九千円の勝ち馬投票券をあっさりと屑籠に捨てた。せっかく演技をしているのだから誰かに見ていてもらいたかったのだが、誰も僕の挙動には注目していないようだった。もちろんそのほうがよいに決まっているのだが、僕は何となく物足りない気がした。

そして今日のメインイベント、第四レースのオッズがモニター画面上に映し出される。その瞬間、僕は胸の裡《うち》で「えっ？」と言葉を洩らしてしまった。僕がR9で憶えてきた結果では、連複の1―8は二〇四二〇円の配当が付いたはずなのに、モニターに映し出されたオッズ表では1―8の倍率が二一八・四倍（配当金でいえば二一八四〇円）になっている。その差異はいったいどこから来たのか……と一瞬不安を覚えたのだが、すぐに原因に思い至った。

そうか。R9の世界にもR8から来たリピーターがいたのだし、彼らの中には今の僕と同じように、今日の第四レースでちょっとばかり儲けておこうと思った人間だってきっといたに違いない。そいつが少しばかり大きく買ったせいで、オッズが本来より下がってしまっていたのだろう。つまり僕がR9で憶えてきた二〇四・二倍というオッズは、本来のものではなかったのだ。今モニター画面上に表示されている二一八・四倍という数字こそが、本来の歴史での（リピーターがいない世界での、つまりR0での）1―8の倍率なのだろう。

僕は窓口で1―2、1―4、1―8の三口を申し込んだ。その際に「あ、1―8だけ四千円にしてください」とつい口走ってしまったのは、我ながら反省すべき点だと思ったのだがもう遅い。幸いなことに、今度は僕の買い目を盗み聞こうとする奴などもおらず、僕は無事に連複の1－8を四千円ぶん購入することができた。

さすがに三度目ともなると、モニター画面上でレースを観戦する際にそれほど興奮することはなかった。しばらく「確」の表示が点滅していたが、やがて結果が確定した。1－8の倍率は最終的に二一二・〇倍となっていて、僕が見たときよりも幾分か下がっていた。最初は僕が四千円買ったためにそれだけ下がったのだろうか、とも思ったのだが、たぶん僕以外のリピーターが――たとえば池田さんや風間さんなどが、どこかで僕と同じようにこのレースで1－8にある程度の金額を投じたのだろうと思い直した。

ともあれ四千円が二百十二倍になったのだから、シメて八十四万八千円が、換金すれば僕の手元に入ってくるのだ。普通ならばガッツポーズのひとつでもして当然なところを、僕は喜びを極力表に出さないように努めた。首をうなだれ「あーあ」と溜息を声に出して、今のレースで外したという演技までしてみせた。先ほどまでは、今の第四レースで大穴を当てたらすぐに換金してこの場を離れるつもりだったが、ここはひとつ入念に行動すべきだと考えを改めたのだ。

さらに三十分ほどをその場で費やし、昼時を迎えて構内の人の数が減ったところを見計らって、僕はようやく第四レースの当たり馬券を換金しに行った。一万円札が八十四枚と千円札が八枚、合計九十二枚からなる札束が目の前に出てきたときにはさすがに興奮した。あたりを見回しつつジャケットの内ポケットにお金を素早く仕舞い込む。ここで目を付けられるのがいちばん困るのだ。

建物を出たときにはすでに正午を大きく回っていた。日曜日だというのに大勢の人が街に溢れている。人の流れに乗ってしばらく歩いた僕は、マクドナルドを見つけて入店し、チーズバーガーのセットを注文して二階席に上がる。窓際に空席を見つけて腰を下ろしたところで、ようやく気分を落ち着かせることができた。

内懐には八十四万円超の札束の感触がある。サラリーマンが数ヵ月かかってようやく手にすることのできる金額を、僕はたったの二時間で稼いでしまった。

これがリピーターの能力なのだ。

店内をぐるりと見回す。サラリーマンふうの男の一人客がいる。若い女性の集団がいる。高校生ぐらいのカップルがいる。家族連れの客がいる。みなそれぞれにハンバーガーを齧《かじ》り、ドリンクを飲み、お喋りをしている。彼らはみんな、明日何が起こるかを知らない。来月何が起こるかを知らない。それなのにあんなに楽しそうに笑っている。屈託のない笑顔を見せている。小市民という言葉は彼らのためにあるのだろう。僕もR９では彼らのうちの一人だった。

だけど今は違う。

窓から外を見下ろすと、大勢の人が歩いている様子が上から俯瞰《ふかん》できる。それがまるで働き蟻の集団のように見えていた。

いつもと味が違って感じられたハンバーガーとポテトを、コーヒーで無理やり胃に流し込み、すぐに店を出た。先ほどまで見下ろしていた群衆の中に自分が混じっているのだと思うと、余計に彼らとの違いを胸中で意識することになり、僕の優越感情はさらに増大する。

街角に電話ボックスを見つけて僕は立ち止まった。新宿まで出たついでに、ダメモトで天童さんに連絡を取ってみようとふと思い立ったのだ。できれば今のこの気持ちを同じリピーター仲間である彼と分かち合いたい。

コール音は四度で途切れたが、出たのは留守電のメッセージだった。そのまま切ってしまおうかとも思ったが、いちおうメッセージを残しておこうと思い、

「あ、えーと、毛利といいます。新宿まで来ていたので、もし天童さんがおられたらと思って思いつきで電話してみたんですが」

オフィスの電話と共用だと聞いていたので、天童以外の人間が聞くことがあるかもしれないと思い、言葉を選びながらメッセージを吹き込んでゆく。

「特に用件とかがあって電話したわけではないので……まあそういうことです——」と喋っていると、ガチャッと受話器の外れる音がして、

「おう。俺だ」と本人が出た。

「あ、いらっしゃったんですか」

「おう。……いま新宿にいるって？　どこにいる？」

「えーっと、マイシティの南側の角のあたりです」

「そうか。ここに来てもらってもいいんだけど……それより今日はちょっと面白いものが見れるはずなんで、暇だったら見に行こうかと思ってたんだけど、お前も見に行く

か？」

何を見せてくれるつもりなのかを天童は言わなかったが、僕はすぐに承知した。待ち合わせ場所の指定がちょっと変わっていた。靖国通りから明治通りに入ってすぐの歩道橋の上で、というのが天童の指定した場所だった。

「野村證券の角を曲がればすぐ正面に見えるから、行けばすぐにわかると思う。その上で午後二時に落ち合おう」

時間の余裕は充分にあり、僕は約束の三十分前には指定された歩道橋に着いていた。橋の上を二度も往復した挙句、通路がくの字に曲がった真ん中あたりを自分の居場所と定め、欄干《らんかん》に両肘をついて、すぐ下で道路が合流している地点をぼんやりと眺めて時間を過ごした。天童のオフィスは歌舞伎町の二丁目にあるはずだったから、彼が来るとしたら明治通りのそちらの方向からだろうと思っていた。

空は青く晴れわたり陽射しも存分に降り注いでいたが、気温はかなり低く、歩道橋の上にいると時折吹く寒風に思わず身震いすることも少なくなかった。下には信号のついた横断歩道もあるのだが、二、三分に一人ぐらいの割合で橋を渡ってゆく人がいる。人が来るたびにそちらを見ては、違ったと思って目を逸らす、ということを十回ほど繰り返しただろうか。

そろそろ二時になろうかという時刻になって、ようやく天童が橋の左手のほうから姿を現した。やはり今日も黒のコートとスーツを着込んでいる。僕のほうからも彼に近づいて行こうとしたが、彼は片手を前に出してそれを止めた。

「よう。えらい寒そうな顔してんな。ずっとここで待ってたのか？」

「ええ。三十分ぐらい早く着いちゃって」

そのまま橋を反対側に渡るのだろうと思っていたが、天童は僕と合流するとその場で足を止めた。

「ここで話をしよう。下手な店に入るより、安心して秘密の話ができるぞ」

なるほど。下の車道からは常に騒音が響いてきているので、よほど近づかないと僕らの話を盗み聞くことはできないだろう。そして歩道橋の上は端から端まですべて見通せている。たしかにここなら他人に話を聞かれる心配はしなくて済みそうだ。

僕はさっそく今日の午前中に競馬で稼いできたことを天童に報告した。各レースで三点買いをしたことや、わざと一レース外したことなど、いちおう自分なりに工夫した点ももちろん説明する。

「八十万か……。まあそんなもんだろうな」と言って、天童は宙空を睨みつけた。「ただ桁がもうひとつ増えて、たとえば一レースで八百万円儲けようなどと思ったら——まあ馬券を買うところまでは一緒なんだろうけど、その当たり馬券を金に換えるところでは、誰にも怪しまれないようにってなると、けっこう気を遣うことになるんだろうな」

「ですよね」と僕もその点は同意せざるを得なかった。数百万円の時点でかなり難しいとなると、桁が上がって数千万円になればもっと難しくなるわけで、そして僕が桜花賞で狙っている億単位の儲けともなれば、換金時の面倒事はそれこそ桁違いに増えるだろうことは想像に難くない。

「でもたとえば一万円ずつ、何十枚も買っておいて、それを一枚ずつ換金すれば、一回あたりのリスクはかなり下がりますよね。何十回も換金しなきゃなんないんで、手間はかかりますけど――」

「ちょい待った」と僕の話を中断した天童が、腕時計に目を落とした。「そろそろだと思うんだけど」

「何がですか？」

「この下の交差点で、もうじき事故が起こる」

「事故……ですか？」

「たしか二時十分とかそれぐらいだったはずだ。下に降りてもっと間近で見るって手もあるんだけど、あんまり近づきすぎて、こっちまでとばっちりを受けたりしたらそれこそ洒落になんねえし、目撃者とかって警察に捕まるのも面倒だから、こっから見物するだけにしとこうかと思って。……これがホントの高みの見物ってやつだな」

なるほど。そういうことか。

彼が僕をここに呼んだ目的がようやく理解できた。

実は僕も、事件や事故の発生現場にたまたま居合わせるという僥倖《ぎょうこう》を心密かに望む気持ちはもともと持っていて、だからリピートの話を聞いたときには、不謹慎なことだとは思いつつも、そういった現場をリアルタイムに見て回るというアイデアはすでに考えていたのである。

たとえば昨日の夜には、銀座のデパートで清掃用のゴンドラが落下するという、ちょっと珍しいタイプの事故が起きているのだが、僕はそれを記憶して来ていたし、もしバイトが入っていなければ、僕はそれを見物しに銀座まで行っていたかもしれない……。

そんなことを考えていると、天童が不意に「おっ、あのバイクかな」と言った。彼の視線を追って僕がそのバイクを視認したときにはもう、すべての運命が決まっていた。

僕たちのいる歩道橋の真下は、「ト」という字の形をした交差点になっていて、カウルのついたレーサー仕様のバイクは、その「ト」という字の上から下に向かってかなりのスピードで走っていた。そのまま交差点を直進するつもりだったらしい。しかし交差点内で右折しようとしている対向車がいることに直前で気づいたらしく、車体を大きく左側に倒し込んで衝突を避けようとした。しかし時すでに遅く――

ドンッという大きな音がして、次の瞬間にはバイクの運転手が宙を舞っていた。身体を横に倒した状態で独楽《こま》のように回転しているので、僕は走り高跳びのベリーロールという跳び方を瞬間的に連想した。衝突した乗用車の屋根のあたりで一度バウンドしたらしく、上に向かうベクトルが思いのほか働いていて、そのまま男が僕たちのいる歩道橋の上まで飛んで来るのではないかとさえ僕は思った。

続いて男が地面に叩きつけられるドスンという音が聞こえてきたが、その場面は角度的に僕たちは見ることができなかった。

事故は本当に僕たちの真下で起きたのである。

「おい。いつまでもここにいるとヤバい。警察に捕まる前にとっととずらかろうぜ」

天童がそう言ってスタスタと歩き出すのを見て、僕はようやく我に返った。慌てて彼

の後を追う。早足で歩きながら僕は、

「天童さん」と声を掛けた。「天童さんは今の事故の報道を前に見てるんですよね？　今のバイクの人は……助かるんですか？」

「いや」と天童は足を止めずに答えた。「死んだはずだ。少なくともR9では」

歩道橋を下りるときには脚から力が抜けたような感じになっていて、僕は膝をガクガクいわせつつ、それでもどうにか天童さんの後を追って階段を下り終えた。そのまま急ぎ足で現場を後にする。

錯覚かもしれなかったが、僕は男が宙を飛んでいるときに一瞬、そのフルフェイスのヘルメットの中に、男の顔を見たような気がしていた。

男と目が合ったような気がしていたのだ。

いくらリピーターの特権で未来がわかるからといって、面白半分に事故見物などするもんじゃないと、僕は心の底から思っていた。

4

過去での生活も二週目に入るとだいぶ慣れてきて、次第に今を《過去》ではなく《今》として感じられるようになっていた。履修していた講義の状況もすでに把握できていたし、脳内での人間関係の整理もおおよそ済んでいた。《バンビーナ》で美奈やイズミがまだ勤めていることにも違和感を覚えなくなっていたし、逆にみどりや麗香がまだいないことに関してもそれを当然のこととして受け止められるようになっていた。

ただしすべてがR9のときと同じように進んでいるかといえば、そうでもない。たとえば僕はこちらに来てからよく「人間が変わった」と言われるようになっていた。その原因は二つあると思う。

ひとつは会話時の反応が鈍くなったということがあるだろう。友達との会話で言えば、相手の口にする冗談にしろニュースにしろ、どれもが僕にとっては実はすでに一度聞いた話であり、R9のときのように心から笑ったり驚いたりは、正直できないのだ。それがつい顔に出てしまっているのだろう。

そうした反応だけではなく、口数自体がそもそも少なくなっているということもあっただろう。リピーターとしてボロを出すまいと警戒するあまり、今僕がこのことを知っていていいのだろうか等と発言前に常に内容をチェックするようになって、会話時に咄嗟に気の利いた言葉が出てこなくなってしまったのである。

僕が「変わった」と言われるもうひとつの原因は、僕の内面で密かに増長している《特権意識》の表れなのではないかと思う。オレはリピーターなんだからお前ら凡人とは違うんだぞといった、相手を見下すような意識が心のどこかに常にあって、それで人間関係が冷淡になっている部分は確かにあると自分でも思う。

あるいは酒席を意識的に避けているのも、僕が人付き合いが悪いと言われるようになった原因のひとつかもしれない。僕は基本的には自分のことをかなり信用しているのだが、ただし酔ったときにはその限りではなく、たとえば自分がベロンベロンに酔っ払ったらどうなるかと想像したときには、《未来の記憶》を予言としてベラベラ喋っている自分の姿もあり得るとさえ思っていた。だから僕はこの世界ではなるべく酒の席を避けるようにしていたし、またたとえ参加することになっても、決して理性を失うほどには酔わないようにと心掛けていた。

もちろん由子に関することも、R9のときと今回とで大きく違っている点であった。彼女とはどうにかして早々に別れなければならないと僕は思っていた。

週が明けた月曜日の夕方に、さっそく彼女から電話があった。

「あれ？　電話替えた？」と開口一番に訊かれたのは、受話器越しに聞こえる呼び出し音が今までとは違っていたからだろう。僕は日曜日の外出時に留守番電話を買ってきて即日に付け替えていた。

「あ、うん。ほら、いつ実家から電話が掛かってくるかわからない状況だから」と、前についた嘘と整合性が取れるように意識しながら、僕はまた新たな嘘をつく。

「そんなに悪いの？　おとうさん？」

「あ、ううん。そんなにアレじゃないんだけどね」

と言ったところで会話が途切れてしまう。電話での沈黙は特に苦手なので、僕はつい言葉を発してしまいそうになるが、それをぐっと堪えた。この種の沈黙の積み重ねが、将来別れ話を切り出すタイミングを作ってくれるはずなのだ。

その後、いくつかの話題を僕に潰されたところで、彼女もさすがに何か変だと感じたのだろう、

「なんかケースケくんさー……もしかして疲れてる？」と由子は直截《ちょくせつ》に聞いてきた。

「いや、別にそんなことないけど」

「うん。じゃあまた電話するね」

月曜日の電話はそうして気まずいままに終わった。予定どおりである。

火曜日に僕がバイトに出る前にもまた由子から電話があり、僕は同じように応対した。

そして水曜日の夜。由子は飽きずに今日も電話を掛けてきた。

「ケースケく～ん。どう？　元気してる？」とハイテンションな彼女に対して、

「何が？」と僕はあくまでもクールに応対する。一瞬の間があいて、

「ケースケくんってさー」と言う由子の声はすでにトーンダウンしていた。「釣った魚に餌をやらないタイプの男？」

「そんなことはないけど」

「じゃあ何で十日も放っておくのよ。今からもらいに行っていい？」

「え、今から……」と嫌そうな声が咄嗟に出てしまった。

「じゃあいつならいいわけ？」という由子の声には苛立ちの感情が滲んでいた。「土日がダメで平日の夜もダメって。アタシたち付き合ってるんじゃなかったっけ？　それってもしかしてアタシの勘違い？」

事を穏便に済ませるつもりがあれば、ここは当然「そんなことないよ」と言うべきところであった。しかし僕は言うのをためらった。その間に由子が次の質問をしている。

「ねえ、ハッキリして。ケースケくんはアタシと付き合ってくつもりはないの？」

その言い方にはまだ「そんなことないよね？」というニュアンスが含まれていた。彼女はまだ僕たち二人の関係を信じている。そう考えると彼女のことが少し哀れに思えてきた。今日はまだ早いのではないか、もう少し段階を踏んでからにしたほうがいいのではないか、という気もしていた。

でも言うなら今しかない。僕は思い切ってその言葉を言った。

「正直言って、別れ――ようと思ってる」

「え、何で？　どうして？」

そうだろう。理不尽だと感じるのが当然だった。前回、地下鉄の改札の前で別れたときには、僕たちはアツアツな恋人同士の関係だったのだから。

どう言えば彼女に納得してもらえるか――考えた末に、結局は今の気持ちを正直に言うのがベストだと僕は判断していた。

「実は、由子とは別に、付き合いたいって思ってる人がいて……」

「なにそれ。……ホントに？」

「うん。ぜんぜん――冗談とかじゃなくて」

と言うと、由子はしばらく絶句していたが、ややあって、

「誰？　その女って」と訊いてきた。

「いや、言ってもわかんない。お前の知らない人」

「そんなによいの？　ダンチってこと？　アタシなんかメじゃないってくらいに？」

僕は少し考えてから「うん」と応じた。そうでもしないと彼女に納得してもらえない

だろうと思ったのだ。しかし彼女はさらに言い募る。

「だったら……じゃあ教えて。せめてこれだけは。アタシの、じゃあどこがダメなのか。その人と比べて、じゃあどこが劣っているのか。……それぐらいは教えてくれたっていいでしょう？　理由もちゃんと教えてもらえずに、ハイサヨナラって言われたって……それじゃあアタシも悪いトコ直そうったって直せないじゃん。ケースケくんが、だからお前のここが悪いんだって、ちゃんとそういうふうに言ってくれれば、じゃあアタシも今後はそこを直していこうって、そういうふうに思えるでしょ？　せめてそのくらいは、してくれたっていいじゃん。でしょ？　いくら捨てるにしても、アタシだって人間なんだから。物じゃないんだから」

由子の口調はいつの間にか攻撃的なものへと変化していた。R9で彼女と別れる前にもこの口調でさんざん責められたことのある僕は、それを思い出してウンザリとした気分にさせられた。

「だから……うーん、何て言うか……、まず第一に、ワガママなんだよね」

「え？　ちょっと待って。アタシ今までに、じゃあどんなワガママ言った？　ケースケくんに対して」

そう聞かれても、僕には答えられなかった。由子からいろいろとワガママなことを言われた記憶は確かにあるのだが、具体的にそれがどういったものだったか――いや、それよりも、そうしたワガママを言われたのが、この一月の時点よりも前だったか後だったか、それすら今の僕にはハッキリと思い出せないのだった。

「いや、だからね、そういう……実際にワガママを言われたとか、そういうんじゃなくて、今はだからお前も本性を隠しておとなしく振る舞ってるにしても、結局はこれから付き合って行くうちに、本性ってのは表に出ちゃうもんなんだから。たとえば夜中に、オレがもう寝てんのに、いきなり電話掛けてきて、今から来て、みたいな無理を言い出すんだよ」

「言わないもん」

「言うんだよ」

「ちょっと待ってよ。そんな、やってもいないことを理由に、別れるなんて言われたって、ぜんぜん納得できないじゃん、アタシだって」

「だから言ってるじゃん、今はやってなくても、結局そういう女なんだよ、お前は。オレはちゃんと知ってるんだから」

「じゃあその、ケースケくんが付き合いたいっていう人は、そういうワガママは言わないわけ？」

「そうだよ」

「誰？」

「だから、言ってもわかんないんだって」

「もういい。わかった」

怒気をはらんだそのひと言を最後に、不意に通話は切れた。僕も苛《いら》ついた気分で、受話器を架台に叩きつけるようにして置いた。

気分を落ち着けるために深呼吸をしながら、僕は心の中で呟いていた。……馬鹿女め。ホントはお前のほうがオレを振ったんだぞ。

時計を見ると午後十時を数分過ぎていた。この時刻ならまだ大丈夫だろう……。

僕は一度置いた受話器を再び取り上げた。番号はしっかりと暗記していたが、プッシュするのは初めてだった。さすがに緊張する。

三度目のコールで相手が出た。

「――はい。篠崎です」

「あ、鮎美さん？」今日は思い切って、名前で呼んでみる。「毛利ですけど――」

「あ、鮎美、ですか？　……少々お待ちください」

電話に出た女性がそう言って、保留音に切り替わってしまった。僕がアレッ？　と思っているうちに保留音はすぐに途切れ、

「はい。もしもし」と出た声は、さっきと同じように聞こえた。

「あ、篠崎さん？　毛利ですけど」

「あ、どうもー」

「あのー、いま電話に出たのって……？」

「お母さんだけど。……もしかして、私と間違えたりした？」

やっちゃったか……。いやな汗が額にどっと滲み出すのが、自分でもわかる。

彼女は電話の向こうでクスクスと笑った。

「声が似てるってよく言われるんだけど、そうかなー」

「ちぇっ。今度から注意します」

「……何かまずいこと言ったりしなかったでしょうね？」

篠崎さんもそこだけは真面目な調子で訊いてきた。もし僕が勘違いをしたまま彼女の母親に「リピートがどうのこうの」というようなことを喋ってしまったら、取り返しのつかない事態に陥ってしまっていたかもしれない。

「あ、それは大丈夫だと思います。『もしもし鮎美さん？　毛利ですけど』って言っただけだから」

「でもきっと後でお母さんから聞かれると思う。毛利さんってどういう人？　って」

「どう答えます？」

「いま付き合ってる人、とか言っちゃったりして」

と言って彼女はコロコロと笑った。僕も笑いながら、「じゃあその前に僕たち、ちゃんと付き合っとかないと」と話に乗ったふりをして、「今度の日曜日、空いてます？」と続けてみた。

「それって、もしかしてデートの誘いってこと？」という言い方には、戸惑いの色が感じられた。「その前に聞いておきたいんだけど——毛利くんって実は、今付き合ってる相手がいるんじゃないの？」

やっぱり覚られていたかと思う。

「正直に言うと、いました。いたんですけど、速攻で別れました」

「ホントに？」

「ええ。とにかくR9ではひどい振られ方をしましたから。これ以上はないってくらい醜い修羅場を演じましたからね。それが一月に戻ったから、また彼女と付き合えったって、今さらそんな気持ちにはなれませんから」

僕が正直にそう言うと、篠崎さんはしばらく考えているふうだったが、しばらくして、

「じゃあ、今度の日曜日、どうします？　私は空いてますけど」

という声は機嫌がよさそうな感じで、僕はホッとした。

「じゃあ前と同じでいいですか？　池袋で待ち合わせってことで。いつ出てこれます？」

結局、彼女とは、昼の十二時に前回と同じ池袋西武のリブロ前で待ち合わせることになった。

そして日曜日。僕たちはデートをした。サンシャインシティのレストランで一緒に昼食を食べ、ショッピングセンターをひやかして回り、また水族館では手を繋いで歩いた。その間二人でいろいろな話をしたが、まわりに人がいる場所ではリピートや未来の記憶に関する話はしないように気をつけていた。

水族館を出たところで僕は彼女の耳元で囁いた。

「二人きりで話ができる場所に落ち着かない？」

彼女は真剣な表情で僕の目を見返していたが、やがてゆっくりとひとつ頷いた。

プリンスホテルですぐにチェックインできるダブルルームが確保できた。エレベーターホールで待っていた篠崎さんは「本当にこんなところでいいんですか？」と心配そう

にしていたが、僕が「競馬で儲けたから大丈夫」と説明すると納得した様子を見せた。

部屋に入ったときにはまだ午後三時だった。窓からは池袋の街が一望できた。

僕と鮎美さんはそこで初めて結ばれた。キングサイズのベッドに横たわった彼女の裸体は芸術品のようだった。まだ日があるうちからする行為は、とても淫靡《いんび》なことのように思えた。

激情を交わした後も僕たちは裸のままベッドの上で抱き合い、今までのこと、そしてこれからのことをずっと話し合っていた。

リピートを果たして二週間の間に、由子とは別れたし、鮎美さんともこうして結ばれた。競馬で大金を稼ぐメドもついたし、すべてが順調のように思われた。それでいて、僕はまだ何か物足りないような気がしていた。

リピーターには何かもっと大きなことができるような気がしていたのである。

5

僕はリピートして以降、毎日欠かさず新聞を精読していた。

R９でも新聞は取っていたが、一面と社会面の見出しをざっとチェックして興味を惹かれた記事だけを読み、あとはテレビ欄を必要に応じて見る程度だった。それが今では紙面を隅々まで精読している。リピート前に読み込んできた縮刷版の記憶と照合するためである。

最初に不審を感じたのは、一月二十九日の夕刊紙面を見たときだった。社会面に見覚えのない記事が載っているのに気づいたのだ。

西蒲田で不審火相次ぐ　放火の疑い

二十九日午前四時ごろ、大田区西蒲田三丁目の住宅街で三件の火災が相次いで発生した。現場は半径二百メートルの範囲に固まっており、どれも小火《ぼや》程度の被害で消し止められたが、警察では連続放火事件の疑いが強いとみて捜査を開始した。

他に大きな事件があったためか扱いはごく小さかったが、三つの×印が描き込まれた現場周辺の略地図が添付されていたので、R９で目にしていれば多少なりとも記憶には残っているはずだった。

リピート前には見たことのない記事が載っている。

リピート前には起きていなかったはずの事件が起きている……？

しかしその時点では、僕は事態をあまり重要視していなかった。新聞紙面は版数によって記事が差し替えられることがあると知っていたので、僕がR９で読み込んできた縮刷版と今読んでいる紙面の版数が違っているだけという可能性がまず考えられたからである。

その程度で流してしまったことを、僕は一週間後に悔やむことになった。

一週間後——二月五日の夕刊紙面には、次の記事が載っていたのだ。

西蒲田で住宅全焼　一家三人が死傷
五日午前四時ごろ、大田区西蒲田の住宅街で火事があり、三十分ほどで鎮火したが、西蒲田五丁目の会社員、横沢洋さん方の住宅一棟が全焼し、焼け跡から洋さん（45）と長女の真夏ちゃん（8）の二人の遺体が見つかった。また横沢さんの妻のゆかりさんも現場から逃れる際に手足に軽いけがなどを負った。出火原因は調査中だが、深夜で家人が寝ている最中の出火であったことなどから、警察では放火の疑いが強いと見て捜査を開始している。
西蒲田では一週間前の一月二十九日未明にも、連続して三件の放火事件が起きている。今回の現場とも距離が近いことから、警察では両事件の関連性について捜査するとともに、同地区の見回りを今まで以上に強化する方針をたてた。

最初は「あれ、また？」と思っただけだった。また見覚えのない記事が載っている……。

それからじわじわときた。十秒ほどかけて僕はゆっくりと理解していた。

これは……あの横沢さんだ。

今回は現場周辺の略地図とともに写真が二つ、見出しの下に並んでいた。亡くなった親子の顔写真である。粒子の粗い写真だったが、それでも死んだ《横沢洋さん》が僕の知っているあの横沢さんであることは確認できた。

しかし……これはどういうことだ？

僕は激しく混乱していた。

本来の歴史では起きなかったはずの放火事件が、このR10では起きている。誰が放火したかはまだわかっていないが、その人物がR９では放火をしなかったことだけは確かだ。それがこのR10では放火をしている。

そして横沢さんが死んだ……。

わけのわからない恐怖に身体が震えた。

とりあえず風間さんに電話を掛けてみたが、やはり繋がらなかった。実は一昨日の昼間、僕が外出中に留守電にメッセージが残されていて、それによれば風間は一週間ほどグアム旅行に出掛けるという話だった。その言のとおり今は海外にいるのだろう。次に池田さんにも電話を掛けてみたが、あいにくと彼も不在のようで電話は繋がらなかった。時計を見ると午後五時を過ぎたところだった。鮎美さんもおそらくはまだ会社で仕事中の身だろう。

結局、僕は天童に電話を掛けることにした。今度はすぐに通話が繋がったが、「はい。天童企画です」と電話に出たのは女性の声だった。そういえばオフィスと共用の電話だったと、そこで初めて思い出す。

「あ、えーと。毛利といいます。天童さんをお願いします」

「お待ちください」と女性が言い、受話器を受け渡しているらしき雑音がして、そのまま天童さんが出た。

「俺だ。どうした?」

「横沢さんが火事で死んだって新聞に出てます。放火のようだって」

僕が続いて記事の内容を大まかに説明すると、天童もショックを受けた様子だった。

「わかった。後でこっちから掛け直す」

近くに人がいるので秘密の話ができない状況なのだろうと察したものの、

「あ、でも僕、これから——」バイトの予定がある、と言いかけて言葉を止める。暢気にバイトになど行っていていい場合なのかと自分で思ったからだった。しかしチーママたちに迷惑がかかるので、よほどのことがない限りドタキャンはしたくないという思いもあった。

いや、今のこの状況は「よほどのこと」なのではないか……?

とりあえず二時間ほど出勤時間を遅らせることはできるだろうと思い、

「八時過ぎぐらいに外出の予定があるんですけど」と言うと、

「じゃあなるべく早く掛け直す」と言って天童は電話を切った。

続いて《バンビーナ》の番号をプッシュした。電話に出たイズミに「今日はちょっと遅れるから頼む」とメッセージを託す。

天童から折り返しの連絡があったのは午後六時過ぎのことだった。

「わりぃ。思ってたより遅くなった。いちおう俺のほうでも事件についてある程度の情報は仕入れとこうと思っていろいろしてたもんで。……で、どう思う?」

電話待ちの間に、僕はある程度まで考えを進めていた。なぜR9では起きなかった事件が今回起きたのか。前回と今回で違っている要素はと言えば、唯一リピーターの存在である。リピーター十人のうちの誰かの行動が影響して今回の事件が起きたに決まっている。では誰の行動が影響を与えたのかと言えば、焼死した当人、横沢さんがいちばん怪しい。もちろん可能性としては、たとえば僕が先日麻雀で負けたことが巡り巡って今回の放火犯に事件を起こさせたということも考えられなくはなかったが、その火事によって同じリピーター仲間の横沢さんが焼死したというのでは偶然が過ぎる。

同様に、横沢さんの行動が巡り巡って（間接的に）犯人を刺激した結果、無差別的な連続放火事件が起き、その結果としてたまたま横沢家が放火されたという可能性も考えられなくはなかったが、やはり偶然が過ぎるように思う。

放火犯は横沢さんを狙って放火したのだ。そう考えるのがこの場合は順当だろう。犯人の狙いは初めから横沢家だけだった。前週の小火に終わったという三件の放火は、真の目的を覚られないためのカモフラージュに過ぎない。そういう小細工を弄しているということは、事件は計画的なものだったと言えよう。激情に駆られてのものではない。前週の段階ですでに犯人は横沢家に放火する計画を立てていたのだ。

では横沢さんは何をしたのか。何をして、家に火をつけられる羽目になったのか。

可能性はいろいろと考えられる。彼が禁を破って予言のパフォーマンスを誰かにして見せた場合。将来のトラブルを回避するために前もって何らかの手を打った場合。十月の時点で仲の悪かった誰かといきなり仲違いした場合。

いずれにしろ犯人は横沢さんの身近にいた誰かということになる。会社の仲間か、近所の誰かか、あるいは家族か。その中でいちばん横沢さんの身近にいて彼の異変に気づいていた可能性が高いのが、彼の妻である。そして彼女は今回の火事で一人生き延びている。

僕がそうした推理を天童に話すと、

「う～ん。確かにその奥さんってのも怪しいっちゃ怪しいんだけど、でも子供も一緒に死んでんだろ？　旦那はともかく、子供まで一緒に死なすかなあ」と疑問を口にした。

僕はそこで、リピーター仲間ではすでに高橋が事故死しているということを思い出し、

「でも……これで二人目ですよね」

と言うと、天童はフンと鼻で嗤って、

「来たときにはちょうど十人だったしな」と言った。《ちょうど十人》というのがどういう意味なのか、少し考えたところでわかった。読んだことはないが、有名な推理小説にそういう話があったはずだ。タイトルは確か『そして誰もいなくなった』。

——縁起でもない。

「まあ、とりあえず今すぐ俺らに何かできることがあるかってったら……ねえよな。火事が起きたのが今朝の四時だってんだから、もう十四時間も経っちまってるし。……朝のニュースとかでもやったはずなのに、どうしてみんな気づかねえんだよ、まったく」

と自分のことを棚に上げてぼやいた後、

「その助かったっていう横沢のヨメさんにもいろいろ聞いてみてえ気持ちはあるけど、下手に動いて藪蛇になったら元も子もねえし……まあ今は何もしねえのが一番だろう

な」

後日、池田さんや鮎美さんと電話で話したときも、やはり同じ結論に達した。

僕たちはとりあえず今は何もせず、事態を静観することにしたのだった。

6

「昨日ケイちゃん宛に電話があったよ」

その週の木曜日、バイトに出た僕は、チーママから開口一番そんなふうに告げられた。

「クボさんって女の人。電話が欲しいんですって」と言って番号をメモした紙を渡される。

「女の人ですか？」と僕は首をひねった。クボという苗字に心当たりはなかったが、とりあえず連絡を取ってみることにした。店の電話を借りて番号をプッシュする。

「もしもしクボです」と出たのは若い女性の声だった。やはり聞き覚えはないように思う。

「あ、えーと、毛利といいます。昨日電話をいただいたそうで――」

「毛利くんですね。久保です。由子の友達の」

「あ……」思い出した。由子と初めて会ったときに彼女と一緒にいた女友達の一人が、たしか久保という苗字だった。つまり去年の十月に一度来店している――はずなのだが、僕からすれば何しろ一年以上も前のことなので、その記憶はかなり曖昧になっている。

久保さんは大変な剣幕で喋りだした。

「ちょっとねー、あんたひどくない？　由子がえらい落ち込んでて、それで無理やり事情を聞き出したんだけど、アタシはそれ聞いて呆れたね。あんたねー、いくら何でも……別れるにしてもさー、それを電話一本でってことはないでしょ。それって由子のこと、馬鹿にしてんじゃないの？」

聞いているだけで鼓膜を痛めそうなキンキンとした声だった。頭蓋に響く。僕は受話器を耳から十センチほど離して聞いていた。チーママの顔をチラッと見ると、彼女はニヤニヤと笑っていた。また変な女に引っかかったんでしょ、とでも言いたげな表情だった。僕は苦笑いの表情をしてみせた。

しかし久保さんの言うことにも一理あった。僕のほうはあの電話一本で済んだつもりでいても、由子にしてみればそれでは気持ちの収まりがつかないということもあるだろう。そう思ったので、僕は相手のキンキン声が一瞬途切れたところに素早く割って入った。

「わかりました。確かにそういう点では、僕のほうも悪かったと思います。だから一回ちゃんとあいつに会って、そこでキッチリと話をつけます」

「別れるって気は、変わらないわけね？」

「ええ」

そこまでは他人が口出しすることでもないだろう……と僕は胸の裡で呟く。

ともかく、その久保というお節介な女が間に入って、僕と由子は再び顔を合わせることになった。

二月九日。土曜日の正午。夜間よりは理性的な話し合いが期待できるだろうといって、日中の待ち合わせを希望したのは僕のほうである。

指定された根岸の公園に行くと、二人は先に来ていた。家族連れやカップルが多い中、派手なファッションに身を包んだ若い女性の二人連れは周囲から目立っており、すぐに見つかった。

「どうもどうも」

僕は快活さを装って二人に近づいて行った。

久保という女性は、顔を見ればわかるかなと思ったが、何も思い出せなかった。

そして由子は——思いのほかやつれていた。それが自分のせいだと思うと、さすがに胸が痛んだ。

僕はうかつに言葉も出せないまま、しばらく由子の姿をじっと見ていた。すると彼女は意外なことに微笑を浮かべ、隣の久保某に言う。

「ミユキちゃん、ありがとう。……もういいから」

「いいからって……由子？」

「二人だけで話さして。……お願い」

久保という女は不承不承といった感じで頷いた。僕と由子はどちらからともなく歩き出した。重苦しい空気が僕らのまわりだけに漂っている。空は皮肉なほどに晴れわたり、常緑樹の梢《こずえ》越しに差す木洩れ日が、由子のコートに網目模様の影を落としている。

「車で来たんだけど……ドライブしない？」

由子がポツリとそんなふうに言った。僕は首を横に振る。

「ホントにもう……ダメなの？」

「悪いけど」

上空を鳥の群れが飛んで行く。僕は言葉を継いだ。

「気持ちが離れちゃったんだから、もうどうしようもないだろう？　自分のことを嫌ってるってわかってる相手と無理やり一緒に居たって、楽しくないだろ？」

「嫌ってるんだ。……何でだろうね」

僕に答えを求めるふうではなく、独り言のようにそう言う。別離の原因は今とは別の世界で僕が経験したことにある。由子にわかろうはずもない。

僕らはそれきり、話もしないまま、公園内をぐるりと一周した。そうして元の場所に戻ってみれば、久保さんが所在なげに立っていて、戻って来た僕らを見つけて駆け寄ってきた。無言のまま目で僕らの話し合いの首尾を訊ねてくるが、僕のほうには言うべきセリフもない。由子も久保さんのことは無視して、僕に向かってひと言、

「じゃあ、ケースケくん、……サヨナラ」と言った。

「……ああ」

僕は久保という女の存在は無視したまま、由子に向かってだけ軽く手を振り、その公園を後にした。R９のときとは対照的に、穏やかな別れ方ができたので、気分は今日の天気のように晴々としていた。

早めに終わったら府中に行こうと思っていたのだが、電車に乗っている間に気が変わり、京浜東北線の蒲田駅で途中下車した。横沢家の火災現場を自分の目で見ておこうと思ったのである。

住所はうろ覚えだったが、目に付いたコンビニで「四日前に火事のあった場所」という聞き方をしたら、おおよその方角と距離を教えてくれた。三十分ほど歩いたところでもう一度道を訊ね、商家の並んだ目抜き通りから斜めに続く路地に入った。左右に続く住宅のブロック塀が途切れた角地が駐車場になっており、その奥が現場だった。

敷地の周囲には虎縞模様のロープが張られ、青のビニールシートで覆われている部分もあったが、現場の様子はほぼ見て取れた。

隣家との境の壁は焼け残っている。屋根も形だけは残っている。しかし他は無残にも焼け落ちていた。敷地の整理はある程度まで済んでいるらしく、炭化した太い柱や家具の残骸などが奥のほうに寄せて積み上げられている。足元にはコンクリートの基礎部分が見えていたし、焼け残った柱の間に水道管のようなものが伸びているのも見えた。そのすべてが真っ黒に煤《すす》けていた。

横沢さんと娘さんの遺体がこの中に転がっていたのかと思うと、痛ましい気持ちになった。R９で横沢家に電話を掛けたときに出た子供の声が脳内に蘇る。僕が「毛利です」と名乗ったのに「モリさんってひとから電話ー」と取り次いだ少女の声。新聞記事によれば横沢の娘はまだ八歳だったという。横沢さんはリピーターだというだけで憎しみの対象になり得たかもしれないが、八歳の少女には何の罪もなかったはずだ。

現場に立ってみて初めて犯人を憎む気持ちが生まれた。それと同時に、横沢の妻に向けていた嫌疑が自分の中で薄れてゆくのも感じた。

母親が実の娘を焼死させるなどということがはたしてあり得るだろうか。

しかし、だとしたらいったい誰が、横沢さんを焼き殺そうとしたのだろう……。

考えをまとめている最中に、ふと人の気配を感じて振り向くと、路地の奥のほうから老婆が買い物カートを押して歩いてくる姿が目に入った。見慣れない若者の姿を訝《いぶか》しく思っているふうだったので、あえて僕のほうから近づいていって声を掛けてみた。

「あ、ご近所の方ですか？　えーと、僕は三丁目の、小学校のそばに住んでいる大学生なんですけど……」

咄嗟にもっともらしい嘘をついて誤魔化してみた。三丁目とか小学校といったキーワードは、先週の新聞に載っていた放火現場の略地図から持ってきたものである。

「先週はウチの近所が狙われたし、今度はこっちだってことで、現場を見に来たんですけど……。お婆さんは何か気づかれたこととかはありませんでした？」

「わしゃよう知らんけど、まあ物騒な世の中になったもんじゃて」

「まったくですよねー」

ついでに横沢家の近所における評判を聞いてみようといくつか質問をしてみたが、老婆は少し離れたところに住んでいるとのことで、有益な情報は得られなかった。

まあ俄《にわ》か記者としては、こんなところで精一杯だろう。変に怪しまれなかっただけでもよしとしなければ。

僕は老婆に礼を言って現場を後にした。

その夜も《バンビーナ》でのバイトがあった。厨房の掃除をしておこうと思って、僕はいつもより一時間も早く出勤したのだが、それでも誰かがすでに来ているらしく、シャッターが半開きになっていた。

「おはようございまーす」と言いながら店に入ると、ボックス席に女性が二人座っていた。

「あれ、ケイちゃん。今日はばかに早いじゃん」と声をかけてきたのはチーママだったが、もう一人は見たことのない若い女の子である。

「ちょうどよかった。紹介しとくね。この子、今日から働いてもらうことになった、アユミちゃん」

それを聞いて僕は一瞬ぽかんとしてしまった。

すぐに表情を取り繕い、自己紹介をする。

「あ、毛利です。毛利圭介です。大学の四年生で……じゃなかった、三年生です。店ではいつもカウンター係をしていて、火木土の勤務です。よろしくお願いします」

「アユミです。よろしくお願いします」と初対面の女性は快活な口調で挨拶を返してくる。

「可愛いでしょ」とチーが自慢げに言った。「まだ十九歳で大学の一年生。水商売はこれが初めてだって」

たしかに可愛い子だった。特に笑顔がいい。性格も明るそうで、まさに僕の好みのタイプだった。いきなりそんな子が目の前に現れたということで慌てた部分もあったし、またアユミという名前が篠崎さんと同じで、それで惑わされた部分も少なからずあった。

しかし僕が一瞬呆気に取られた理由はまた別にあった。

僕の知らない子がこの店に入ってくることは、本来ならあり得ないはずなのだ。

そのあり得ないはずのことが現実に起こっている。

R9のときと今とで何かが違っている。その結果として、彼女がこの時期に雇われることになったのだろう。

原因はもちろん僕にある。

そういえば僕はこの一ヵ月弱の間、R9のときとは違って、様々な場面でチーに口出しをするようになっていた。仕入れに関してもそうだし、女の子の使い方に関しても同様である。

たとえば先々週、山口電気の佐々木さんたちが来たときもそうだった。R9では今日、彼らについたユキが身体を触られて不貞腐《ふてくさ》れてしまい、その態度がさらに佐々木さんたちを怒らせてしまって、店全体が非常に険悪な雰囲気になったのだった——と思い出した僕は、そうなる前にと思って、チーに頼んでユキのサポートに行ってもらったのである。その結果、二番ボックスは佐々木さんたちが帰るまで、ずっと和やかな雰囲気のまま終始した。

あるいは先週土曜日の閉店後に、僕は美奈とイズミを誘ってカラオケに行ったが、それはR9ではなかったことだった。二人が今、チーママの態度に不満を抱いているということを知っていた僕は、彼女たちの愚痴を聞いてあげようと思ったのである。

そういった個々の事例がどのように作用したかは不明だが、とにかく結果として、店がR9では行わなかったはずの求人をこの時期に行い、このアユミという子が採用されることになったのだ。

あるいは横沢さんの場合も同様に、それとは意識しないまま、自分のまわりの歴史を少しずつR9とは違ったものに変えてしまっていたのかもしれない。彼の場合はそれが放火による己の焼死という結果を招くことになった……。

「あのー、僕って最近、何か生意気だったりしません？」

不安に思ってそう訊いてみると、チーママは笑顔で手を横に振ってみせた。

「逆、逆。ケイちゃんってすごい頼りになるなあって、ここ最近は特に思ってるよ。できれば毎日入っててもらいたいぐらい。……アユミちゃんもお店で何か困ったことがあったら、ケイちゃんを頼ってみて」

「わあ。よろしくお願いしまーす」

そう言って笑ったときの表情が――特に目の形が、本当に僕の理想そのものと言ってもいいくらいで、彼女と一緒に仕事ができるのなら、そのせいで今後の展開がR9とは大きく違ってしまっても仕方ないとさえ思えてしまう。

実際に話してみると、僕と彼女の間には共通する部分が多かった。大学は違っていたものの専攻は同じく文学部であり、何でも経験してみたいという積極的な性格も、旅行好きなところも同じで、さらには親の仕送りに頼らずに自分で生活費を稼ぐために水商売を始めたというところも僕と一緒だった。

もちろん僕には鮎美さんというれっきとしたカノジョがいるし、僕と彼女はただの恋人同士ではない。リピーター同士という強固な関係で結ばれているのだ。いくら目の前のアユミさんが内外面ともに僕の好みのタイプだったとしても、だからといって今までのように簡単に女の子を乗り換えるわけにはいかない。

僕はアユミさんとの会話の中でさりげなく、自分にはカノジョがいるということをアピールしておいた。好みの女性の前で、あえて自分からそんなことを言うだなんて、今までの僕だったら考えられないことだった。

それだけの犠牲を払ったぶん、篠崎のほうの鮎美さんを今まで以上に大切にしていかなければと、僕はそこで改めて決意していた。

7

連休明けの火曜日には風間さんが帰国して、僕たち個々に電話をしてきた。彼も横沢さんの事件を知って戸惑っている様子だった。

「今回のリピートは災難が続きますね」と言って溜息を吐く。

「みなさんが動揺されているようなので、一度集まったほうがいいかもしれませんね。実は私、近々引っ越すことになっています。今月の二十日ですね。……いえ、これは元々、R4のときに小金が貯まったところで、ちょっといいところに住みたいなというんで引っ越したのが最初で、以降、R5、R6とリピートを繰り返すたびに、いつも二月の二十日になると同じところへ引っ越すようにしているんです。引越し後の番号ももうすでにわかっていますので、お教えしときましょう」

風間は僕に新しい電話番号を告げた。二十日以降はそちらに連絡してくれという。あの苦しい語呂合わせの番号とも、どうやらこれでオサラバのようだった。

「それから、二十四日の日曜日なんですが、もし都合がよろしければ、私の新居で二回目の会合を開きたいと思っているんですが、どうでしょう？　品川駅から徒歩五分のところにあるマンションで、交通の便もよいと思いますし、部屋も広くて、見晴らしもよいですよ」

と自慢げに言ってから、番地とマンション名と部屋番号を僕に書き取らせた。二十四日の正午に直接部屋まで訪ねて来てほしいという。僕は承知した。

それから一週間は順調に日々が過ぎていった。大学では後期試験の準備を進めたりレポートを作成したりで大忙しだったし、《バンビーナ》では新たに加わったアユミさんをサポートしながら無難に仕事をこなしていた。日曜日には鮎美さんと毎週恒例のデートをして、セックスのほうも順調だった。

ただひとつ気懸かりだったのが、時折掛かってくる無言電話だった。バイトから帰ってくるとたいてい一件か二件、留守電に無言のメッセージが入っている。日曜日にデートから帰ってきたときには五件も無言メッセージが入っていた。夕方から夜にかけて、ほぼ一時間おきに掛かってきている。

R9ではこの時期、まだ留守電を付けていなかったので、同じような電話が掛かってきていたかどうかは不明だが、僕はたぶん今回の人生で新しく起きている事象なのではないかと思っていた。

月曜日にはそれが決定的なものになった。僕のいる時間に電話が掛かってきたのだ。「はい。もしもし」と言って出ると、相手からの応答がない。ホワイトノイズに混じってかすかにテレビか何かの音が聞こえているので、機械の不調などでないことは明らかだった。

「もしもし、誰ですか？」

R9ではこんな電話は掛かってこなかったはずだ。今回に特有のものだとしたら、由子からの可能性がいちばん高いと思ったが、下手に「由子か？」などと問い質《ただ》して違っていたら藪蛇なので、そこはぐっと我慢する。

「何も言わないんだったら切りますよ」

続けて何度も掛かってきたら嫌だなと思ったが、その晩はそれきりで済んだ。しかし胸中は穏やかではなかった。

水曜日の夜に電話が鳴ったときも、だから僕はまず無言電話のことを思ったのである。しかし掛けてきたのは風間さんだった。

「引越しが無事に終わって、新しい電話ももう使えるようになっています。とりあえずはそのご報告ということで。あと、日曜日は大丈夫ですよね。……ではお待ちしてます」

という内容ですぐに通話を終えたのだが、十分後にまた掛かってきた。

「はい。もしもし」と僕が出ると、

「あ、風間ですが」と名乗る声のトーンが先ほどとはまったく違っていた。

「いま坪井くんのところに電話したんですよ。そうしたらご家族の方が出て、彼が死んだっていうんです」

死んだ？　……坪井くんが⁉

これで三人目だ、という思いがまずあった。それからじわじわと恐怖が襲ってきた。

いったいどうなっているんだ？

「亡くなったのは日曜日で、もうお葬式も済ませたそうです。死因などは教えていただけなかったのですが――」

「もちろん、普通の死に方ではないですよね？　……ちょっと待ってください。新聞に載ってないか――」すぐに調べてみたかったが、今は風間との通話を優先させるべきだと思い直して、「後で見てみます」

「とにかくそういうわけで、詳しいことがわからないと何も言えませんが、とりあえず毛利くんも身辺には気をつけていてください」

そう言われて、僕は思わず「あっ」という声を洩らしてしまった。

「何かありましたか？」

「あ、あのー、実は先週あたりから、ウチに無言電話がちょくちょく掛かってくるようになってまして……」

「それは、もしかしたら関係があるかもしれませんね。……とにかく今はなるべく情報を集めたいと思っています。それで日曜日には、みなさんと直に顔を合わせて、これからの対応について考えていきたいと思っています。趣旨が当初とはがらりと変わってしまいますが、せっかくみんなで予定を空けて集まる準備をしていたので、そのまま日曜日に集まりたいと思っていますが……。毛利くんは来られますよね？」

「あ、はい。もちろん行きます。……あと僕のほうでも、調べられることがあったら調べていきたいと思ってますんで」

「お願いします。……ただ、坪井くんの家に電話はなるべくしないでおいてください。私が掛けたときにすでに不審がられていますので。それ以外に何か調べられそうなことがあるんだったら、お願いしたいところですが」

「わかりました」

「では、他の人にも連絡をしますので」と電話を切ろうとしたところで、風間さんはふと思いついたといった感じで、「篠崎さんには毛利くんから電話しますか？」と付け加えた。

「あ、はい。じゃあそうします」

鮎美さんは家族の手前、複数の男から連絡が来るのは問題があると前にこぼしていた。それを前回の電話の折にでも風間さんに直接伝えたのだろう。しかし結果的に、僕と彼女が付き合っていることが風間さんには筒抜けだったわけで、いくぶんの気恥ずかしさを感じずにはいられなかった。

も多すぎる。

もちろん今はそんなことを考えている場合じゃない。

坪井くんが死んだのだ。十人のリピーターのうち、死者はこれで三人目。いくら何でも多すぎる。

電話を終えた僕は、十八日の朝刊を起点にして、ここ数日間の新聞を読み返してみたが、高校生の死を報じた記事はどこにも見当たらなかった。殺人や火事などといった派手な（明らかにニュースとして取り上げられるような）死に方でなかったことだけは明らかだった。

新聞記事にはならないようなタイプの急死。どんなものがあるだろう。交通死亡事故でも地味なものは、他の記事との兼ね合いで紙面に載らない場合がある。高橋さんの場合がまさにそうだった。それ以外で考えられるのは……病死とか？　あとは何がある？

情報が少なすぎると思った。報道に頼れないなら自分たちで調べるしかないが、僕たちが知っているのは坪井の電話番号だけである。しかもそこへはもう電話をしないようにと風間から釘を刺されてしまった。たとえば他に住所でもわかれば、近所に聞き込みをするなり何なり、自分たちで調べることも可能なのだが……。

探偵にでも調べさせることができれば――と思った瞬間、僕は天童のことを思い出した。R9で言ってたではないか。彼のオフィスの隣には探偵事務所があり、探偵個人とも顔見知りの間柄だと。さっそく電話をしてみる。

「おお。毛利か。俺も風間から聞いたところだ。その件だろ？」

「今はいいんですか？」と聞きながら僕は時計を見る。午後八時を過ぎたところだった。

「大丈夫。今は俺ひとりだ。……で、どう思う？」

僕は現状では情報が少なすぎて何も言えないと答え、坪井の住所を調べられないか探偵に頼んでほしいと天童に伝えた。料金に関しては、今までに競馬で稼いだお金が二百万円以上あるので、僕が支払うことも可能であると付け加えた。

「都内に住む高校生で苗字が坪井ってだけじゃ調べようがねえだろうなあ。とりあえず風間から電話番号を教えてもらうか」

「あ、坪井くんの電話番号なら僕も知っています」

僕がそれを教えると、天童はすぐに「それは梅島だな」と言った。

「いや、別に俺だって、都内の局番をすべて記憶してるわけじゃねえけど、ただ、たまたま俺の知り合いで梅島に住んでた奴がいて、そいつと局番が一緒だったから」

梅島というのは地下鉄日比谷線で北千住よりも向こうの、荒川を渡ったあたりの地名だという。区でいうと足立区になるらしい。

「オッケー。あと坪井の下の名前は聞いてねえか？」

しまった。肝心な部分の情報が抜けていた。風間は知っているだろうか……？　いや待て。どこかで聞いたことがあったような気がする……。

「そうだ。たしか……カナメって言ってたような気がします」

R9で電話をしたときに、本人ではなく予備校の友達だという女の子が出て、たしか坪井のことをカナメくんと呼んでいたはずだ。

「ただ、それが本当に下の名前かどうか、ちょっと自信がないんで、風間さんにも聞いて確かめてもらったほうがいいと思いますけど」

「わかった。とりあえず住所とかは俺のほうで調べとく」

続いて鮎美さんに電話を掛けた。最初に出たのは、声は似ているが母親だった。僕にもようやく区別がつくようになっていた。挨拶をして鮎美さんに代わってもらうと、

「あ、毛利くん」

と、いつものように弾んだ声が返ってくる。しかし僕が坪井の件を告げると、

「え、ホントに!?」と驚いた後は、すっかり沈んだ声になってしまった。

「日曜日、風間さんのところに行くよね?」と訊くと、

「そのつもりだったけど……。毛利くんだけで行ってもらって、後で私がそのときの話を聞かせてもらうってこと、できる?」

「できなくはないけど……」

僕はできれば一緒に行ってほしいと思っていたのだが、考えているうちに、むしろ彼女は行かないほうがいいのかもしれないと思い直した。彼女にとってリピーター仲間は僕ひとりで充分なのだから。

「じゃあ日曜日は、集まりが終わったところで電話するよ。それから落ち合おう」

「わかった。じゃあお願いします」

という最後の一声が普段の調子に戻っていたので、僕は安心して電話を切った。

それからわずか二時間後。また新たな展開があった。

天童が電話を掛けてきて、僕に意外な事実を告げたのだ。

「おい毛利。坪井は自殺したみたいだぞ」

自殺⁉　なぜ？

いや、そんなことはあり得ない。だって――。

「さっき梅島に知り合いがいるって話しただろ？」気がつけば天童が話を続けていた。「そいつんとこに連絡してみたのさ。本当は電話なんてしたくなかったんだけど、でも確かその家にも高校三年の子供がいたはずだって思い出して。そうしたらやっぱりその子が坪井とは小学校んときに同級で、日曜に死んだってことも知ってた。で、同級生一同で告別式とかにも出たんだけど、そこで聞いた話によると、どうやら自殺したみたいだって」

「だって……自殺なんてするわけないじゃないですか」と僕は言った。「試験問題を全部憶えてきたんだから、大学にも合格できるってわかってたんだし」

「うん。ただ、それは俺らだけが知ってることで、他の奴らから見たら、センター試験の結果が思わしくなくて、本当は二次試験に向けて猛勉強してなきゃなんないはずなのに、ゲーセンとかで遊んでる姿が目撃されてて、その挙句に首吊った姿で発見されたってんだから、遺書がなくてもそりゃ自殺だと思うわな、普通」

「……首を吊ってたんですか？」

「ああ。その……同級生だったって子によると、場所は家の庭にある《勉強部屋》っていう離れのようなところで、発見されたのは日曜日の夜。母親が見つけたらしい。事件の直後には警察も来てたけど、最初から自殺って決めつけてたみたいだってさ。……ってのは又聞きの又聞きだから、もしかしたら情報がどこかで違ってるかもしれねえけど」

僕は話を聞きながら、眼前に坪井少年の姿を思い浮かべていた。長い金髪に拗ねたような目つきが特徴的で――いや、髪の色は今はまだ黒かったはずだ。一六〇センチ程度の身長でほっそりとした体型。体重は五〇キロあるかないかだっただろう。

それが天井からぶら下がっていたのだ。

想像しただけでゾッとする。発見した家人はその姿を見てどう思っただろうか……。

しかし彼が自殺するはずがない。一般人には自殺しそうに見えていたのかもしれないが、たとえば彼がセンター試験の後勉強もせずに遊び歩いていたことにしても、リピーター仲間である僕らにはその本当の理由がわかっている。そして遺書もなかったということは……。

「人を殺しておいて、首吊り自殺に見せかけるっていうのは、簡単にできることなんでしょうか？」と僕は訊いてみた。すると天童は、

「うーん、そんなに簡単じゃねえとは思うけど、たしかそういう実例もあったはずだし、偽装をちゃんとやれば、うまくいく確率はけっこうあると思う。特に、警察が最初から先入観を持っていて、杜撰《ずさん》な捜査をした場合には」

「じゃあやっぱり坪井くんは――」

「殺されたんだろうな」と天童は言った。

しかし――誰によって？　何のために？

8

土曜日の午後、僕は調査のために梅島の地に足を運んでいた。天童が郵送してくれた住宅地図のコピーが昨日届き、坪井家周辺の地理はいちおう確認済みだったが、自分の足で実際に歩いてみると、平面図を見ただけではわからなかった町の表情のようなものが見えてくる。

駅周辺の繁華街から路地を折れて一歩住宅街に入ると、生活感に溢れた町並みが見えてくる。たとえばクリーニング屋の店内で働いている人の姿がガラス戸越しに見えたり、あるいはどこからともなくカレーの匂いが漂ってきたりと、道路を歩いているだけで人々の暮らしぶりが伝わってくるところは、昔ながらの下町の雰囲気そのままだった。

坪井家は個人の住宅としては立派な部類に入るだろう。ガレージと一体化した塀がひとしきり続いて、途切れたところに鉄柵の門があり、そこから建物の玄関までがコンクリートの細長い通路になっている。通路の横手にも高い塀が立ち塞がっていて、離れがあるという庭の様子は、道路からは見ることができなかった。

坪井が殺されたのだと仮定した場合、殺人者はこの家の敷地内に侵入しなければならなかったはずだが、とりあえず道路側からの侵入は難しそうだった。僕は近所の人目を惹かないように坪井家の前は素通りして、路地をぐるっと回り、一本裏の道に出た。ちょうど坪井家の裏にあたる位置に神社がある。お賽銭《さいせん》を放って形だけのお参りを済ませたところで、境内の様子をそれとなく観察する。坪井家との境には、やはりこちら側にも塀が立ち塞がっていたが、表の道路よりもこちらのほうが土地が高いらしく、相対的に塀の高さは低く感じられた。境内の木々が陰をつくっているのであまり人目を気にすることもなく、楽に塀を乗り越えることができそうだった。

　本当なら塀の上部に張り付いて、問題の《勉強部屋》を観察してみたいところだったが、近隣の住人に怪しまれるような行動は慎むべきだと判断して、僕はすぐにその場を離れた。

　小学校の正門前には十分前に着いたが、待ち合わせの相手はすでに来て僕を待っていた。天童の知り合いだという高校生の赤江《あかえ》慎治《しんじ》くんである。十八歳にしては大人びた顔立ちで、体格もがっしりとしている。学生服の上にコートを着た格好で、寒そうに背中を丸めていた。

　初対面の挨拶を済ませて、とりあえず喫茶店に向かおうという話になり、その道すがら、

「ごめんね。受験とかで忙しいんじゃない?」と僕が訊くと、

「大丈夫です。実は本命の試験はもう済んでいて、あとは結果待ちってとこですから」

と笑顔を見せてくれた。やはり寒いのか、しきりに洟《はな》をすすっている。

　喫茶店に腰を落ち着けて、注文した飲み物が届いたところで、僕は昨日届いたばかりの名刺を相手に差し出した。その紙片の上では僕は《天童企画》の社員ということになっている。今回は雑誌社の下請け仕事で、高校生の自殺に関する特集記事を扱うことに

なったのだと、僕は天童から教わったとおりの説明をした。

「坪井くんとは小学校のときに同じクラスだったんだよね？」

「ええ。でも中学に入ってからは行く学校も違っちゃったし、付き合う友達も変わっちゃったりしたもんで、だから僕、特に最近のこととかはほとんど知らないんです。今回のことがあって初めて知ったこととかも多かったし」

「《勉強部屋》のこととか？」と僕が訊いてみると、

「あ、それは知ってます。僕らが小学校のときからありましたし、坪井があそこを使うようになってからも、実は一回だけ僕も中に入ったことがあります。去年の……いや、一昨年だったかな？　ただ、その……ちょっと、どう言ったらいいのか……雰囲気がよくなかったっていうか……その、一緒にいた連中が、あんまり僕からしたら仲良くはなりたくないタイプのアレだったんで、その一回っきりで」

「そのときは、玄関から入っていった？　それとも別なところから？」

「あの……その、別のところからです。家の裏に神社があるんですよ。そっちから塀を乗り越えて行くってのがひとつのルートになってて……」

僕はさらに質問を重ね、その応答をもとに、現場の周辺や《勉強部屋》内部の見取り図をメモ帳に描いていった。できあがった図を相手に見せて、違っている点を指摘してもらい、さらに修正を加える。

僕はそれまで何となく、坪井の《勉強部屋》をプレハブ造りのようなものだと思っていたのだが、よくよく聞いてみれば、それはもっとちゃんとした建物のようであった。

独立した玄関があって、入ったところにはトイレとキッチンがあり、奥にワンルームの洋間がある。勉強机や本棚のほかに、ベッドがあり、テレビやオーディオセットがあり、もちろんエアコンも付いている。風呂だけはなくて、母屋に入りに行かなければならないようだったが、それ以外はほとんどそこで生活できるようになっていた。

図を描き取りながら、僕はどうでもいい質問で場を繋ごうとした。

「その……君が一回行ったっていうときに、雰囲気がよくなかったって、具体的にはどういう感じだったのか、教えてくれない？」

　しかし相手が答えにくそうにしていたので、僕はさらに言葉を継いだ。

「もし問題があるんだったら、それは記事には書かないことにするから。それは約束する。ただ僕が個人的に興味を惹かれたんで、もっと詳しく教えてもらえたらなあって思って」

　すると少年は声のトーンを落として喋り始めた。

「じゃあ、ここだけの話にしといてください、絶対に。……正直に言うと、友達に誘われたときは、その、ちょっとエッチな雑誌とかビデオとかが見られるって話で——そういうふうに言われたら、やっぱ興味あるじゃないですか。それでつい誘われて、何年かぶりに行ってみたんですよ、坪井んちに。そうしたら他にも何人か僕の知らない連中が来てて、その中には女の子とかもいるんですよ。そんなところでそんな、ビデオとか雑誌とか、見られるわけないと思うじゃないですか。それなのに平気で上映会は始まるし、あとタバコとかもみんなでプカプカやってるし、これはさすがにちょっとヤバいぞって思って」

赤江くんは十八歳という年齢にふさわしい純真そうな目で僕を見た。

「僕はだからすぐに帰ったんですけど、何か後から聞いた話によると、そこにいた女の子がそのあと、何か、その――」と言いかけたところで少年は急に言葉に詰まり、噴き出してきた汗をしきりにハンカチで拭い始めた。

「何か、その、性的なことを？」

と見当をつけて訊いてみると、少年は大きく頷いた。言葉にしづらい部分を乗り切ってホッとしたのか、カップを取り上げてしきりに喉を湿らせている。

それにしても意外な話だった。あの坪井が高校時代にそんなことをしていたとは。

「その……高校生がそんなふうに集まって騒いだりして、家の人は気づかなかったのかな？」と疑問に思った点を質してみると、

「あ、それはたぶんアレですよ。あいつの兄貴が以前あそこで音楽とかやってたんで、そのときに防音加工がされてて、それでだと思います」と言う。これは有益な情報だと思った。一見的外れのようにみえる質問でも、数を重ねて相手に多くを話させているうちに、結果的に有益な情報が引き出せる場合もあるのだ。

「じゃあ最近もずっとそんな状態で？」とさらに訊いてみると、

「あ、それなんですけど」と少年はカップを置いて話し始めた。「実は僕が一回行ったっていう、それからしばらくして、やっぱり問題になったみたいなんですよ。坪井のところでそういう連中が集まってるってことが。なぜかって言うと――僕は今回のアレが

あった後で初めて聞いたんですけど、知ってた人は知ってたみたいなんですけど——あの、ほら、そのときに女の子がいたって言ったじゃないですか。で、その子が何か——自殺しちゃったみたいなんです、去年。それでその子の親とかが問題にして——坪井んちの離れが悪いんだ、あそこは悪の巣窟《そうくつ》だ、みたいなことを言い出して、それでその、悪い連中も集まれなくなったみたいな感じで……。あ、そういえば何か、警察も一回それで調べに入ったとかって誰かが言ってましたけど。だからそれ以降は特に、そういうアレはなかったみたいで、坪井もだからそれ以降はけっこう神妙にしてたっていう話は聞きました」

「受験生だし？」

「ええ。でもアレですよ。センター試験の結果が悪かったんで、その後は開き直ったのか何なのか、よくゲーセンとかで見かけたって言ってました、友達が。それで『受験は諦めたのか』みたいなことを聞いたら、『東大に入るんだ』とかって答えたらしくて、おいおいって思ってたら今度のアレが起きたって。だからやっぱり、頭がちょっとおかしくなってたんじゃないかって思います。……ただそれがその、さっき言った離れでの集まりと、直接関係があるかっていったら、それはないとは思いますけど」

話題が自分の知りたいことから離れているという自覚があり、僕は質問を止めた。

問題は彼が本当に殺されたかどうかだった。

もし本当に殺されたのだとして、犯人は坪井のことをどこまで知っていたのだろう。彼が母屋ではなく《勉強部屋》を使っていたことも、前もって知っていたのだろうか。

《勉強部屋》が防音加工になっていて犯行時に物音が外部に洩れないことも、あるいは敷地に侵入するのに好都合なルートが神社側にあることも、犯人はすべて知っていたのだろうか……。

いや、その前にそもそも犯人はどうやって彼の住所を突き止めたのだろう。僕たちでさえ、坪井の住所を突き止めるのに多少は苦労をしいられた。天童がいなかったら、今でも突き止められていたかどうかわからない。それも僕たちの場合には電話番号という手掛かりがあったからで、犯人の手元にはそれすらなかったと思うのだが……。坪井の電話番号を知っていたのは仲間内でも僕と風間ぐらいなものであったろう。

「あの……もうよろしいでしょうか？」

気がつけば赤江少年が不審げに僕のほうを見ていた。

「あ、そうですね」と僕は慌てて体裁を取り繕《つくろ》う。まだ聞き洩らしていることがあるようにも思ったが、いちおう今回は《高校生の自殺》をテーマとした取材のはずだったので、そのテーマから明らかに外れている質問をここですることはできなかった。

「そういえば、その……去年自殺したっていう女の子、どこの誰かっていうのは、ご存じですか？」

表向きの取材理由からすれば、むしろその質問が出ないまま終わることのほうが不自然であった。いちおうメモ帳を構えて書き取る姿勢をみせる。

「えーっと、たしか名前が大島久美で、住所も聞いたはずなんですけど……六月《ろくがつ》とかあっちのほうだったんじゃないかな？」

「六月？」

「ええ。あ、地名です。そこの日光街道をずっと上がっていったところの」

その情報をおざなりにメモしたところで、僕はそのニセの取材を終わりにした。

伝票を取り上げて立ち上がったときに、ふと思ったことを質問してみた。

「そうそう。赤江くんは、天童さんとはどういう関係なんですか？」

「あ、えーっと、今はもうアレなんですけど、ずーっと昔——僕がまだ中学生とかそのくらいのときに、ウチの従姉妹のお姉さんが、天童さんと付き合ってたんです。実はそのときに事件があったんですけど……毛利さんは、聞いてないんですか？」

「ええ」と僕は正直に答える。

「そうか。逆に自分のところでは記事にしたりできないのか」と勝手に納得した後、

「いや、それが殺人事件だったんですよ。ウチの叔父が殺されたんですけど、まるでドラマとかに出てくるような、本当にそんな感じで。警察が調べに来て、かなりすごいことになってたんですけど、たまたまその場に居合わせた天童さんがそれを解決しちゃったんです。当時はまだ大学生だったはずですけど、まるで名探偵みたいに、みんなの前で謎解きをして」

少年はそう言って、羨望の眼差しを宙に向けた。どうやら冗談の類ではなさそうだった。

それにしても、あの天童が名探偵だと……？

いや、天童でなくても、誰でもいい。とにかく警察を尻目に事件を解決する名探偵な

どといった存在が、現実にいるものなのか……？

ただ、たしかに天童ならば、能力的にはそういったことができそうな気がしないでもない。ならば今回の《リピーター連続怪死事件》についても、もしできるのならば、自慢の推理力を発揮して、快刀乱麻を断つ解決をぜひ見せてほしいものだと思った。

七章

1

品川駅の北口を出て大通りを渡り、坂を上っていくと、右手に新高輪プリンスホテルがあり、風間が新しく入居したというマンションはその斜向《はす》かいに建っていた。

エントランスはオートロックになっていた。部屋番号を押してインターホンに名前を告げると、風間が応答し、ガラスドアがすっと開く。

風間の部屋は十六階だった。立地も申し分ないが、間取りも贅沢だった。

「ここが寝室で、こっちが書斎。バス。トイレ。あと、ここはゲストルーム」

風間が説明をしながら廊下を先に歩いてゆく。

突き当たりのドアを開けると、そこは二十畳はあるのではないかという広いLDKだった。正面の壁が端から端までガラス窓になっていて、高層階からの眺めは素晴らしく、自慢したくなるのも当然だと思った。左手の手前側に対面式のカウンターキッチンがあり、右手の広いスペースには、見るからに新品の応接セットが置かれている。脚の低いテーブルを囲むようにして、三人掛けのソファが二つ、向かい合わせに置かれていて、それ以外にも一人掛けのソファが二つある。

先客は四人いた。天童さんと池田さんは入口に近い側のソファに、郷原さんと大森さんは窓側のソファに腰を落ち着けている。そこに主の風間さんと、今来たばかりの僕が加わる。

今日はこの六人で全員だった。鮎美さんは後で僕から話を聞けばいいということでこの場には来ないことにしていたし、高橋、横沢、坪井の三人はすでに死んでいる。

空いていた一人掛けのソファに腰を下ろしながら、僕は郷原さんに「どうも。お久しぶりです」と挨拶をした。彼だけは前回渋谷に来ていなかったので、今回がリピート後初の顔合わせだった。小柄な老人は上半身全体を使ってゆっくりとお辞儀を返してきた。

風間がお茶の用意をしている間、僕たちは雑談をしていた。仲間内から三人の死者が出たわりには、穏やかな雰囲気が場を支配していた。

「えーと、まだ私は昼を済ませてないのですが、他にお食事を希望される方はいらっしゃいますか？　店屋物でよければ一緒にお取りしますが」と風間が訊いてくる。

「あ、じゃあ」と天童が手を挙げたので、僕も便乗して手を挙げた。

全員の前に茶器が用意されたところで、風間さんが「さて」と言った。

「前回の集まりから今日までの間に、さらに二人の仲間がお亡くなりになられました。横沢さんは今月の五日に、自宅に放火されて焼死されましたし、坪井くんは先週の日曜に自宅で首を吊って死んでいるのを発見されました。ここまではみなさんもご承知ですよね？」

坪井の死因が縊死《いし》だというのは、天童さんの調査によって明らかになった事実である。彼から風間さんに情報が伝わって、他の三人にも伝えられていたのだろう。

「お二人の亡くなられたわけを考えた場合、誰かが現時点ですでにリピーターの存在に気がついていて、何らかの理由で私たち全員の命を狙っている、というストーリーが想像されると思うのですが……。もしそれが本当なら、私たちにとってその相手の存在は、多大なる脅威と言うことができると思います。そこでこの場ではみなさんにも協力していただいて、どうしたらその脅威から身を守れるのかとか、あるいはそもそもそんな相手が本当にいるのかとか、そういったことについてご意見を聞かせてほしいと思っています」

「そもそもそんな相手が……い、い、いないという可能性も、あるのですか？」

　大森が驚きの表情を隠さずに発言した。

「ええ。私はあると思っています。横沢さんの場合はとりあえずおいといて、坪井くんの場合だけを考えてみます。彼の場合は、いちおう警察が調べた結果、自殺だと判断されたんですよね？　ということは本当に自殺だったとは考えられませんか？　そうなれば、少なくとも二つの事件の間に、連続性はなくなりますよね」

「本当に自殺だった……？」と僕は思わず呟いていたが、くしくも池田さんと異口同音の発声となった。続きは僕が代表する形で言う。「だって、自殺する理由がないじゃないですか。彼は二次試験に出る問題をすでに知ってたんですよ。世間的にどう見えていたかはわかりませんが、本人は、大学へは絶対合格間違いなしって思ってたんですよ。

それなのに何で自殺なんかするんですか」

「人が自殺する理由は大学受験だけじゃありません。何か他のことで悩んでいたかもしれませんし」

「でも坪井くんはリピーターだったんですよ。何に関しても悩むことなんてなかったんじゃないですか」

「リピーターは万能ですか？　たしかに目指す大学に入れたり、お金を好きなだけ稼げたりはしますが、でも……たとえば恋愛なんかはどうです？　リピーターだったら誰でも好きな女性をものにできる、などということはありませんよね？　……まあ、毛利くんならそれに近いことはできるかもしれませんが、普通はそこまでは無理です」

僕だったらうんぬんの部分は、あるいは僕に対する皮肉だったのかもしれない。

「とにかくです」と風間は言葉を継いだ。「まあ恋愛はひとつの例としても、ともかく自殺の理由なんて無数に考えられます。……あるいはリピーターだったからこその悩みというのが何かあったのかもしれません」

僕はその《リピーターだったからこその悩み》という一言に妙な引っかかりを覚えた。逆説的な言説であり、盲点を衝かれたような感覚があったからだろう。しかしその言説には具体的なイメージが伴っていない。どんなケースが考えられるだろう？

風間の話は続いていた。

「一方で殺人の理由はどうです？　リピーターだから殺してしまえ、というのは、私が今までに何度か引き合いに出してきた例ではあるのですが、それはみなさんに秘密を厳守してもらうために少々誇張して言ってきたまでで、もし本当に秘密が洩れた場合を考えてみますと、普通、リピーターの存在を知った人は、じゃあ自分にも未来の情報を教えてくれ、などと話を持ち掛けてくることから始めるんじゃないでしょうか。たとえば競馬で儲けたり、あるいは予言者のようにふるまって注目を集めたいだとか、何かそういった目的を持って、まずは情報の横流しを求めてくると思うんです。で、そうなったらリピーター本人も、秘密が洩れたということにはさすがに気づきますよね？　そしてそういった場合には私のほうに相談が来るのが普通だと思うのです。……ですよね？　でも横沢さんからも坪井くんからも、連絡は来ていません。ということは、つまり秘密は洩れていなかった、というふうには考えられませんか？」

「でも風間さんは、肝心なときにいなかったりしましたよね？」と僕はすかさず指摘する。

「まあ……そうですね。横沢さんのときには」と風間もそれは認めた。

「あるいは――」と、そこで天童さんが割って入った。「連絡はあったのかも。横沢からも坪井からも。秘密がバレてしまったって。だから殺した――というふうに考えることもできなくはねえよな」

その発言の真意を僕たちが汲み取るまでに一瞬の間があった。それから、

「私が、ですか？」と風間が茫然自失の口調で訊き返す。「リピートの秘密を守るために……？」

「そういう可能性も考えられるってことだ。あるいは風間じゃなくてもいい。この場に

いる誰でも、もし横沢が秘密を洩らしたということを知ったら——いや、別に秘密は洩れてなくてもいいのか。……もしかしたらあいつが秘密を洩らすかもしれない、不安だ、って程度でも、自分の身可愛さに、そいつを殺すことだって考えられる。そういう意味では横沢も坪井も、俺たちとは利害が一致してねえような……う～ん、何かこう、感覚がズレてたみたいなとこがあったと思わねえか？　もしかしたら秘密を洩らすんじゃねえかこいつら、みたいな不安を抱かせるようなところが。だったら転ばぬ先の杖ってことで、前もって不安材料は摘み取っておこうとした。そんな可能性だってないとはいえねえはずだ」

「つまり横沢さんも坪井くんも殺されたのであり——」と風間さんが言い、

「そして殺人者は私たちの中にいる、と？」と池田さんが後を引き取った。

「疑えば疑えるし、その場合には誰よりも風間さん、あんたがいちばん疑わしいってこと。……なあ、前々から一度訊いてみたいと思ってたんだけどさ、あんた——」天童は普段よりもいっそう兇悪そうに見える目を風間さんのほうに向けて言った。「今までに、秘密が洩れそうになって、仕方なくやっちゃったってことはねえのか？」

「やっちゃったって……殺しを、ですか？」

風間は呆れたような声を出したが、すぐに平常心を取り戻した様子だった。

「いや、それはさすがにありません。ただ正直に言えば、R５のときに、これはどうにかしなければ、という事態に陥ったことはありましたが、さすがに殺すまではしませんでした。だって殺人を犯せば逮捕される可能性がありますし、もし逮捕されたらその時点で、私は次のリピートができなくなるわけですから。……十月三十日に自由の身でいることが、リピートの必須条件なのです。逆に言えば、どんなにまずい立場に立たされていようが、十月三十日に自由な身でいられさえすれば、私は次の世界にリピートして、まずい立場からオサラバすることができるわけです。それなのにあえて殺人などというリスクの高い手段は取りません。……みなさんも私の立場に立って考えてください。そうすればわかっていただけると思います。もしそれでも疑いが晴れないのだとしたら、横沢さんの家が放火された二月五日のアリバイを主張してもいいです。私は海外に旅行に出てました。パスポートを見ていただければ、それがわかると思います。……持ってきましょうか？」

風間が問いかけたところで、しばらくは沈黙が続いた。それを破ったのは僕だった。

「ねえ、やめません？　この話題。だってここにいる六人の中に、横沢さんや坪井くんを実際にその手で殺した人間がいるだなんて、僕には思えませんもん。そんなとうていあり得なさそうなことについて考えるよりは、もっと可能性のありそうなことについて考えません？」

「賛成です」と言って笑顔を見せたのは池田さんだった。

「じゃあ、とりあえず現時点で判明している事実を整理するところから始めましょう」

僕はそれまでの雰囲気を払拭《ふっしょく》するために、自らその場を仕切り始めた。

「憶測やなんかは後回しにして。……じゃあまずは横沢さんの事件から。西蒲田五丁目の横沢さんの家が放火されたのは、二月五日の午前四時のことでしたが、その前に——

ちょうど一週間前ですね、一月二十九日の午前四時に、隣町で三件の小火が起きています。これが同じ犯人によるものであることは、おそらく間違いないと思います。なぜならその三件の放火も、R9では起きてなかったからです。……ですよね、風間さん？」

確認事項を風間さんに振る。今年を十回も繰り返している風間さんは、何日に何があったということを、かなり詳しく、そして正確に憶えているはずである。

「それは確かです」と彼は確言した。

「ありがとうございます。……ということは、その三件の放火も、リピーターである横沢さんがR9とは違った行動を取った、その影響下で起きたということになります。それはともかくとして、事実を続けますと、二月五日の横沢さんの事件以降は、西蒲田近辺で放火事件は起きていません。いや、西蒲田に限らず、R9では起こらなかった火事のたぐいは二月五日以来、一件も起きていません。僕が新聞でチェックした範囲内では、ですが。……たとえば一週間後の二月十二日などは、一件目と二件目の間隔からすれば、いかにも事件が起きそうな気がしましたが、実際には火事は何も起きていません」

「ちなみにその日の天気は？　雨だったからパスしたとかって可能性は？」と池田さんが訊いてきたのに、「晴れです」と即答したのは風間さんだった。「十二日も十九日も。ついでに言えば明後日、二十六日も晴れです」

「……ということです」と僕は後を継いだ。「要するに、出だしの二週間は、それこそ規則正しい放火事件のように思えたのですが、それなのに横沢さんの死んだ二件目を境に、以降はぱったりと事件は起こらなくなってしまいました。まるでその時点で犯人が目的をもうすでに果たしてしまったとでも言うかのように」

「ちなみに今のは憶測が混じってますね」と指摘したのは池田さんだった。

「憶測の部分は撤回します」と僕は素直に応じた。「……続けます。事実だけを言いますと、横沢さんの事件では、一家三人のうち、横沢さんと八歳になる娘さんは焼死していますが、奥さんは軽い怪我だけで助かっています。……あくまでも事実だけに限るとなると、横沢さんの事件に関しては、これだけですか？　誰か他に自分はこんな情報を持っているというようなことは？」

「二つある」と発言したのは天童さんだった。

「俺もいろいろ気になって、知り合いとかに頼んで調べさせたんだけど、その結果わかったことってのがあって、ただ事件と関係あるのかどうかはわかんねえんだけど、いちおうここで言っとくと、まずひとつ目は、横沢がどうやら家族に内緒で浮気してたらしいってこと。相手は同じ会社の部下で、森っていう三十歳くらいの女だったらしい」

あの横沢さんが浮気をしていたというのは、確かに意外だったが、事件とは関係なさそうだなと僕は思った。

またそれとは別に思い出したこともあった。R９で僕が電話を掛けたときのことである。子供が「モリさんって人から電話ー」と取り次いで、横沢さんが替わって電話に出たときに、妙に慌てたような感じが受話器越しに伝わってきたが、もしかしたら彼はあのとき、浮気相手が自宅に電話してきたのだと思って慌てていたのかもしれない。

「あとひとつ」と気がつけば天童が話を続けていた。「これは新聞にも載らなかったことなんだけど……その助かったっていうヨメさん、結局は死んじまったって。病院から飛び降りて自殺しちまったんだってよ」

僕は瞬間的に息が詰まったような感覚に襲われた。

「だからもし、そのヨメさんが横沢殺しの犯人で、事件の前にリピートの秘密を聞いてたとしても、もうそっちから俺らに被害が及ぶってことは心配しなくていい。……って、これは事実じゃねえな。事実なのは自殺したってとこまでだ」

天童さんが話している間にインターホンのベルが鳴った。応対に立った風間さんが戻ってきて、「出前が来ました」と僕たちに告げた。

2

天童さんと風間さんはカツ丼を、僕は天丼を注文していた。三人が食事をしている間は池田さんが場を仕切り、これまで発言の少なかった大森や郷原さんに意見を言わせたりしていた。

郷原さんは「高橋さんの事件とは関連付けなくてもいいんですか？」という点を指摘してきたが、それは考えなくてもいいだろうと僕は思った。事故発生の時刻からして、あれは明らかにリピート時のブラックアウトが原因だったとしか考えられない。

僕が食事の手を止めて指摘するまでもなく、池田さんが同様の意見をすでに言っていた。

一足先に食事を終えた天童さんが、風間さんの了解を得てタバコに火をつけた。吸い付けの煙を吐き出したときの音が、大きくついた溜息のように聞こえた。僕もあわてて残りのご飯を掻き込んだ。

風間さんが三人の食器をキッチンに片付けに行き、戻ってきたところで、再び全員揃ってのミーティングが始まる。

「すみません。なんか、食事でタイミングが狂っちゃいましたけど、続けましょうか。……次は坪井くんの事件ですね」

僕は赤江慎治少年から聞き出してきた情報の数々を自ら率先して報告した。現場の見取り図を描いたメモ帳もみんなに見てもらう。

「というわけで犯人が現場に侵入することは可能でした。ちなみに殺しておいて自殺に偽装する方法もあるそうです。……ですよね、天童さん?」

「ああ。って言っても俺も小説とかで読んだだけなんだけど。たとえば油断してる相手に後ろから近寄ってって、ロープを首にこう掛けて、そのまま一気にぐっとこう、背負う感じにすれば――」と天童はジェスチャーを交えながら説明した。

「あとはロープを天井から吊るして、首を吊ったように見せかけりゃいいんだけど、注意しなきゃなんねえのは、人が首を絞められたり吊られたりした場合、小便とかウンチとかを必ず洩らすもんで、後から吊るしたときに場所が違ってたりしたら、位置が違うってんですぐに偽装がバレる。逆に言えばそのへんまでちゃんと考えてうまくやれば、バレない可能性もあるってことだ」

「ということは、ですね――」と、そこで珍しく大森さんが発言した。「もし坪井くんが、こ、殺されたのだとしたら、は、犯人は体格のよい男だと思っていいですよね？」

「たとえば俺のようにな」と天童さんは自らを例に出した。「坪井は小柄で体重もそんなになさそうだったけど、それでも人を一人くびり殺すには、ある程度はがっしりした体格で、あと身長もそれなりに必要だったはずだ。……この場で言やあ、俺はもちろん合格だし、池田も充分だよな」

天童は身長が一九〇センチ近くあり、体格もがっしりしている。池田さんもプロスポーツ選手なだけあって、全身の筋骨がしっかりしているし、身長も一七五センチくらいはある。

「風間も体格は充分だが、身長はギリギリだろうな。毛利がちょうど身長も体格もギリギリの線で、郷原と大森は残念ながら不合格。体格的に無理があるからな。……って言ってももちろん、この中に犯人がいるって言いてえわけじゃねえぞ。あくまでも目安として、この場にいる人間をモノサシとして使ってみただけだから」

「それと、あくまでも殺人だったとした場合には、ですね」と風間が付け加える。

「自殺する理由がねえ」

「ただ、殺人だったとした場合に問題なのが――」と僕は口を挟んだ。犯人がどうやって坪井の住所を突き止めたのか、という問題をそこで俎上に載せたのである。

「僕が考えたのは、実は渋谷でみんなで集まったときに、横沢さんが尾行されていて、そいつが集まりの終わった後に今度は坪井くんの後をつけていった、という可能性なんですが」

しばらく沈黙が続いた。ややあって、

「うーん。結局、横沢さんの事件と坪井くんの事件が連続してるって考えるから、難しくなってるんですよね」と池田さんが言った。「やっぱり、それぞれが独立した別の事件だというふうに考えるべきなんじゃないでしょうか」

「というと？　要するに？」

「横沢さんは横沢さんで、誰かに殺された。坪井くんも同じです。二人とも誰か別々の人間によって殺された。おそらくは身近にいた人間に。だって考えてみれば、二人とも家族と同居してたじゃないですか。……そういえば郷原さんはどうです？　ご家族と一緒に暮らされているんですよね？」

いきなり水を向けられた郷原は、しばらく目をパチクリさせていたが、

「ええ。家内と長男夫婦と孫たちと、私も入れて七人で暮らしてます」と淡々と話し出した。「その中でもいちばん聡《さと》いのは、やはり家内ですね。今ももしかしたら、何か変だぞ、ぐらいには思ってるかもしれません」

「それは……あまり好ましい状態ではありませんね」と風間が低い声でおもむろに言った。

「ええ。わかってます。ただ、長年連れ添った夫婦ですから、隠し事をするにしても限界があります。逆に言えば家内だって、根本の部分では私を信頼してくれているはずですから、何かおかしいと感じていたとしても、変に騒ぎ立てるようなことは絶対にしま

せん。むしろこういうことがあってねと、すべて説明してしまったほうが、何の問題もなくスッキリするようにも思うのですが……それはしてはいけないんですよね？」

「ええ。たとえどんなに信頼している相手であっても、リピートの秘密だけは絶対に洩らさないようにしてください」と風間は念を押す。

「という例を見ても——」と池田さんがそこで話を戻した。「一緒に暮らしている家族に対して秘密を洩らさないでいることが、どれだけ難しいことかわかると思います。今日は来ておられませんが、篠崎さんもおそらく同じようなことは感じておられることと思います。そして家族と同居しているリピーターのうち、横沢さんと坪井くんが殺された……。となれば、まずはそれぞれの家族の誰かが、秘密を——あるいは異変を感じ取って、それが犯行の動機となり——だから事件は個別に起きたのだと考えるのが普通ではないでしょうか」

「うーん」と天童さんが唸る。「坪井に関しては、前にその《勉強部屋》で乱痴気騒ぎをして、警察沙汰になったこともあったって話だったから、家族の信頼をすでに失ってて、それなのに今回もリピート後にまた遊び歩いてたり、そのくせ東大に入るとかって言ってたらしいんで、家族からしてみりゃ、こいつはダメだ、みたいに思われてたんじゃねえかってとこまでは想像できるんだけど……。でも、だからっていって、じゃあ殺そうかっていうふうには……普通はなんねえよな？」

天童はそう言って否定したが、僕はその可能性はあると思ったし、またそうであってほしいとも思っていた。

もしそれが真相だったとしたら、僕たちは、自分たちに累が及ぶ心配はしなくてもよいことになるのだ。

「それより今は、可能性がどれくらいあるかはわかんねえけど、最悪の事態を想定しといて損はねえはずだ。……だろ？　で、最初に俺らが考えてたみたいに、もしリピーターの秘密が洩れてて、俺たちが見知らぬ誰かに命を狙われてるんだとしたら、俺たちはどこに逃げたらいい？　そう考えたときによ、もし風間が俺らをR11に連れてってくれるってんであれば、もう俺らはそこで命を狙われることはねえ。……だろ？　だから風間よ。もし十月三十日まで俺らが生き延びてたら、R11へ連れてってくれ。前に毛利や大森が訊いたときには、ダメだってにべもなかったけど、今はあんときとは状況が違ってる。もしあんたが俺らを置いてR11へひとりで行ったとして、その後にも俺らが次々と殺されてたりしたら……それじゃまずいだろ？　俺らが殺されるのは、あんたがここへ連れて来たからなんだから。そんな事態になる前に、あんたは俺らの安全を最後まで面倒見なきゃなんねえはずだ。そういう義務がある。……違うか？　だから今ここで約束してほしい。もし俺らが十月三十日の時点で生き延びてたら、俺らも一緒にR11に連れてってくれるって」

僕はナルホドと思った。話をそこに繋げるのか。

災い転じて福となす。仲間が連続して怪死したという今回の災いを、天童は巧妙に、己の福に転じようとしている。

「いいでしょう」と風間はおもむろに応じた。「……約束しましょう。みなさんが十月三十日の時点で生きておられたら——もちろんそうなっているとは思いますが、禍根を残さないために、希望される方は私と一緒にR11へ連れて行きます。……これでいいですか？」

「上等だ」と言って天童は大きく頷いた。その満足そうな表情を見て、僕は一瞬、恐ろしい想像をしてしまった。

まさか天童さんが、風間さんからその一言を引き出すために、今回の一連の事件を惹き起こしたのでは……。

3

結局その日の話し合いでは、いろいろな説が出はしたものの、これだという結論は出ないままに終わった。二人の死を不連続なものとした場合には、自殺説と家族犯人説があり、連続殺人事件とした場合には、内部犯人説と外部犯人説とが考えられた。内部犯人説では風間が疑われたが、天童を犯人とする説も僕は内心で検討した。

しかしそのどれもが曖昧なままに終わった。完全には否定できないものの、逆に完全にこれだという確証があるわけでもない。

その日の会合で唯一の、そして最大の成果は、僕たちにR11行きの切符が与えられたことである。

十月三十日まで生き延びていられたら僕はR11へ行く。もちろんそれまでに僕が死ぬようなことがあれば、その時点で僕の人生は終わりである。どちらにしても、今回の人生で僕が十一月以降を迎えることはないのだ。本番だったものがいきなりリハーサルに格下げされたような気分だった。

しかし僕はそこで気を抜くようなことはしないように努めた。いつ何が起こってこの世界に置き去りにされるかわからない――この世界が本番になるかもしれないという不安は、常に僕の心にあった。

R9と違った行動を取ることが各人のリスクに繋がるという風聞の言葉も耳に残っていた。横沢さんと坪井くんがどんな理由で誰に殺されたかは知らないが、大本の原因は、彼らがR9とは違った行動を取ったことにあったはずである。

だから僕は毎日ちゃんと大学に出て講義も受けていたし、《バンビーナ》でのバイトも続けていた。

それでも後期試験はヒヤヒヤものだった。三年後期の各カリキュラムとも、最後の数回はリアルタイムで（しかも僕にしてみれば再度）聴講することができたものの、それ以前の週のぶんに関しては、一年以上も前に聴いたきりである。正直、ほとんど何も憶えていないというような状態で、僕は後期の試験に臨まなければならなかったのだ。

このままでは、R9では無事に修得したはずの単位でさえ、落としてしまいかねない……。というわけで、僕は今さらのようにテキストを読み、友達の受講ノートのコピーをかき集めては、にわか勉強に精を出したのであった。

そうした甲斐あってか、試験の結果が発表されてみれば単位の取りこぼしもなく、僕は無事四年に進級できることとなった。これで心おきなく、ひと月有余の春休みを迎えられる。

都内に半月ぶりの雨が降り、春一番が吹き抜けて行った二月の末日。三日ぶりに鮎美から電話があった。

「圭介くん、テストどうだった？」

「うん。大丈夫」

付き合い始めた当初は、彼女もちょっとした暇を見つけては、ほとんど毎日のように電話を掛けてきてくれていたのだが、さすがにこのところは、その電話も週に一、二度のペースに減ってきていた。といっても、別に二人の仲が冷めてきたというわけではない。よい意味での《馴れ合い》の状態になったのだと僕は思っていた。

彼女は帰宅後に自室のベッドで寛《くつろ》ぎ、寝入る前に少しだけカレシと言葉を交わす。それだけで充分。僕のほうもそれで充分。変に無理をせずとも二人は心を繫いでいられる……。

そんなふうに思っていたのだが、今日の鮎美の電話は、ただの雑談モードではなかった。

「――じゃあもう、テストも終わって、気懸かりなことはもう全部済んだわけだよね？……で、聞くんだけど、今度の週末――どうする？」

「え、どうするって、何が？」

「ほら、前に言ってたじゃん。一度ウチに来てほしいって」

「……ああ」

彼女は自分がカレシと付き合っているということを、親にもオープンにしていた。それで一度、その相手を連れて来なさいと、親に言われたのだという。

「どう?」

うーん、と考えてしまう。あまり気乗りのしない話だった。僕にしてみれば、お宅のお嬢さんとセックスしちゃいました、という立場なわけで、それでどういう顔をして彼女の両親と会えばよいのかがわからない。

「圭介くん、私を裏切らないって言ったよね。そう約束してくれたよね」

「うん。それはもちろん」

「だったら、私たちって——たぶんまだ先のことだろうとは思うけど——将来的には、結婚するってことだよね?」

「うん。そうだね」

と反射的に答えたものの、僕はその点に関しては、そんなに深く考えてはいなかった。何となく背筋がヒヤリとする。

「だったら、いつかはウチに来て『お嬢さんをください』って言ってくれるわけでしょ?」

「……うん」

「それをだから、じゃあ親の立場に立って考えてみるとね、まずずーっと陰でコソコソ付き合ってて、で、いきなりエイッて言われるのと、そうじゃなくって、付き合い始めた当初から、ちゃんと挨拶に来てたりして、だから親の公認のもとにちゃんとしたお付き合いをしててゴールインっていうのと比べたら――どっちがいいかって言われたら、圭介くんだったらどっちがいい？」

「そりゃあ、ちゃんと最初からっていうほうが――」

「でしょ？」

「あ、でも、ほら……どうせ僕ら、R11へ行くわけじゃん」

前回の会合で風間からそういう約束を取り付けたことを、僕は彼女にも報告していた。

「だったら今回は、ちゃんとしてなくてもいいんじゃないの？」

「……やっぱ圭介くん、R11に行きたい？」

鮎美は今さらのように訊いてくる。彼女自身はこの世界に残りたいのだ。同居している家族に秘密を覚られないようにと、日々神経をすり減らしてきた彼女からすれば、それをもう一度最初から繰り返すのはゴメンだという話で、それは僕もわかるような気がしていた。

「じゃあR11が本番で、今回は予行演習だと思えば？」

彼女がそう言って、R11の件に関しては譲歩してくれたので、僕もワガママばかりは言ってられなかった。

「わかった。行くよ。伺わせていただきます」

というわけで、次の日曜日、僕は鮎美の家に行くこととなった。

三月三日。ちょうど桃の節句の日だった。

東武東上線をときわ台駅で降りて、待っていた鮎美と落ち合う。

「お母さんが何か張り切っちゃって、ケーキとか作って待ってるんだけど、でもあんまり気にしなくていいから。私の部屋に来てもらうのがメインで、そのついでに、ちょっと親にも挨拶する、みたいな感じで言ってあるから。だから顔だけ見せて、後は……圭介くんもウチだと気詰まりだろうから、すぐに外に出て、後はいつもみたくデートして、っていうんでもいいし」

歩きながら、鮎美がそんなふうに今日の次第を説明してくれる。自分のホームタウンにいるせいか、今日の彼女は終始にこやかだった。飾り気がなく、素のままでいられるといった気楽さが感じられた。

街の様子は、やはり新宿などとは違い、ちゃんとここに人が住んでるんだ、という感じが窺われて好感が持てた。商店街があり、団地があり、小ぢんまりとした個人住宅が並んでいる。各戸には布団が干され、あるいは洗濯物が風になびいている。子供たちがはしゃぎながら走り回っている。

鮎美の家は中程度の規模の住宅だった。二階建てで、門から玄関までの間には、少しだけ緑も植えられている。ガレージに停まっているのは国産の大衆車だった。

「おじゃましまーす」

自分にしか聞こえない程度の声で言いながら、家の中に上がる。鮎美に先導されて廊下を進み、リビングに入ると、まず奥の壁に飾られた七段飾りの緋《ひ》毛氈《もうせん》の色が、パッと目に飛び込んで来た。その手前にテーブルセットがあり、彼女の両親がソファに並んで座っていた。

「まあ、よくいらっしゃいました」

椅子から立ち上がり、陽気にそう迎えてくれたのが鮎美の母親で、椅子に座ったまま、困ったような照れ笑いを浮かべているのが父親であった。

「父です。母です」

鮎美がそれぞれを僕に紹介する。

「毛利、圭介と言います。どうも、初めまして」

「ま、そう硬くならずに。どうぞお掛けください」

それから三十分ほど、僕は彼女の家族と懇親の時間を過ごした。いったんそうと腹を括《くく》ってしまいさえすれば、僕はけっこう如才なく、人と応対できる自信があった。

「お雛様、飾られてるんですね」

「私はもういいって言ってるんだけど――」

「何がいいですか。こうして飾ってても、嫁《い》き遅れそうな人が。ねえ、毛利さん」

「あ、はあ」

鮎美と母親の女性陣二人が、わりと普段どおりの応接をしている感じの中、ひとり彼女の父親だけは、妙にうわずった感じが言動のはしばしに表れていた。

「ああ、そうですか。文学部。いや私も若い頃は、井上ひさしなんか、けっこう読み耽《ふけ》ったもんでね」

「はあ。井上ひさしですか」

「映画にもなりましたよね。ほれ、あの、えーと、……そうそう。『天平の甍《いらか》』」

「お父さん、それ、井上……靖じゃないの？」

「あ、そうそうそう。はっはっは」

普段はもっとドッシリと構えた感じの人なのだろうと思う。それが、娘のカレシという男を前にして妙にうわずっている。そうした小心さも含めて、きっと心根は善い人なのだろうなと思いながら、僕は彼女の父親のことを見ていた。

ほどよいところで、さて、どうやって切り上げたらよいのだろうかと思っていると、

「そろそろいいんじゃないの、鮎美？　毛利さんもどうしたらいいか困ってるみたいだし」

鮎美の母がそう言って助け船を出してくれた。僕と目が合うと、その目が悪戯っぽく笑って「お疲れさま」といったニュアンスを伝えてきた。僕も目で、ありがとう、と感謝の気持ちを返信する。

「じゃあ私たち、上に行くから。……毛利くん」

「あ、じゃあどうも」

僕はご両親に今一度の挨拶を済ませ、鮎美に案内されて二階の彼女の部屋へと通された。

「お疲れさま」

カーペットの上にぺたりと座って、鮎美が深々とお辞儀をする。僕はベッドの端に座らせてもらい、そこでようやく全身の力を抜いた。

「うー。緊張したよ」

「やっぱそうだよね。でもそうは見えなかったけど。そのへん、圭介くんって度胸が据わってるっていうか。ウチのお父さんなんかもう、目に見えてアガってたもんね」

「うん。でもいい感じの家庭だよね」

「ホントに？　よかったー。圭介くんにそう言ってもらえて、いま私、すっごいホッとしてる」

眼がキラキラと輝いている。僕はごく自然に手を伸ばした。その手を彼女が両手で摑む。僕は腕力で彼女を持ち上げ、自分の隣に座らせると、その肩に腕をまわし、唇にキスをした。

「んもう、ダメだって」

言われなくても、さすがにそれ以上するつもりはなかった。階下に彼女の両親がいるという状況は、僕だってわきまえている。

彼女はそれから僕にアルバムを見せてくれた。女の子主導のこうした時間も、僕はけっこう好きだ。見せてもらった写真の中では、高校の制服を着た彼女の姿が特に印象的だった。

途中で母親がケーキとお茶を運んで来た。それをテーブルに置きながら、

「お父さんが見てこいって」

目をクリクリッと動かし、小声でそんなことを暴露する。僕は思わず吹き出してしまった。このお母さん、いいキャラクターしてる。今日初めて会ったというのに、僕はも

う大好きになってしまった。

アルバムを見終わった時点で、午後の二時半といった頃合になっており、僕らはそれから二人で外に出ることにした。

玄関まで見送りに出て来た両親に、

「夕飯までには帰ってくるから」

鮎美がそう声を掛け、僕は、

「お邪魔しました」

心からそう言って深くお辞儀をした。挨拶をしている最中に、家の奥の方で電話のベルが鳴り、母親が踵《きびす》を返して廊下を戻って行くのが見えた。玄関のドアが閉じられる瞬間、僕らのほうを心配そうに見ている父親の姿が最後に目に映った。

電車で池袋まで出て、街を二人で散歩して——そして日が暮れるころ、僕らは別れた。二人きりでいたのにセックスをしなかったのは、付き合い始めてからそれが最初のことだったが、今日はそれでいいと僕は思っていた。

4

僕が落合の町に戻って来たころには、夜の帳《とばり》がもう下りて、大気はすっかり冷え込んでいた。途中でコンビニに寄り、夕飯の弁当を買ってから家路を急ぐ。

部屋に入り、弁当をキッチンの台に置いて、とりあえず暖房を入れるために奥の洋間に行き電灯のスイッチを入れた途端、僕はギョッとなった。

「お帰りなさーい」

ベッドに寝転がり、頬杖をついた姿勢で僕のほうを見ている女は——由子だった。

「おま……何してんだよ、ここで」

「デートどうだった？ 楽しかった？」

僕は必死で気を鎮《しず》めようと試みた。自分が肩で息をしているのがわかる。怒鳴り声にならないように意識しながら言う。

「どうしてここにいるんだよ。お前が」

「どうしてって？」

「なぜここにいる？ どこから入った？」

「玄関。だって開いてたんだもん。無理やり入ったんじゃないよ」

鍵が開いていた……？ そう言われれば、今朝は時間に追われていて、それでついウッカリ施錠を忘れてしまったような気もする。無論、だからといって勝手にひとの部屋に入ってよい道理はない。

勝手に——ひとの部屋に入って。

僕はおもむろにベッドの前まで進んだ。そこで仁王立ちとなり、威圧感を込めて由子を見下ろす。

「勝手にひとんちに入るなよ」

「ねえ、デートどうだった？」

由子は僕の脚に腕を絡ませてきた。

「触るな」

「ねえ、セックスしてきた？　シノザキさんと」

……何を言ってんだこいつは？

「何でお前、その——？」

「彼女の家に行ってきたんでしょ？」

……何でこいつは、そのことを知ってるんだ？

由子はベッドの上に起き直り、両手を背に回してボディコンのファスナーを自分で外し始めた。

「あんな子供みたいなのが好きなの？」

「ちょっと待て。お前、どうしてそういう——」

僕は唾を飲み込み、その場にしゃがみ込んだ。目線を由子に合わせ、呼吸を鎮める。

「服を脱ぐな。や・め・ろ。……ところで、何でお前が篠崎さんのことを知ってるんだ」

「電話したの」

「いつ？　……お前、いつからここに？」

「うーんと……二時過ぎぐらいかな？」

二時過ぎにこの部屋に入り……リダイヤル機能を使ったのだろうか？

「電話して、それからどうした？」

「ううん。別に何も。電話したらシノザキですって出たから、毛利さんは今そちらにいますかって聞いたら、たった今出て行きましたって言って――」僕らが篠崎家を出る直前に電話が鳴っていた。あれがそうだったのか……。

「すぐに呼びに行けば間に合う、みたいな感じだったけど、別にケースケくんに出てもらっても困るし、じゃあいいですって切って」

「それだけか？」

「うん。それだけ」

「名乗らなかったよな？」

「名乗ってほしかった？　アタシ、ケースケくんに捨てられた女ですけどーって」

僕は立ち上がり、由子の言うことは無視して、必死に考える。……今のところは、鮎美やその家族に言い繕うことも、どうやら不可能ではなさそうだ。

ただこの先、この女がさらに邪魔をしてくるようであれば、また話は違ってくる。

「お前は――どうしたいんだ？」

「アタシは……アタシ……」

彼女はそこで急に、ぽろぽろと涙を流し始めた。僕の脚に縋《すが》り付く。半分下ろした背中のファスナーがVの字に開いて、中の肌が眼下に見えている。肩胛骨《けんこうこつ》がくっきりと浮き出ていた。骨に皮が貼りついているだけの、肉の厚みの感じられない背中。よく見れば僕の脚に絡みついてきている腕も、前より一段と痩せ細っている。

醜いと思い、次いで憐れむ気持ちが起こった。

いや……僕のせいなのか？

どうしてなんだ。これでは僕のほうが悪者みたいじゃないか。本来は——R９では

——こいつのほうが、僕を捨てたのに。こいつのほうが悪者だったはずなのに。

「……ケースケくんとやり直したい」

「それは……できない」

僕は首を横に振った。由子はキッと顔を上げ、三白眼で僕を見上げた。

「だったらケースケくんのこと、メチャクチャにしてやる。アタシの知ってること、全部あの女に言うから」

「いいよ、別に。言いたきゃ言えばいい」

由子はそこで息を詰め、

リピートした時点で付き合っていたカノジョがいたという話は、鮎美も承知している。

「そーゆーこと？　あっそう。じゃああの女も仲間だったってことね。……だからあんなふうに、アタシから乗り替えたんだ」

ブツブツと呟いたかと思うと、急に激昂して、

「だったらじゃあ、ケースケくん、何でアタシを連れてってくれなかったの？」

「何が？　……どこに？」

「行ってきたんでしょ？　彼女とか、あと天童とかって人なんかと一緒に——」

……天童？　なぜその名前を？

「——未来にっ！」

何がどうなっているのか——僕はしばらく呆然としていたと思う。急に静まり返った部屋に、エアコンの室外機が作動する音が、ベランダのほうから聞こえてきた。

つまり——読んだってわけだ。あのノートを。

僕はそれがどこにあるか、室内を見回した。

「でしょ？　千代の富士が引退するとか」

ノートはちゃんと棚に戻されていた。

「火山の噴火で人が大勢死ぬだとか」

ひとの部屋に勝手に入って——

「ねえねえ。若人《わかと》あきらが行方不明って何？」

ひとのノートを勝手に見て——

「黙れ！」

僕の一喝を、由子はフンと鼻で嗤い飛ばした。

「困ってるでしょケースケくん。……だったらアタシも連れてってよ」

秘密は——僕のところから洩れていたのか！

この馬鹿女のせいでオレは——オレたちは——

急に激しい憤《いきどお》りを感じた。全身がカッと熱くなった。憤りがあまりにも急激すぎたせいか、軽い吐き気すら覚えた。眩暈《めまい》もする。

この馬鹿女のせいで——

次の瞬間、僕はごく自然に——気がついたら——由子に飛びかかっていた。

その白い首を、僕の両手が捉える。

「ちょ――」

由子が目を剝く。

馬鹿っ！　黙れ！　黙れ！　黙れーっ！　声を出すな！　他の部屋に聞こえる――

彼女の手は必死に藻掻《もが》いた。身体が反り返った。手首を摑まれる。爪が食い込んで痛い。僕はその動きを止めようと肘を横に張り、彼女の身体を自分の体重で押さえ込んだ。首を摑んだ手は決して放さなかった。さらに体重を掛けて締める。僕の両手の中で、喉が潰れているのがわかる。硬い筋肉が僕の手を押し返そうとしている。その喉を押し潰したままの形に保つために、僕は必死で力を込めた。握力だけじゃなくて、全体重を込めて、喉を潰した。

やめろ！　やめろ！　……やめろっ！

頭の中では、制止の声が木霊《こだま》していた。誰に対する制止なのか――自分自身に言っているようでもあった。ただもう、わけがわからないままに、僕はその掛け声に合わせて、力を込めた。

やめろ！　やめろ！　やめろ！

グッ！　グッ！　グッ！

目。剝き出しの目。

歪《ゆが》んだ顔。大きく開いた口。上の歯の並びが見えた。その白いツブツブの半円に囲まれて、上顎の裏側の赤黒い色が見えた。そこに血管が浮き出ているのも見えた。

やがて彼女は抵抗の動きを止めた。僕の身体の下で、ぐったりと弛緩《しかん》する。ぐったりと——死んだようになって、抵抗するのを止めている。

僕がグイグイと力を掛ける、その動きに、従順に身を任せている。

やめろ！　やめろ！　……やめろっ！

かすかな異臭を感じ、僕はハッと我に返った。身体の動きを止める。咄嗟に手を振りほどこうとしたが、両手が言うことを聞かない。腕が凝り固まったようになってしまっている。仕方なくそのままの姿勢で、僕は大きく呼吸を繰り返した。胸が苦しかった。

息が苦しい。身体中が火照っている。

セックスで絶頂に達した直後のようだった。

5

由子は動いていない。ぐったりと寝ている。

臭いが——おしっこの臭い。

急に悪寒がした。肌はまだ熱いのに、内臓は急激に冷えてゆく。どこかに穴があいていて、血がシュルシュルと抜けていくような感じ。

臭いが——気持ち悪い。

急にえずき上げに襲われた。胃がひっくり返ったようになって、食道を逆流してきた液体を、僕は必死に喉元で抑え込み、無理やり飲み下した。鼻の奥がツンとして、視界が滲んだ。

両手の肘から先が、急に自分のものになった。両腕で慌てて口元を押さえる。吐き気が去ったところで、由子の下半身にのし掛かる格好になっていた上体を起こす。

ひどく寒かった。汗でべっとりと濡れた肌が、全身の皮膚から熱を奪ってゆく。そして先ほどとは逆に、今度は胃から食道にかけてが熱かった。また吐きそうになったので、右手で口元を覆う。

「あ……」

落ち着け。……大丈夫だ。自分に言い聞かせる。

僕は眩暈を感じながら、おもむろに立ち上がった。高い視点から、改めて由子の全身を見下ろす。

その身体は、やはり動いていなかった。ぐったりと寝たまま、微動だにしない。頭部はベッドの端から向こう側に垂れている。不自然なほど頭を後ろに反らしているせいで、白い喉が異様に長く見えている。その喉の白い肌に、僕が締めた痕が赤く、痣《あざ》となって残っている。

彼女の服の股間には、液体が染みて模様を描いていた。自分の服をチェックすると、重なっていた僕のお腹のあたりにも、染みと臭いが微かに移っていた。汚い——嫌だな、と思った。

再び彼女に目を転じる。その全身を舐《な》めるように見回す。

「おい……由子？」

念のために小声で呼び掛けてみたが、ピクリとも動かない。彼女はどう見ても――これはやはり……死んでいる……のだろう。

僕はまず、彼女の身体が載っている掛け布団の、余っている端のほうを手に取り、それをめくり上げるようにして、彼女の身体に被せた。それで彼女は、両端から頭と脚をそれぞれはみ出させて、布団にくるまれた状態となる。そのまま、さらに布団を引きずってずらし、スペースを作ってから、もう半回転させてみた。そうして、彼女の腰の下敷きになっていた部分の裏地を調べる。

染みはそこまでは浸透していなかった。

僕はひとつ息を吐いた。そうしたら、急に全身の力が抜けてしまい、立っているのも辛くなって、僕はその場に崩れるように座り込んだ。そのまま低い視点から、布団にくるまった物体を眺めた。

端からはみ出した二本の脚。これは――どう見ても死体だ。

まずいことになったなと、ようやくそんな実感が湧いてきた。

ベッドの上に死体がある。僕が殺した。……そうだ。僕が彼女を殺したのだ。これはまずい。このままにしとくわけにはいかない。何とかしなければ。……どうしよう？どうしたらいい？

必死で考えようとしたが、頭がうまく回らない。

言い訳はいくらでも思いついた。……勝手にひとの部屋に上がり込んで、勝手にひとのノートを見たりして。自分の感情ばかり優先させて、相手であるオレの気持ちなんてこれっぽっちも構わずに、それで愛してるとかって平気で言う。相手に迷惑をかけておきながら、何が愛してるだ。よく言える。本当に愛してるんだったら、じゃあオレの気持ちを最優先に考えてみろってんだ……。

それにしても……なんでこんなことになってしまったんだろう。何も殺すことはなかった。ついカッとなって、後先考えずに行動してしまった。いや、その前に、注意が足りなかった。今朝部屋を出るときに、ちゃんと施錠を確認しておけばよかった。こいつと別れるにしても、その別れ方が一方的で、納得できる理由を作っておかなかった――あれもまずかったな。未来の記憶をノートに書きつけておいたのも、今となって考えれば、思慮に欠けたうらみがある。そのうちのどれかひとつでも、ちゃんとしていれば、こうはならなかったはずなのに……。

いや、今はそういうことを考えている場合じゃないぞと、僕は自分を叱責する。反省は後でいくらでもするがいい。だが、とにかく今は、この死体をどうするかだ。

死体……？　こいつ、本当に死んでるのか？　実は生きてたりしない？　今は仮死状態になっているだけで、後で息を吹き返すとかって可能性は……？

僕は恐る恐る、布団から突き出ている由子の脚に手を伸ばした。右足の裏を撫でてみる。肉を摘んでみる。……ダメだ。こんなことをしていても、わかるはずがない。確かめるなら、ちゃんと顔を見て確かめないと……。

そこで気が挫《くじ》けた。……止めとこう。こいつはさっき、確かに死んでいた。あんだけ首を締めてたんだから。あれで生きてるはずがない。……それに、もし本当に生きていたとして——どうする？　それで事態が好転するか？　余計に困ったことになるんじゃないのか？　由子が息を吹き返したとして、リピートの秘密も、殺人未遂も、あいつが不問に付してくれるとでもいうのか？

少なくとも死体であれば、僕を糾弾する言葉を発することはない。こいつは死体だ。死体は何も言わない。こいつはもう何も言わない。こいつの口からリピートの秘密が洩れることは、もう心配しなくてもいい。……ただ困るのは、死体がここにあることだ。放っておいてもどうにもならない。死体がここで見つかれば、僕が殺したとバレる。僕が殺人を犯してしまったということが発覚する。そうなると僕は人殺しだ。警察に捕まって、この先の人生を刑務所で暮らすことになる。前途ある未来が——R11での暮らしが——何億円も好きなだけ稼いで、その後は悠々自適の暮らしをするはずの、僕の前途ある未来が——犯罪者として刑務所暮らしを強いられる……？

それは絶対におかしい。僕はそんなことをするために、過去に戻って来たんじゃない。つまりは、この死体をどうにか始末して、殺人が露見しないようにしなければならないのだ……。

ようやくそこまで考えたとき、僕は思わず飛び上がりそうになった。

背後で電話のベルが鳴り始めたのだ。

6

けたたましい電話のベルの音。

電話――誰からだ？

僕が咄嗟に抱いたのは、先ほどの由子の声か、あるいは争った物音で、もう殺人がバレたのではないかという危惧だった。しかし、両隣にしろ階下の住人にしろ、僕の電話番号を知っているはずがない。たとえ彼らが物音を聞いたにせよ、この電話はそれではない。それに……たぶん大丈夫だ。そんなに注意を惹くほど、激しい声も物音も立てていなかったはずだ。だからこの殺人がもう誰かにバレてるってことはない。

大丈夫だ。しっかりしろ。

きっとこの電話は鮎美からだ。この馬鹿女は、彼女の家に電話をしたとか言ってたから、あの後、鮎美は帰宅してからそのことを家の人に聞いて、それで僕に電話してきてくれているのだ。

鮎美に正直にこのことを伝えたら――彼女は僕のことをどう思うだろう？　やはり人殺しとして非難するだろうか？

彼女には言えない――と僕は思った。彼女にこの件を知らせるのは、いろんな意味でまずい。

電話に出ないというのは……？　いや、それで変に不審がられて、部屋を訪ねて来られても困る。

とにかく平静を心懸けなくては。鮎美じゃないかもしれないけど、とにかく電話に出て、普通に応対しなければ。

ベルはまだ鳴り続けている。僕はひとつ深呼吸をしてから、おもむろに受話器を取り上げた。

「はい。毛利です」

「おう、いたか。天童だけど」

ああ、天童さん——僕は思わず天井を仰ぎ見た。

そうだ。天童さんがいた。僕は今は、神仏よりも何よりも、彼に縋りたかった。リピーター仲間でいちばん頼れる男——彼に縋れば、もしかして、今のこの僕の陥っている苦境を、どうにかしてくれるかもしれない……。

「——実は今日、昼間に、変な電話があってな。お前の知り合いだっていう若い声の女が、俺んとこに——オフィスのほうだけど——電話してきてよ、お前とどういう関係だとかって聞かれたんで、知らねえって、いちおう答えといたんだけど」

由子だ。……あの馬鹿。

「なあ毛利、知り合いだか何だかわかんねえけど、お前、俺の連絡先、勝手に見られたとかじゃねえのか？」

僕がノートにメモしておいた、あの仲間の連絡先の一覧リストを見つけて、苗字が並んでる、その中のどれが鮎美なのか——僕の付き合っている女なのか——それを調べようとして、おそらくはリストの上から順に、電話を掛けていったのだろう。

「そうです。前に付き合ってた女に、部屋に勝手に入られて、リピート関係のメモを見られたみたいです」

「それでその女は？」

「……口を塞ぎました。もう大丈夫です」

「おい。まさか」と天童はうわずった声を出した。「殺したのか？」

僕は何も言わなかった。それがすなわち肯定の意味になる。

「死体は？ まだそこにあるのか？」

「そうです。それで——」

「始末に困ってる？」

「……ええ」

そう答えてから、しばらくの間があった。きっと天童さんは、何かを考えてくれている……。

「今からそっちに行く。場所を教えてくれ」

天童さんが来てくれる。来て、あの死体をどうにかしてくれる……？

僕は最寄り駅から自宅までの道順を説明した。

「わかった。今からすぐに出て、で、東中野までが三十分、そこからが……十分？ だからたぶん、七時半には、そっちに着くと思う。……いいか。とにかく部屋でじっとしてろ。勝手に動くなよ。テレビも点けない。音楽もダメだ。……念のために部屋の明かりも消しとけ。お前はだから、そこにはいない。誰かが来てもドアを開けたりするなよ。電話は留守電にしといて、俺以外だったら出るな。で、俺がそっちに着いたら、ちゃんと確認して、中に入れる。……インターホンはあるか？」

「えーと、ないです。ボタンがあって、それを押すと中でチャイムが鳴る」

「ドアスコープは……あるな？　だったらそれで、俺が来たかどうか、ちゃんと確認してくれ。間違って他の誰かを入れたりするなよ」

「すいません。お願いします」

通話を終えると、僕は余計なことは考えず、天童さんの指示に従うことのみに意識を集中させた。部屋の明かりを消し、暗闇の中で膝を抱えて、彼が来るのをただじっと待つ。

カーテン越しに差す夜の街灯りが、室内の物をぼんやりと暗く浮かび上がらせている。由子をくるんだ布団の黒々としたシルエットは、相変わらず微動だにしない……。死体のことは、努めて考えないようにした。

闇の中に一箇所、ビデオデッキの時刻表示の数字だけが光って見えている。僕はそれをただひたすら見つめていた。それとは別方向から聞こえてくる、置き時計が秒を刻む音が、暗い部屋の中に静かに降り積もってゆく。

闇に輝く数字が七時三十三分を示したときに、ドアの外に人の気配がして、チャイムが鳴った。僕は息を殺して玄関に向かう。ドアスコープから外を覗くと、はたしてそこには天童さんの姿があった。いつもの、葬儀屋のようなスタイルで、ドアの前に佇《たたず》んでいる。

ドアを開けると、天童さんは無言のままぬっと、部屋に上がってきた。僕は黙礼をした。忘れずにドアをしっかりと施錠する。

振り向けば、天童さんの長身はキッチンの短い廊下を数歩で抜けて、今は洋間の入口に立っていた。電灯のスイッチが入り、部屋が再び輝きに満たされる。彼が大きく溜息をつく音が、その背中越しに聞こえてきた。

7

「間違いなく死んでる」

僕から事の経緯を聞くと、天童さんはまず死体を調べ始めた。くるんであった布団を無造作に剝がすと、その上に死体を仰向けにさせて、全身を検分する。よく平気でそんなことができるなと思う。僕は洋間の入口に突っ立ち、その様子を見ないように、努めて本棚のほうを向いていた。

死体の検分が終わると、次に天童さんは、由子のバッグの中身を検《あらた》め始めた。

「お前が警察に捕まったら俺たちは困る。リピーターの秘密を洩らすかもしれねえしな。いや、お前がしなくても、お前が捕まったって聞けば、たぶん篠崎が何かする。……おっと、この女、物騒なもんを持ってやがる」

その声に誘われて、僕が天童の手元を見ると、彼はタオルでぐるぐる巻きにされた物を僕のほうに示してみせた。柄が出ている。どうやら包丁のようだった。

「お前、この女にいったい何した？」

由子の荷物から包丁が出てきたことに、僕は驚いていた。……彼女は僕を殺そうとしていたのか？

「やっぱこいつがリピーター殺しの犯人だったのか……？　いや、それはねえか。この細っこい腕じゃ、坪井を絞め殺すなんてできねえし。やっぱ坪井は坪井、横沢は横沢で勝手に殺されたんだろうな。で、毛利ももしかしたら、この女に殺されてたってことか。それぞれ個別に」

フンとひとつ鼻で嗤《わら》うと、天童はそれを床に置き、話を元に戻した。

「とにかく、お前が警察に捕まれば、きっと篠崎が何かすると思う。リピーターの能力を世間に誇示して、それで事件をうやむやにしちまおうとか何か、たとえばそんな愚挙に出るかもしれねえ。でも俺はそんなのとばっちりを食うのはごめんだ。だからとりあえずこうしてお前に協力してる。……おい、これは車のキーだよな？」

見れば天童の手に握られていたのは、その言のとおり、由子の車のキーホルダーだった。小さな竹籠のようなものが、リングからぶら下がっている。

「車で来てたのか。これはＢＭＷだな。……おい、車のナンバーは？」

憶えていない。僕は首を振った。

「ちょっと待て。駐禁とか取られてたりしたらまずい。……ちょっと見てくる。もし車があったらついでに動かしてくるから、時間がかかるかもしれないけど、とにかく俺が出たらドアに鍵を掛けて、じっとしてるんだ。いいな」

天童はそう言い残して部屋を出て行った。帰って来たのはそれから三十分も経ってからだった。

「やっぱ車で来てたよ。とりあえずそこの坂を上ったとこにある、二十四時間の駐車場に置いてきた。駐禁は大丈夫だったんだけど——二時に来たとかって言ってたんだよな？　そうすると——六時間か。外車がそんだけ停まってたら、きっと目撃者はいるだろうな。……だからとにかく、死体が見つからないようにする。それしかねえ」

天童さんは次いで僕に、由子のことをいろいろと尋ねてきた。——この女、仕事は？　家族関係は？　独り暮らしをしていた？　それとも家族と同居か？　お前と付き合っていた期間は？　二人が付き合っていたのを知っている人は？

僕は知っている限りのことは答えた。

仕事は——してないはずです。……家族は、たしか両親と同居してるはずですが、親とはあまり交渉がないとか言ってました。夜中でもふらふら遊び回ってましたから、けっこう放任主義の親だったんじゃないでしょうか。……付き合ってたのは、去年の十月半ばから、僕がリピートで戻ってくるまでの三ヵ月間。その前にも別な男がいましたし、僕と別れてからも、たぶんまた別な男と付き合ってたと思うんですけど……。

そうして質問に答えているうちに、僕はまた理不尽な憤りに襲われていた。……R9ではあんなにあっさりと僕を捨てて、他の男に乗り替えたくせに、どうして今回はここまで僕に執着する？

「――けっこう遊び歩いてた……ってことは、うまく行けば、捜索に着手するのがまず遅れて、それで行方不明になった時期の推定にも、前後に多少幅が出る――なんてことも、期待できるかもしれねえな。独り暮らしならもっとよかったんだけど、でもまあ条件としてはマシなほうだろう。……ともかく死体さえ見つからなきゃ、警察が捜査に乗り出すことはまずないと思う。あとはだから、親や友達がどれだけこの子の不在を心配するかだな」

天童さんが「友達」という単語を口にしたとき、僕の脳裏に思い浮かんだのは、横浜で僕を由子と引き合わせた、あの久保とかいう女の顔だった。由子がいなくなって心配するのは、たぶんあの子ぐらいじゃないだろうか。

人付き合いがよく、昨年の暮れあたりには《バンビーナ》にも何度か、遊び友達を連れて来ていた由子だが、実際には、そうした付き合いは表面的なものでしかなく、心から打ち解けて話せるような友達などはいないと、いつだったか、そんなことを言っていたようにも思う……。

僕はベッドの上の死体をチラリと見やった。複雑な感情が湧き起こってくるのを、無理やり封じ込める。……今はとにかく、この死体を何とかしなくちゃならない。それが最優先課題だ。天童さんは「俺に任せとけ」と言った。どこかに捨ててくれるのだろう。死体を始末する。そして十月末までその死体が発見されさえしなければ――そうすれば僕らの勝ちだ。僕らは逃げ切れる。

再度リピートして――R11の世界へと逃げて。

そうなれば、この殺人も、なかったことになる。

天童さんは、僕に何度もそう言い聞かせた。

「——いいな。死体はちゃんと俺が始末する。だから殺人事件としての捜査は、されることはまずないと思っていい。だからお前さえしっかりしててくれれば、後はもう大丈夫だから」

その焦点の狂ったような目で、暗示に掛けるように僕の目をじっと見据えて、同じことを何度も繰り返す。……僕は、それほど動揺しているように見えるのだろうか。

天童さんは時計を見た。僕もつられて見る。そろそろ九時になろうかという時刻であった。天童さんは、死体を運び出すのは深夜のほうが都合がいいだろうと言って、行動を起こすのは零時過ぎだと決めていた。それまでまだ三時間以上ある。

この狭い部屋に、天童さんがいて、そして由子の死体が一緒にいるということに、僕はもうそろそろ耐えきれなくなってきていた。息苦しい。しかしそう言って弱音を吐くわけにはいかない。僕がそれを言ったら、じゃあ事件とは本来無関係なはずの天童さんはどうだと言うのだ。協力を申し出てくれて、僕と同じ条件でこの部屋にいても平然としている。彼を見習わなくては……。あと三時間だと自分に言い聞かせて、僕はそっと溜息を吐く。

「風間に——報せとくか？」

いいか？　と目で訊ねてくる。僕は今回の件に関しては、自分の気持ちの中で、もうすっかり天童さんに一任してしまっていたので、無言のままひとつ頷きを返した。その

後で、

「あ……ただ、他のみんなには——」

伝えないでほしいと思った。特に鮎美には知られたくない。

「大丈夫だ。風間以外には伝わんねえようにする。秘密はそれを知る人間が多ければ多いほど洩れやすくなるからな」

天童さんは十分間ほど電話をしていた。僕はその電話の内容を、聞くとはなしに聞いていた。天童さんは、僕が殺人を犯したこと、僕が捕まればリピーター全員が危機に見舞われること、だから自分が犯罪の隠蔽に協力することにしたということを風間に伝えていた。

天童さんが受話器を架台に置く音で、僕はハッと我に返る。

「オッケー。大丈夫だ。俺が何とかする」

天童さんは僕に、大きな鞄のようなものはないかと訊いてきた。僕は押入を漁《あさ》り、いちばん大きなバッグを出した。

「どうですか？」

訊ねると、天童さんはバッグの口を開け、その大きさと、由子の死体とをしばらく見比べていたが、やがてひとつコクンと頷いて、それを床に広げた。

「ちょっと手を貸せ。ここを持ってろ」

僕は開いた口の一方を持たされた。布製のバッグで、そうしていないとふにゃりと形が崩れて、口が閉じてしまう。旅行に行くときにはたいがい、このバッグを使ってきた。

そもそもは田舎で買ったもので、僕が大学に受かって上京するときにも、引越しの荷物とは別に、身のまわりのものはこのバッグに詰めて、電車に乗って来たのだ。

そのバッグの上に、由子の身体が横たえられた。上半身はバッグの長径とほぼ同じ。

「何とかなりそうだ」

そのとき、由子の顔に目が行ってしまった。乱れかかった髪の毛の間から、カッと剝いた白目が覗いているのが、目に入る。僕は思わずウッと呻いた。慌てて顔を背ける。

「お前はもういい。そっち行ってろ」

天童さんはそう言って僕を追いやり、後はひとりで作業を進めた。僕は顔を背けつつ、その様子を目の端で見ていた。由子の死体の上半身が、まず布で覆われる。はみ出していた四肢も、折り畳まれて、側部の布を引っ張り上げることによって、何とか無事にバッグの中に納まったようだった。最後にファスナーが閉じられる音がして、見ればそこにはパンパンに膨らんだバッグがひとつあるだけ。

彼がそれをどこに始末するつもりなのかは——たぶん天童さんは、もうすでに目算は立てているだろうと思ったのだが——僕は敢えて聞かなかった。僕はそれを知らないほうがよいだろうと思ったからだ。

荷物が完成すると、天童さんはさっそく両手で提げて、その持ち重りの度合を計り始める。

「意外と軽いもんだな」

死体を扱いながら、いささかも動じない、その神経の図太さも、あるいはそうしたセリフの無神経さも、この場合には非常に心強く感じられた。

それにしても、この人はなんで、こんなに平然としていられるのだろう……？　自分が殺したのではないから――というだけでは、とても説明にならないほどの、この異様なほどの落ち着きぶりは、いったいどこから来るのだろう……？

そうした疑問の答えにもなるような話題が、その後の時間潰しの間に、天童さんの口から出た。

「――俺はな、何よりも、人前で動揺するのが嫌なんだ。自分が動揺している姿ってのは、絶対に人に見られたくない。端から見てて、そういうのって、とにかくみっともないだろう。醜悪っていうか。だから何があっても――何を見せられても――動揺しないようにって、俺は今までの人生で、ずっとそれを心懸けてきた。あるいは、ずっとそういう修行をしてきたと言ってもいい」

その心懸けや修行は、実際、今の天童さんの実となっているのだろう。事実、彼が動揺している姿などは、想像がつかなかった。

「そういうふうに考えてくってことは、自分の苦手なものを克服してくってことでもある。で、自分は何が苦手か――自分には何ができないのか――って考えていって、結局は、殺人について考えることになった。――自分は人が殺せるか？　で、たぶんこの世の中には、それができる奴とできない奴、そういう二種類の人間がいるんだなと、俺は気づいたわけだ。そいつを殺せば自分にメリットがあるってわかってて、同時に、そいつを殺しても絶対に警察に捕まらねえってわかってる場合、そいつを殺せるか殺せないか……。そこで平気で殺せる奴が――そいつこそが、この世の中では勝者になる。それがほんのひと握り。逆に殺せねえ奴ってのは、どうやらそういう仕組みになってるんだって、そっちは大勢いる。……この世の中ってのは、どうやらそういう仕組みになってるんだって、俺はそのときに気がついた。……だから、もしチャンスがあれば、俺は一度、人を殺してみたいと思ってた。自分が人殺しを平気でできるか――それだけ性根が据わった人間なのかどうか――一度試してみたいと思ってた。……本当のことを言えば今日、俺はお前を殺そうかとも思ってたんだぜ」

天童さんはいきなり、そんな思いも掛けないことを言い出した。

僕は絶句する。

「殺人を犯したお前は――馬鹿だ。放っとけば、いずれサツに捕まる。そうなるとこっちの身もヤバい。お前にリピーターの秘密を洩らされたら、こっちにも累が及ぶ。だったらそうなる前に、ひと思いに殺しちまおう――口を封じちまおう――ってな。実際、ここに来るまでは、半分はそんなことを考えてた。事件を隠蔽する能力も、あるいはサツに捕まってからリピートの秘密を洩らすかどうかってことについても、お前はあんまり信用できねえと思ってたからな。……正直言えば今だって、イマイチ信用できてねえんだけどな。……だからおい、もうちっとしっかりしろよ。もうちっとしっかりして、俺を安心させろ」

「どうして……僕を殺すのを止めたんですか？」

聞けば藪蛇になって、じゃあ殺してやろうか、などという展開にもなりかねないと思ったのだが、僕は気がつけば相手にそう訊ね返していた。

天童さんはニヤリとひとつ笑って、

「うまくいく自信が、今回はあんまりなかったってのもある。逆に、実際にここに来てお前を見たら、思ってたよりも落ち着いてるように見えたから、よし、これなら手を貸せば何とかなるなと俺には思えたってのもある。だから殺すのは止めて、逆に手伝うことにした」

僕は肌が粟立つのを感じていた。目の前の天童さんが、急に恐ろしくなる。……僕はこの人に殺されていたかもしれないのだ。彼がもしその気になっていれば、僕はおそらくその思いのままに、殺されていただろう……。

「だからお前も、もうとにかく、無事にR11に行くことだけを考えて、今回はボロだけは出さないようにしてくれ。十月まで逃げ切るんだ。……いいか。俺から見ても、お前はけっこういい度胸をしてる。だからリピーターであるとかないとか言う前に、さっきの例で言えば、お前は元から、この世の中で少数の、勝ち組に属するほうの人間なんだよ。だから自信を持て。……いいな」

そんな話をしているうちに、時間は過ぎてゆき、やがて深夜零時を回った。

「じゃあ、そろそろ行くわ。……いいな。最後にもう一回だけ言う。目立つようなことはするなよ。お前が日頃と変わったことをすれば目立つ。この女の失踪と前後して、お前が目立った行動に出れば、両者を結びつけて考えられるおそれがある。だからお前は明日からも普段どおりにしてろ。いいな」

天童さんは死体の入ったバッグをよいしょと抱え上げると、最後にそう言い置いて、僕の部屋を後にした。

8

天童さんが去った後、部屋に一人取り残された僕が何をしたかというと、とりあえずスウェットに着替えて、ベッドに潜り込んだのであった。死体を一時的にくるんでいた、あの布団に、である。隅のほうにはまだ失禁の跡が湿り気として残っていたが、それでも構わないと思うほどに、僕は疲れていた。後頭部の付け根のあたりには、鈍い凝りのような痛みもあった。

とにかく今は眠りたいと思った。眠って、すべてを忘れてしまいたかった。しかし頭の芯の部分は妙に冴えていて、僕が目を閉じているにもかかわらず――だから実際には何も網膜に映っていないはずなのに――記憶にある映像を勝手に掘り起こしては、それを僕の視覚野に投射していたりする。

見開かれた目。苦痛に歪んだ顔。大きく開けられた口。その口の中で、何か別な生き物のように動いている舌――大きな蛭《ひる》のような。

目を開ければ、そうした幻像は消えた。ほの暗い視野の中に、天井の板目模様が見えている。しかしそうしている限り、眠りは訪れない。

制御を失った頭の中では、絶えず質問が生み出されていた。

──天童さんは死体をどう始末するつもりなのだろう？　絶対に発見されないようにするには？　山に埋めるか、工事現場の基礎に入れてしまうか。海に沈めるか。あるいは溶かすというのは？　砕く？

──車はどうするのだろう？　由子の乗ってきたＢＭＷ。ウチのそばに停めてあったのを、誰かに目撃されている可能性がある……そこから足がつくことはないのだろうか？　天童さんにはどんな目算があるのだろう？　彼はいま何をしているところだろう？　ＢＭＷに死体を載せて、遺棄場所に向けて走らせているところだろうか……？

──もし僕が警察に捕まって、人を殺したということが公《おおやけ》になったら、みんなは僕のことをどう思うだろう？　実家の両親は？　姉さんがそのせいで婚家から追い出されたりすることもあるのだろうか？　学校の友達は僕のことをどう思うだろう？　《バンビーナ》のチーママやアユミさんや他のみんなは……？

そして……鮎美は？

もし僕が人を殺してしまったと知ったら、彼女はどんな反応を見せるだろう？　僕のことを軽蔑するだろうか？　人殺し、と蔑《さげす》んだ目で僕のことを見るだろうか？　逆に僕のことを庇《かば》ってくれるだろうか？　僕が十月まで無事に逃げ切れたときには一緒にＲ11へ行ってくれるだろうか……？

そうした思考がぐるぐると頭の中で渦巻いて、僕は眠れないままに、窓のカーテンがだんだんと白んでくるのを、ただ見ているしかなかった。

それでも少しだけ微睡《まどろ》んだらしい。

電話のベルの音で、僕はハッと目覚めた。棚の時計で時刻を確認すると、まだ朝の七時半である。

留守電を解除してしまっていたので、ベルは鳴り続けている。

誰からだろう……。

天童さんからであれば、電話に出たいと思った。電話に出て、「大丈夫、うまく始末したから」という彼のひと言を早く聞きたいと思った。しかし昨日の今日ということを考えれば、鮎美からという可能性もあった。彼女とは、今は話したくなかった。今話をすれば、僕のしでかしたことを、すべて彼女に見抜かれてしまうような気がした。

そんなふうに思い悩んだ挙句、僕は結局、電話には出ないことに決めた。天童さんには、後で僕のほうから電話を掛ければいいのだ……。

布団にくるまったまま、僕はベルの音を数えた。十回鳴ったところで、呼び出し音は途切れた。

結局、そのまま起き出してしまった僕は、日が昇るのを待って、布団をベランダに干し、布団カバーを洗うために洗濯機を回した。

中学のときに一度だけ、おねしょをしてしまったことがあった——洗濯をしながら、そんなことを思い出したりもした。

そうして午前中を過ごし、正午をまわったところで、僕は意を決して、天童さんのオフィスに電話を掛けてみた。しかし応答したのは留守電のメッセージだった。僕はすぐに受話器を架台に置いた。

まだ死体の始末がついていないのか——あるいはもうすでに警察に捕まっているとか？　彼がアッサリと供述してしまって、今まさに警察官が大挙して僕の部屋に向かっている最中だったりして——？

そうした不安に駆られたまま、午後はずっとテレビを見て過ごした。ワイドショウ番組で、市井《しせい》の殺人事件が取り上げられているのを見て、僕は複雑な心境になった。以前の僕だったら、痴情の縺《もつ》れで愛人を殺してしまった男のことなどは「馬鹿な奴だ」のひと言で切って捨てていたはずなのに。……もし由子の死体が見つかって、僕が殺人犯として捕らえられたら、その報道を見て、やはりみんなは僕のことを「馬鹿な奴だ」と言うだろうか……？

夕方になって、布団と洗濯物を取り込んだ。確かめてみると、布団カバーの染みは消え、布団にあった湿気も、もうわからない程度にまで乾いていた。殺人の痕跡は、これでもうこの部屋からは、綺麗に消え失せた。……実際、今になって考えてみると、僕にはあれが現実にあったことだとは、とても思えないのだった。

夜八時を回り、ぼんやりとテレビを見ているときに、また電話が掛かってきた。僕は思わず息を飲む。テレビの音は遠ざかり、代わりにベルの音が耳に大きく木霊する。僕は息を殺したまま、その数を数えた。一回……二回……。

この時間だと、今朝の電話にも増して、誰からのものか判断がつかない。天童さんからかもしれないし、鮎美からかもしれない。あるいは昨日天童さんが事情を伝えてしまったので、風間さんからという可能性もある。もちろん大学のクラスメイトや、バイト先の仲間からという可能性もある。

警察からという可能性は？

あるいは――由子の家からという可能性は？

由子が僕の部屋に来たのが、昨日の二時だと言っていた。彼女が家を出てから、すでに三十時間ほどが経過している。もうそろそろ誰かがその不在を不審に思い始めても、おかしくはない頃合だった。

由子の家族ははたして、彼女が僕と――毛利圭介という男と――一時期、付き合っていたということを、知っているだろうか……？　いや、それは知らなくとも、たとえば誰かが彼女の身のまわりの品物を調べて、そこで僕の名前や、あるいはここの電話番号が記されたメモが見つかったということは、可能性としては充分にあり得る……。

電話のベルは執拗に鳴り続けた。いったんは二十回ほどで切れたものの、しばらくしてまた鳴り始めた。出ないと決めてそうして聞いていると、電話のベルの音というのは、実に耳障りなものだった。神経に障るその音を、止めたいがために、思わず受話器を取り上げたいという衝動に駆られる。そこを何とか我慢して、鳴り止むのをただひたすら待つ。

またしても二十回以上鳴り続けたベルの音が、ようやく止んだときには、僕は思わず深い溜息を吐いていた。

僕は結局、実家に帰ることにした。逃避行である。天童さんからは、ここ数日は目立つような行動を取らないようにと釘を刺されていたが、春休みを迎えた大学生が帰省するのは、そう取り立てて不自然な行動とも映らないだろう——と自分に言い聞かせる。

思い立ったらさっそく今日から、ということで、僕はその後すぐにリュックサックに着替えや身のまわり品を詰め込むと部屋を出た。

新宿からいったん東京へ出て、それから新幹線で豊橋へ。

出発が遅かったので、岡崎に着くころには、かなり遅い時刻になっていた。バスもなく、タクシーで家に向かう。

実家に着いたのは夜の十二時過ぎで、家の灯は消えていた。鍵を持たずに来た僕は、家に入れてもらうために、すでに寝ていた両親を起こさなければならなかった。

「——何だねあんたはもう。こんな夜遅くなってから突然。……んもう。事前に連絡も寄越さないと」

寝間着の上に綿入れを羽織って、玄関に出てきた母親は、まずは驚き、そしてそんなふうにブツブツと不平を並べ立てた。

「帰るんなら帰るで、前もってそうと、電話ぐらい入れないかね」

「うん。でも急に思い立って」

「学校は？　もう休みなの？」

「うん。もうとっくに春休み」

そんな会話を母親と交わしながら、生まれ育った実家に上がる。僕は大きく息を吸い込んだ。実家には特有の匂いがある。

見れば、廊下の奥には父親が立ち、目をしばたたかせていた。どうやら二人の寝入りばなを起こしてしまったらしい。

「お腹は？」

と母親から聞かれて気づいた。僕は今日一日、何も食べていない。しかし空腹感はなかった。

「ううん、大丈夫。とりあえず今日はもう寝るわ。……起こしちゃってごめん」

「本当にあんたはもう――」

母親はまだブツブツと文句を言っていたが、僕は構わず階段を上った。自室に入り、持ってきたスウェットに着替え、押入から寝具を引っぱり出して敷くと、電気を消して素早く布団に潜り込む。

そして僕はすぐに眠りに落ちた。その夜は夢も見ずに、ぐっすりと眠った。

八章

1

実家で起居するようになってすぐに、僕は平常心を取り戻した。

母は初日こそ、恩情で、僕を遅くまで寝かせてくれたものの、次の日からは朝の七時に僕を起こすようになった。眠い目をこすりながら文句を言えば、

「あんたが休みだろうが何だろうが、ウチで寝起きする以上はウチのルールに従ってもらわないと困るんだから」

との答えが返ってきた。反論できない。

起床後、父は七時半には出勤し、母は洗濯に買い物に掃除とひたすら家事に専念する。僕は日中はぶらりと街に出て時間を潰す。父の帰宅後は、家族三人揃って居間でテレビを見て過ごし、そして夜の十一時には就寝——というのが我が家の生活パターン。

今は残業規制があるとかで、父の帰宅がたいてい早い時刻なのが昔とは違っていたが、それ以外の点では見事なほどに、この家では、僕が幼いころから目にしてきた生活が今も忠実に繰り返されているのだった。

それが僕の心を落ち着かせる。日々の生活の中では時として、由子殺しのシーンが不意に蘇ることなどもあったが、慣れ親しんだ実家での生活パターンの中にあって、それはまるで他人の記憶を見ているかのようにリアリティのないものとして僕には認識された。

ここに居れば大丈夫だ、と思った。このままずっと実家に居着いてしまいたいとさえ思った。しかしそれは無理な相談だった。両親がどう思うかという点は別にしても、今は僕自身が、由子の行方不明と結びつけられそうな生活の変化というものを、自身に許していない。

だからこの帰省も、常識の範囲内に期間を留めておかなければならないのだった。一週間か二週間か……。遅くとも四月の初旬までには、僕はまた東京に戻らなければならなかった。四月からはまた、昼間は大学に通い、夜は《バンビーナ》でのバイトという生活が始まる。

そして東京に戻れば、鮎美との関係もまた、これまでと同様に続けて行かなければならない。彼女は僕が人を殺してしまったということを知らない。それを覚られないように気をつけながら、あと半年、僕は彼女との付き合いも続けて行かなければならないのだ。

そうした四月以降の生活への布石として、僕は電話を何本か掛けておく必要があった。三月六日の昼間、母が買い物に出ている間に、僕はその一部を済ませた。

まずは天童さんのオフィスに電話を掛ける。死体の始末がついたのかどうかを、ともかく確認したかったし、事後報告になってしまったという後ろめたさはあったものの、実家にこうして敗走してしまったということも、彼には伝えておく必要があった。

いつもの女性の声が取り次いで、次に天童さんが出る。声の調子はいつものとおりだった。

「おう。……仕事は済んだぞ」

そのひと言で、どっと肩の荷がおりた。

「それで——今お前は、どこにいるんだ？」

実家に逃げ帰った経緯を説明すると、彼は鼻で嗤った。一昨日昨日と僕の部屋に何度も電話をして、しかし繋がらないので、たぶんそんなことだろうと思っていたという。

「別にそれはいい。声の調子からすると、落ち着いたみたいだな」

叱られずに済んで、僕はホッとする。

「——それより、あの家出娘の話だけどな。気になってちょっと見てたんだけど、どうも興信所に調査を依頼したみたいだ。もしかするとそっちにも連絡が行くかもしれないけど、そのへん、うまく処理しといてくれや」

家出娘とは、由子のことだった。同じオフィスにいる女性の耳を気にして、そんな言い方をしているのだろう。話全体としては——つまり由子の家族が、彼女の捜索を興信所に依頼した、その調査の手が実家にいる僕の身にも及ぶかもしれない、だから前もって心構えをしておけ、ということだった。

大丈夫、覚悟はできています、と僕は返答した。

続いて《バンビーナ》のチーママの自宅にも電話を入れる。

「すいません。祖母が急に亡くなりまして。葬式に出なきゃならないとか、あれやこれやで、すっかり連絡が遅くなってしまいました」

「そうだったの。うーん、それじゃ仕方ないね」

現実には祖母はまだ生きている。本当に亡くなるのは三月九日——三日後である。

「で、このまましばらく、実家で骨休めをするつもりでいるんですけど……」

話の前後は入れ替わっているものの、三日後に祖母が亡くなれば、それで帳尻は合うはずだ。

「いまケイちゃんに休まれると、ちょっと痛いんだよね。なるべく早くこっちに戻って来てよ」

通話を終え、架台に置いた受話器に手を添えたまま、僕は改めて祖母のことを思った。

——そうか。お祖母《ばあ》ちゃん、この時点ではまだ生きてるんだ。だったら死んじゃう前に一度、お見舞いに行ってあげようかな……。

そう思いつくとともに、小さかったころの記憶が不意に蘇った。僕は母から貰ったお小遣いが足りなくなると、よく祖母の部屋に行っては、追加をねだったりした。それに対して祖母は「無駄遣いしちゃだめだよ」とお定まりのセリフを言いながら、決まって百円玉をひとつ渡してくれたのだった……。

考えてみれば不思議なものである。R９での僕は祖母の死の報せに対して、単に実家に呼び戻されるのが面倒だなと思っただけで、死そのものに関しては何の感慨も抱かなかったのである。七十七歳の老人が死ぬのは至極当然のことであり、特別に何かを思うこともないだろう……。斎場で実際にその死顔と対面した時にも、それは変わらなかった。今のように、幼い頃の回想に耽るようなことはなかった。

今回はリピーターとして、祖母の死期を正確に知っているからこそ、そんなふうに思うのだろうか。あるいは由子のことが影響しているのかもしれない。自分が人を殺《あや》めてしまったという経験をしているからこそ、今の僕は、人の生き死にに対して敏感になっているのかもしれない……。

天童さんとチーママの他にもう一件、鮎美にも、僕は電話をしておかなければならないと思っていた。夜になるのを待って、適当な理由をつけて外出すると、公園の公衆電話を使って電話を掛けた。

「はい。篠崎です」と言って出たのは彼女の母親だった。

「あ、毛利です。先日はどうも、お邪魔しました」

いつものように儀礼的な挨拶を済ませ、鮎美に代わってもらう――しかし今日はその前に、もうひとつの関門が待ちかまえていた。

「そうそう。この前ね、あなたが家を出た直後に、ウチに電話が掛かってきたんですよ。若い女性の声で――毛利さんはいますか？　って」

由子の電話の件だった。やはり――という思いが湧く。僕は事前に用意しておいた弁明を開陳した。

「あ、はい。あとで聞きました。すいません。何か入れ違いになっちゃったみたいで。

……あの、大学の事務の人だったんですけど。ちょうどあの日、緊急の用事があって、午前中に済むはずだったんですけど、担当の人がつかまらないうちに出掛ける時間になっちゃったんで、出先の番号として相手の人に伝言しておいたんですよ。はい。そちらにはご迷惑かとも思ったんですけれども、ちょっと緊急を要する問題だったもんで。単位の計算が間違ってて」

「あらそうだったの。あらあら。じゃあのとき、強引にでも、呼び戻したほうがよかったのかしら」

「いえいえ。結局は向こうのミスだったんですよ。で、その場合には、僕のほうではもう緊急でも何でもなくなるんで。……どうもご心配をおかけして、すみませんでした」

「いえね、私はまたてっきり……その女の人の声の感じが何か妙にアレだったんで、これはもしかして毛利さんの付き合ってた前の彼女か何かじゃないかって――ごめんなさいね――何かそんなふうに思っちゃったんで、鮎美にもそのことは言わずに、これは先に毛利さんに確かめとかなきゃって思ってて」

つまり情報はそこで止まっていたのだ……。由子が篠崎家へ不審な電話を入れていたと知り、あの殺人の後あたりに、鮎美から問い合わせの電話が掛かって来るものと覚悟していたのだが……。それが聞いてみれば何のことはない。このお母さんが期せずして、ファインプレイをしてくれていたのだ。

僕は電話ボックスの中で――相手には見えないと知りつつも――何度も頭を下げた。お母さんがそうして納得したところで、回線はようやく娘のほうに切り替えられた。

「あ、もしもし、圭介くん？　どうしたの？　何か声遠くない？　私、昨日も電話したんだけど、留守電にもなってなかったし」

「あー、うん。今ね、実家に帰ってるんだ」

「実家って――えーっと、岡崎……だっけ？　どうしたの急に？」

「うん。……っていうか、急に思い出したことがあって――ウチの祖母ちゃん、九日に――明々後日なんだけど――死んじゃうんだよ。それを急に思い出して、で、いまひとたびの今生《こんじょう》の別れを――って思って、それで間に合うようにって、ちょっと早めに帰省しようと思って」

「そう。それは――よいことだと思う。私も」

「だからお葬式とか何だかんだで、しばらくこっちに居ることになると思うんだけど」

「うん。いいよ。たまには親孝行しないと。……でも本当は、こっちに早く帰ってきてほしい」

「うん。……あ、ごめん。カウンターの度数が――。じゃあね。愛してるよ鮎美」

「私も。また電話――」

彼女の言葉を最後まで伝えることなく、ブザーの音とともに回線は切られてしまった。度数がゼロになったカードはボックス内に捨てて、僕は家に戻った。

電話の翌日、三月七日の木曜日に、僕は祖母の入院している病院にお見舞いに行った。骸骨に皮膚が貼り付いているだけのような面相に様変わりしてしまった祖母は、それでも僕の顔を見て微笑んだ。まだ意識はあるようだった。

その祖母は運命の定めどおり九日に亡くなった。十日が通夜で、十一日の月曜日には雨の中、葬式が執り行われた。お坊さんが自分の子供を連れて来てお経を上げさせたり、従兄弟の小学生が足を痺《しび》れさせて転んだり、すべてR9のときの記憶どおりに進んだが、ただひとつ、集まった親類たちが、僕が帰省していたこと、そして亡くなる直前にお見舞いに行ったことを話題にして「きっとお祖母ちゃんが呼んだんだね」などと評していたのが、前回とは違っていた。リピーターの特殊能力を発揮してしまった形ではあったが、特に案ずる必要はなかった。どういうわけか、この種の予知能力に関しては、みんな別に不思議とも何とも思わないらしい。

祖母の死の後始末を手伝う必要があり、僕はその週も引き続き実家に居座ることになった。

十一日は涙雨に祟《たた》られたものの、翌日からは晴天の日が続いた。前週よりも寒くなったが、それは春の訪れを目前にした寒の戻りであった。隣家の庭の梅の花が満開になった。

そして三月十六日の土曜日、僕は帰京することを決心した。いつまでも田舎にいるわけにはいかない。そろそろ東京に戻らなければ……。

寒い一日だった。日中はじめじめと雨が降り、その雨が止んでから発とうと思っているうちに、出立の時刻はどんどん後ろにずれ込んでゆく。大相撲の結果を見届けてから、ようやく僕は実家を後にした。

東京駅着が午後九時過ぎ。落合のアパートまで帰り着いたのは、夜の十時になろうかという時刻であった。

ドアを開けた途端、嫌な匂いが僕の鼻を衝いた。腐敗臭――死臭？　由子の死体が腐った匂い？

一瞬そんな連想が働いたが、違った。帰省前に出し忘れていた生ゴミの腐敗した匂いだった。

二週間ぶりに戻ってきたマイルーム。澱《よど》んだ空気を入れ換え、電気を点けてまわる。自分の犯した罪を思わせるようなものは、室内のどこにも残されてはいなかった。

大丈夫だ――と僕は自分に言い聞かせるように思った。大丈夫、何とかなる。十月まで逃げ切れる、という自信が湧いた。

天童さんと鮎美に、さっそく帰京の連絡を入れる。

天童さんは、僕が戻って来たこと自体は、別にどうとも思っていない様子だったが、僕の声が落ち着いているのは、評価してくれた。

「大丈夫そうだな」

「ええ」

お互いに対する信頼感が、そんな短いやりとりにも凝縮されていた。

そして次に篠崎家の番号を押す。

「あ、はい。篠崎です。……あ、圭介くん？」

出たのは鮎美本人だった。彼女はちょうど風呂から上がったところだと言い、いったん通話を保留にして（おそらく自室に上がってから）、再び回線を繋いだ。

「ごめんね。お待たせ。……戻って来たの？」

「あ、うん。ついさっきね」

「お祖母ちゃん……ちゃんとお見舞いした？」

「うん」

「私も、前もって言ってくれれば、もしかしたら一緒に行ってあげれたかも。……でもそれってかえって迷惑かな？　孫の圭介がカノジョを連れて来た、もう思い残すことはないわって、お祖母ちゃんにそう思ってもらえたらいいんだけど、必ずしも、そう思われるとも限らないわけで……」

　僕は相手に聞こえないように意識しながら、そっと深呼吸をした。たぶん鮎美を連れて行けば祖母も歓迎してくれただろうとは思う。しかしその場合には、祖母とだけ会わせるというわけにもいかず、僕は鮎美を実家に連れて行って、彼女を自分の婚約者として家族に紹介しなければならなかったはずだ。そうなったときに家族や親戚から何を言われるか——想像するだけで嫌になる。鮎美はそれも含めて希望していたようだが、僕はそんな面倒事はなるべく避けたいと思っていた。今だけではなく、できればR11の世界でも。

「さっそくだけどさ……明日、会えないかな？」と僕が言うと、

「うん」

　待ってました、というように弾んだ声。昼前に池袋西武のリブロ前で、という約束をして、僕は電話を切った。

翌日のデートに、僕は復帰への最終チェックのつもりで臨んだ。

二週間ぶりに会った鮎美は、やはり並外れて可愛く見えた。素直にそう言うと、

「嘘ばっか。向こうで浮気とかしてきたんじゃない？」

「……僕がそんなだらしない男だと思う？」

「ちょっとだけ」

笑顔でそんな会話を交わす。彼女は僕の態度に何の不審も覚えていない様子だった。

最後のチェックは裏通りのラブホテルで行われた。

ベッドの上に女を組み伏せたときの感触。絡み付いてくる腕。白い首。呻き声。勝手に動き回ろうとする女の脚。あのときのことを連想させる様々な要素に満ちていながら、僕は最初から最後まで萎えることなく行為を果たすことができた。

精神的にも肉体的にも何の問題もない。

最終チェックも余裕でパスして、これで元通りの生活に戻れるメドがついた。

鮎美の裸の胸に顔を埋めながら、僕は満足の笑みを浮かべた。

2

三月十九日の朝。僕はベッドに横になり、これまでの経緯を改めて回想していた。

最初にリピートという夢物語のような話が提示され、それはやがて現実のものとなった。十ヵ月という短いスパンにしろ、ともかく未来の記憶というアドバンテージととも

に人生のやり直しができるチャンスが与えられたのだ。

そういう条件下において、僕はとりあえず競馬で数百万円という大金を稼ぎ出した。それもほんの小手調べ程度の気持ちでのことであった。またリピーターの特権とは別に、篠崎鮎美という素敵な女性も自分のものにした。

順風満帆に見えた、このR10の世界でのやり直しの人生。ところが現在――気がついてみれば僕は、犯罪の発覚に怯えながら日々を過ごしている。

どこかで歯車が狂ってしまったのだ。

その狂いは、実際にはいつ、どこで生じたものだったのか……？

今さら考えても詮のない、そんなことを、しかし僕はどうしても考えずにはいられないのだった。

不意に電話が鳴り、僕の思念は中断された。誰からだろうと思いながら受話器を上げると、

「あ、毛利さんですか？」

聞き憶えのない、中年女性の声だった。

「毛利圭介さん？」

重ねて聞いてくる。……誰だろう？

「そうですが……」

「わたくし、横浜にあります《ベイサイド・アイ・サービス》という探偵社の人間なのですが。毛利さんに少しお尋ねしたいことがありまして、こうしてお電話をさせていた

だいたのですが。……いまお時間のほうはよろしいでしょうか？」

探偵社――。

つまり、由子の失踪調査の件だ。ついに来たか。

「はあ。……あのー、どういったご用件で？」

「毛利さんは、町田由子さんという女性をご存じですよね？」

「ええ。はい。まあ」

「過去に、付き合ってらした」

「あ……まあ、そうですけど。あのー」

答えながら、僕は必死で頭を巡らせていた。この電話を受けている時点で、僕は由子の身に何が起きているか、まったく知らないはずである。そこに探偵だと名乗る見知らぬ女性から、唐突に電話が掛かってきて、こうして自己のプライバシーに関して不躾《ぶしつけ》とも思える質問を受けている――この場合、どういった反応を見せるのが自然だろうか……。

女探偵はさらに聞いてくる。

「――今は付き合ってはおられないんですよね？」

「いえ、あの……それは別に構わないんですけど、僕のほうは。別にその質問にお答えしてもいいんですけど。ただ、それは、相手のある話ってこともありますし、そんな個人のプライベートに関するようなことを、いきなりそんな、知らない人から質問されても、どう……答えて……。あの、な、何を調べられてるんでしょうか、そもそも？　町田さんの？」

「そうですね。失礼しました。ではまずこちらの調査目的からお話ししますが……。町田由子さんが、ですね、先日来、行方不明になられてまして」

「は？　ゆ――町田さんが？　えーと、それはいつごろの――？」

「えー、今月の三日からですね」

「三日って――え？　二週間前、ですか？」

僕はそんなふうに受け応えをしながら、自分が不自然な応答をしてはいないかと、チェックするのに必死だった。……大丈夫。今のところは、特に問題はないはずだ。

僕が事態を把握したと見て、相手はさらに質問を重ねてきた。

「毛利さんは、以前に町田さんと付き合われていたけれども、今は別れられた？」

「そうです。えーっと、別れたのが……あれは……一月の半ば、ぐらいだったですかね。実質三ヵ月ぐらいしか付き合ってませんでしたけど」

「毛利さんのほうから別れられたと？」

「あ、まあ……そうですけど。はい」

「町田さんと最後に会われたのはいつですか？」

「えーっとですね……一月の……あれはたしか、終わりごろ……だったかな？」

「二月の九日に、町田さんと、あと久保さんという女性も一緒に、根岸の公園で会われた？」

「あ、はい。そうです。それが最後です」

そこまではすでに調査済み、というわけか。

「それ以降は何も？　電話で話したりとかも？」

「あ、はい、まったく」

ひと月以上前に別れた、昔のカレシ——相手もどうやら、そんな僕が、由子の失踪に関与している可能性は薄いと見たのではないか。次には世間話のような調子で尋ねてきた。

「ちなみに……先週からずっとお電話が繋がらなかったんですけど、どこかへ行かれてました？」

「あ、はい。実家のほうへ、ちょっと里帰りを」

「あ、そうですか。……いつから？」

相手側に特に邪心はなく、単に話の流れから、そういう質問が出たのだろうと思う。しかし——その問いはまずいのだ。僕は内心、ヒヤリとせずにはいられなかった。

「えー、三日？　……か四日？　そのへんです」

変に日付を誤魔化すのはかえってまずいと思ったので、そう正直に答えてみた。するとしばらくの間があり、

「……三日は日曜日で、その日に町田さんがどこかへ行ってしまった——その当日なんですけど。毛利さんはその日、東京におられたんですか？　それとももう帰省されていた？　……何か、別に疑ってるわけでも何でもないんですけどね」

だったらなぜそんな質問をする——と思いながらも、僕はその質問に、逆に活路を見

出していた。

「えー、三日……は、そう……です。こっちにいました。カノジョと——あ、あの……いま付き合ってるカノジョなんですけど。そのカノジョとデートしてました、三日は。で、その次の日の——四日に、田舎に帰った……です」

それまでの話の流れからして、由子の失踪はどうやら、彼女の自発的な意志によるものと見られているらしい——と僕は踏んでいた。つまりは、由子が誰か男の所に転がり込んでいるのではないかということで、そしてその対象として、僕も疑われていたというわけだ。ならば、僕にはすでに新しいカノジョがいる、ということをここで示しておけば、より相手の疑念も薄れるだろうという狙いである。

「そうですか……。わかりました。どうもご協力、ありがとうございました」

僕の狙いが奏功したのか、女探偵はそう言って通話を切った。

受話器を架台に置いてから、僕はひとつ溜息を吐いた。

それにしても、電話でよかったと思う。もし仮にこれが、直に対面しての会話だったとしたなら、いろいろと必死に思考を巡らせている僕の様相は、たぶん相手の不審を招いていてもおかしくはなかっただろうから。

まだまだ修行が足りないぞ、と自分に言い聞かせる。——何をビクビクしているんだ俺は。気をつけろ。この怯懦《きょうだ》は、堤防の蟻の一穴となりかねない。逆にそれさえ克服すれば、もう俺に怖いものは何もないんだ。しっかりしろ……。

あの夜、天童さんが僕に言い聞かせた言葉が脳裏に蘇った。

——お前は、けっこういい度胸をしてる。

——お前は元から、この世の中で少数の、勝ち組に属するほうの人間なんだよ。

勝ち組……勝ち組……。その言葉は僕の頭の中でぐるぐると回転した。そして気がつけば、先ほどまで感じていたあのみじめな気持ちは、僕の心中から綺麗に一掃されていた。そして肌寒さを感じるほどに、今は自分の全身の感覚が異様に研ぎ澄まされているのがわかる。

勝たなければならない——と僕は切実に思った。

由子の亡霊に勝ち、今の女探偵に勝ち、警察に勝ち、自分に勝って、そして必ずR11へ行ってやる……。

実際、僕はそのときを境として、新たに生まれ変わったのだと思う。由子を殺したときでも、その数時間後に天童さんから「勝ち組」の暗示をかけられたときでもなく、そうした決定的な出来事が起きてから半月も経って後の、しかし自分の中で「勝つ」という目的を明確に意識した、まさにその瞬間に。

十月までの、この人生ゲームに勝つためになら、僕は何だってやる。何だってできる。今ならきっと平気で人を殺すこともできるだろう……。

身体の奥のほうから湧き出してきた自信が全身に漲《みなぎ》っている。それはいまだかつて味わったことのない感覚だった。

3

四月になってからも、鮎美とは以前と変わらず週一回のデートを続けていた。彼女は僕が殺人という大罪を犯したことにまったく気づいていない様子だった。

財布の中には桜花賞で当てた馬券がしまってあった。この世界ではもうお金を稼ぐ必要はないとわかっていたが、念のためにと思って一万円だけ購入しておいたもので、この一枚だけで二百二十万円の価値がある。万が一、何かの事態で大金が必要になったときには、これを換金すればいい。

《ベイサイド・アイ・サービス》の探偵もあれ以降、僕にコンタクトをしてくることはなかった。

新年度の授業も本格的に始まっていた。ゼミは第一希望が通り、R9のときと同様に上松教授の指導を仰ぐこととなった。第一回の講義で指定された資料はどれもR9のときにすでに一度読んでいたが、正直にそう言うと歴史が変わってしまう恐れがあったため、僕は知らないふりをした。このまま行けば卒論も楽勝な感じだった。

R9では勉強に費やしていた時間が、この人生では他のことにまるまる使えるのだ。またどんな失敗をしても、命に関わることでない限りは取り返しがつく。この機会に経験しておきたいことは山ほどあった。国内海外を問わず旅行したい先は数多くあったし、スカイダイビングやヨットの操縦も一度は経験しておきたかった。ゴルフのコースにも出てみたい。船舶やヘリコプターの免許取得にも興味があった（もちろんＲ11へ行けば免許のない状態に戻ってしまうのだが、習得した技術はなくならない）。

ただしリピーターは派手な行動を慎むべきだと言われていたし、僕の場合には由子の件があるので、他人から目を付けられるような行動は特に慎まなければならなかった。風間さんからヘリの操縦を習うなどは論外だった。海外旅行も慎むべきだろう。実現できそうなのは国内旅行とゴルフぐらいだろうか……。

そんなことを考えていた四月十六日の夕方、池田さんから電話が掛かってきた。

「あ、毛利くん？　池田ですけど。ついに引っ越しましたよ」

という声には屈託がなかった。彼は僕が殺人を犯したということを知らないのだ。もしそれを知ったら、彼はどう思うだろう。それでもリピーター仲間として、今と同様に接してくれるだろうか……。

「いちおう場所は前と同じところです。いや、こっちに来て、それなりにお金は稼がせていただいたのですが、やはり前と同じ生活をしないといけないって言われてましたからね。でもまあ、別にここでも不満はないんですけど。……電話番号も、だから前と同じです。憶えてますか？」

「ええ」

僕がその番号を暗唱すると、池田さんは感心した様子だった。

その後の雑談の中で、僕はゴルフを教えてほしいと申し出た。

「ゴルフをやったことは？」と池田さんが質問してくる。

「あの、コースに出たことはありません。打ちっ放しには行ったことはありますけど」

「じゃあとりあえず一回、一緒に練習場へ行きましょう。で、そこそこできるようだったら、コースにもご一緒させていただきます」

「あ、いいんですか?」

レッスンプロの池田さんに教えてもらえるなら最高である。

とりあえず次の金曜日に、池田さんの新居を拝見しがてら、練習場でレッスンをしてもらえることになった。

すべてが順調に進んでいるかのように思えた。しかしその裏で事態は着実に進行していたのだった。

四月十九日の金曜日。朝九時過ぎに部屋を出た僕は、地下鉄を乗り継いで浅草駅で降り、約束の十時の十分前には池田さんのマンションに着いていた。彼の部屋は隅田川を見下ろす高層マンションの十階にあり、もちろん風間さんの新居と比べれば見劣りがしたが、窓からの見晴らしはよく、2LDKの室内も広々としていた。

「なかなかいい部屋でしょ」と池田さんは半分照れたような顔で自慢した。リピーターの特権を使って儲けたのだとつい錯覚してしまいがちだが、池田さんはR9でもこの部屋に住んでいたのだから、もともとの稼ぎが相当あったということなのだろう。

お茶を飲んでから部屋を出た。ゴルフバッグを車に積み込んで、三十分ほど走る。職場だとレッスン料が発生してしまうため、いつもとは違う練習場に行くのだという。平日の昼間だというのにゴルフ練習場は大勢の人で賑わっていた。十分ほど待って空いた打席に二人で入る。僕のレッスンが目的だということで、池田さんは一球も打たなかった。

最初は思うように球を打つことができなかったが、次第に真っ直ぐ飛ばすことができるようになってきた。

「なかなか筋がいいですよ。これならすぐにコースに出ても大丈夫だと思います」

百球ほど打って手袋に穴があいたところでレッスンを終了した。錦糸町の蕎麦《そば》屋に寄って昼食を取り、吾妻橋のマンションに戻ってきたときには午後二時を過ぎていた。

部屋に戻ってすぐに池田さんがテレビを点けた。

「家具はみんな新品なんですよ。少しぐらいは贅沢をさせてもらおうと思って」

という大画面のテレビには、ワイドショウ番組が映し出されていた。座り心地のよいソファに腰を落ち着けた僕は、自分もこんな部屋に住みたいなと思いながら、ぼんやりとテレビの画面を見ていた。スタジオでは三流の芸能人がテーブルを囲み、したり顔で何やら偉そうなコメントを発している。画面の右下隅には扇情的な字体で書かれた《繁華街で白昼の通り魔！　会社社長殺害の謎！》という字幕が出ている。

どこかおかしいという気はしていた。無意識のうちにR９の記憶と照合していたのだろう。不意に「こんな事件はR９では起きていないのでは」と違和感の原因に思い至り、真剣に画面を見ようと思った瞬間だった。

場面がスタジオから中継に切り替わり、マイクを構えたレポーターが早口で喋り始める。

「えー、こちらが現場です。渋谷の宮下公園沿いにあるこの通りは、普段から大勢の人が駅へ向かう際の通り道として利用しています。被害者の郷原俊樹《としき》さんは、十二時過ぎに数名の部下とともにあちらに見えるビルを出て、徒歩でこちらの通りを歩いていました——」

被害者の郷原俊樹？　それって……郷原さんのことか⁉

隣で池田さんも「あっ」と声を洩らしている。

「毛利くん……」

「いや、待ってください！」

今は何よりもまず生の情報が欲しいと思った。池田さんの発言を制して、テレビから流れてくる情報に耳目《じもく》を傾ける。

レポーターの報告によると、郷原は今日の十二時過ぎに、渋谷駅宮益坂下口の宮下公園脇の道を歩いていたところを、反対方向から歩いてきた何者かにいきなり襲撃されたという。犯行はほんの一瞬の出来事であり、同行者が異変に気づいたときには、すでに郷原は胸と腹の二箇所をナイフで深々と刺され、大量の出血とともにその場に倒れていた。犯人は駅とは反対方向に駆け足で逃走したきり、いまだに捕まっていない。目撃者の証言によれば、犯人は野球帽とマスクで人相を隠しており、年齢は二十代から四十代。身長一七〇センチ前後で屈強な体型をしており、黒革のジャンパーに黒っぽいジーンズを着用していたという。

画面がスタジオに切り替わり、三流芸能人たちが交互に思いつきの益体《やくたい》もないコメントを垂れ流す中、弁護士の資格を持っているらしい男だけが、わりとまともなことを言っていた。

「通り魔的な犯行の場合、女性や子供など、無意識のうちに自分よりも弱い相手を狙うことが多いのですが、今回の事件では被害者が男性で、しかも連れが何人かいたということですから、無差別に狙う相手としてはあまりふさわしくないように感じます。……もちろん現時点では確かなことは何も言えませんが、ただ、もしかしたら今回の犯行は無差別的なものではなく、被害者の方個人を狙った計画的な殺人だったという可能性も、かなりあるように思えます」

事件についての報道が一段落ついたところで、僕は池田さんと話し始めた。

「明らかに殺人事件ですね、今度は」

「ええ。……十二時過ぎというと、私たちが蕎麦屋に向かっていたころですか」

池田さんはそう言うと、年老いた海亀のような目付きで中空を見上げる。

リピーター仲間の死者はこれで四人目だった。ただし一人目の高橋は明らかにリピート時の暗転が原因であって、彼の死に不審な点はなかった。不審死ということで言えば今回の郷原の件は、横沢、坪井に次いで三番目にあたる。

それにしても今回の犯人の行動は大胆だった。

横沢の事件では、犯行は深夜の闇に紛れてのものだった。また前週に連続放火事件を起こすことによって、犯人の狙いが横沢家にあった（特に横沢の死にあった）ということは、一般には意識されずに済む結果となった。

坪井の事件では、凶行は日没後に、防音設備の整った離れの内部で行われた。また犯人が巧妙に偽装をした結果、事件は自殺として処理された。

先行するそれら二つの事件に際しては、犯人は慎重に事を運んだという印象があった。しかし今回の事件では、犯人は大胆にも衆人環視の中で凶行に及んでいる。ひとつ間違えばその場で取り押さえられていたかもしれないのだ。

その手口の違いは何を意味するのか……。

「まだ事件が起きて二時間しか経ってませんよね。で、今はまだ犯人は捕まってないようですが、もしかしたらこれから、たとえば新しい目撃者とかが出てきて、それで犯人が捕まるなんてこともあるかもしれません」

池田さんは努めて楽観的な予測を立てているようだった。もちろんそうなる可能性もゼロではないだろうが、僕は絶対にそうはならないだろうと予測していた。根拠などはない。強いて言えば勘である。

「そうだ。とりあえず他の人たちにも連絡しておかないと」と僕が思いついて言うと、

「あ、そうですね」と言って池田さんは素早く立ち上がった。リビングのドア脇にある電話台に取り付き、番号を押してしばらくそのままの体勢でいたが、

「風間さんは、いらっしゃらないようですね」

と言って受話器を置く。次に掛けたのは天童のオフィスで、今度は相手が出たらしい。

「あ、もしもし。私は池田と申しますが、天童さんをお願いします。……あ、どうも。池田です」

池田の話し声を聞きながら、僕は犯人像についてぼんやりと考えを巡らせていた。

二十代から四十代。身長一七〇センチ前後。屈強な体型。

もし僕たちの中に犯人がいたとしたら。

池田さんにはアリバイがある。鮎美は女性なので論外。天童さんの長身を一七〇センチと見誤ることはまずないだろう。大森の身体を屈強な体型と見誤ることもなさそうだ。もちろん僕も犯人ではない。

風間さんだけがすべてに該当していた。犯人がマスクで口元を覆っていたのも、あるいはあの特徴的な口髭を隠すためではなかったかと疑えば疑えるだろう。

しかし犯人は風間さんではない。彼は横沢の事件のときには海外に行っていたはずだ。前回の会合のときにはそれを証明する証拠を提示しようとさえしていた。さらに「逮捕される危険性のある犯罪行為など自分は絶対に犯さない」という説明も、説得力は充分にあった。

「……ええ。毛利くんも今ここにいます」

自分の名前が呼ばれたので、僕は自然と意識を戻し、池田さんの言葉を聞く態勢になる。

「……わかりました。では連絡をお待ちしています」と池田さんは言って受話器を置くと、

「仕事を終えてからこちらに来てくれることになりました」と僕に説明をしてくれた。

「毛利くんは、今日はこの後、何か予定は？」

「あ、特にないです」

「じゃあ天童さんが——早くても夕方以降になるらしいのですが、彼が来られてからもここにいてもらって大丈夫ですね？　じゃあ私も含めてとりあえず三人は、今夜ここで話し合いに参加できるということですね。大森さんと篠崎さんはまだ会社でしょうから……とりあえず今はここまでですか」

現時点で他に何かできることはないだろうか……。

「あ、さっきの……ビデオに録《と》っとけばよかったですよね」

と思いつきで言うと、池田さんも頷いて、

「そうですね。じゃあ夕方のニュースは忘れずに録画しときましょう」

と言った。

4

午後五時台の民放のニュースを録画しているときに天童さんから電話が入り、六時前には本人が到着した。

ひょいと身を屈めてドア口をくぐり、いつものスーツ姿を見せるやいなや、

「犯人はまだ捕まってねえのか？」と僕に訊き、さらには池田さんのほうを見て「風間とは連絡は？」と訊いてきた。僕たちは二人とも首を横に振る。二時過ぎの時点から状況はほとんど変化していなかった。

リビングに移動すると、天童さんは真っ先に中央のソファに腰を下ろし、脇に抱えていた新聞をテーブル上にぽんと放り出すと、腕組みをして大きく「うーむ」とひとつ唸った。すでに主の池田さんよりも強大な存在感を発揮している。

「いちおう来るときに新聞も読んできたし、ラジオも聴いてきた。事件そのものは単純な部類に入るだろう。トリックも何もねえ。ただ刺して逃げたってだけだ。被害者は死亡し、犯人はまだ捕まってねえ。……ただし俺らだけが知ってる情報として、被害者の郷原がリピーターだってのと、そのリピーター仲間で死者がこれで十人中四人目だってのがある。それを知らされてねえ警察はだから、横沢は横沢、坪井は坪井で別個の事件として考えてるし、特に坪井の事件では自殺ってことで片をつけちまってるから、今日の事件とそれらを関係づけて捜査することがねえ。あるいはもし、それらを関連づける証拠か何かが見つかったとしても、どうしてその三人が狙われたのか、奴らには絶対にわからねえはずだ。だけど俺らはそれを知ってる」

登場していきなりの長広舌に、池田さんはただ圧倒されているふうだったが、僕は天童さんが過去に警察を差し置いて事件を解決したことがあるという話を聞かされていたので、いよいよその探偵ぶりが発揮されるときが来たのかと思って、期待に胸を膨らませていた。

「——まあ言ってみりゃ、ミッシング・リンクの逆パターンだな」

「そのミッシング・リンクっていうのは？」

僕はすかさず質問をした。たしか推理小説に登場するホームズ探偵にはワトソンという助手がいて、わからないことは探偵に逐一質問をしていたはずだ。

「直訳すれば《失われた環》って意味で、推理小説では特に、連続殺人事件の被害者同士の繋がりがわからない事件のときにそういう言い方をする。一見したところでは無差別殺人のように見える、でもよくよく調べてみたら、被害者同士にはある繋がりがあることがわかり、そしてそいつら全員を殺す動機を持っている人間を調べてったら犯人が特定できた――ってな感じの小説だな。それになぞらえて言えば、今回の事件は――高橋の事故は別にして考えよう。あれはどう考えても純然たるただの事故だからな。それ以外の、横沢、坪井、そして今日の郷原の事件を考えたときに、俺らは三人の共通点を最初から知ってる。だからミッシング・リンクでも何でもねえ。でも警察は知らねえし、俺らがそれを知らせるわけにもいかねえ。リピーターの秘密を洩らすことはできねえからな。だから俺らは警察に頼らずに自力で犯人を突き止めるしかねえわけだ」

天童さんはそこで自嘲気味に鼻息を洩らした。

「私たちだけで……突き止められますか？」と池田さんが不信感も露わに訊ねる。

「やるしかねえ。それに材料はある程度まで揃ってる」と天童さんは断言した。「そもそも犯人は俺らがリピーターだってことを知ってなきゃなんねえ。それを知ってるのは誰か？　もちろん俺ら自身がまず該当するが――」

天童さんは先ほど僕が行ったのと同様の消去法を用いて、風間さん以外の五人をまずは犯人候補から除外した。

「問題は風間だな。動機もいちおうあるっちゃあるし……。前にも言ったけど、横沢と坪井は秘密を守ることに関して信頼が置けなさそうだった。そして今度が郷原だ。あのオッサン、前に言ってただろ？　嫁さんに秘密を感づかれてるみたいだって。だから秘密を洩らしそうな人間を次々に殺してるって考えりゃ、いちおうの説明はつく。だけどなあ……」

そこで言葉を途切れさせ、険のこもった目で僕のほうをじっと睨みつけてくる。『秘密を洩らしそうな順番で言えば、郷原よりもお前のほうが先だ。何しろ前科があるからな』と言いたいのだろう。

「外部にまったく秘密が洩れてねえって仮定したら、犯人の候補は俺らの中にしかいねえってことになって、自動的に風間が犯人だってことになる。だけど本当にそうか？　俺が思うに、たぶんR８やR９でも郷原みてえな人間はいただろう。それでも問題なく俺らを誘ったってことは、あの程度のことはすべて織り込み済みだったってことになる。だったら慌てて殺すこたあねえし、そもそも秘密が洩れるのがそんなに嫌なら、最初っから俺たちを誘わなきゃいいだけの話だ」

「あるいは……私たちを殺すために、この世界に誘ったとか？」

池田さんは自分でそう言っておきながら、意味がわからないといった感じでしきりに首をひねってみせる。僕もその発言には何かしらの意味がありそうな気がしていたが、それが具体的にどういうことなのかはわからずに、もどかしさばかりを感じていた。

「レトリックとしちゃ面白えけど、結局は意味がねえ」と天童さんが首を振る。「俺らを殺したいってんなら、何もこっちに連れて来るこたあねえ。R９でそのまま殺したほうが楽だろうが。《回龍亭》の会合の前——いや、予言の電話を掛けてくる前だな。だから俺らの間に何の繋がりもねえ状態で殺せば、横沢が死んでも坪井が死んでも、残った俺らは何の警戒もしねえだろう。だけど今は違う。横沢が死んで坪井が死んで、今度は郷原も殺されたってなりゃ、次は俺たちの番じゃねえかって警戒する。……だろ？こっちに連れてくることによって殺しにくくなってる。何のメリットもねえじゃねえか」

「そのメリット……なんですが」と池田さんがおもむろに話し始めた。

「坪井くんが殺されたときに、ふと思いついたことがあったんです。ただあまりにも非現実的な考えだったんで、今まで誰にも言わなかったんですけど……。こういうことです。彼は本当に自殺したんじゃないでしょうか。ただし本人は死ぬつもりではなかった」

「どういうことだ？」と天童さんが訊ねる。彼が不審げな顔をすると、悪相がいっそう強調された感じになる。

池田さんはしばらく言葉を選んでいるふうだったが、やがて訥々《とつとつ》と語り始めた。

「坪井くんにとって風間さんは、神に等しい存在だったんじゃないでしょうか。あの人の言うことを信じてヘリコプターに乗ったら、本当に過去に戻れた。信じてよかった……と心から思っている坪井くんに対して、風間さんが次にこっそりと、こんなことを囁いていたとしたらどうでしょう。……実はリピーターは不死身なんだよ、嘘だと思うなら試してみれば——とか何とか。で、それを聞いた坪井くんが、あの人の言うことだから今回もきっと真実だ、じゃあさっそく試してみよう——なんて軽い気持ちで、試しに首を吊ってみた——なんてことを考えたんですが……。で、もしそれがあの事件の真相だった場合、そんな殺し方が可能になったのは、風間さんが坪井くんをリピートさせたからで、それは要するに、こっちに連れてくることによって生じたメリットということになりません？」

僕は脳髄が痺れるような感覚を味わっていた。真実かどうかは別として、ともかくよくそんなことを思いついたなと、胸の裡で改めて池田さんを見直す。

「面白えな」と天童さんも笑顔を見せている。「……でも俺はシュコウできねえ」

シュコウが《首肯》という字を充《あ》てるものだと思い至るのに少し時間がかかった。その間に天童さんはどんどん話を進めてゆく。

「細かいことを言うと、そういう手が使えるんなら、風間はアリバイを作っとくこともできたはずだってのもある。それこそ海外に行ってて、そこから電話一本掛けて、坪井に自殺させることだってできたんだから——まあ俺だったらそうするな。でも風間は、少なくとも坪井んときにアリバイがあるとは、自分からは言ってねえ……よな？　で、アリバイってことで言やあ、横沢んときには逆に、海外にいたって主張してたよな？だから風間を犯人として考える場合には、そのアリバイも崩さなきゃなんねえわけだ。いや、もっと根本的なことがあって、そもそも風間が俺たちを殺そうなんて思うはずがねえんだよ。だって考えてみろ。たとえば何か、あいつが俺たちを憎む理由があって、それで殺しやすいようにって俺たちをこっちに連れてきて殺してるんだとする。……でも、あいつはリピートを永遠に繰り返すつもりでいるんだぞ。最初からR11に行くって決めてたんだぞ。で、R11に行きゃ、そこでまた俺たちは生きてる。そこで、たとえばまた俺たちを殺したとしても、R12に行きゃまた生きてる。……な？　殺す意味がねえだろ？　リピートを繰り返してる人間にとってみりゃ、ひとの生死なんてそもそも関心がねえんだよ。関心が持てるのは自分の生死に関わる問題か……あとはまあ、秘密が洩れた・洩れねえってことぐれえだろう。……違うか？」

僕はしばらく考えた末に頷いた。確かに天童さんの言うとおりだと思った。

池田さんも少し遅れて納得したらしく、首を縦に何度も振った。

「オッケー。じゃあ俺たち六人の中に犯人はいねえってのを前提とする。その場合、犯人は外部にいて、俺たちの素性も知ってるし、この世界にリピーターがいるってことも知ってて、さらには誰がリピーターかっていうメンツも知ってるってことになる。……それに該当するのは？」

「やっぱり横沢さんか誰かから洩れたんじゃないでしょうか？」と池田さんが答えると、

「いや、だとしても、そいつが知りえたのはリピーターの存在と、俺たちの名前と、あとは俺たち全員じゃなくて、そのうちの何人かの電話番号までがせいぜいで、たとえば全員の住所までは突き止めることができなかったんじゃねえかって思う。誰が洩らしたかってのにもよるんだろうけど——たとえば毛利から洩れたとしたら——お前は全員の自宅の電話番号を知ってるよな？」

いきなり話を振られて、僕はしどろもどろになる。

「あ、えーと……そう……ですね。たぶん」

現実に僕の元から情報は洩れていたのだ……由子に。そして由子は……。

由子がまた別な誰かに秘密を伝えていた……？

そのルートが正解だとしたら、犯人を突き止めるためには、僕は由子の件をみんなに黙っているわけにいかなくなる。

僕が殺人を犯したことが、池田さんにも——鮎美にも伝わってしまう……。

天童さんの話がどこに行き着くのか、不安を感じながらも、僕はその話に耳を傾けていた。

「現時点で殺されているのは、横沢、坪井、そして郷原の三人だ。犯行現場から考えて、犯人は横沢と坪井の場合には自宅の住所を、そして郷原の場合には勤め先を、それぞれ知っていたらしいことがわかる。それを犯人がどうやって突き止めたか……。いちばん情報を持っていた毛利にしても、直接そこまでは知らなかったはずだろ？」

「ええ。そうです。僕が知ってたのは、その三人の自宅の電話番号と、横沢さんの勤務先と、あとは郷原さんが社長をしている会社の名前ぐらいですか」

「それは俺がR9で調べてこいつに教えたんだ」と天童さんは池田さんに説明する。

「まあ俺も、R9でどこまで調べてたか、あるいはどこまで調べてなかったかってのは証明できねえわけだから、もしかしたら俺が横沢や坪井の住所まで調べてたんじゃねえかって、お前らからすれば疑えば疑えるんだろうけど、俺からすりゃ、今さら嘘を言ったって始まんねえわけだし。だから信じてほしいんだけど、俺が知ってたのは《回龍亭》で名刺交換した五人のぶんと、あとは郷原の会社の件と、こっちに来てから教わった風間の番号ぐれえなもんだ。……そうやって考えてくと、いちばん疑わしいのは、やっぱ風間なんだよな」

僕の殺人の件に言及しないために、話を違う方向に持っていったのかと思っていたが、情報を洩らしたのは風間ではないか——というのは天童さんの本心からの疑いだったらしい。

「何を言いてえのかってえと、要するに、風間が俺らを選んだのははたして偶然だったのかってことで——あいつの話だと、テキトーに電話番号を押したらたまたま俺らに掛かったって話だった。それが嘘じゃねえのかって、俺はずっと心の隅に引っかかってたんだよな」

「たまたまじゃなかったとすると？」と池田さんが訊くと、

「前もって俺らのことを調べてて、顔も知ってたし、住所も知ってた。電話番号はそれからでもいい。郵便受けに手を突っ込んで、NTTからの領収書をパクれば契約番号が載ってるから、それで簡単にわかるし。……いや、もっと言えば、何もR9じゃなくてもいいのよ。たとえばR5で知り合いになって——飲み屋とかで意気投合したとかでもいいや、それでお互いの住所から電話番号から教え合ったってのでもいい。とにかく前もって調べる機会はいくらでもあったと。風間の場合には。で、そこまで調べておいてから、たまたまテキトーな番号を押したらあなたに掛かりました、とかって言われても、俺らにはそれが嘘だってわかんねえだろ？　信じるしかねえ。逆にそういう可能性があるからこそ、俺にしてみても、こんなふうについ疑っちまうってのもあるんだろうけど……。まあ、こんな話、今だから話せるんだよな。風間抜きでこういう話をする機会が今までにもあればよかったんだけど」

天童さんはそう言って嘆息すると、おちゃめに肩をすくめてみせた。

「まあいいや。……で、もしそんなふうに、風間がもともと俺らの住所も勤め先も全部知ってたとしたら、そこから秘密が洩れた――あるいは故意に洩らしたのかもしれねえけど――とにかくそういうふうに考えると、いちばん辻褄《つじつま》が合うのよ。犯人がどうやって横沢の住所を知ったか。どうやって坪井の住所を知ったか。それが謎でなくなるから」

「でも何で……さっき天童さん自身が認めてたじゃないですか。風間さんは犯人じゃないって。僕たちを殺す意味がないって」と僕は思いつくままを言った。

「それに私たちをあえて選んだ意味は？」と池田さんも疑問を投げかける。「私たちがテキトーに選ばれたのでないとしたら、この九人であることに何か意味があるってことになりますよね？　だとすると、先ほどのミッシング……何でしたっけ？」

「『ミッシング・リンク』」と天童さんは即答する。「うん。たしかにその問題が絡んでくる。もし俺らが前もって身元とかを調べられた上であの電話が掛かってきたんだとしたら、どうしてその九人が選ばれたのか――実は俺らには本人たちも気づいてねえ何か共通点があって、それで風間に選ばれたんじゃないかって話になりそうなんだけど、ただ俺が考えてたのはそうじゃなくて、要するに――ゲストとして声をかける前に、そいつが信頼できる相手か——つまり秘密を洩らさない人間かどうかってのを、調べてたんじゃねえかってことを考えてたんだけど。……だって本当に無作為に選んだ場合には、調子に乗って予言をべらべら喋っちまうような人間が仲間に入ることだってあるだろ？　で、風間にしてみりゃそういう相手はできるだけ避けたいって思ってたはずで、だから個別に、こいつならたぶん大丈夫だって思える相手に目を付けた上で、ああいう電話を掛けてきたってことは、大いにあり得ることだって俺は思うんだけど。で、前もって身元をこそこそ調べてたって言われりゃ、俺らだって気分を悪くするから、そうじゃなくてテキトーに電話を掛けたんだって言ってるんじゃねえかって思ってたわけ。それは今回の事件とは関係なく。で、そう思ってたところにこういう事件が起きたんで、じゃあ風間から情報が洩れたんじゃねえかって、まずはそう思ったってわけだ。

　それから毛利の言ってた、風間が俺らを殺すはずがねえってことだけど——俺がさっき言ってたのは、殺意を持って故意に殺すこたあねえってことで、それ以外の形で死ぬぶんには別にどうでもいいっていうか——さっきも言っただろ？　他人の生死には興味がねえって。それはあえて殺そうとも思わねえけど、逆にあえて生かそう——生きててほしいとも思わねえってことでもあって、つまり俺らが生きようが死のうが、風間にとっちゃどうでもいい話だってこと。だからあいつが秘密を洩らして、自分以外の人間が次々に死んでく結果になったとしても、自分さえ安全圏にいれば別にどうでもいいわけで……それでひとつ思いついたことがあるんだけど。

　さっき池田が言ってたこととも関係があるんだけど——要するに風間って、本人が望めば、他人に対して神みたいな存在になれるわけだろ？　予言の電話を掛けて的中させた後で、たとえば俺の言うことを聞けばお前も時間旅行に連れてってやるって言われたら、電話を受けた人間の中には何でも言うことを聞きますって状態になる人間もいるだろ？　俺らの場合には予言の電話は一回——二回か。二回しかなかったけど、それを続けて三回とか四回とか的中させて——だから俺らみたいに半信半疑じゃなくて、もう心底あなたのことを信じますって連中を作っといて、で、ただじゃ連れて行けねえな、すでにR11に連れて行くメンバーも決まってるし……だけどその中で欠員が出たら代わりに連れてってやらねえでもねえ、なんて話を持ちかけて、俺ら九人の住所氏名から何からを、そいつらに教えたとする。……高橋のぶんはアレだから、正確に言えば俺ら八人の住所氏名を……だな。で、そいつらは自分が恩恵にあずかりたいんで、中には、じゃあ殺しちまおうって奴も出てくる。で、ひとりが殺人を代償にしてリピーターに昇格したってなると、じゃあ俺も俺もってことになって、それで横沢、坪井、郷原っていうふうに殺されちまったって考えたら……どうだ？」

僕は自分が無意識のうちに首を左右に振っていることに気づいた。

「だって……そんなことをして、どんなメリットがあります？　風間さんに」

「まあ、面白えんだろうな。傍から見てるぶんには」

「そんな……」と言ったきり僕は言葉が続かない。

「一人一殺ってことなら、事件ごとに手口が違ってるのも説明できる」

「だとしても、おかしな点があります」と池田さんが割って入った。「もしそうやって、風間さんが私たちの名前を誰かに教えていたとしたら、そこからリピーターの秘密が世間に洩れる危険性があります。話を持ちかけられた誰かが、私たちを殺すんじゃなくて、逆に私たちとコンタクトを取ろうとした場合を考えてみてください。あるいは犯人がミスをして警察に捕まった場合を考えてもいいでしょう。私たちは警察から事情を訊かれ、その際に何が起きていたかを知らされます。そういう扱いを受けたからには、逆に風間さんに一泡吹かせようとして、私たちがリピーターの秘密を公《おおやけ》にすることだってあり得るでしょうし、あるいはもっと強硬な手段に打って出る可能性だって考えられます。……風間さんがそこまで考えずに、面白半分でそういうことをする可能性があるでしょうか？」

「……そうか」と溜息混じりに言って、天童さんは瞑目した。まだ何やら考えているふうだったが、続く言葉はその口からは出てこなかった。

ＮＨＫの七時のニュースが始まったので三人で見たが、郷原を刺して逃亡した犯人はまだ捕まっていなかった。警察では通り魔による無差別殺人である可能性も考慮しつつ、重点的には郷原個人を狙ったものとして捜査を進める予定だと、ニュースでは報じられていた。

テレビを見ながら池田さんがふと思いついたという感じで言った。

「もし犯人が捕まったら、私たちのところにも警察が来ますよね？　事情聴取に」

「だろうな」と天童さんが応じる。

「犯人は警察にリピートのことも話してしまうでしょう。で、もしそのときに、私とか毛利くんとかが分不相応な大金を持っていることが判明したら、本当にリピーターだってことになって……まずいことになりません？」

「競馬で当てた金だって正直に言えばいい。犯人がどこでそれを知ったか知らねえけど、たぶんそれを妬んで、そのリピーターうんぬんって話を作ったんでしょうねえ……って、とぼけりゃそれで済むだろう」

犯人が捕まったら警察が僕たちを調べに来る……。そのことに思い至って、僕は思わず息を飲んだ。いや、この程度のことで顔色を変えているようではダメだ。僕は「勝ち組」に入ったはずじゃなかったのか。死体を始末した天童さんだって、平然としてるじゃないか……。

犯人が警察に捕まらない限り、いずれは僕も命を狙われるかもしれない。しかし犯人が捕まれば捕まったで、今度は僕が警察に調べられて、由子殺しの件がひょんなことから発覚しないとも限らない。

犯人が捕まるのも困るが、捕まらないのも困る。とんだジレンマだった。ただしそれは一生続くものではない。僕たちにはゴールがある。

あと半年――十月までこのまま逃げ切れさえすれば。

あるいはその前に独力で犯人を突き止めることができさえすれば。

その場合、必要となれば相手を殺すことも辞さないだけの覚悟はすでにできていた。

5

その後、風間と大森の二人とも連絡が取れ、明後日の二十一日に改めて風間さんの部屋で会合を開くことが決まった。

自宅に戻ると鮎美から留守電が入っていた。すぐに掛け直す。

「あ、圭介くん？　今までどうしてたの？　今日はバイトじゃないよね？」

電話に出た声は、心配していたほど怯えた様子はなかった。

「うん。今まで池田さんのとこにいたんだ。最初はゴルフの練習に行ってたんだけど――」

と、まずは今日一日の出来事を報告し、さらに天童さんも交えて三人で検討した内容についても言及した。

「……郷原さんって、私は二回しか会ってないけど、でもそんな――殺されるような人じゃなかったよね？　別に。普通のオジサンって感じで」

僕はリピート前に一度だけ彼と電話で話したことがあるのを思い出した。彼は少年時代に防空壕で体験したことを僕に話してくれた。僕の親父よりもはるかに年上で、太平洋戦争を実体験として記憶している世代。もしリピートができたら、孫たちと一緒に東京ディズニーランドにでも行こうかと話していた初老の男。その願いは実現されたのだろうか……。

翌日の土曜日に、僕は鮎美と二人だけで会う約束をした。前週末は彼女が体調を崩していたためデートはしておらず、会うのは二週間ぶりだったが、さすがに逢瀬を楽しむ気分にはなれなかった。

「十人中四人までが——っていうのは、ホント、ちょっと、普通じゃないよね」

鮎美が海が見たいと言うので、僕たちは東京の東の果て——葛西臨海公園にまで足を伸ばしていた。強い海風が吹きつけて、彼女のスカートを捲り上げ、長い髪をくしゃくしゃに乱す。しかし彼女は頓着していない様子だった。

「時間旅行のツアーはいかが？——って、昔の歌にあったけど、それに誘われて実際に来てみれば、それは呪われたツアーだった——ってわけね」

「呪い——か」

僕は鼻で嗤ったが、鮎美は真剣な表情をしてみせた。

「でもね、本当にそうかもしれないって思うの。呪いって言うか——歴史が、改変されたくないって思ってるのかもしれない——って言うと、また非科学的な言い方になっちゃうけど。……圭介くんは《カオス理論》って言葉、憶えてる？」

僕は頷いた。

「どう見ても同じに見える状態からスタートして、でも完璧じゃないから、ちょっとした誤差がある。その誤差がどんどん増幅してって、あっという間にぜんぜん違った結果を生み出すっていう、そういう《閉じた系》のことをカオスって言うんだけど……。そのいちばんの代表例が天気。このお空の、天気ね」

そう言って彼女は空を仰いだ。僕も彼女につられて、大きな水溜まりとしか見えない東京湾の上に、ポッカリと広がる青空を見上げた。東京でこれだけ空が広く感じられる場所はないだろう。ここは海を見る場所ではなく、空を見るための場所だった。

「天気はカオス。それを説明するのに《バタフライ効果》って言葉もあるんだけど。北京でチョウチョがパタパタって羽ばたくと、その影響で、一週間後にニューヨークで雨が降る……なんて言ってね。それはたぶんオーバーな表現なんだろうけど、でも私たちという異分子がいて、チョウチョの羽ばたきどころじゃない、前とは違った動きをしてる。天気って要するに空気の動きだから、私たちが前と違った動きをすれば、ほんのわずかにしろ、空気の流れが前とは違ったふうになる。……ううん。人間の動きぐらいじゃ、何の影響も及ぼさないってこともあるかもしれないけど、でも横沢さんが巻き込まれた火事は——前には起こらなかったものでしょ？　火事って話になれば、それはもう、局地的に乱気流が発生したような状態になるわけで、地球規模の天気で見ても、それってけっこう無視できないレベルの出来事のはずなんだけど。……でも今のところ、何の影響も出てないみたい。前の世界では晴れだった日が、こっちでは雨になってたり、何かそんなことが起きてても、おかしくはないはずなのに。たぶんあの雲の形も——R9のときに今日ここに来てたわけじゃないからわからないけど——たぶん前と同じ形をしてるんじゃないかなって思う。

　だからね。それって天気だけじゃなくて、この歴史全体が、私たちが思ってたより以上に、頑固にできてるんじゃないかって、私、そんなふうに思ったの。ちょっとぐらい前と違ったことが起こっても、それを自然と元通りに直してしまう、そんな仕組みがどこかで働いてるみたいな感じがして。何て言うか……レールに乗ってるみたいな感じで、ちょっとぐらいずれても、自然と軌道修正されちゃう。それを変えるには、レールの幅以上に、横方向にずらさなきゃなんない。大きくずらして、一度脱線させなきゃダメで、その閾値《いきち》を超えない限りは、勝手に元通りになっちゃう――」

「その――復元力、みたいなものなのかな？　……それが、みんなを殺した原因だと？」

異分子が列車の進行方向を変えようとする。しかし押しが足らずに、影響範囲がレールの幅を超えないと、列車はおのずと元のコースに戻り、その復元力によって、今度は力を掛けていた異分子のほうが、横にポーンと弾き飛ばされてしまう……。

「だから呪いって言うか、怒りを買った、みたいな感じで……。高橋さんは、あれは不運だったとしか言いようがないと思うけど、坪井さんは、どうせ受かるんだからって、勉強をしないで遊んでばかりいたんでしょ？　横沢さんと郷原さんのことはよく知らないけど……」

鮎美の話をぼんやりと聞きながら、僕は自分の場合について考えをめぐらせていた。

由子があの日、僕に復縁を求めてきたのも、大局的に見れば《歴史の復元力》がそうさせたと言えるのかもしれない。天童さんが彼女の荷物を検めていたときに包丁が見つかったことを思い出す。あるいは郷原さんではなく僕が、四人目の死者になっていたかもしれないのだ……。

僕の場合には由子が犯人になるはずだった……？

そうして考えてゆくと、やはりリピーター四人は個別に死んだのであり、全員を殺そうとしている犯人などはいないということになってしまいそうだが……。

「とにかく十月まで生き延びることさえできれば、僕たちはR11っていう安全圏に逃げ込めるんだから――」

とにかく鮎美を元気づけようと思って、つとめて明るい口調でそう言ってみたが、彼女は逆に俯《うつむ》いて大きな溜息を吐いた。

「そのR11へ行くって話だけど……。圭介くん、それ、止める気はない？」

「いや、もう行くことに決めてるんだけど……。どうして？」

「私、行けなくなったの。お願い。圭介くんも一緒に残って」

「え、何で？　どうして？　行けないって？」

「あのね……」

鮎美はフッと視線を逸らした。

「できちゃったの」

僕は一瞬言葉を失った。

「そんな。だって……僕はほら、まだ学生だし」

「だから？　堕《お》ろせって言うの？」

「いや……だから、とにかくR11に行って――」

と言いかけて僕は愕然とした。

もしも彼女が僕と一緒にR11行きのヘリに乗ったら——そのときには彼女がお腹に宿しているという子供は、どこに戻ればいいというのだろう……？　今年の一月の段階では、その子はまだ受精卵にもなっていない。肉体の欠片《かけら》もないのだ。

彼女は自分のお臍《へそ》のあたりに両手を添えた。

「命が宿ってるの。このお腹の中に、圭介くんと私の間にできた、新しい命が宿ってる。それがR11に行ったら、なくなっちゃう。……お願い。私と——この子と一緒に、この世界に残って。お金なんかなくていいから。ないほうがいい。圭介くんだけ側にいてくれればいいの。やり直す必要なんかない。この先どんどん歳をとっていって、死ぬんでもいい。私はそれでもいいから。お願い。この子を見捨てないで。私を見捨てないで。私と一緒に残って！」

こんなジレンマが……あっていいのか？

鮎美は——この世界に戻ってからできたのだから、まだ二ヵ月目とか、そのくらいのはずなのに——すでに母親の顔になっている。絶対に堕胎はしないと顔に書いてある。彼女をR11行きのヘリに乗せるというのは、すなわち堕胎させるのと同じであり、彼女は絶対に承知しないだろう。

かといって、僕がこのR10の世界に残るわけにもいかない。この世界では、僕は殺人犯なのだ。今はまだ発見されていないが、この世界のどこかに、僕の殺した女の死体がある。何より、僕がその女を殺したという事実が、ここにはある。それをなかったことにするために、僕はどうしてもR11の世界に行かなくてはならないのだ。

お互いに主張を曲げる気がないのだったら、答えはひとつしかあり得ない。すなわち――僕はR11へ行き、彼女はここに残る。それしかない。

でも――彼女とは別れたくない。

いや、R11に行けば、そこにまた《鮎美》がいる。その《鮎美》では、この鮎美の替わりにはならないだろうか？

その《鮎美》は、僕のことは知らない。僕とともに過ごしたこの数ヵ月間の記憶を、彼女は共有してない。しかし――彼女はたしかに《鮎美》なのだ。

この鮎美を棄ててひとりでR11に行き、そこでまた改めて《鮎美》と出逢い、彼女と新しく関係を築いて行く。それでよいのではないか……？

「――わかった。僕もこの世界に残るよ。だって、その子の父親だもんね」

僕が顔を微笑ませてそう答えると、鮎美はギュッと僕に抱き付いてきた。その頬の涙を、僕は右手の指先でそっと拭った。

6

翌二十一日、僕は風間さんの部屋で行われる会合をパスして、鮎美と二人で産婦人科の医院に足を運んだ。会合ではどうせ金曜日に三人で検討した以上の話は出ないだろうと踏んでいたし、今は何よりも彼女とのことが最優先だった。

鮎美はああ見えて、意外としたたかなところがある。この世界で僕たちが再会を果たしてからそれほど日が経たないうちに体の関係を持ったのも、彼女のほうが思いのほか積極的だったからであり、それも今になって考えてみれば、彼女が僕の背後に別な女(由子)の存在を嗅ぎ付けていたのがそもそもの原因だったように思う。僕をその女から奪うために、彼女はああした行動に出たのだ。

よくよく考えてみれば《一度寝てしまえば、それでもう相手は自分のもの》というのも、実にアナクロでモラリーな発想である。鮎美には意外とそうした部分があった。その伝でいけば《子供ができてしまえば、もう相手は自分と結婚するしかない》という発想が彼女にあったとしても、別におかしくはない。

彼女は本当に妊娠してるのか？ もしかしたら、僕をこの世界に引き留めておくための演技ではないだろうか？ いや、意識しての演技ではないにしても、《子供さえできてしまえば》という彼女の願望が生み出した妄念——想像妊娠——という可能性はないだろうか？

僕はそんな疑いを心密かに抱いていた。何の根拠があるわけでもなく、それこそ僕の側の願望がそうした疑問として現出したものだったろう。

日曜日に僕たちが訪ねたのは、鮎美が女性誌で評判を調べてきたという目黒の医院だった。慣れない雰囲気の中、落ち着かない気分になりながらも、ともかく受付を済ませる。

こういう場合、男の務めは受付まで付き添って行くことだけであって、待合室より先には入らないものだと、僕は何となくそう思っていたのだが、実際には鮎美とともに奥まで通された。検査の間はそこでひとり待たされる。非常に手持ち無沙汰だった。

やがて検査は終了した。鮎美と医師が並んで出てくる。

僕の視線を受けて、医師はひとつ頷いた。

「妊娠されてます。三ヵ月目に入ったところです」

宣告される前に表情でわかった。鮎美が僕の隣に座ると腕を絡ませてきた。僕は努めて優しい表情を作り、彼女と顔を合わせた。

僕たちは医師から質問を受けた。そこでようやく付き添いの男にも出番が回ってくるわけだが、しかし僕たちの場合は結局、鮎美がほとんどひとりで答えていた。

「お二人はまだ結婚してないわけね。えーと、彼のほうはまだ学生さん？　どうするの？」

「もちろん産みます」

鮎美はキッパリと言った。

「ちゃんと結婚して、子供を育てられる家庭環境も作ります。彼も結婚することは承知してくれてますので。ね？」

「あ、うん」と僕は笑顔で答える。

出産予定日は十二月五日とのことであった。

ファミリーレストランで食事を摂りながら、僕たちは今後のことについて話し合った。

まず最初に、結婚式を挙げることが決まった。自分が望んでいるというよりは、そうしないと両親が承知しないのだと鮎美は説明した。

式を挙げるとなれば、あまり暢気に構えてはいられなくなる。七月になると、そろそろお腹が目立ち始めるはずである。だから遅くとも六月末が限度だ。となるとあと二ヵ月ちょっとしか猶予がない。その二ヵ月の間に、式場を確保し、招待客を選んで、引出物はどうする、ドレスは何を着る——等々、考えなければならないことは山ほどあった。新婚旅行については、新婦が妊娠中なので手控えようという話になった。ひとつでも減らせる項目があれば、僕はもう大歓迎の気分であった。

鮎美の仕事をどうするかというのもひとつの問題であった。キッパリと辞めるのか、それとも産休および育児休暇を取るだけで済ませるのか。いずれにせよ、妊婦にそのまま仕事をさせておくわけにはいかない。となると僕のほうにも、大学を今のまま続けるか、それともキッパリと辞めて働きに出るか、という話が出てくる。あるいは今年だけ、休学制度を利用するという手もある。

今後の二人の住居をどうするのか、という問題もそれに絡んでくる。当面は二人だけで暮らしたいという気持ちは、僕も鮎美も共通していたが、それでは金銭面での問題が出てくる。いや、実際には競馬で幾らでも稼げるので、妊婦と学生の二人暮らしでも充分余裕はあるのだが、しかしそれを表立って言うわけにもいかない。だからポーズとして、僕が卒業するまでの間はとりあえず、篠崎家に身を寄せさせてもらって、入り婿状態——マスオさん状態——で過ごすというのが、けっこうよい案ではないかという話にもなる。

そもそも篠崎家では、鮎美の結婚相手には、できれば婿養子を迎えたい——という願いがあったらしい。しかし僕は長男である。兄弟は、姉がひとりいるだけで、それもすでに他家へ嫁いでいる。結婚に絡んで発生する、そうした両家の跡継ぎ問題に関して、僕たちだけで話を済ませてしまうわけにもいかない。それぞれの家の親同士で——場合によってはそこに親類までもが加わって——じっくりと話し合う必要があった。

とにかく、それらのすべてをさしおいて、まずやらなければならないことは——。

「——私も圭介くんも、まずはお互いの家族に報告に行かなくっちゃね。私たち、子供ができちゃったから、結婚します——って」

「そうだね。……うーん、正直言って、けっこう気が重かったりするんだけど、でもとにかく行かなくっちゃね。あんまり時間的余裕もないし」

僕はなるべく前向きな姿勢を表に出すように努めていた。

それからの数日は、僕は毎日、針の筵《むしろ》に座らされているような心地だった。まずは実家に電話をして事情を説明したところ、電話越しに罵倒された。翌日には篠崎家を訪問し、鮎美のご両親の前で平伏する。さらに翌日には、僕の両親が上京して来て、篠崎家へ挨拶に行くのにまた同行させられる。《バンビーナ》でのバイトも急遽辞めることになった。

とにかくゴールデンウイーク中はひたすら話し合い、話し合い、そしてまた話し合いといった感じで、あちこちでいろいろなことが話し合われていた。そのおのおので微妙に異なった決議が下されて、そのすり合わせにまた右往左往するといった具合。僕も否応なく、その狂騒の渦に巻き込まれていた。いや、その狂騒の種を蒔《ま》いた張本人が僕自身だったのだから、巻き込まれたも何もなかったのだが。

もしこれが一度きりの人生だったとしたら、僕はたぶん途中で面倒になって、とても最後までその狂騒に付き合ってはいられなかっただろう。それを辛抱して、我慢して、何とか耐えることができたのも、十月にR11行きのヘリに乗りさえすれば、そうしたすべてはなかったものとして、また今年の一月からすべてをやり直せる——という希望があったからだった。

現実の世界で、何だかんだと労苦を強いられるたびに、僕は暇を見つけては、そうした夢想に浸り、自身を癒やした。

もちろん事件のことも忘れてはいなかった。

誰が横沢家に火をつけたのか。誰が坪井くんを自殺に偽装して殺したのか。誰が郷原さんを白昼堂々刺し殺したのか。

鮎美は《歴史の大いなる呪い》説を披露したが、その説を採るならば、R9では存在しなかった子供を宿してしまった彼女など、真っ先に抹殺されるべき運命にあるのではないか？

この世界はどうせなかったことになる。僕は十月には彼女を棄てて行く決心をすでにしている。ならば彼女がここで死んでしまっても結局は同じではないか？　とっとと死んでくれたほうが、結婚にまつわるゴタゴタを回避できて、僕にとってはラッキーなのではないか——と、僕は気がつけばそんなひどいことを考えていた。

いつから僕はこんな利己的な考え方をするようになってしまったのだろう。

このままではいけないと思った。いくらリピーターの特権を活かして生活面が豊かになろうとも、心が貧しくなってしまっては意味がない。今回の人生ではずみで殺人まで犯してしまったので、すでにやり直しようがないが、R11に行ったらもっと精神的にまともな人間になろうと、僕は改めて決意するのだった。

九章

1

鮎美の妊娠と僕たちの結婚の話は、もちろんリピーター仲間にも伝わっていた。

「面白え話じゃねえか」というのが天童さんの第一声だった。「いや、お前を揶揄《やゆ》するとかじゃなくて、その、妊婦がヘリに乗ったらどうなるかってとこが。産まれてない子だから、消えちまっても構わねえ——収支は合ってるって気もするが、だったらじゃあ、ゼロ歳児の場合はどうなんのか？　一月の十三日にはまだお腹ん中にいた子で——そうだな、直後の、十四日あたりに産まれた子がいたとして……だからリピートのときには生後十ヵ月目ってことになるのか？　もし仮にそういう子がいたとして、その子をヘリに乗せてリピートさせたら、どこに戻ると思う？　一月十三日には、まだ母親の腹ん中で胎児だったんだぜ、そいつは。赤ん坊だから事情はわからねえにしても、肺呼吸してたのが、いきなり羊水の中に戻っちまうんだ。どうなるんだろう？　やっぱ噎《む》せたりするのかな——とかって考えてると、実際に試したくなっちまう。赤ん坊から胎児に戻れるとしたら、じゃあ脳がどの程度まで完成していれば戻れるのか？　十月三十日に産まれたばかりの嬰児《えいじ》を乗せたら、一月十三日の段階では、その子はまだ影も形もねえか、あったとしても、受精卵からまだいくらも細胞分裂してねえ状態のはずで、さすがにそれじゃあ戻りようがねえとは思うんだけどな。じゃあどこまでが戻れる範囲なのか……そんなふうに考えると、リピートの期間がちょうど二百九十日間だってのも、何だかそういう、胚胎期間と関係がありそうな気がしてな。まあよくできてるっていうか――」

天童さんはそんなふうに、自分勝手な話題でひとしきり盛り上がると、

「ところでお前、どうするつもりだ？　篠崎はこの世界に残りたいって言ってるんじゃねえのか？」

「そうです。でも僕は――」

「だよな」と天童さんは皆まで言わせない。僕がこの世界に残れない事情は誰よりも彼が知っているのだ。

「じゃあ要するに、篠崎を棄ててくわけだ。でも――大丈夫か？　向こうだってお前がそのつもりだってのは、たぶん承知してんじゃねえのか？　あいつなら、素直に騙されたふりしといてよ、で、十月の三十日の朝には、お前をベッドに縛り付けとく、ぐらいのことはしかねねえ」

そんなふうに指摘してきたのだった。

「大丈夫……だとは思いますけど」

「でもよ、あいつの立場で考えてみろよ。……どんなにお前を信じていたって、十月三十日だけは、絶対にお前を外出させたくねえって思うんじゃねえのか？」

それは……そうかもしれない。

「お前がどんなにうまく誤魔化して、外出したとしても、結局行き先はバレてるんだからな。ヘリの前で、乗る乗らないですったもんだされちゃあ、俺らにしてもたまったもんじゃねえ。だからお前なんか放っぽっといて、俺らだけで出発しちまっても、別に構わないっちゃ構わねえんだけど——」

「そんな……」と僕は思わず情けない声を出してしまう。

「でもそうなると、お前も自前でヘリを雇って追いかけてくるか……。うん？　待てよ」と、そこで天童さんの声のトーンが変わった。

「風間の操縦するヘリがオーロラに飛び込む。それで俺らはリピートした。……で、その後からまた別なヘリがオーロラに飛び込んだとしたら？　あのオーロラがどれだけの時間出続けてるかってのは、風間も知らねえ。そのはずだ。……だろ？　で、それがある程度——たとえば三十分ぐらい出続けてるんだとしたら……。俺らの知らねえうちに、そこに飛び込んだ奴がいて——だから俺らが知らねえうちに実はこっそりとR9からR10にリピートしてた奴がいたってのも……あり得るんじゃねえか？」

一瞬、彼が何を言おうとしているのかがわからなかったが、少し遅れて僕もようやくそれを理解した。「つまりそれが……」

「俺らを殺してる奴だってことだ」天童さんは早口になっていたが、しかしそれでも頭の回転の速さに追いついていないような感じだった。「たぶんR9で俺らの中の誰かが秘密を洩らしてて、そんでできれば自分も連れてってほしいって言われたけど突っぱねてた。それで十月三十日に俺らの後をつけてきて……いや、それだと咄嗟にヘリを雇ったりできねえしオーロラの出る場所がわかんねえはず。ヘリを追ってたなら風間が気づきそうなもんだし、先に飛び込んだヘリが墜落したら飛び込まねえだろうし。だからそいつはヘリを自分で操縦してたんだ。オーロラの位置も知ってた。操縦は習ったんだ。やり直しの人生の中で。R10に連れてってくれってのが断られたもんで自分ひとりで行くつもりで。要するにそいつは、R8から9に来たリピーターの中の誰かだったってことだ。……どう思う、毛利？」

「つまり……リピーターは、実は十一人いたと？」

「だとしても俺らのことをどうやって知ったか。R8でも風間が《回龍亭》を使ってたとしたら、あの日にあそこに俺らを集めるだろうって予測できて、見張ってれば俺らの顔は見ることができたし、尾行すれば住所も突き止められた。あるいはリピート後の最初の集まりのときでもいい。たぶん前回も成人の日にあそこでやったんだろうし——それから風間の引っ越したのも前と同じ場所だって言ってたから、あの部屋を見張ってれば——俺らの住所を突き止めるチャンスはいくらでもあったはずだ」

「でもどうして僕たちを——」

「他のリピーターがいたらできねえようなことをやりたいとか？」僕を相手に話しているというよりは、ほとんど独り言に近い状態だった。「たとえば予言者としてマスコミに登場したり——あるいは風間に取って代わろうとしてるのかもな。R9から10へすでに一回、自分ひとりでリピートしてるんだから、風間の助けさえいらねえんだよ、そいつは。そうなりゃ風間なんて目障りなだけだ。もちろん他のリピーターなんてもっといられねえ。とっとと消えてもらいましょうってなもんだ。で、他に誰もいなくなりゃ、自分が予言をしてみせたり、誰を助けるとか助けねえとか決めれる立場に立てるわけだ。要するに神様の立場だ。神様はひとりしかいねえからこそ有難いもんだ。一神教の神様になりてえんだよ、そいつは。だから同じ立場の俺らを殺してまわってる」

「だとしたら――」

「風間に訊きゃわかるはずだ。あいつが憶えてれば、だけどな。R8から9に連れてきたのがどんな顔ぶれだったか。で、そいつらにひとりひとり当たってけば、中に変な動きをしてる奴がいる。そいつが犯人だってわけだ」

天童さんは挨拶もそこそこに電話を切った。すぐにでも風間さんに連絡を取って、犯人捜しに乗り出すつもりなのだろう。

しかしそれでもし犯人の正体が判明したとしても、その後はどうするつもりなのだろう。警察に逮捕させるわけにはいかないはずだ。なぜならば、そいつはリピートの経験者なのだから(しかも今回が二度目である)、記憶していることがいろいろとあるはずで、それを予言するなどすれば、時間はかかるかもしれないが、最終的には自身のリピート体験を警察やマスコミ相手に信じ込ませることができるはずだ。もし彼が警察に捕まったとしたら、おそらくはそこまで秘密を明かした上で、僕らのことを仲間だと名指しするに違いない。そんなふうに公言されたら今度は僕たちの身が危うくなる。

僕たち全員を殺すつもりでいる相手の正体が、たとえ突き止められたとしても、警察に突き出すことができないとなれば——やはりその相手を殺すしかないのか。

今の僕の目的は、とにかく無事にR11へ行くこと——それだけである。これから出発日までの五ヵ月余りの間、結婚式にまつわるゴタゴタはいまだ山積していたし、由子の死体が発見されないかも心配だったし、また出発日に鮎美を無事に置き去りにすることができるかどうかという不安もあったが、最大の不安材料は何かと言えば、やはり自分が連続殺人鬼に狙われているということであった。それが解決されるのであれば万々歳である。

ところが——。

結婚式まであと一ヵ月と迫っていた五月十八日の夜、天童さんから電話があり、「あの件、ダメだったわ」と報告があった。「いや、風間から聞いた九人を調べてみたんだけど、全員見事にシロ。R8から9のゲストの中にはそれらしい人間はいなかった」

「だったら——」と僕がその場で思いついたことを言おうとすると、

「R7から8へのゲストの中にいるんじゃねえかってんだろ?」天童さんもその可能性はすでに考えていたのだった。「単独で8から9へ来て、さらに10に来たって。もちろん俺だってそこまで考えたし、そっちの九人も調べた。だからこんだけ時間がかかったんだけど、結果を言えばそっちもダメ。十八人とも見事にシロだった。だから風間の野郎が嘘を教えたんじゃねえかってとこまで考えたんだけど、別に嘘をつく理由もねえしな。あいつだって狙われてんだから。クソ。何か見落としてんだろうけど」

電話越しに大きな溜息が聞こえてきた。眉間に皺を寄せて苦悩する彼の顔が目に浮かぶようだった。

翌日は鮎美と会う約束があった。篠崎家の彼女の部屋に通されたところで、僕はまず天童から聞いた話を彼女に伝えた。

「――ってことで、依然として犯人は不明のままだから、もしかしたら今だって、僕らのことを狙ってるかもしれない」と言うと、

「だから一緒にR11へ行こうって言うんでしょ？　それ、もう聞き飽きた。ねえ圭介くん、私がR11に行ったらどうなるか、わかってるでしょ？」

「違うよ。そんなこと言いたいわけじゃない。ただ僕らもできるだけ気をつけてないと――いつ郷原さんみたいに襲われないとも限らないって思って。今もそうだけど、結婚してからもずっと一緒にいられるわけじゃないじゃん。で、もし鮎美がひとりでいるときに襲われたらって考えたら……」

僕は左手で彼女の肩を抱き、右手でその腹部を撫でた。妊娠四ヵ月目に入ったお腹は、そういう目で見れば少し膨らんでいるように見えるといった感じで、この中に僕の子供が入っているのかと思うと、それがとても不思議なことのように思えた。まだ鶏卵《つわり》程度の大きさなのだという。それなのに母親の身体に大きな影響を与えている。悪阻がひどいのだと電話で聞かされていた。

そこまでして産み出そうとしている命を、僕が粗末にすることはできないと思う。あるいは僕にも父性愛というものが芽生えてきたのだろうか。もしリピーター殺しが解決

し、さらには由子の件も絶対にバレないという保証が与えられたなら、僕はこの世界に残り、鮎美と二人で生まれてくる子供を育てていってもいいかなという気になっていた。

……少しだけ。

「私は大丈夫。絶対」と言って、彼女は邪気のない笑顔を見せた。「この子を死なせるわけにはいかないから」

そのとき、溢れんばかりの愛しさが唐突に身体の奥のほうからこみ上げてきた。ひとりの女性をこんなにも愛しいと感じたことはかつてなかった。改めて僕には彼女しかいないと思う。R11にも《鮎美》はいるだろうが、それは外見だけそっくりにできたコピーでしかない。僕にとって鮎美は彼女ただひとりだった。

でも……僕はどうしたらいいのだろう。由子の件を思い切って彼女に打ち明けてみようか。僕が感じているジレンマを彼女にも――いや、それはできない。苦難を背負うのは僕ひとりで充分だった。すべての原因は僕にあるのだから。

2

五月二十四日の午後、意外な訪問者があった。

呼鈴が鳴り、玄関のドアを開けると、そこに立っていたのは四十歳くらいの女性だった。栗色の髪に銀縁眼鏡を掛け、水色のスーツを着ている。保険の勧誘か何かだろうと瞬間的に思ったのだが違った。

「こんにちは。毛利さんですよね？」

「あ、はい」

「わたくし、《ベイサイド・アイ・サービス》の谷本と申します」と言ってスーツ姿の女は名刺を差し出してくる。その会社名よりも話し方のクセで僕は思い出した。

「あ、前に一度電話をいただいた……」

目の前に立っているのは由子の失踪事件を追っている女探偵だった。不意を衝かれた僕は内心でかなり慌てていた。

探偵からの電話があってから、すでに二ヵ月以上が経過している。由子の両親はいまだに彼女の捜索を続けているということか。

「憶えていていただけましたか」と言って女探偵は愛想よく微笑んだ。

「まだ行方不明なんですか？」と言って、僕は驚いたような表情を作った。さらに咄嗟に思いついたセリフを冗談交じりの口調で言ってみる。「ウチに匿《かくま》ってたりはしてませんよ。何ならご覧になります？」

由子が死んでいるなどとは想像すらつかず、どうせただの家出だろうと思い込んでいる元の彼氏なら、こんなセリフが口から出るのではないかと思ったのである。大丈夫。僕は意外なほど冷静だ。これならうまく対処できるだろうという気がした。

谷本と名乗った女探偵は、僕にいろいろな種類の質問をしてきた。由子と付き合っていた期間から始めて、その間に二人で行った場所や店の名前も訊かれたし、さらには由子の車で遊びに行ったことがあるかという質問もされた。

「車は……ないです。持ってるって話は聞いてましたけど。ＢＭＷでしたっけ？」

Ｒ９ではそのＢＭＷで一緒に清里までドライブに行ったこともあったため、一瞬だけ言い淀んでしまったが、女探偵の耳には特に不自然な感じには聞こえなかっただろうと思う。

「そうですか。では、由子さんの口から、静岡市に誰か知り合いがいるというような話を聞いたことは？」

「静岡市……ですか？　いえ、たぶんないと思います」と僕は正直に答えつつ、なぜそんな質問をするのかという感じに首を傾げてみせた。内心では別なことを考えている。

静岡市――おそらく由子の車がそこで見つかったのだろう。ということは、彼女の死体もその土地のどこかに隠されているということなのだろうか。

彼女の死体――布団からはみ出した二本の白い脚が目の前にチラついたが、僕は目を閉じてそれを視界から消し去り、表情の平静さを必死で保った。

「ありがとうございます。お忙しいところをお邪魔しました」

女探偵が一礼してその場を立ち去ってゆく。僕はサンダルを突っかけて通路に出た。

「あ、まだ何か？」と彼女が振り返るのに、僕は首を振って答える。

「いえ。新聞を取ってこようと思って」

心に疚《やま》しいところがあれば、一刻も早くひとりになって一息つきたいところだろう。僕自身がそういう気分だった。だからこそ、僕はその逆を行ってみたのだ。彼女と並んで階段を降り、玄関口で片手を挙げて別れの挨拶をする。それが最後の仕上げだった。

郵便受けから新聞を抜き取って部屋に戻り、ドアを閉じたところで、自然と大きな溜息が出た。自分で思っていた以上に緊張していたようだ。何よりも、由子の捜索がいまだに続けられているという事実が、僕に大きなプレッシャーを与えていた。

僕は夕刊を持って洋間に戻った。つらつらと新聞記事を読みながら平常心を取り戻そうと思ったのである。まず一面の内容をざっとチェックし、次に社会面の見出しを確認する。

見覚えのない記事が載っていることに気づいたのはそのときであった。また火事のニュースである。

港区で火災　死傷者二人

二十四日未明、港区港南四丁目でアパート一棟を全焼する火事があり、逃げ遅れた住人一人が死亡、一人が病院に運ばれた。

火事が起きたのは同町高浜運河沿いにある港南アパートの十七号棟で、同アパート一〇二号室住人の長岡進さん（68）が全身にやけどを負い、病院に運ばれたが間もなく死亡。また二〇五号室住人のイラン人、イズマール・ダエイさん（28）も、一酸化炭素中毒の症状で病院に運ばれている。

出火原因は長岡さんのタバコの火の不始末ではないかと見られている。

記事中の《港南アパート十七号棟》という字の連なりに見覚えがあった。これは……

たしか高橋さんが住んでいたアパートのはず……。

それでおおよその見当がついた。要するに、高橋さんが一月に死んでしまった代わりに、この長岡という人がアパートへ越してきたのだろう。そして彼がR9では起きなかった火事を起こしてしまった……。こんなところにもカオスのいたずらが見られる。

しかしリピーターが起こした羽ばたきは、どうしてこうも人の死をもたらすのだろう……。

二十六日の日曜日には、コーディネーターとの打ち合わせの予定が入っていた。しかし鮎美が体調を崩して外出できない様子だったので、僕は彼女の母親と二人で式場へ行って用事を済ませてきた。篠崎家へ戻ってから二階の彼女の部屋に上がると、

「ごめんね」と言って鮎美はベッドから起き上がり、辛そうな表情を見せた。

「いいよ。心配しないで」と僕は笑顔で応えてから、「でも、大丈夫かなあ。二十二日。あと一ヵ月もないんだよ。もし何だったら、式は出産後でもいいんだし」

「大丈夫。来月になったらだいぶよくなるはずだって、先生も言ってたから」

「でも天気だって雨だっていうし」

当日の天気は風間さんに訊いて確かめてあった。理想をいえば、こういうときこそリピーターの特権を活かして、好天の日を選んで式を挙げたかったのだが、今回は日程を選んでいるだけの余裕もなかった。

「あ、そうそう。さっきテレビで見たんだけど――」と彼女は何気ない調子で話し出した。「郷原さんの事件の犯人、捕まったって」

「えっ！」と僕は大声を出してしまった。鮎美に注意されて声のボリュームを抑えつつも、「でも……ホントに？」と興奮を抑えることはできなかった。

「うん」

「誰？」と訊くと、

「知らない人」と首を左右に振る。「えーとね……アソウ、だったかな？　元警察官とかって言ってた。三十代半ばぐらいで、見た目はごくフツーの感じ」

アソウ……？　元警察官……？　ピンと来るものがない。

「で？　動機とかは？」と肝心のことを訊くと、

「わかんない。まだ逮捕したばっかで、わかってないんじゃない？」

「でもどうしてその人が？」――リピーターの秘密を知ることとなったのか。

あるいはその男はリピーターの秘密など知らずにいるのかもしれないと思った。僕の行いが原因で、由子が本来なら抱かなかったはずの殺意を僕に対して抱いてしまったのと同様、その男も、郷原のリピーターとしての行いが原因で、本来なら抱かなかったはずの殺意を彼に向けたというだけなのかもしれない。

要するに、郷原殺しは単独の事件であり、横沢や坪井の件とは無関係なのではないか。

午後六時に部屋に戻ると、僕はさっそく風間さんに電話を入れた。

「郷原さんの事件の犯人が捕まったって聞いたんですけど……。あのー、僕はまだニュースとかは見てないんですけど」

「ええ。そのようですね。事件のときに着ていたジャンパーが発見されたりなどもしているようなので、まず間違いないということのようでした」

風間さんの声は落ち着き払っていた。

「でもリピーターの秘密が、その人の口から洩れたりってことは……？」

「今回捕まった犯人は、おそらくそんなものは知っちゃいなかったでしょう。……と思いますよ」

つまりその男は、郷原を殺したのは事実だが、リピーター連続殺人事件の犯人ではないということか。どうやら僕と同じ見解のようだった。

「とにかく今は、事態の推移を見守るしかないでしょう」と言って風間さんは電話を切った。

僕は次に天童さんのところに電話を掛けた。数度のコールの後、留守電に切り替わる。

「あ、毛利です。ニュースは見られましたでしょうか。折り返しの連絡をお待ちしてます」

天童以外の人間に聞かれる惧れがあるため、曖昧な表現でメッセージを残す。

七時のニュースで、僕は初めて犯人の正確な情報を仕入れた。麻生《あそう》正義《まさよし》という名前で、去年まで西新井警察署の刑事課に勤めていたという。顔写真も画面に映されたが、僕には見覚えのない顔だった。本当にこいつが犯人なのか……？

火山活動の推移や大相撲千秋楽での大逆転劇など、その夜は他にもニュースが目白押しで、また事情聴取もそれほど進んでいなかったのだろう、郷原の事件に関してはほんの少し時間が割かれただけであった。十時半のニュースも同じような扱いで、世間で麻生の犯行に関心を寄せているのは僕だけなのではないかとすら思えてきた。

そういえば帰宅時にも留守電にはメッセージが一件も入っていなかった。事件の報道は見ていたはずなのに、風間さんが連絡をしてくれなかったのはどうしてなのだろう。天童さんも池田さんも——日中は外出していてニュースを見逃していたとしても、この時間になっても連絡がないのはおかしいのではないか……？

ニュースがスポーツコーナーになったところで電話が鳴った。ようやく掛かってきたかと思えば、相手は意外な人物であった。

「あ、もしもし。毛利さんのお宅ですか？　大森といいます」

「あ、どうもどうも。毛利です。大森さん……ニュース見ました？」

「ええ。それで、か、風間さんに連絡してみたんですが、今回は特に集まる予定はないと言われまして……」

彼もやはり僕と同じ思いなのだ。リピーターにとって重要な事態が生じているのに、僕たちがこんなふうに静観していていいのかという。

事実、麻生正義の事件は翌週に入ると、リピーターたちにとって看過できない展開を見せ始めた。彼が他にも二件の殺人を犯していたことが明らかになってきたのだ。

昨年十一月には足立区西新井に住むアルバイターの青年を崖から突き落とし、事故に見せかけて殺していた。そして今年の二月には、足立区梅島に住む高校生の坪井要《かなめ》を、自殺に見せかけて殺していた。

坪井を殺したのも麻生だったのだ。

やはりこいつがリピーター連続殺害事件の犯人だったのか……？

しかしそれにしてはおかしな点が多すぎた。どうしてアルバイターの青年などが被害者に混じっているのか。去年の十一月ではリピート期間より前であり、アルバイター青年の事件がリピーターの殺害と何の関係性もないことは明らかであった。

また、これだけ情報が出てきているのに、横沢の件に関しては今のところ何も情報がないというのもおかしな話だった。横沢の事件はまた別な人物がやったというのだろうか……？

何もかもちぐはぐな気がした。

3

ワイドショウでは連日、捜査の過程で明らかになってきた麻生の異常性を、熱心に報道していた。麻生は十四年間の警察官生活の間に見聞きした、人の死に責任があるものの法律上は罪に問えない者たちを、自らの手で抹殺していたのだという。また、そんな自分のことを《刑殺官《けいさつかん》》と密かに称していたとも報道されている。

麻生が坪井を殺そうとした理由は、僕が赤江少年から聞きだした例の件にあったらしい。《勉強部屋》に出入りしていた女の子が自殺したという一件である。麻生《刑殺官》は少女の自殺の原因が坪井少年にあったと断じたのである。

一方、郷原が殺されるに至ったのは、九年前に大月の路上で起きた交通死亡事故が原因だったという。車道を歩いていた女子中学生がトラックに撥ねられて死亡したのだが、少女が車道を歩いていたのは、歩道を塞ぐように乗用車が駐車していたからだったらしい。当時は交番勤務の警官だった麻生が現場に駆けつけたとき、すでにその車は現場から走り去っていたが、彼は目撃証言を元にその車の持ち主を突き止めた。それが郷原だったという。

そうした報道を信じる限り、坪井少年も郷原さんも、リピーターだからという理由で殺されたわけではなかったということになる。彼らには個々に殺されるに値する（と麻生《刑殺官》が判断した）過去の罪状があった。その二人がたまたま同時期にリピートのメンバーに誘われていただけなの……か？　いや違う。

そもそも、どうしてR9で麻生《刑殺官》は坪井と郷原を殺さなかったのか？　二人を殺害した動機がリピーター絡みではなく、そうした過去の罪状にあったというのならば、R9でも同じように事件が起きていなければならなかったはずである。同じように事件が起きていれば、坪井と郷原は春先には殺されており、秋に生きていたはずがない。僕たちが《回龍亭》で会えたはずがない。この矛盾をどう解釈するか。

結論は明らかであった。麻生正義は明らかに嘘をついている。警察やマスコミは容易に騙されているようだが、リピーターである僕たちだけはそれでは騙せないのだ。

しかしなぜ嘘をついているのか。誰かを庇っているのではないか。つまり麻生にはリピーター殺しの仲間がいるのではないか。そいつが残りのリピーターたち（つまり僕たち）の殺害を継続してくれるように願っているのではないか……。

マスコミの報道を通してもたらされる麻生の自供内容は、僕の最大の関心事だったが、それに劣らず僕が気にしていることがもうひとつあった。

天童さんと連絡が取れなくなったのである。月曜から水曜まで、昼に掛けても夜に掛けても応答するのは留守電のメッセージだった。

水曜日の夜には、僕は思い切って新宿まで足を運んでみた。《回龍亭》でもらった名刺に刷られていた所番地の記憶を頼りに、歌舞伎町二丁目の繁華街の外れに立つマンションを探し当て、実際にドアの前に立ってみた。

ドアには《㈱天童企画》と書かれたプレートが貼られている。ここで間違いなかった。呼鈴のボタンを押す。室内でチャイムが鳴っているのが聞こえる。しかしドアの向こうに人の気配はなかった。

思いついて電気メーターを見てみた。円盤がゆっくりと回転している。他の部屋のものと比べて、やや回転が遅いような気がしたが、それで何がわかるというわけでもなかった。

一階に下りたところで、郵便受けをチェックしてみようと思いついた。数字錠が掛けられていたが、時間さえかければ開けられる。そう思って《0・0・1》からやり始め、《3・1・9》まで試したときであった。

「ちょっと。あんた何してんの！」

いきなりそんなふうに大声で叫ばれて、僕は心臓が縮み上がる思いを味わった。

声のしたほうを見ると、マンションの入口に、二十代後半ぐらいの若い女性が立っていた。十メートルほどの距離があり、僕のほうに駆け寄ろうか、それともその場から逃げ出そうか、逡巡している様子が窺われた。

「あの……もしかして、天童企画の方ですか？」

ふと思いついて声を掛けてみると、女性は警戒心を露わにしたままおもむろに頷いた。やはり思ったとおりだった。この人がいつも僕が昼間電話を掛けたときに出ていた人なのだ。

「あの、僕、毛利といいます。天童さんの知り合いです。日曜日から連絡が取れなくなっていたんで、心配して来てみたんです」

そう言うと、女性の肩の力がすーっと抜けるのがはっきりと見て取れた。胸を撫で下ろしながら僕のほうに近づいてくる。

「毛利さん？　事務所に電話してきたことがある？」

「ええ。知り合いの女性が家出した件なんかで、過去に何度か相談に乗ってもらったことがあります」

いつか電話口で天童さんが由子の件を直接言えずに、《家出娘》がどうのこうのという言い方をしたことがあった。それを彼女が憶えていてくれればと思って、そういう言い方をしてみたのである。

「じゃあ、あなたにも連絡はせずに、不意にいなくなってしまったってわけね……」

女性はそう言うと、大きな溜息を吐いた。

「名波《ななみ》といいます。天童さんのところで事務の仕事をしてます。……してましたって言ったほうがいいのかしら。月曜に出社してみたら——」

「鍵は持ってないんですか？」と訊いてみると、持たされてないという。

「中で野垂れ死んでんじゃないでしょうね」

と彼女が何気ない口調で言ったのに、僕のほうが敏感に反応してしまった。まさか天童さんまでが……。

その不安が伝染したのか、名波さんもふと真顔になり、両腕で自分を抱くようなポーズを取った。

「管理人さんに言って、開けてもらおうかしら……。毛利さんも一緒に来てもらえます？」

「ええ」と答えて、僕はゴクリと唾を飲み込んだ。

五分ほどして名波さんが連れてきた管理人の男を先頭にして、三人でオフィスのドアの前まで行った。鍵穴に鍵を挿した管理人は僕たちのほうを振り返り「開けますよ」と言った。

ドアが開くとかすかに異臭がした。部屋の中は暗かった。身体が震えているのが自分でもわかる。不安感で胸が破裂しそうな心持ちだった。管理人が壁を手探りして、パッと室内に照明が灯った。

「入りますよ」と言いながら、管理人が靴を脱ごうとしたところで、

「あ、土足のままでいいんです」と名波さんが後ろから注意する。

入った正面には衝立《ついたて》が立てられていて、それを回り込むと八畳ほどの広さの——元は

ダイニングキッチンだったのだろう。そこにカーペットが敷かれ、デスクが四つ置かれて、オフィスとして機能している空間があった。右手にはユニットバスのドアがあり、奥の壁にスライド式のドアが二つ並んでいる。

デスクの上も棚の中身もキチンと整理されていた。誰かが荒らしたような形跡は特に見られない。

「金曜日に退社したときのままです」と名波さんも言った。

僕たちは三つのドアの向こうも覗いてみたが、誰もいなかった。もちろん死体もなかった。

天童さんが私室として使っていたという部屋をチェックすると、名波さんが声を上げた。

「あ、荷造りしたような跡があります。ほら。……あと、たぶん旅行鞄もなくなっていると思います。ってことは……」

「旅行に出られた……ということですか」

やれやれ、といった口調で管理人が応じた。

「でも私に何の連絡もなく――」

「誰かに追われて逃げるときには、ひとは連絡先なんか教えませんよ」

「そんな……」と名波さんは首を何度も横に振っていたが、この場合は彼女よりも管理人の男の言うことのほうが正しいと僕は思った。

要するに、天童さんは逃げたのだ。

何から——？　もちろん、リピーター殺しの魔手からである。

相手がわからない以上、自分の命を守るには身を隠すしかない。そう決めたのだろう。

彼がそこまでしたということは、僕も逃げたほうがいいのかもしれない。

でもそれはできない相談だった。もうあと三週間と数日後には、鮎美との挙式が控えている。ここで僕が姿をくらますわけにはいかなかった。

あるいは鮎美を連れて——？

身重で体調を崩している彼女を連れて——？

十月末の出発日まで、あと五ヵ月もある。それまでとても保たないと思った。

オフィスペースに戻ると名波さんが留守電を再生していた。スピーカーから流れる声に聞き覚えがあったので、僕は思わず聞き耳を立ててしまった。

「池田です。例の件、止《と》めましたんで、ニュースなどでご確認ください」

池田さんから天童さんへのメッセージである。しかし《止めました》というのは何のことだろうか。録音時刻は二十六日の午前十時過ぎだった。

続いて僕が同日の午後六時過ぎに録音したメッセージが再生される。

「あ、毛利です。ニュースは見られましたでしょうか。折り返しの連絡をお待ちしてます」

僕の残したメッセージが再生されている。名波さんは僕のほうをチラッと見たが特に何も言わなかった。続くメッセージを聞くのが先だと思っているのだろう。

池田さんと僕からの二件のメッセージ。どちらにも《ニュース》という単語が出てくる。僕のほうは麻生逮捕のニュースを意味していた。池田さんも同じニュースのことを指していたのだろうか。だとしたら、彼が麻生を逮捕させたということになりはしないだろうか。止めたというのは、一連の事件をということで、つまり池田さんは独力で――いや、天童さんも協力していたのだろう、だから二人で捜査した結果……麻生のことを突き止めたのだろうか？

だとしても彼らはなぜ麻生を警察に逮捕させたのだろう。その判断は正しかったのか？　問題がなかったのなら、天童さんはなぜ逃げ出したのか。

何かがおかしいという気がしていた。

アパートに戻った僕は電話機を前に考え込んでいた。事の経緯を池田さんに訊いて確かめようと思い、一度は受話器を取り上げたのだが、番号をプッシュする前に架台に置き直した。

質問をしても正しい答えが得られるような気がしなかったのだ。仲間だと思って信頼していた池田さんとの距離が、急に開いてしまったような気がしていた。

池田さんと天童さんが僕に対して隠し事をしていたという事実は、ショックではあったが、それ以上に今は「なぜ」という疑問のほうが大きかった。なぜ彼らは麻生を逮捕させたのか。なぜ彼らはそれを僕に隠していたのか。彼らはどのようにして麻生の犯行を突き止めたのか。そして天童さんはなぜ失踪してしまったのか。

わからないことだらけであり、僕は独りで考えるしかなかった。

4

六月七日の夜、風間さんから連絡が入り、明日の正午に会合を開くつもりだから来てほしいと言われた。僕は大学のゼミ講があるので時間をずらしてほしいと頼んだが、どうしても正午からでなければならないと言う。

「明日はどうしても毛利くんに来ていただかなくてはなりません。来ないと後悔することになるかもしれませんよ」

風間さんはいつになく強引な誘い方をした。僕もリピーター仲間がこのタイミングで会合を持つこと自体はむしろ望んでいたので、時間が動かせないのであればゼミ講を休むのも致し方なしと考えて承知した。

六月八日は快晴で、気温は午前中からぐんぐん上昇し、正午前にはすでに二十七度を超えていた。汗を拭きながら品川の坂を上り、風間さんのマンションを訪ねると、池田さんがすでに来ていた。

「やあ。いろいろ大変そうだね」

「いえ。まあ」と曖昧に答える。

考えてみれば池田さんと直接顔を合わすのは郷原さんの事件が起きた日以来である。あれからひと月半しか経っていないのに、僕を取り巻く状況は信じられないほど変化していた。鮎美との結婚話が決まり、麻生正義が捕まり、天童さんが行方をくらましてしまった。

「まあ、お掛けください」と風間さんに勧められて、僕はソファに腰を下ろす。

「お昼はどうされます？　私たちは店屋物を注文するつもりですが」

「あ、僕はいいです」

来る途中に牛丼屋に寄って、昼食は済ませてきたのだった。

風間さんが注文の電話を掛け始めたので、僕が池田さんに「あれ？　大森さんは？」と訊くと、「今日は私たち二人だけです」という答えが返ってきた。

注文した品が届くまでの間は本題に入りそうもない雰囲気だったので、僕は自分の結婚準備にまつわる話題を提供して場を繋いだ。

やがてカツ丼二個が配達され、風間さんが戻ってくると、場の緊張感がにわかに高まった。まだ丼に箸はつけていないというのに、どうやら話が始まる様子だった。

「さて――」

と箸を割りながら第一声を発したのは、池田さんだった。

「毛利くんをここにお呼びしたのとは、また話が別なのですが、先にリピーター連続怪死事件の謎解きのほうを済ませておきましょうか」

リピーター連続怪死事件の謎解き――？

僕は思わず息を飲んだ。これからどんな話が始まるのか見当がつかなかった。

しかし風間さんは――そして話者である池田さんも――至って暢気な風情で、丼の蓋を開けて鼻を利かすと、せっせと箸を動かし始める。二人の間ではすでに何らかの結論が出されていて、それを僕に伝えるための場がここなのだということは、どうにか理解したが、それでも僕は呆気にとられたまま、二人の様子を見ているしかなかった。

口に掻き込んだものを咀嚼《そしゃく》して、ゴクリと飲み込んでから、池田さんは言葉を継いだ。箸は持ったままである。

「高橋さんが亡くなられたのは、あれはもう疑う余地のない純然たる事故でした。リピートの際に起こりうる、まあ不幸な事故ってやつでしょうか。しかしそれ以外の三件——横沢さんの放火殺人と、あと坪井くんと郷原さんの事件——二人が麻生という元警官に殺されたのも——すべては運命どおりだったのです」

「は？　どういう意味です？」

僕はわけがわからないまま、池田さんから風間さん、そしてまた池田さんへと、交互に視線を投げかけた。しかし二人はのんびりと食事を続けている。

モゴモゴと咀嚼しながら、池田さんが続けた。

「実際、面白い事件だとは思いませんか。私たちでないと、事態の異常性がわからないのですから。横沢さんの事件と麻生《刑殺官》の起こした事件、それが連続して見えているのは私たちだけです。他の人たちにはそれぞれが独立した事件としてしか見えていません。過去を調べたって、横沢さんと他の二人の間には絶対に繋がりなんて出て来ません。そこに繋がりを見出しているのは私たちだけなんです。でもそれを警察に訴えるわけにもいきません。ただひたすら連続殺人犯の恐怖の影に怯えるか、あるいは自分たちだけで事態に立ち向かうか……。天童さんがこの場におられたら、きっとミステリー小説を引き合いに出されると思いますが、私も実はこれでけっこう読書家なんですよ。自分で言うのも何なんですが。今年一年で八百冊ぐらい本を読みましたか。ミステリーを中心にして。それで言いますと、クリスティと言うよりは、ステーマンの『六死人』に近いかもしれませんね。いや、それよりもっとネタ的に近いのが、ほぐっ――」

池田さんの口からご飯粒が飛び出した。彼は慌てて飯粒を拾い、口元を手で拭った。

「おっと、失礼しました。……ところで毛利くんは、この記事はご承知でしょうか」

そう言って、丼の下敷きになっていた新聞を取って僕に寄越した。池田さんはとりあえず今はそれ以上は話すつもりがないらしく、視線を丼の中に落としてせっせと箸を動かしている。風間さんも黙々と箸を動かしている。カツに載った半熟の卵が、実に旨そうに仕上がっているのが見えた。

僕は渡された新聞を見た。五月二十四日付の夕刊で、港南アパート十七号棟の火事を報じたものだった。

「この火事の記事ですよね？　ええ。高橋さんの住んでたアパートですよね。こんな火事はR9では起きてなかったってことで、気にはしてましたが……」

「そこまでわかっていて……おかしいとは思いませんでしたか？」

「おかしい？　いえ、たしかに変だとは思ったんですが――」

そこで僕はこの記事を見つけた直後に考えたことを池田さんに説明した。

「なるほど。そう考えてしまわれたわけですね。……しかし事実は違います。ちなみに毛利くん、高橋さんの部屋番号は憶えてませんでしたか？」

「いえ、えーっと……たしか……二〇五号室だったと思います」

と答えたところで、僕は自分の間違いに気づいた。

「そうです。よく憶えておられましたね。一方でこの記事をよく見てください。火元になった長岡さんという方の部屋は、一〇二号室です。もう少し慎重に考えていただければ、あるいは自力で解けたかもしれませんが。いやあ、惜しかった。……天童さんは、これで気づいたんですがね」

「天童さんが？」不意に出てきたその名前に、僕は過剰に反応した。「何に気づいたんですって？」

「だから、事件のからくりについてですよ。彼はもっと普通に考えたみたいですよ。……もしリピート直後の事故がなくて、高橋さんが無事にリピートできてたとしても、この火事であるいは死んでいたかもしれない。逆に言えば、高橋さんがリピート直後に事故で死んでしまった以上、この火事はどう考えても余分なんです。高橋さんが住んでいる場合には意味がありますが、今回のこれでは意味がない。高橋さんがおられない以上、火事を起こす必要がないじゃないですか。それなのに火事は起きている。……ようするにこの火事は、もともと起こる運命だった。R9で火事が起きず、高橋さんが秋口まで生きておられたことのほうが、運命に逆らっていたのです。横沢さんの場合も同じですね。本来の運命に従った結果があの火事です。彼がR9で十月まで生きていたのは、誰かが放火を阻止したからなのです。……それは誰か？　こちらにおられる風間さんしかいません。天童さんはそう考えました。

要するに、ゲストの方々はみんな、本来なら死んでいたのです。R7でもR8でも。でもR9では私たちがこっそりと助けてあげたのです。そしてみなさんをリピートにお誘いした。で、こちらに着いてからは、また運命のままに任せたと。そういうことです」

池田さんはそんなふうにアッサリと言った。僕がその意味を理解するまでには、多少の時間が必要だった。それでようやく意味はわかったものの、しかしそれは、にわかには信じられない話だった。

まさか——そんな——馬鹿な！

僕は胸苦しさに喘《あえ》ぎながら、池田さんから風間さんへと視線を移した。風間さんはちょうどカツ丼を食べ終えたところで、僕のほうに正対すると、ひとつゲップをした。そして平然とした口調で言う。

「池田さんの、今説明されたとおりですよ」

瞳はサングラスの奥に隠れて見えなかったが、目尻に細かい皺が寄ったので、彼が微笑んだことがわかった。

「あ、その前にひとつ、彼がうっかり説明し忘れていたことがあります。……実は彼も、私とともにR0からずっとリピートを繰り返してきている仲間なんです。私たちは《常連》と呼んでますがね」

5

そもそもの始まりはゴルフだったと池田さんは言った。

「大滝さんという方がおられるんですが、その方が非常にゴルフ好きで、しょっちゅう私を呼び出してはコースにお誘いいただいてるんです。お忙しい方なので、直前まで仕事をされていたり、あるいは逆にプレイの直後に委員会があったりすることが多く、移動にはヘリを使うこともしばしばで、十月三十日も秘書の渡辺さんという方と二人でヘリをチャーターしてコースに向かわれていました。私も途中でピックアップしていただいて、三人で木更津のコースに向かっていたんですが――」

「そのヘリを操縦していたのが私でした」と風間さんが割って入る。「そうしたら突然、目の前にあの《オーロラ》が現れて――避ける暇もありませんでした。そうして私たちは四人で最初のリピートを経験したのです。……大滝さんと渡辺さんは、R1でそのまま生きてゆくことを選択されましたが、私たちはリピートを繰り返すことを選択した」

「そのあたりをあまり詳しく説明してしまうと、ゴルフというキーワードから、もしかして私もリピーター仲間なんじゃないかって見抜かれてしまうおそれがあったので、風間さんにはそのあたりのことをぼかして説明していただくようにお願いしていたんですが――」

「そもそも何で――」自分の声が掠《かす》れていることに気づいた僕は、ひとつ咳払いをしてから後を続けた。「池田さんは、初めてのふりをしてたんですか?」

「それはもちろん、みなさんとなるべく近い立場に立って、みなさん方のやりとりを肌で感じたいと思っていたからです。事実、この間の——郷原さんの事件のときには、風間さんのような立場にいては絶対に聞けないような話も、聞かせていただきましたからね」

そう言って満足そうに微笑む。日焼けした顔の中で、こぼれた歯の白さがまぶしかった。

「要するに、退屈しのぎだったんです」と風間さんが説明を始めた。「私たちはリピートを繰り返している限り、歳もとらないで済むし、永遠に死ななくて済む。ですが、同じ一年を何度も繰り返すというのは、想像していただければおわかりになると思いますが、かなり退屈なことでしてね。それで何か、新しい刺激が欲しいと思ったわけです。最初の——R3とか4のころは、前もって事故や火事の起こる場所がわかっているわけですから、それを見物に行ったりしてましたけどね」

それは僕も考えたことだった。それればかりか、天童さんと二人でそれを実行に移したことさえあった。

宙に撥ね上げられたライダー。ヘルメットの中の顔……。

僕は首を左右に振った。

「それで次には、人助けをしようと思ったわけです。これでも根っからの悪人というわけでもないんでね。リピートというメリットを、どうにかしてひとの役に立てたいと、そう思って、それで事故や何かを未然に防ぐ方法をいろいろと考えました。まあ失敗に終わったものもありましたが、いくつかは人命を救うことができた――それでまあ、自己満足には浸れたわけですが、事故を未然に防いでしまったわけですから、助かった人も、それとは知らないまま終わってしまうわけです。だから感謝の言葉もないし――また、次の世界にリピートすればしたで、また同じ事故は起こるわけです。それも未然に防がなければならないとなると、これはもうキリがない。そうなるともう、そもそも酬《むく》われることもないわけですし、やっていても意味がないことのように思えてきます。そこで今度は――暇潰しが主な目的だったわけですが――私と池田さんの《常連》二人とは別に、ゲストとして、一回限りのリピーターというのを招いてみるかという話になって――それでＲ７と８ではゲストの方々をお招きしたのですが――どうせなら、私たちが命をお救いした方々を、リピーターとしてお招きして、そうしてその人たちがリピート後に本来の運命に遭遇し、パニックに陥るのを、仲間という立場で見物できれば――事件をただ外から見物していたときとはまた違って、これは面白いんじゃないかということを思いつきまして、それで今回、Ｒ９でみなさんの命をお救いしておいて――そういう仕込みをしておいて――で、このＲ10へと連れて来たと、そういうわけなんです」

「まあ要するに、ゲームみたいなものですね」と池田さんが横から口を挟む。「生き残りゲームです。……さて、誰が生き残れるでしょう？　みたいな感じで」

　ひとの生き死にをゲームだと……。

　この人たちは――。

「悔しいですか？　私たちを恨みます？　でも私たちが何もしなければ、みなさんはR9で死んでたんですよ。私たちを恨むのはお門違いだと思いますが……」

「でも――そんなの、結局は、自分が楽しむためであって――」

「でもみなさんの命を救ってさしあげたという事実には、変わりはないはずです」

僕は言葉を飲み、深呼吸をした。悔しいが、池田さんの言うことにも一理あった。

僕が黙り込むと、池田さんもまた、それで話は終わりだという感じで黙り込んでしまった。風間さんが腕時計を見て「まだ時間がありますね」と言う。

「では私たちがどうやって、R9でそれぞれの事件を未然に防いだかを、説明しておきましょうか。まずは横沢さんの事件ですが――その前に、連続三件の小火が起きてましたよね、前の週に。で、あの現場近くに住む受験生が、実は放火犯でした。私たちはR……4？」

「です」と池田さんが短く答える。風間さんは細かく何度も頷いて、

「R4で、放火される現場を張り込んでみました。現れたのが少年だったので現行犯で取り押さえて、その住所氏名から電話番号、放火の動機まで、その場で聞き出しました。だからR5以降で事件を止めるのは簡単でした。事件前日の昼間に、ご家族に電話をすればいいのです。……お宅のお子さんがライターを持ち出して夜中に出歩いている、放火をするかもしれないので注意していてくださいと。それで高校生が近所に三件の放火をするのを防げましたし、翌週には横沢さんの家も燃えずに済みました」

「次は麻生正義の事件ですが」と、今度は池田さんが話し始める。「私たちが彼に注目

したのは、実は四件目の——いえ、前の年のぶんもあるから五件目ですね——彼にとっては五件目になる、天童さんの事件でした。……天童さんも、実はこの後——七月に、麻生に殺されるはずだったのです。彼も過去に西新井署の——麻生の勤めていた警察署の管轄内で、事件に関わってました。六年前……でしたっけ？　毛利くんもご存じのとおり、赤江猿彦《さるひこ》の事件です」

赤江猿彦という名前には聞き覚えがあった。たしか文学関係の著書があったはずだ。赤江少年の叔父というのは、あの赤江猿彦だったのか……。

少年によれば、天童はその事件で名探偵なみの推理を披露し、事件を解決に導いたという話だった。しかし捜査に当たった警察官のひとり、麻生刑事の言い分は違っていた。彼は事件解決後、天童にも罪があったはずだと言い張っていたという。

「天童さんが本当に、麻生の言うように、あの事件で故意に人を死なせたかどうかはわかりません。先日、天童さんご本人に直接聞いてみたんですが、そのときには、麻生の勝手な思い込みだとおっしゃってましたが……。麻生正義も、法で裁かれない罪人に天誅《てんちゅう》を下すつもりだったなどと、ミスター安穏のようなことを言ってますが、実際には金持ちに対する恨みというか、あるいは妬みというか、そういった感情がかなり加わっていたようなので、彼の言葉も素直には鵜呑みにできないところがあります」

麻生正義の生い立ちは、ワイドショウ番組で報じられているのを見た記憶がある。生家が貧しかったため、彼は社会に出るまでの間、かなりの苦労を強いられたらしい。そして彼が一連の事件で狙った相手は、坪井少年しかり、郷原社長しかりで、すべてが金持ちだった。

「でも、天童さんが五人目だったってことは――？」

「ええ。四人目がいます。ついでに言えば、本来の歴史では麻生は今年の十月の時点でも逮捕されていません。だからもしかすると十一月以降も、殺人を重ねているかもしれませんが、とりあえず十月の時点で殺しているのは五人です。一人は去年のうちに殺されているので、私たちが助けることができたのはそのうちの四人でしたが……。坪井くん、郷原さん、そして駒田さんという人がいて、七月に天童さんという順番です」

「その、駒田さんというのは……？」

「外食チェーンを経営されている方です。毛利くんがおっしゃりたいのは、なぜその人はリピーターの仲間に加わっていないのかということですよね？　話は簡単で……彼は九月一日に家におられなかったからです」

「九月一日……？」

「もうお忘れですか？　あの地震ですよ」と池田さんは笑顔を見せた。「私たちがR9で命を救ったのは、みなさん方だけじゃありません。全部で二十人近く助けたと思います。その中であの地震の前に風間さんが電話を掛けて繋がったのが、今回の八人だったというわけです」

「じゃあ――僕がもし、あの電話に出なかったら……？」

「リピートにお誘いすることもなく――だからそのまま、R9で十一月以降を生きておられたでしょうね。駒田さんのように」

あの電話が分岐点だったのだ。本来なら死んでいた人たちが二十人近く助けられ、そのうちの半数はそのまま後の人生を送ることができたが、半数は再び死に向かわされる運命にあった。僕もあの電話に出なければ――いや、出てもリピートの誘いに乗りさえしなければ、無事にその後の人生を送る側に加われたのだ……。

6

「話を戻しましょう」と池田さんが言った。「私たちはR5で、天童さんの事件を未然に防ぐことにチャレンジしました。といっても、いつどこで事件が起きるか前もってわかっていたわけですから、やったのは警察に垂れ込みの電話を入れた、それだけです。で、電話を受けた警察は、いちおう現場周辺を密かに警戒していました。そこにのこのこやってきたのが麻生です。天童さんに襲いかかったところで、彼は殺人未遂の現行犯で捕まりました。

その後は今回と同じです。麻生はいったん捕まった後は、潔く自分の犯行を隠さずすべて自供しました。それで彼が過去に四人もの人間を巧妙に殺していたということが明らかになったのです。……本来の歴史ではそこに天童さんも加わりますから、全部で五人ですね。で、R6で私たちは試しに、坪井くんの事件の前に、麻生と直接コンタクトを取ってみました。電話を掛けてみたのです。そこで、お前がこれからやろうとしていることはすべて承知している、去年すでに一人殺したことも知っている、みたいなことを言ったら、彼は畏れおののいていましたよ。それだけで彼の犯行は食い止めることができました。私たちは四人もの命を助けることができたのです。それで満足してしまって、Ｒ７以降はまた放っておいたのですが……今回の実験のために大勢の命を救わなければならないということで、Ｒ９でもまた同じことをして、彼の犯行を阻止しました。ちなみに今回、麻生がこのタイミングで捕まったのも、私たちが警察に密告したからです。なぜそんなことをしたかというと、天童さんが謎解きに成功したからです。謎を解いた天童さんは、当然のことながら、自分を殺す運命の歯車を止めてほしいとおっしゃいましたし、私たちもゲームの勝者には当然そうするつもりでいましたから、それで先月の二十六日に麻生を逮捕させたのです」

　それと同時に、天童のオフィスに電話を入れて、留守電にそのことを報告しておいたというわけだ。あのメッセージの意味がようやくわかった。

「それでも信用できなかったんでしょうか……」と風間さんが首をひねる。天童さんが失踪した理由を訝しんでいるのだろう。

「高橋さんのケースもお話ししておきましょう」と池田さんが話を戻した。「彼はアパートの火事で焼死する運命にありましたが、火事の原因は長岡という下の階の住人がタバコを吸いながらうたた寝していたことにあったわけですから、そのお爺さんの目を覚まさせてやればいいわけです。電話を一本掛けるだけで済みました。……さて、問題だったのが、毛利くんのケースです」

　僕は唾を飲み込んだ。まるで死刑判決を受ける未決囚のような心持ちだった。

「私の行きつけの飲み屋が津田沼にあるんですが、本来の歴史だと、そこが五月ごろに経営難で人手に渡ってしまうんですね。経営が変わって店の感じも変わってしまう。常連客としては歓迎すべからざる事態です。R2のときに、ならば私が資金提供をして、マスターに店を続けてもらおうと思ったんです。五月になってからだと焼け石に水ですから、リピートしてすぐにそう申し出ました。そうしたら、三月に起きるはずだった落合の大学生殺しが——つまり毛利くんの事件ですが、それが起きなくなってしまったんです。……要するに、運命の歯車を止めるスイッチが先に見つかったのですが、どうしてそれがスイッチとして働くのかがわからない。そんな状況が発生したのです。で、私は、どうしてそうなるのかにいたく興味を惹かれて、その因果関係を突き止めようとしたんですが……かなり苦労しましたよ。R3では新宿の《バンビーナ》にも常連客として通いましたし——毛利くんは知らないでしょうけど、私たちはけっこう仲良くなっていたんですよ」

僕は全身がカッと熱くなるのを感じた。叫び出したいような、いや、相手を殴りつけたいような気分になった。先ほどリピーター連続怪死事件のからくりを聞いたときでさえ、こんなに腹立たしい気持ちにはならなかったのに……。

どう言えばいいのだろう。自分のあずかり知らぬところで勝手に僕と仲良くなったなどと言われても、対処のしようがないではないか。

いや、彼が知り合った相手は、同じ《毛利圭介》ではあっても、それは僕ではない……。

僕の内心の憤りに気づいているのかいないのか、池田さんは訥々と話を続けていた。

「そんなふうにいろいろと調べてみて、ようやくわかったのが、そのマスターの娘さんが事件に関わっているということでした。毛利くんはご存じないでしょうが――いや、この世界では会われていたんでしたっけ？　土屋亜由美《つちやあゆみ》さんというお嬢さんですが」

二月から《バンビーナ》に勤め出したアユミのことだった。僕はおもむろに頷いた。

「要するに、今年に入ってから、彼女の学費や遊興費を今までのように援助するだけの余裕がなくなってしまったんですな、マスターに。それで娘さんがツテを頼って水商売を始めたんですが、そこで毛利くんと知り合うわけです。毛利くんにはその時点で、町田さんという彼女がいましたが、土屋さんに惹かれてしまった毛利くんは、町田さんから彼女に付き合う相手を乗り替えてしまいます。しかし振られた町田さんはそれでは気分が収まらない。心の中に恨みつらみを溜め込んだ挙句、三月三日、家で嫌なことがあったのをきっかけに、発作的に毛利くんの家に行って包丁で君を刺し殺してしまう。そういう流れだったんですね。

ところが私が一月に、その津田沼の飲み屋に資金援助を約束すると、マスターも娘さんへの仕送りの額を減らさずに済んで、そうなると娘さんも《バンビーナ》でのアルバイトをしなくても済むようになって、毛利くんは土屋亜由美さんと出会うこともなく、町田さんと付き合い続けた挙句、彼女とは自然な形で別れることができて――あとは毛利くんがR９で経験したとおりです」

Ｒ９が池田たちによって操作されたものだったという以上、僕は《本来の人生》を経験していないことになる。しかし前回と今回の人生の断片を重ね合わせることで、それを想像することは可能だった。

由子とアツアツだった二月初旬、《バンビーナ》に新しいアルバイトが入ってくる。アユミの笑ったときのあの目の形。明るい性格。話が合うところ……。たしかに僕は彼女に浮気心を抱いただろう。アユミも僕が誘えばきっとついてきたはずだ。確信があった。その浮気がいつの間にか本気になり、由子のことを疎ましく感じるようになっていて

――。

そして僕は由子に刺されるのだ。

それが本来の歴史だった。僕の人生だった。運命だった……。

「大丈夫ですか?」

池田さんに言われて初めて気づいたのだが、僕は笑っていた。可笑しかったのだ。

「だ、大丈夫です」と答えながらも、なかなか笑いが止まらない。涙が出てきた。しばらくしてようやく発作が止まったときには息が苦しく、犬のように口で呼吸していた。

「す、すいませんでした」と発声すると、また噴き出しそうになる。

視界の隅で、風間さんが腕時計をちらりと見ている姿が目に入った。

「時間がないから先に進みましょう」と風間さんが池田さんに向かって言っていた。何の時間を気にしているのだろうと思い、それでようやく僕は正気を取り戻した。

7

池田さんが話を再開している。

「あの日、私は毛利くんのアパートのそばまで行ってたんですよ。事件の後、リピート関係のメモなどが現場に残ってたらまずいんで、現場に行って回収してくるつもりでした。ところが町田さんはいつまで経っても出てこないし、部屋の明かりは唐突に消えるし、いったい中で何が起きてるのかとやきもきしていると、しばらくしたら今度は天童さんが現れたじゃないですか。そこでおおよその察しはつきましたが、どうすることもできずに、とにかくうまく始末してくれと、それればかりを願っていましたが……。どうやらうまく始末してくれたようですね」

「ええ。……天童さんが」

「彼は優秀ですね」と池田さんは微笑んだ。「羨ましい限りです。生き残りゲームでも最初に正解に辿《たど》り着いたのは彼でしたしね。……ただし生き残りを実際に確定させたのは、毛利くんのほうが先でした。ともあれお二人はすでに運命の歯車のスイッチが止まった状態です。……問題なのは他の二人です。彼らをどうするか——」

「あっ！——鮎美？」

一瞬にして悟った。というよりも、どうして頭がそこまで回らなかったのか、自分で自分をブン殴りたくなる。

「鮎美は――あいつは、いつ、どこで――？」

そう訊きながらも僕は、質問の半分には答えの予測がついていた。はたして、

「今日です」と池田さんが言う。「それもスイッチを止めるまでの猶予は、もうあと――」

「二十分弱です」と風間さんが時計を見ながら言葉を継ぐ。

「だったら――止めてください！」

僕が池田さんに懇願すると、彼は僕の目をじっと見返してきた。

「止めて――よろしいのですか？　毛利くんの置かれている状況は私も承知しています。あなたは篠崎さんをこの世界に棄てて行くつもりだったんじゃないですか？　風間さんにそうおっしゃられましたよね？　だったら別に、彼女がここで死んでしまおうが、構わないはずじゃないですか。……結婚の準備が面倒だとか、先ほどもおっしゃられてましたよね。でも篠崎さんが今日、運命どおりに亡くなれば、毛利くんもこの世界での残り五ヵ月を、自由に過ごせるんですよ」

池田さんの言葉は、僕の胸中の深いところを抉《えぐ》っていた。……そうだ。僕は鮎美に対して、死ぬ運命にあるのならさっさと死んでくれればいいと、そんなひどいことを思っていた時期もあったのだ……。

「私たちからすれば、正直言って、毛利くんと篠崎さんの件は不安材料のひとつなんで

す。毛利くんはR11へ行かなければならない。一方で篠崎さんはこの世界に残らなければならない。どちらの理由も私たちは承知していますが、今のままでは二人とも折れそうにありません。ならば結論はひとつで、彼女はここに残るけれども、毛利くんはR11へ行く。で、とりあえず毛利くんはそう結論づけられましたよね？　ただし彼女がそれでは納得しないだろうから、ギリギリまで彼女に対してはここに残るフリをすると。……そのギリギリまでっていうのが、私たちからすれば、直前まで心配の種を引っ張ることになるわけなんですよ。できればそれは避けたいと。

で、幸いなことに——と言うと語弊がありますが——とにかく、このまま放っておけば、篠崎さんは死んでしまう運命にあります。そうなれば私たちもひと安心できます。しかし黙って彼女を死なせると、毛利くんがからくりを知ったときに、後から私たちに文句をつけるかもしれません。どうして死なせたんだって。一緒にR11に連れてくつもりだったのに。あるいは一緒にこの世界に残るつもりだったのにとおっしゃられるかもしれませんが……。どうであれ、とにかくそんなふうに後から非難されるよりは、前もってチャンスを与えておきましょう、毛利くんご自身に選択する権利を与えましょうということで、今日はここにおいでいただいたわけです」

「タイムリミットまで、残り——十五分です」と風間さんが不意に宣告する。心臓に悪い。

「どうされます？　彼女を運命のままに任せます？　もしそうご決断いただけるのなら、私たちは毛利くんを何の心配もなくR11に連れて行くことができます。……逆に彼女を助けるという決断をされるのなら、そのままこの世界に残っていただこうと思っています」

「え、そ……」そんな。それは困る。左右のこめかみのあたりがギリギリと痛んだ。

「二択です。彼女を助けて一緒にこの世界に残るか、あるいは彼女を見殺しにしておひとりでR11に行くか。……それ以外の答えは受け付けられません。たとえば、とりあえず今は彼女の命を救っておいて、でも十月には彼女を見捨ててひとりでR11に行く、などという考え方はこの際禁止させていただきます。彼女を救うつもりなら、同時にR11行きを現時点で諦めていただくしかありません」

「毛利くんにこうして二択の機会を与えることにしたのは、私たちの恩情です。私たちは事態を放っておくこともできたのです。それを忘れないでいてください」

「さあ、どうされます？」

「残りが――えー、十三分ですね」

「止めて――」と反射的に出た言葉が途中で詰まる。「……いや、待ってください」

風間は選択権を僕に与えたのが恩情だなどと言っていたが、その恩情を活かすためには、僕が今ここで鮎美を救うことを決断しなければならない。しかしそれは同時にR11行きの権利を放棄することをも意味する。

こんな恩情など与えてほしくなかった。僕の責任の範囲外で勝手に事が運んでくれたほうがよっぽどありがたかった。……こんなふうに考えるということ自体、僕はもう結論を出してしまっているということか？

それが運命だというのなら、何も僕が罪の意識を感じる必要などないのでは……。

「彼女は……どうやって？」

僕はとりあえずそんな質問をした。池田さんと風間さんが顔を見合わせる。池田さんがひとつ頷き、風間さんがそれを受けて答えた。

「ウチの会社のヘリが墜落します。羽田から浦和まで客を運ぶチャーター便なんですが、整備不良でね。……あと十数分後には、東京ヘリポートから羽田に向かって飛び立ちます。止めるなら今しかありません。私が電話を一本入れれば――ヘリが墜落する夢を見た、気になるからブレードの取り付け金具をもう一度点検してくれないか、と言えば――ウチの業界はゲンをかつぐ連中が多いですからね、それこそ板子一枚下は地獄の世界ですから。いちおう点検してくれて、それで不良箇所が見つかるという段取りです。私も――パイロットは芹沢くんといって、若くてよい奴なんですがね――彼を死なすのも可哀想だという思いもあります。……いや、もうそろそろ間に合わないかな？　点検する時間がそろそろ――」

そんなことを言いながら腕時計に目を落とす。僕は室内を見回した。キッチンカウンターの上の壁に時計があった。現在時刻は一時十七分。秒針がチッ、チッと痙攣的に動いて、時を刻んでいる。

どうする――どうする――どうする!?

「実は今日こういう場を設けた理由のひとつには、私にも、彼女を死なせたくないという思いがあったからです」と風間さんが話し始めたかと思うと、そこでとんでもないことを言い出した。「実は私も、彼女とは付き合っていたことがありましてね」

「はっ!?」

僕は思わず叫んでいた。まじまじと相手の顔を見詰めてしまう。そんな話は聞いてない。

風間は微笑を浮かべながら続けた。

「もちろん、別な人生で、の話ですよ。……あれはR5でしたか。自分が命を救った女の子ですから——まあ向こうは知らないにしろ、こっちにしてみれば、自分と付き合ってくれてもいいじゃないかと、思いますよね……普通？　それで、自分で出逢いの場を作って、積極的にアプローチをして、そうしたら私と付き合ってくれました。あくまでもR5での話ですから、今の彼女はもちろんそんなことは記憶してませんが。……いやー、清純そうに見えて、なかなかあっちのほうも——ですよね？　毛利くん」

目の前が瞬間的にクニャッと歪んだ。それほど僕の胸の裡に噴出した怒りは凄まじいものだった。

こいつはわざとこんな話を持ち出しているのだ。僕を揶揄するために。

こいつを殺してやりたい……。

「ああっ！　毛利くん。よしなさいって」

池田さんの叫び声が遠くに聞こえた。僕は風間さんに摑み掛かろうとしていたのだった。しかし相手の胸倉を摑もうと伸ばした手は、脇の下にがっちりと極《き》められている。飛びかかったときにテーブルの角ですねを打っていた。それがじんじんと痛みを脳に伝えてくる。僕は手首を極められたまま、肘撃ち攻撃を仕掛けたが、それも難なくかわされる。

「おっと。少林寺ですか」と風間は余裕の体である。

「そんなことをしてる場合じゃないだろ！　毛利くん。な。落ち着いて」

池田さんが僕の肩をぽんぽんと叩く。僕はその時点ですでに攻撃をやめていた。風間さんも両腕の力を緩める。僕は再びソファに腰を下ろした。

こいつを殺してやりたい――その思いはまだ胸の裡で燻《くすぶ》っていた。しかし風間を殺すわけにはいかないのだ。R11へリピートするためには、どうしても風間の協力が要る。

くそっ。何て弱い立場なんだ！

怒りの矛先は鮎美にも向けられた。

こんな下司《げす》野郎と、どうして付き合ったりするんだ！　鮎美の馬鹿が！

今の鮎美に言っても、それは仕方のないことであった。風間と付き合ったのは別世界の彼女なのだから。しかし理屈ではわかっていても、僕は心の中で、そんなふうに彼女を罵倒せずにはいられなかった。

「あと七分です」と風間が言う。くそっ。落ち着き払いやがって。

いや、今はこんなことを考えている場合じゃない。僕も冷静にならなければ……。

「すみませんでした」と言ってとりあえず頭を下げる。風間は髭を撫でながら「いやいや」と気にしていない素振りを見せた。

時間がない。僕はどうすれば――。

「ヘリは絶対に、そこに墜落するんですか？」と、とりあえず質問をしてみたが、

「それはもう、紛れもなく。必ず篠崎さんの家に墜ちます。……私が止めない限りは、ね」

答えは明らかだった。こんな問答をしている場合じゃない。どうする？　僕はどうしたらいい……？

この歳で結婚して、子供までできて――そんな人生で決定されてしまうのは、正直言ってイヤだった。僕はもう一度自分の人生をやり直したい。さらにこの世界に残れば、由子を殺したという事実も事実として確定してしまう。しかしR11へ行けば、由子は生きている。リピート直後には嫌でも生きている彼女と会うことになるのだ。

そうすれば、僕の罪はなかったことになる。

だからと言って、鮎美を死なせていいのか？　同じ予言の電話で召喚されて、仲間として出逢い、今日まで行動を共にしてきた彼女を。その結果、今は僕の子供まで宿している。その彼女を見殺しにしていいものか……。

凄まじい葛藤が僕の内面で繰り広げられていた。いつまで経っても結論が出ない。……いや、結論はすでに出ているのだった。しかし僕はそれを口にすることができない。口には出さないまま、時間がただ過ぎるのを待っている……。

おそろしく長い時間が経ったように思われた。最初に風間の身じろぐ気配がした。溜息が洩れた。そして彼が言った。

「時間になりました。ヘリはもう出発しています」

池田さんもその隣で大きく息を吐いていた。緊張していた場の空気が一気にほぐれる。

もう鮎美を救うことはできない……？

いや、まだ間に合う。手はある。

8

「ヘリが墜落するのは何時ですか？」

「二時二十分とか、それぐらいのはずですが？」

それが何か？　というようなニュアンスが感じられたが、風間さんだって——そして当然、池田さんだって——僕が何を考えているかは、すべてお見通しのはずだった。しかし彼らは何も言わない。

「僕は——失礼していいですか？」

「いいですよ。話は終わりました」と風間さんは言い、顎でドアのほうを示した。行くなら勝手に行けということだろう。

僕は無言のまま席を立つと、そのまま風間さんのマンションを後にした。

外に出ると、駅の方角を目指してがむしゃらに歩いた。信号待ちの時間が異様に長く感じられる。青になったときには走り出していた。

駅舎の外に電話ボックスが並んだ一角があった。僕は空いているボックスに飛び込んだ。テレカを挿入し、篠崎家の番号をプッシュする。

僕は——どうするつもりなんだ？　僕は何をしている？　鮎美のために、R11行きを棒に振ってしまうつもりなのか――僕は!?

呼び出し音が途切れ、相手が出た。

「はい。もしもし。篠崎です」

鮎美のお母さんの声だった。

「あ、あの、毛利です」

「あ、はいはい。圭介くんね」

将来の娘婿に向かって、陽気に応対する。そんな場合じゃないんだってば！　危険が迫ってるのに！

「あの――鮎美は？」

「あ……すいませんねえ。あの子、今日は会社なんですよ。ほら、今週も体調が悪いとかってお休みをいただいたじゃないですか。そのぶんを取り返さないとならないとかって言って――」

鮎美は――家にはいない！

それは、本来の歴史ではあり得なかった展開のはずであった。本来ならば鮎美は今日、自宅で過ごしていて、事故に巻き込まれるはずだった。でもこの世界では、彼女は僕と付き合い、妊娠してしまい、悪阻で体調を崩して平日に会社を休んだぶん、今日は会社に出ている。

彼女は、すでに自らの運命を変えていたのだ！

「もしもし……毛利さん？」

鮎美のお母さんの声がする。そうだ。鮎美は無事に済むとしても、このお母さんと
——お父さんも在宅しているのだろうか……？

彼らはどうする？　強引にでも、とにかく外に連れ出せば、彼らを死なせずに済ますことができる。しかし後から説明に窮することは明らかだった。

——どうしてヘリが墜ちるなんて予測できたの？

誰より、鮎美からそう問い詰められたときに、僕はどう答えればいい？

そのとき、恐ろしいほど悪魔的な考えが、僕の頭の中で閃《ひらめ》いた。

「あ……すいません。別に、あの……彼女の声をちょっと聞いてみたかったってだけですから。どうもすいません。それじゃまた」

「あらあら、すいませんでしたねえ——」

僕は最後まで聞いていられずに、そのまま受話器を架台に戻してしまった。

このまま——ヘリが墜落して、彼女の両親が死んでしまったら、鮎美はどうするだろう……？

最初は悲嘆に暮れるが、そこでハッと気づくに違いない。R11に行けば、また両親とともに、人生をやり直せると。……その代わり、彼女はそのお腹に宿した子供を失うことになるのだが。

そのとき、鮎美はどちらを選択するだろうか。まだ命の定まらない子供よりは、今までの半生を永く共にしてきた両親のほうを、選択するのではないだろうか……。

そうなれば、すべては僕の当初の願いどおりになる。僕はR11で、今までずっと一緒

に時間を過ごしてきた鮎美とともに、やり直しの人生の再スタートを切ることができる……。

そう。そのために、僕は彼女の両親を見殺しにすることに決めたのだ。

電話ボックスを出たときには足元がふらついた。切符を買って改札を通る。山手線から中央線に乗り継いで、東中野駅で降りる。山手通りに出る短い坂道を上っているときに、空の高みからヘリの爆音が聞こえてきた。僕はハッと息を飲み、空を仰いだが、しかしヘリの姿を見ることはなかった。……あのヘリがそうなのだろうか？

部屋に帰り着くと、僕はベッドに倒れ込んだ。現在時刻はおおよそわかっていたが、できるだけ時計を見ないようにした。ヘリが墜落する時間など聞かなければよかった。考えれば考えるほど、自分の弄した策が愚かしいもののように思えてくる。

R9では起こらなかったはずの事故である。しかも今回に限っては、どんな作為も考える余地がない。それを目の当たりにすれば、鮎美もおそらくは事件のからくりに気づくことだろう。彼女は当然風間を責めるだろうし、そうなれば風間もたぶん僕のことを彼女に話してしまうだろう。決断したのは毛利くんですよと。あるいは由子の件も彼女に話してしまうかもしれない。そうなったときに彼女は僕のことをどう思うだろう……。

彼女はこの後、僕の思惑どおり、R11へ行くことを決断するかもしれない。しかしそれは両親を助けるためであって、僕との関係を続けるためではない。おそらく彼女は今日の件で僕のことを憎むようになるだろう。殺人者として蔑むことになるだろう……。

電話のベルの音で意識を取り戻した。カーテンの向こうが薄暗い。いつの間にか眠っってしまっていたらしい。ビデオの時刻表示を見ると五時二十分を過ぎていた。風間の言ったことが正しければ、ヘリはすでに三時間も前に墜ちているはずだった。

電話のベルが執拗に鳴っている。鮎美からだろうか。二十回ほど鳴り続けたベルは、不意に止んだ。部屋の中がしんと静まり返る。

僕はテレビのリモコンに手を伸ばした。いつまでも目を塞いでいるわけにはいかない。自分のしたことの結果を見届ける決意をもって、僕は電源のボタンを押した。

ちょうど何かの報道番組が始まったところらしく——その映像がまさに流れていた。半壊した住宅が画面に映し出されている。瓦礫《がれき》の中から空に向かって突き出しているのは、明らかにヘリコプターの尾翼部分だった。

消防車や救急車がその現場を取り囲んでいる。映画か何かの撮影現場のようだった。オレンジ色の服を着たレスキュー隊員が数名、瓦礫の山に果敢に挑んでいる。カメラは撮影によいポジションを確保しようと動き回っているらしく、映像はひっきりなしにグラグラと揺れ動いている。

その住宅は——ほとんど原形を留めていなかったが、僕にはわかった——篠崎家のものだった。

やがて映像がレポーターの半身を映したものに切り替わった。立入禁止のロープが彼のすぐ後ろに張られている。空の色が先ほどとは違っており、こちらが生中継で、先ほどの映像はVTRだったのだと気がつく。

レポーターが手帳を見ながら喋っている。

「えー、現在のところ、死者は以下の六名と見られています。まずパイロットの芹沢涼《せりざわりよう》太《た》さん。それから乗客の岸井伸郎《きしいのぶろう》さんと敦子《あつこ》さんの夫婦。そして墜落した家の住人の、篠崎勝一《かついち》さん、妻の友子《ともこ》さん、娘の鮎美さんの一家三人です」

画面が青のホリゾントに切り替わり、レポーターの報告内容が改めて文字で表示される。

死亡
パイロット　芹沢涼太さん（29）
乗客　岸井伸郎さん（41）
　　敦子さん（35）
住民　篠崎勝一さん（51）
　　友子さん（49）
　　鮎美さん（23）

どういうわけなのか――鮎美の名前までもが、そこには表示されているのだった。

「――なんで？」

僕は呆然としたまま、そう呟くしかなかった。

十章

1

鮎美の父親の弟という人が喪主となり、家族三人ぶんの、盛大な葬儀が執り行われた。籍こそまだ入れてなかったものの、僕は鮎美の婚約者であり、また三人とともに密かに死んだ胎児の父親として、親族に近い扱いで列席することになった。僕の両親も当然実家から駆け付けていたし、教授もゼミ講の仲間も来ていた。本来なら十日後の披露宴で集まるはずだった人たちが、黒白の幕に囲まれた中で沈鬱《ちんうつ》な顔を見せ合っている。

斎場で彼女の会社関係の人の話などを洩れ聞いているうちに、僕は当日のおおよその事情を知ることができた。

鮎美は八日の土曜日に休日出勤をしたものの、昼食を摂ったところで体調が悪化し、大事をとって早めに帰宅したのだという。その体調不良は、たぶん悪阻の症状だったのだろうと言われていた。

彼女を死の運命から遠ざけたかに思えた妊娠という要素。それが最後には再び、彼女を死の運命へと呼び戻すことになったのだ。僕はそこに、偶然では済まされない何かを感じた。運命の頑固さ——あるいは歴史の大いなる呪い。

その運命を、僕は——僕だけが——変えることができたのだ。それなのに僕は何もしなかった。篠崎家の三人を見殺しにしたのだ。鮎美が巻き込まれることは予想外だったが、両親の死については、確実に僕に責任があった。助けようと思えば助けられたのに、あえて看過してしまった——という罪。

リピーターであるならば、それは日常茶飯事であり、いちいち悔やんでいても仕方のないことのはずであった。今年発生した——そしてこれから発生する予定の——数々の天災・人災のことが脳裏に蘇る。数多くの死者を、お前は見殺しにしてきたし、これからもするつもりだろう？　それらとどこが違う？　要は同じじゃないか。お前は別に何もしていない。罪の意識など感じる必要もないのだ……。

しかし、そんな理屈は通用しなかった。確実に自らの手を汚した、あの由子殺しのときよりも、さらに重く、罪悪感は僕の心にのしかかっていた。

身がよじれるほどの悔恨に、僕は涙を流した。

三人の死を悼む、数百人にも及ぶ会葬者たち。僕は彼らから、責められてしかるべきだった。しかし彼らは僕に温かい同情の視線を送って寄越す。

事情を知らない人からすれば、罪はすべて運命の非情さにあり、僕の涙は、その非情な運命に恋人の命を突然奪われた男の、やり場のない憤りの結晶と見えただろう。しかし実を言えば、非はすべて、この僕自身にあるのだった。僕の流す涙は、自らの行いを悔いるものなのだ。——僕をそんな温かい目で見ないでくれ。ぜんぶ僕がやったんだ。

もっと僕を責めてくれ……。

三人の死を悼む会葬者たちは、誰も僕を責めなかった。しかしマスコミの取材陣が、代わって僕を責め立てた。

――恋人を失った今の心境は？

――鮎美さんは妊娠されてたと聞いたんですが？

――《西洋航空》に対して思うことは？

一家三人が揃って死亡したため、こうした悲劇的な事件の報道には必須の、悲嘆に暮れる家族の声というものが、この事件では取れない。マスコミはその替わりとなるものを探して、僕に注目したのだ。

――辛い気持ちだとは承知してますが。

――事故再発防止のためにも、ひと言お願いします。

他人の傷心に土足で踏み込むような、その不躾な取材攻勢を、僕は自身の罪に対する懲罰として受け止めた。実家へ逃げれば済むことだったが、僕はそうせず、ただ黙って耐えた。取材の電話にはすべて「すみません」とひと言だけ答えて切った。

両親は自分たちと一緒に一度実家に帰るようにと勧めたが、僕は首を振り、落合のアパートにひとり残った。マスコミが取材に来たのは葬儀の翌日までだった。気がつけば僕のまわりには誰もいなかった。

郵便受けまで朝刊を取りに行く。新聞を読み終わったらテレビをつけて飽きるまで画面を眺めている。お腹が空いたなと思えばコンビニの弁当を買ってきて食べる。室内が薄暗くなっていることに気づいたら電灯をつける。思い出したように太極拳体操をする。ついでに筋トレをする。バーボンを生《き》のままであおる。ほどよく酔ったところで布団に入る。暗い天井を見上げながら、考えてみれば今日一日コンビニの店員以外とは口を利いていないなと思う。

そんな日々が三日ほど続いた後、久しぶりに両親以外の人から電話が掛かってきた。

池田さんからだった。

「毛利くんですか？　よく我慢なさいました。気分は落ち着きました？」

僕は何も答えなかった。彼の声を聞いただけで、全身に虫酸が走った。

「私たちはこれで正式に、毛利くんを仲間として認めました」

リピーターなんてクズだ。風間も池田もクズだ。仲間にするな！

いや……それを言えば、僕が一番のクズなのだ。池田たちと仲間というのが、今の僕にはお似合いなのだった。

「どうしました？　お疲れですか？」

「……いえ、大丈夫です」

僕はようやく答えた。他に選択肢はないのだ。僕はこいつらと一緒にR11に行く。最初からそれしか選ぶ道はなかったのだ。それですべてはなかったことになる。R11へ行けば、由子は生きてるし、鮎美も、その両親も、みんな生きている。今度は死なせない……絶対に。

「あ、そうだ。毛利くんのとこにも大森さんから連絡、ありました？」

「え？　いえ。ありませんけど」

「そうですか。いや、実は、今回の事件で彼もようやく真相に気づくかと思っていたんですけど……。ほら、墜ちたのが同じ《西洋航空》のヘリだったじゃないですか。あれでどうも風間さんのことを疑い出したみたいで。部下に特攻させたんじゃないかって」

「そんなこと、あるわけないじゃないですか」

あのガリガリ男は本気でそんなことを考えているのだろうか。馬鹿じゃないかと最初は思ったが、あるいは僕も、正解を知らされていなければそんなふうに考えていたかもしれないと思い直す。

「あの予言で人々を操ってるんじゃないかって言ってましたよ。麻生正義もそうだし、今回の芹沢ってパイロットもそうだったんだろうって。かなり怯えていましたが、そりゃあんなふうに攻撃されたら守りようがないですからね。身を守るにはどうしたらいいか、一緒に考えてくれって相談を受けたんですが」

「正解を教えてあげればいいじゃないですか」

大森が正解を知ることになろうがなるまいが、どうでもいいと思った。

その週は梅雨の中休みで、最高気温が三十度を超す日々が続いていた。僕は洗濯をし、ついでに部屋の掃除もした。日中には街をぶらぶらと歩いてみたりもした。道行く人々は人生に何の疑問も抱いていない表情で通り過ぎてゆく。Ｒ９ではおそらく僕もこんな顔をして今日を生きていたのだろう。

夜は新宿に出た。誰かと話したかった。《バンビーナ》に顔を出すと、

「あれ、ケイちゃん？　どうしたの？」とチーママが目を丸くしていた。後ろでユキが笑顔で手を振っている。彼女たちは僕が結婚するということは知っていたが、相手が誰なのかは知らないはずだった。

「あの話は土壇場でナシになりました」

「え、ホントに？」

僕は悲しそうな顔をしてみせた。それ以上のことを言うつもりはなかった。チーもそれ以上はあえて僕に訊いてこようとはしなかった。

「どうする？　またバイトに戻る？　もしケイちゃんが戻ってくれるんなら、ウチとしても大歓迎なんだけど」

ずっと家にいるよりは、まだそうしたほうが気が紛れるかもしれないと思った。

「あ、うん。考えとく。とりあえず今日はお客さんとして飲ませてよ」

「わかった」と言って、できもしないウィンクの真似をする。僕は笑った。自分がこんなふうに表情を緩めるのは何日ぶりだろうと思った。

「はじめまして。今月から入ったみどりです」

それまでユキとヒソヒソ話をしていたみどりが僕の前に来て頭を下げた。そうか。この世界では彼女とはこれが初対面なのか。

「あ、はじめまして。四月まで働いていた毛利圭介です。もしかしたらまたここでお世話になるかもしれません。よろしく」と挨拶しながら、ボロを出さないように気をつけなければと改めて思う。久々にぴんと気の張る思いを味わった。

翌週から僕は《バンビーナ》でのバイトに復帰した。同じタイミングで大学のほうにも復帰したのだが、ゼミ講ではみんなが鮎美のことを知っていたため、いろいろと気を遣われるのがかえって重荷に感じられた。

火曜日にはバイト先でアユミと久々に顔を合わせた。《常連》の二人によれば、僕は本来、彼女と付き合っていたし、それがもとで殺されることにもなったという。そう聞かされていたため、僕は複雑な思いを抱かざるを得なかったが、アユミのほうは屈託のない笑顔で、僕との再会を素直に喜んでいる様子だった。

その週の土曜日はゼミ講が休みだった。僕は午前中を部屋でゴロゴロとして過ごしたが、昼を過ぎたころから居ても立ってもいられなくなり、傘を差して部屋を飛び出した。電車を乗り継いで向かった先は、過去に四度足を運んだことのあるホテルだった。エントランスまで十メートルの地点で足を止め、雨の遮幕越しにしばらくの間、人の出入りを眺めていた。

本来なら僕は今日このホテルで鮎美と式を挙げるはずだったのだ。準備を進めている間は気が乗らず、彼女の体調不良を言い訳に式を流してしまうことはできないだろうか、などといつも考えていたものだが、まさかこんな形で流れることになるとは思ってもみなかった。

鮎美も、彼女のお母さんも、あんなに楽しみにしていたのに。

十日前には荘厳な式が営まれたが、今日は僕ひとりだけのお葬式だった。

もちろんR11へ行けば今日という日は再び来る。しかしそれは今回の人生の今日と同じ日ではない。R11の《鮎美》は一月の時点で僕のことを知らない。そこからスタートして、六月二十二日に挙式という運びにはまずならないだろう。彼女と付き合うどころか、自然な感じで知り合うことすら容易ではないと想像される。いや。R11の《鮎美》はそもそも僕の知っている鮎美ではない。

彼女は死んだのだ。

僕が殺したのだ。

僕はR11で《鮎美》と付き合いたいとは思わない。

そんなこと、できるわけがない。

雨が急に激しさを増した。傘が重く感じられる。雨の檻に閉じ込められて、僕は何かの罰のようにその場に立ち尽くしていた。

2

七月の第二週には前期日程が終わり、週に二度のゼミ講もなくなった僕は、やたらと暇を持て余していた。

R9では人生最後の長期休暇を日々忙しく過ごしていた覚えがある。卒論のために資料本を二十冊以上読む必要があり、大学の友人たちとの飲み会が複数回あった。少林拳同好会の仲間と軽井沢旅行にも行ったし、ペンクラブの機関誌には短文を寄稿したりもした。もちろん夜間は火木土に《バンビーナ》のバイトを入れていた。岡崎に帰省したときには高校時代の同級生たちと毎晩のように飲み歩いていたし、姉と義兄と三人で名古屋に出て遊んだりもした。

今は《バンビーナ》でのバイト以外、何もすることがない。資料本はR9ですでに読んでいたし、もし再読が必要だとしても何も今回ではなくR11で読み返せばいいだけの話だった。飲み会への出席はリピーターとしてなるべく避けるようにしていたし、旅行も一度行ったところへまた行くのでは面白みがない。帰省して家族や友人たちに変に気を遣われるのも嫌だったし、春休みのときの帰省が長期に及んだので今回はもういいやという気持ちもあった。

時間的にも金銭的にも余裕がある。以前の僕だったら誰か友達を誘って海外旅行の計画でも立てているところだが、今はそんな気分にもなれない。《バンビーナ》のロッカールームでアユミが不意に夏休みの予定を聞いてきたときも、僕の心にときめきの火がともることはなかった。

積極的に何かをしたいという気持ちになれない自分がいる。どこへ行っても何をしても、この気鬱《きうつ》は晴れそうになかった。とにかくR11へ行かないことにはすべてが始まらない。今は人生の禁固刑のようなものだった。あと三ヵ月で刑期が明ける。時間が早く過ぎてくれればいいと、そればかりを日々願っていた。

真夏日も熱帯夜も数えるほどしかなかった冷夏にふさわしく、そんな生ぬるい日々を送っていた僕を、久しぶりに興奮させたのは、八月八日の早朝に掛かってきた一本の電話だった。

「はい。もしもし？」

「毛利か。俺だ」

その声を聞くのは二ヵ月半ぶりだった。寝惚けていた頭が瞬時にすっきりとする。

「天童さん？　どうしてたんです、今まで」

「いや、それはまた後にして——とりあえずお前、今日暇か？」

「今日ですか？」と反射的に訊き返したが、手帳を見るまでもない。「大丈夫です」

「じゃあとりあえず、前橋まで来てほしいんだけど」

いきなり予想もしていなかった地名が出てくる。

「前橋ですか？　群馬の？」

「三時間ほどかかると思う。駅前に《イトーヨーカドー》があるから、一階東側の入口んとこで落ち合おう。時間は——十一時ならお前も来れるだろう」

「いったい前橋に何があるっていうんですか？」

「来ればわかる。……あ、ちなみに風間たちには——風間と池田には、このことは内緒だから。いいな」

「わかりました」

通話が切れてすぐに僕は外出用の身支度をし始めた。七時前には部屋を出る。

東中野駅から新宿、池袋、大宮と乗り継いで高崎線に乗り、さらに両毛線に乗り換えて、僕は午前十時前には前橋駅に着いていた。

一時間も早く着いてしまったので、どこかで食事でも摂っておこうと思いながら北口に向かうと、意外にも天童さんがすでにそこにいた。一九〇センチの長身は遠目でもすぐにわかる。ズボンとネクタイはやはり黒いものを着用していた。上はさすがに白のワイシャツ姿だったが、今日はサングラスを掛けており、さらに顔の下半分を覆う不精髭が黒さを強調していた。

「お久しぶりです」

「けっこう早く来てくれるんじゃねえかと思って来てみたら、ドンピシャだったな」

「なんか、ワイルドな感じですよね」見慣れない髭面を評してそう言うと、

「まあな」と言って微笑む。「うん。とりあえず車を回してくるから、ここで待ってろ」

車は《イトーヨーカドー》の駐車場に停めていたらしい。ロータリーに乗りつけてきたのはサーフだった。

天童さんは車内で行方不明期間中の経緯を説明してくれた。

「実は二ヵ月ほどロサンゼルスに行っててな——」

アメリカに渡った目的はヘリの操縦免許の取得だったという。国内で資格を取ろうとすると最低でも一年はかかるらしい。それでは間に合わない。しかしアメリカでは順調に行けば二ヵ月で取得することも可能だと知り、即座に航空留学を決意したのだという。

「風間たちには、俺がヘリの免許を取ろうとしてることを知られたくなかったんでな」

あえて失踪という形を取った理由を、彼はそんなふうに説明した。

「じゃあ、取れたんですね、免許」

僕がそう訊くと、天童さんは運転しながら左手の親指を突き出してみせた。

自分でヘリの操縦免許を取ってしまいさえすれば、風間に頼ることなくR11へのリピートが可能になる——と言葉にすれば簡単だが、それを実現するとなるとどれほどの困難が伴うのかは、すでに僕の想像の域を超えていた。天童さんの行動力には本当に敬服するしかなかった。

「ただ問題は、あのオーロラの出る位置だ。いくらヘリの操縦ができても、場所がわからねえんじゃしょうがねえ。そこでお前にも協力してもらうことにしたんだけど……。憶えてるか。あのときヘリの中で、この空中での位置を憶えとけって言ったのを」

「ええ」

東京湾上空でホバリングを経験したのは後にも先にもあれが一回きりだった。そのときに目にした光景は今でもよく憶えている。ただし視界のほとんどが海だったため、位置の同定を求められても応じられるかどうか不安は残っていた。

「お前だって、あいつらに対しては思うところがあるだろう。ゲームの駒扱いされてよ、まったく」

僕は大森がプレゼンテーションして見せたあのゲームのことを思い出していた。赤、青、マゼンタ等と色分けされた記号がコマ送りでウィンドウ内を動いている——風間たちから見て、僕たちは、あのゲームの記号生物のような存在だったのではないか。

ゲームの駒は十個ではなかった。最初から八個しかなかったのだ。風間と池田はそれを見て楽しむ側だった。そして八個のうちすでに五個の駒は消えてしまい、残っているのは僕と天童さんと、あとは大森さんがいるだけになってしまった……。

「とにかく俺らだけでリピートできるってなれば、もうあいつらの言いなりになる必要はねえし、逆にあいつらをギャフンと言わせることもできる」

天童さんは「ギャフン」の部分に力を込めた。気分が高揚してきたのか、その後で不意にKANの《愛は勝つ》のサビの部分をいきなり歌い出して、僕を驚かせたりもした。

田舎道を十五分ほど走ったところで目的地に着いた。金網に囲まれた中に広がる舗装面と芝生面。その向こうに立ち並ぶ倉庫。自然の中に突如として現れた基地は、群馬へリポートという施設だった。天童さんはここで昨日今日とヘリを一機レンタルしているのだという。

「昨日ひとりで飛んでみたんだけど、やっぱり場所が特定できねえ。こうなると頼みの綱はお前だけだ」

手続きと機体の整備に一時間ほどかかり、飛行の準備が整ったときには十一時半を過ぎていた。発着場で僕を待っていたのは、やけに貧弱な、蚊トンボのような機体だった。僕は係員の手を借りつつ、右側のドアから機内に乗り込んだ。シートは二つしかない。どちらも操縦席のようだった。

「ホントはそっちが主操縦席なんだけど、あんときと同様に、右の窓から見たほうがいいだろうと思って。……よし。じゃあシートベルトを締めてくれ。あとそれを被って。何も触るなよ。オッケー。じゃあエンジンを掛ける」

頭上からキーンという音が鳴り響き始めた。と同時に、風防ガラス越しに降り注ぐ陽光が、回転を始めたブレードによって断続的に遮られ始める。ヘリで飛ぶのは二回目だったが、特に今回は最前列のシートで視界は良好だし、目の前には計器盤があるし、シートの下からニョッキリと生えた操縦桿は僕が手を出せば摑める位置にある。自分がいつになく興奮しているのが自分でもわかった。

ブレードの回転速度が上がった。空気を裂くバリバリという騒音は、耳にヘッドホンを装着していてもかなりの音量で聞こえてくる。

「行くぞ。いいか」天童さんの声が回線を通して耳に届いた。音声はかなりクリアーだった。

「お願いします」と口元に伸びるマイクアームに向かって答える。

ふわりと機体が浮上する感覚があり、次の瞬間には視野がぐるりと半回転していた。それだけで僕たちはもう地上から十メートルほどの高さに浮かんでいた。

ヘリはさらに高度を上げてゆく。それにつれて僕の視界はどんどん広がっていった。ヘリポートのまわりには田畑や林の緑が広がっていた。ヘリが前傾姿勢を取っているため、地平線はやや見上げるような角度に見えている。

やがてヘリはスピードを上げ始めた。足元はるか下に見えている町はまるで地図のようで、それがゲームの画面のようにどんどんと背後にスクロールしてゆく。自動車や列車などとは違い、車窓近くを流れてゆく建物も樹木もないために、速度がなかなか体感できないが、相当のスピードが出ているらしい。

すぐ左に座る天童さんを見る。正面から陽光を浴びている彼の表情は、とても真剣なものだった。操縦する姿勢も硬く、僕は彼がまだ免許を取り立てだという事実を思い出した。ただでさえ地上数百メートルという慣れない高さに胃が縮まりそうな思いをしているのに、操縦士に対する不信までが芽生えたら、とても空の旅を楽しむどころではなくなる。僕は視線を外界へと戻した。

地上を流れる風景は刻々と変化してゆく。河川があり森林地帯があり、もちろん住宅密集地もある。幹線道路はときには河川に遮られ、ときには山を迂回して進むが、ヘリは目的地まで一直線に進んでゆく。それでも群馬から東京までとなるとさすがに距離があり、眼下に高層ビル群が見えてくるようになるまでには小一時間が必要だった。そして気がつけば、遠くに見えていた地平線がいつの間にか水平線に変わっている。

東京湾の上に出ると、天童さんはヘリの巡航速度を緩めた。眼下はるかの海面を、想像以上の数の船舶が行き来して、航跡を残しているのが目に入る。

「俺はだいたいこのへんだったと思うんだけど……どう思う?」

機体をホバリング状態にさせて、天童さんが訊いて来た。

「もうちょっと……うーん、低かったんじゃないですか?」

高度を下げてもらったが、あのときに見た風景とはどこか違っているように思えた。その後も僕が指示を出して、機体を移動してもらうということを繰り返した。結果、左右の幅はそれでも一キロ以内にまで絞り込むことができたが、前後(南北方向)は数キロの単位で移動してもそれらしく思えるということで、なかなか位置を特定することができない。何よりも高度があやふやだった。

「でも、多少位置が違ってても、《オーロラ》が出ればわかるんじゃないですか?」と僕は言ってみたが、天童さんが首を振る。

「いや。あれがどのくらい遠くから見えるものなのか。もしかしたら距離だけじゃなくて、液晶画面のように、少しでも見る角度が違ってたらまったく見えねえようなもんかもしれねえし……」

結局、ここだという位置が確定できないまま、帰りの燃料がそろそろ心配だというので、僕たちは前橋に引き返さざるを得なくなった。巡航を始めてすぐに天童さんが、「あそこが東京へリポートだ」と言ったので、僕は地表を見下ろした。R9で訪れたときにはあんなに広く感じられた施設が、上空からだとたった数センチ四方ほどのサイズに見えていて、言われなければそれと気づかなかっただろうと思った。あそこを基地にしていれば、燃料の消費も桁違いに少なくて済み、そのぶんオーロラの出現箇所を特定するための時間も充分に取れたはずである。しかし天童がなぜそうしなかったかも僕は充分に承知していた。

「結局、俺らだけでってのは諦めたほうがよさそうだな。これぱかりは、イチかバチかってわけにもいかねえし」

「オーロラが見つかんなかったらオシマイですもんね」

「結局、俺のこの二ヵ月間と、八百万円をかけた投資は無駄だったたってことか……」

「そんなに！」と僕は驚きの声を上げた。

「……かかるんだよな、ヘリってのは。俺もビックリしたけど」

帰りのヘリの中で、僕たちはヘッドセットを介して、そんな意気の上がらない会話を交わしていたのだが……。

3

東京にいてもすることがなく、暇を持て余していた僕は、《バンビーナ》がお盆休みに入るのと同時に、実家に帰省することにした。

八月十二日の夕方、居間で寝っ転がってテレビを見ていた僕は、思わず上体を起こした。記憶にない列車事故のニュースが報じられていたのだ。

線路内で立ち往生していた乗用車に列車が突っ込み、運転士と乗客合わせて八名が事故で亡くなったとアナウンサーは伝えていた。死者八名のうち三名は、福島市で開催中の《日本食品化学学会》に出席する予定だったという。

R9では起こらなかったはずの事故。そして《食品化学》というキーワード。あのガリガリ男の大森が、この事故で死ぬ予定だったということはすぐに推察された。しかし死者八名の中に《大森雅志》の名はなかった。あるいは現段階では重傷者の扱いであり、後日に命を落とすということなのか。

晩飯を食べた後、夕涼みに出ると家族に言って外出し、公園の電話ボックスから池田さんに電話を掛けて、そのあたりの事情について訊いてみた。

「そうです。本来なら大森さんは、そのなんたら学会に出席するために列車に乗っていて、あの事故で亡くなられるはずでした。しかし彼は無事でいます。先ほども私のところに電話を掛けてきました。あの事故のニュースを見たかって。自分はあれに乗っているはずだったって。あれは自分ひとりを狙って仕組まれた事故なんだって言ってました」

大森は惜しいところで真相にはいまだ到達していないようだった。だからこそ風間がスイッチを止めることもなく、今日の列車事故は運命どおりに起きてしまったのだろう。逆に言えば、彼が事前に正解に達してさえいれば、八名の死者は助かっていたのか……。

「前にも言いましたが、彼は篠崎さんの事件以降、風間さんこそが自分たちを殺そうと画策しているのだと信じ込んでいて、会社にも行かなくなってしまって――私は何とかして彼を元の生活に戻そうと思って、助言などもいろいろとしてみたりしたのですが、彼はすっかり怯えきっていまして、どうしても言うことを聞いてくれませんでした。ですから今回の学会にも彼は参加していませんでしたし、それで結果的には難を逃れたというわけです」

要するに池田は、大森さんが運命どおりに今回の事故に遭うようにと、裏で画策していたというのだ。僕が「それはフェアじゃない」と非難すると、

「いや、でも彼の場合には少し困ったことになっていまして」と説明を始めた。「毛利くんだって他人事じゃないんですよ。だって彼は、私が知ってる限りですでに二度、地元の警察署に保護を申し入れているという話でしたから。最初はただ命を狙われているとだけ言ってたようなんですが、歯牙《しが》にもかけない扱いを受けたらしくて、それで二度

目にはリピーターのことも話してしまったらしいんです」

「えっ」と僕は息を飲む。それはさすがにまずいだろうと思う。

「まあ、余計に相手にされなかったようですが」と池田は言って笑った。「ただ彼もリピーターではあるわけですから、予言などのパフォーマンスも、して見せようと思えばできるわけです。どれだけ未来の記憶を持っているかは知りませんが、でもとりあえず、九月一日の地震を予言することは彼にもできるでしょう。そういうことをした上で、毛利くんや私を仲間だと名指ししたり、あるいは風間さんが自分を殺そうとしているなどと告発されるのでは、私たちとしても困るわけです。だからこの際、彼には運命どおりに死んでもらえればと思っていたのですが……」

ナルホドと思う。たしかに他人事ではなかった。事と次第によっては、僕の身にも危険が及びかねないのだ。

しかし僕も池田さんも、その電話の時点では、大森のことをさほど脅威とは認識していなかった。彼のことを見くびる気持ちが心のどこかにあったからだろう。

二日後の十四日には、自分のそんな認識の甘さを思い知らされることになる。

僕が事件の第一報に接したのは、午後二時から始まるワイドショウ番組でだった。画面いっぱいに禍々《まがまが》しい字体で《品川高級マンションで怪死！》という文字が躍っていた。背後には空撮されたマンションが映っている。それは明らかに風間さんのマンションだった。

僕はアナウンサーが事件の概況を伝えるのを一語も聞き逃すまいとして、ちゃぶ台に身を乗り出した。

「えー、本日正午過ぎに、こちらのマンションの十六階から、ひとりの男性が下の鋪道に転落して死亡するという事件が発生しました。男が飛び降りた部屋を警察が捜索したところ、その部屋の中で別の男性がピストルで撃たれて殺されているのが発見されました。殺されていたのはその部屋の住人の風間元春《もとはる》さん、三十三歳で、元自衛官、今はヘリコプターのパイロットをしていました」

テレビ画面に風間の顔写真が大写しになった。免許証からとった写真のようで、色の入っていない眼鏡を掛け、かしこまった顔でカメラのほうを真っ直ぐに見詰めている。サングラスを外したときの顔を初めて見たが、その目つきは意外に穏やかだった。

しかしあの風間が……殺されるなんて。

十六階のベランダから墜落死を遂げた男性の身元は今はまだ判明していないとニュースでは伝えていた。身分証明書の類を携帯していなかったのだろう。

僕は直観的に、たぶん風間を殺して窓から飛び降りたのは大森だろうと思っていた。彼には動機もあったし、また事件発生のタイミングも一昨日の今日ということで符合しているということもあった。ただひとつ、ピストルという凶器が、大森の学者然としたキャラクターとはそぐわないような気がしていたが、命に関わることとなれば人間は必死になるもので、大森もどうにかしてそれを入手したのだろうと僕は想像した。

気がつくと母親が僕のすぐ後ろにいた。手には取り込んだ洗濯物を抱えている。

「物騒なとこやねー東京は。あんたもこっちで就職してくれたらええに」

自分が食べかけの煎餅を右手に持ったままだということにも気づく。不自然に思われないように慌てて残りを片付けたが、指先はベタベタになっていた。

夕方のニュースの時点では、風間を射殺して窓から飛び降りた男の身元も判明していた。やはり大森だった。

小学校のときにクラスにひとりはいたガリ勉くんが、そのまま大人になったような印象があった。見た目では年齢がわからなかったが、ニュースでは三十八歳だと言っていた。

風間が死んで大森も死んで、これでリピーターはついに三人になってしまった……。それにしてもなぜ大森は自殺したのだろう。殺人の罪を悔いたのだろうか。しかしあと二ヵ月半の後には、R11に行って、すべてをなかったことにすることも可能だったのに。僕もはずみで由子を殺してしまったという経験を持つ。だからこそわかる。R11に行きさえすれば、殺人の罪はなかったことになるのだ。リピーターにはそれがわかっているはずだ。それなのになぜ大森は自ら死を選んだのだろう……？

殺したのがヘリパイの風間だったからなのか。パイロットを殺してしまった以上、もうヘリであそこに行くことはできない、R11には行けないと絶望したのだろうか。そんなはずはない。僕は天童さんという新たなヘリパイの誕生を知っていたが、それを知らなくても、とりあえずそのへんのパイロットを雇うとか、他に手はいくらでも考えられたはずなのに。

こんな大事なときに田舎にいて、ニュース番組でしか情報を得られない自分の間の悪さを呪いつつ、僕は晩飯を済ませた後にまた夕涼みを理由に外出をして、池田さんのところに電話を掛けたが、今回は繋がらなかった。いったん帰宅して、二時間ほどしてからまた試してみたが、それでも繋がらない。天童さんにも連絡を取っておきたかったが、帰国後の彼がどこに住所を定めているか、僕は知らなかった。念のために昔の番号にも掛けてみたが、当然のごとく『現在使われておりません』の案内が流れるばかりだった。

翌日になって、ようやく池田さんと連絡を取ることができた僕は、そこで意外な事実を知らされた。

「あ、毛利くんですか。実は私も……あの場にいたんです」と池田さんは言い、辛そうな声で言葉を継いだ。「大森さんをベランダから落としたのは、私です」

風間のマンションに招かれたときに見た窓からの眺望が不意に思い浮かんだ。大学の教室ほどもある広いリビング。壁の端から端まで続く大きな掃き出し窓。

「彼が変な動きをする前にと思って、私たちはあの日、彼に種明かしをするつもりでした。結果的に彼だって生き残りを決めたわけですからね。ところが彼は自分がそこで殺されるとでも思っていたのでしょう。風間さんが説明を始めないうちからいきなりピストルを抜いて撃ってしまったんです。風間さんを。……彼がどれだけ超越した存在だったか、あの馬鹿にはわかってなかったんです」

池田さんは風間の死を心から悼んでいる様子だった。他人の生死に感情を動かされることのない《常連》にしても、やはり仲間の死に対しては別なのだろう。考えてみれば二人は約八年間（十ヵ月を十回ぶん）、苦楽を共にしてきた仲なのだ。もちろんＲ11へ行けばそこにも《風間》はいるのだが、それは池田さんの知っている風間ではないということは、僕の《鮎美》の場合と同様だろう。

「大森は私が風間さんと同じ《常連》だということを知りませんでした。彼は私も、風間さんから狙われている仲間だと思ってたんです。だから私には気を許していました。私は彼がピストルを放すのを待って、彼の顔を思い切り殴りつけました。そのときは本気で怒っていたのです。そうしたら彼は昏倒してしまいました。私は事態を収拾するのにひとつの案しか思いつけませんでした。窓を開け、ベランダに出て、そこから大森の身体を落としたんです。それから慌てて部屋を出ると、エレベーターで下に降り、現場に集まっていた野次馬に紛れて、どうにか無事に逃走することができたのです。

殴った痕や部屋に残してきた指紋がどうなるのか、不安な気持ちはありますが、今となっては彼らと私とを結びつけるものは何もありません。過去を探っても何も出てきません。前にあそこで会合を開いたときには、毛利くんも指紋を残している可能性がありますが、それでも私と同様、気にする必要はありません。大丈夫です」

池田さんは力強くそう言ったが、僕は逆に彼が話せば話すほど、胸中の不安が増すのを自覚していた。

「これで生き残りは私と毛利くんだけになってしまいました。……いや、あと天童さんもどこかで生きておられるはずですが――」

「その天童さんなんですけど」と僕は考えながら話し始めた。「この間、連絡があったんですよ」

風間さんが死んだ今、リピーターを運ぶヘリを操縦できるのは天童さんをおいて他にはいないと僕は思っていた。もちろん一般人のヘリパイを巻き込むという選択肢もないではなかったが、あの《オーロラ》を見た一般人がどんな行動を起こすかという点で、不確定要素が残ることは否めない。一方で僕と天童さんの二人だけでは、あの《黒いオーロラ》の出現位置が特定できないということもすでに結論づけられていた。でも池田さんはあの場所を十回も訪れている。僕らよりもあの場所の特定に貢献できるはずだった。ならば天童さんがヘリを操縦し、池田さんがナビゲートをするというのが、誰が考えても現段階で取りうる最善の手段であろうことは論議を俟《ま》たない。僕はそう判断して、僕たち三人がこれから取るべき手立てについて池田さんに説明をした。

「わかりました」と池田さんも納得した様子だったが、「でもできすぎですよね。仲間内で唯一ヘリの操縦ができる風間さんが亡くなられて、私たちがどうしようと困っているところに、天童さんが都合よくヘリの操縦免許を持って現れると……。いや、別に深い意味はないんですが、なんとなくそう思ったっていうだけで……」

最後に煮え切らない言葉を付け加えて、池田さんは僕との通話を終えた。

翌日、法事を終えてすぐに僕は東京に戻ることにした。家族はもっと逗留していけばいいのにと言って引き止めたが、僕は卒論を理由に強引に帰京した。

部屋に戻るとまず留守電の内容を確認した。十二日付で大森さんからのメッセージが残されていたのにまず驚く。これは消しておかなければと思った。あとは級友からのものが二件と《バンビーナ》のアユミからのものが一件。十四日の午後には池田さんからのメッセージも入っていた。

そして最後に天童さんからのメッセージがあった。

「天童だ。さっきニュースを見た。俺の出資も無駄にはなんなかったようだな」と言ったところでフンと鼻で嗤う音がして、「ちょっと考えてることもあるんで、その話もしたかったんだけど——とりあえずまた連絡するわ」とだけ言い残して通話は切れた。

この期に及んでまだ天童さんが《考えていることもある》と言っているのは、いったい何のことだろう……。

4

僕はその週はなるべく外出せずに、天童さんからの電話を待つつもりだったが、実際にはそれほど待つこともなく、翌日には早々に彼からの電話が入った。

「里帰りしてたのか。俺はもう何年も帰ってねえな」と珍しく雑談から入った天童さんは、「ところで毛利。お前は風間たちのやり口についてどう思った。コケにされたと悔しくなかったか？」と訊いてきた。

「ええ。それはもちろん、そういう気持ちもありますけど、でもあの人たちがR９でそういうことをしなかったら、僕らはそこで死んでたんですから、仕方ないかなと思う気持ちもあります」

「うーん。じゃあ池田のことも許すつもりか？」

「許すとか許さないとか、そういうことじゃなくて。……天童さんは？」

「俺はできれば許したくねえ。やられたらやり返すってのが俺の流儀だ。あいつらに一泡吹かせてやれたら気持ちいいだろうなってのが正直なところで、風間は死んじまったから、今はだから池田だな。できればあいつに一泡吹かせてやりてえって思ってて、それでこんなことを考えたんだけど。まあ聞いてくれ。

とりあえず俺はヘリの操縦ができるし、あいつは《オーロラ》の出現ポイントを正確に知ってるってことで、二人の利害は一致してる。だけどお前はどうだ。特に何もねえ。いてもいなくても変わりがねえし――俺が持ってるピストン単発の免許だと、操縦できるのはだいたいこの間のような二人乗りのヘリが多くて、いや、三人乗りってのもあるんだけど、そんなに数がねえ。だから俺はあいつに、毛利には違う集合場所を教えといて、俺たち二人だけで行こうぜって話を持ちかける」

話を聞きながら、僕は顔から血の気が引いていくのを自覚していた。

――だけどお前はどうだ。

――特に何もねえ。

――いてもいなくても変わりがねえ。

たしかにその通りだった。天童さんと池田さんの二人だけいれば、リピートはできてしまうのだ……。

「おい毛利。今のは、そういうふうに話を持ちかけてあいつを騙すってことだから。妙な心配すんじゃねえぞ」という声が耳に届いて、僕はようやく正気を取り戻す。

「当日、俺はあいつと二人で早めに出発する。で、東京湾の上であいつから《オーロラ》の出現ポイントを聞き出した後は、ヘリを千葉の山中に着陸させて、あいつをそこに置き去りにする。逆にお前はそこでスタンバイしてて、俺はあいつを降ろす代わりにお前を拾って再び《オーロラ》の出るポイントまで戻る。そんで俺らだけでリピートを果たすってのが、最終的な目的なわけだ。

要するに、場所さえ聞き出しちまえば、もうあいつにゃ用はねえ。《オーロラ》の出現する三十分前になって千葉の山中に置いてかれたら、代わりのヘリを呼ぼうにも呼べねえし、もうどうしようもねえだろ。そんな絶望感を奴にはぜひ味わってもらいてえってのが、俺の考えなんだけど……。どうだ？」

簡単には言葉が出てこなかった。もちろん天童の言うとおりに事が運べば気分はいいだろうとは思う。置き去りにされた池田は地団太《じだんだ》を踏んで悔しがるに違いない。それをはるか上空から文字どおり《高みの見物》ができれば——想像しただけで、こんなに胸のすくことはないように思われる。

しかし今の話は、天童が僕とではなく、池田と協力する気になったときにも、僕を騙して千葉山中で待ちぼうけを食わせるというストーリーに容易に変ずることができるのだ。

この世界に置き去りにされる……。

想像しただけで胃が縮み上がるような感覚に襲われる。

最後の最後にそんなリスクを冒したくはなかった。僕はできれば、三人で仲良く旅立つといったような穏便なストーリーを、選べるものならば選びたかったが、天童にはどうやらその気はなさそうだった。

もちろん、僕が今こうして自分にとって最悪の可能性について考えていることも、天童さんはすべてお見通しなのだろうと思う。

「どうやって池田さんを降ろさせるんですか？　彼だって自分が置き去りにされるとなればそれなりに抵抗すると思いますけど」

「飛行中は大丈夫だろう。なんたって俺はパイロットだからな。騙された毛利の顔を見に行こうって言って、お前の待つところまでは行けるだろう。そこで着陸して――その後はまあ、俺にも考えがある」

彼が言葉を濁したとき、不意に郷里で池田さんと話したときのことが思い出された。天童がヘリの免許を持って戻ってきた途端、都合よく風間さんが死んだということ。大森が彼に似合わないピストルなどという武器を持っていたこと。

もしかしたら……いや、たぶんそうなのだろう。

彼が大森にピストルを渡したのだ。大森がそれをどう使うか見越した上で。

要するに、天童にはピストルを入手できるツテがあるのだ。池田をヘリから降ろすときにはそれを使うつもりなのだろう……。

「それで……行きましょう。話に乗ります」と僕は答えていた。

もうあとは天童さんを信じるしかなかった。同じゲストとして――池田さんたち《常連》にひどい目に遭わされた仲間として、彼が池田よりも僕のほうを選んでくれると、今となってはそう信じるしかなかった。

僕はその後、天童さんとそんな裏約束を交わしたことを池田さんには伝えなかったし、池田さんもまた、天童さんが彼に伝えたであろう、偽の集合場所を僕に教えて僕ひとりをこの世界に置き去りにしようとしているという話を、僕に伝えてはくれなかった。

出発日までの二ヵ月間は淡々と過ぎていった。

九月一日の夕方には地震があった。自室でエアコンをかけ、だらしなく寝そべっていた僕は、そのとき、クラクラと軽い揺れを感じた。

咄嗟にビデオの時刻表示に目が行った。五時四十五分。

そこで僕はようやく、その地震がR９で予言に使われたものだということを思い出した。

ということは、あれから——二百九十日が経ったわけだ。その間に僕はこんなにも変わってしまった……。

十月の六日には天童さんが僕の部屋を訪ねてきた。姉崎近辺の道路地図を広げ、二十四号線を上っていったところにあるゴルフ場の造成地を僕に示した。

「ここが今資金難で工事が止まってる。これが空撮した写真だ」

山林がコースの形にごっそりと削られて、剝き出しの大地が肌の色を見せている。その中に一ヵ所、マジックで×印が描かれているところがあった。

「ここが九番のグリーンになる予定の地点だ。お前は当日、ここで待ってろ。俺は必ず行く。信じろ」

いつもに増して険しい目が僕を見詰めている。

僕は魅入られたように素直にひとつ頷いた。

5

ついに当日の朝を迎えた。僕にとっては二度目の、十月三十日の朝。

僕は夢を見ていた。寝過ごしてしまう夢で、目が覚めたらすでに正午を回っていた——というところで飛び起きる。枕元のパネルに内蔵された時計を確認すると、朝の六時を回ったところだった。アラームを設定した午前七時まで、まだ一時間ほど余裕があったが、今さら寝直そうとは思わない。僕はベッドから起き出し、フロアで太極拳体操を始めた。身体を動かしていると脳も活性化してくるのがわかる。

場所は内房線の姉ヶ崎駅から数百メートルの位置に立つホテルの一室で、僕は二十七日から三連泊で部屋を取っていた。一昨日と昨日の午前中にはタクシーを呼んで、現地まで行ってみもしたし、昨日の午後にはさらに徒歩での往復にもチャレンジしていた。時間的にも余裕があったし、場所も間違えようがなかった。準備は万全だった。

昨夜は零時になる前にベッドに入り、そのままグッスリと熟睡してしまった。当日の朝にこんなに熟睡できるなんて——自分にこんな度胸があったのかと、僕は少し嬉しくなった。

軽くシャワーを浴びて、枕元にたたんで用意してあった服を着る。それで出発の支度は済んでしまった。まだ七時を過ぎたところだったが、遅れるよりは早く着いてしまうほうがまだマシである。内線でフロントを呼び出して、正面玄関にタクシーを用意してもらってから、僕はリュックサックを背負って部屋を出た。

タクシーの運転手には見覚えがあった。昨日と同じ運転手のようだった。向こうも僕のことを憶えていて、「お兄さん、熱心ですね」と話しかけてくる。僕は他に何もない山中でタクシーを停めさせて、その場で待っていてもらうことの言い訳として、自分が大学の《自然観察同好会》に所属しているのだと相手に告げていた。この山でしか見られない珍しい野鳥がいるのだともっともらしい作り話もしていた。

「昨日と同じところで降ろしてください」それだけで話が通じるのはありがたかった。

「今日は長くなる予定なので、待っていてもらわなくてもいいんで」と付け加える。帰りの車を心配するような事態にだけは陥りたくなかった。

久留里街道から桜台団地入口を左折して、有秋南小学校の脇を通る。上り坂の左右では紅葉の深まった木々が見事な色彩を描き出していた。林間の道を十分ほど進んだところで、タクシーは自然と停まった。料金を支払って車を降り、僕は細い間道を歩き始める。靴の下で枯葉がウエハースのような音を立てている。樹間に鳥の鳴き交わす声が聞こえた。

森林を五分ほど進んだところで、視界がぽっかりと開ける。木々が伐採された跡の黄土が剝き出しになっている、幅三十メートルほどの帯状の空き地だった。その右手の奥の行き止まりが、天童の指示した場所だった。

時計を見るとまだ八時前だった。ヘリをここに寄越すのが十一時ごろになるだろうと天童さんは言っていた。あと三時間もある——あるいはあとたったの三時間しかない。

十分ほど歩いてきたために身体が汗ばんでいた。僕はジャンパーを脱いで地面に敷いた。その上に仰向けに寝転がる。見上げた天蓋は鉛色にくすんでいた。

僕は時には起き上がり、時には寝転んで、ひたすら時間が過ぎるのを待った。その三時間の間に僕は腕時計を何度眺めたことだろう。おそらく百回は超えていたに違いない。時間はゆっくりと、しかし着実に過ぎて行った。

天童さんは来ないかもしれない……。

今まで何度その不安に襲われただろう。しかし今はもう気持ちの上では開き直っていた。その可能性を考えても、胃が縮まるようなあの感覚に襲われることはもうなかった。

ヘリコプターは僕たちが思っている以上に、空の上を飛び交っているのだろう。九時ごろに五分ほどの間隔を置いて二度ほど、ヘリのものと思われる音が僕の耳に届いてきた。上空を見上げても機影を見ることはできなかったので、おそらくはずっと彼方を飛んでいたものがここまで聞こえてきたものだと思われた。

そして午前十時五十一分——三度目に聞こえてきた爆音は遠ざかることなく、次第に音量を増してきていた。

僕は立ち上がり、地面に敷いていたジャンパーを拾い上げて土埃を手で払った。空き地の反対端まで行き、音の聞こえてくる方角の空を見上げると、鉛色の空を背景に、黒い点のようなものが目に映った。それは位置を変えることなく、だんだんと大きさを増していた。もう間違いはなかった。そのヘリは僕のいる地点に向かって飛んで来ている。機影が見えてからは早かった。ヘリの形がハッキリと見て取れると思った数秒後には、もう僕の真上にまで来ていた。その位置でホバリングをしながら、徐々に高度を下げてくる。

回転するローターが生み出す気流が広場全体に降り注ぎ、周囲の木々の枝を揺すって枯葉を強引にむしり取る。地面から土埃をもうもうと巻き上げる。僕は林の際まで後退し、ヘリが着陸する様子を信じられない思いで眺めていた。

天童さんは本当に迎えに来てくれた！

6

風防ガラス越しにコックピット内の様子も見て取れた。ヘリはこちらに左側面を見せる向きで着陸しようとしている。僕が前に乗ったのと同じ、あの蚊トンボのような機種だった。白に濃紺のカラーリングが目に眩しい。左側のシートに座っているのは池田さんだった。僕のほうを見ている。ガラス越しに目が合う。地面との距離はもうあと一メートルもない。ゆっくりと下降して……着陸した！

僕は機体まで十メートルほどの距離を、足をゆっくりと運んで詰めていった。回転しているブレードの描く円のすぐ外まで近づいたところで足を止め、コックピット内の様子を観察する。

池田さんがヘッドセットを外し、シートベルトを外すのが見えた。いよいよ降りて来るのだろう。ドアが開く。池田さんの左脚が僕のほうを向く。両脚を揃えて、足元の地面を見下ろしている。そこでまた逡巡した素振りを見せる。背後に首をひねり、天童さんに向かって何かを言っている。再び僕のほうを向いて——飛び降りた。

僕は首をすくめて回転するブレードの下に入ると、駆け足で機体に向かった。池田さんを降ろしたところで、天童さんが僕を乗せずに飛び立ってしまうのではないかという不安に、瞬間的に駆られたのだった。

池田さんは僕の進路を塞ぐように、降り立ったその場所にたたずんでいる。天童さんのほうを向いている。身体に風圧を感じる。あと三歩。二歩。そして——。

轟音が空に響きわたった。続けざまに二発。そしてもう一発。音に驚いて足を止めた僕は、そのまま顔面から倒れ込んだ。顔のすぐ下に地面がある。低い目線からすぐそこにある池田さんの背中を見上げる。

赤い霧が舞っていた。ブレードの回転によって地面に吹き付けられた霧の一部が、僕の鼻先にまで降り注いでくる。

池田さんの背中が僕のほうに向かって倒れてくる。僕は瞬間的に身をよじり、仰向けに転がって、彼の背中の下敷きになることをギリギリで避けた。

上体を起こして背後を振り返ると、開いていたドアが自重で閉じようとしている。僕は素早く立ち上がると、機体に駆け寄り、いったん閉じたドアをまた開いた。

コックピットの中にも血が飛び散っていた。風防ガラスの右半面は薄いピンク色に染まっていた。花火で遊んだ後のような匂いがあたりに充満していた。

右側のシートの上で天童さんが身をよじっていた。胸を押さえた手が真っ赤に染まっているのが見えた。カフッという妙な音とともに口から赤い液体を吐き出すのも見えた。

天童さんも撃たれた——？

僕がそれを認めた瞬間、僕の背後で轟音がした。と同時に左脚の太股のあたりに強い衝撃が走り、そのまま脚を持って行かれそうになった。僕はバランスを崩したが、ドアの縁を必死に摑んでどうにか持ちこたえた。自然と身体の向きが変わり、視界の隅には、地面に転がった池田さんの姿が映っていた。苦しそうな顔で僕のほうを見ている。その右手にはピストルが握られていた。

「オレもヘリの操縦はできる。……《常連》だからな。……天童が何を考えているかは知っていた。……オレはその裏をかくつもりだった」

ヘリのエンジンがすぐそこで唸りを上げている。本当なら池田さんの声は僕の耳に届かないはずだった。それなのに彼の声が聞こえる。唇の動きを読んでいるといったほうが正確だったかもしれない。

「たのむ。……オレを乗せてくれ。……置いてかないでくれ」

ふらふらと動く銃口が、ときには僕の顔と正対することもあった。しかし池田さんが引き金を引くことはなかった。

いつまでもこうしているわけにもいかない。僕は彼を視界から振り切って、ヘリに乗り込もうとした。その途端、左脚に激痛が走った。思わず右手で左腿を押さえる。その手がぬるっとした液体の感触を脳に伝えてきた。見下ろすと僕のチノパンの左脚部分は真っ黒に染まっていた。

僕も撃たれたのだった。しかし転ぶわけにはいかない。転んだら終わりだと思った。とにかく上半身を機内に突っ込んだ。シートに抱きつくような体勢になる。

その状態からどうやって機内に乗り込んだのかはわからない。気がついたときには僕は座席に腰を下ろしていた。

頭上でキーンと鳴るエンジン音と、ブレードが空気を裂く音が大きさを増していた。見れば天童さんが必死の形相で正面を向き、レバーを操作しているのだった。

まだ飛べる。僕は左手首の時計に目を落とした。十一時十二分。まだ時間はある。今飛び立てばまだ間に合う。

僕は自分が何をすべきか必死で考えた。

そうだ。シートベルトだ。それからヘッドセット。

僕がヘッドホンで耳を覆うと、「飛ぶぞ」という天童さんの声が聞こえてきて、同時にヘリはぐらりと大きく揺らめいた。それを合図にして、まるでクレーンか何かで吊り上げられているかのように、徐々に高度を増してゆく。

天童さんは右手で操縦桿を握り、左手は自動車のサイドブレーキのようなものを握っている。ヘリは前傾姿勢のまま、するすると順調に上昇してゆく――と思ったら、ヘッドホンの中に「ガーッ」という音が聞こえ、同時に機体がいきなりぐーんと左に傾いた。墜ちる――と思ったときにはシートから転がり落ちそうになっていた。瞬間的に踏ん張ろうとした左脚に激痛が走る。シートベルトが身体にぐっと食い込むのがわかった。

ヘリは墜ちなかった。すぐに機体を立て直した。しばらくして「……悪い」と聞こえてきた天童さんの声は、今にも死にそうな感じだった。僕は彼のほうを見た。いつもの黒いスーツの左胸のあたりが汚れていた。嘔吐したらしかった。

機体が傾いたとき、僕のすぐ左のドアが自重で開き、眼下に剝き出しの地面が広がっているのが目に入った。池田さんの身体が地面に横たわっているのも見えた。ボロ布か何かが捨てられているように見えた。

やがて機体は向きを変え、やや前傾姿勢になると、森林の向こうに広がる海へと向かって真っ直ぐに飛行し始めた。僕が右側のシートを見ると、天童さんは鬼のような形相で前方を見詰めている。

やがてヘリは海の上に出た。しかし前に来たときとは経路が違っていたためか、僕は自分がどこにいるのかよくわからなかった。

左脚の痛みがズキズキと脈打っていた。かなり出血しているようだった。それで血圧が下がったために、ボンヤリとしていたのかもしれない。

「毛利……」とヘッドホンの中で蚊の啼《な》くような声がして、僕は意識を取り戻した。蚊の啼くような声は続いている。

「あとはお前が……ちょい休ませてくれ。必ず――必ず――」

声が途切れるのと同時に、ゴンッという大きな音がして、見れば天童さんはシートの上で上体を大きく右にずらしていた。手は操縦桿から離れている。ヘッドセットが彼の頭からスポンと抜けて、強く引っ張られていたコードがバネ状に巻き戻り、ぶらんぶらんと揺れている。

彼のシートの下には血溜まりができていた。

「天童さん！　天童さん！」

僕は声の限りにそう叫んだ。そのつもりだった。しかしエンジンの騒音に紛れて、自分でもよく聞こえなかった。

今の時間は？　腕時計を見る。十一時二十八分。……あと九分。

あと九分⁉

誰も操縦桿を握っていない。不意にそのことに気づいた。総毛立つ思いだった。それなのにヘリは空中に浮いている。ホバリングしているようだった。

途轍もなく――心細かった。

僕は恐る恐る目の前の操縦桿を右手で握ってみた。左手は座席の横のレバーのようなものに添える。

前回の飛行時には、僕は天童さんの隣で二時間ほどもの間、彼の操縦を見るという経験をしていた。右手と左手のそれぞれのレバーの意味はだいたいわかっているつもりだった。

見様見真似で操縦できるかもしれない。僕にも。

いや、できるかもしれないどころではない。操縦できなければ困るのだ。

何としても、R11へ行かなければ。

気がつけば、コックピット内にはもの凄い臭気が充満していた。生臭いのだ。ゴミ箱の中にいるようだった。

右手で操縦桿を少しだけ動かしてみる。機体はかなり敏感に反応して、操縦桿を動かした方向に移動する。すーっと水平に動く。流れるような感じに。

不意に思い出して時計を見る。十一時三十一分。……あと六分。

僕は——唐突に気づいた。明らかに高さが違っていた。こんなに海面が近く見えてはいなかった。高さは……左手のレバーだ。

そっと操作すると、視野がすーっと左に流れた。高度は増したようだったが、同時に機体の向きも変わったようだった。その場で回っている。何だか——どうにも——上手く操れない。

時間がない。時間が——十一時三十五分。あと二分しかない。

このまま飛んでいて——僕はどうなるのだろう？　《黒いオーロラ》に飛び込むどころじゃない。機体が意のままに動かないのだ。このままでは、こうしてホバリングしているのが精一杯で、それも燃料が切れたらお終《しま》いだ。

どこかに着陸とかできないだろうか？

右足の先にペダルがあった。恐る恐る踏んでみると、視野がすーっと左に流れる。

その視野の左隅に、黒い帯がゆらゆらと蠢いているのが見えた。出た！

《黒いオーロラ》だ。

「天童さん！　天童さん、出ました！　天童さん、起きてくださいっ！」

僕は右のシートを見た。天童は下半身だけを残して、上体はすっかり座席からずり落ちて見えなくなっていた。その代わりに天井からぶら下がったヘッドセットが機体の振動に合わせて細かく揺れている。

死んでいる。

天童さんはもう死んでいる。

僕が右手の操縦桿を操作すると、ヘリは激しく傾いた。慌てて操縦桿を戻すと、《オーロラ》はどこかに移動してしまっていた。いや、僕の操縦する機体のほうが回っているのだ。その場でぐるぐると回っている。風防の汚れていない左のほうに《黒いオーロラ》が見えた。そこで機体の向きを固定して、操縦桿をそちらにそっと動かしてみる。

――何となく近づいているような気がした。

いいぞ。行ける。――しかし高さが合わない。

今度は左手のレバーを少し引いてみる。やはり機体が回り始めるのを、ズキズキと痛む左脚で何とかペダルを踏んでカウンターを当てる。操縦桿をさらに《黒いオーロラ》のほうに倒す。

行ける。操作できてる。僕はあそこに行ける。

左前方に蠢く《黒いオーロラ》は、今や着実に近づいていた。最初は遠い帯に見えていたのが、もう今では風防からの視野いっぱいに広がっている。

それは風防を越えて――僕の視野全体が暗転して――。

7

ブラックアウト。静寂。そして失墜感。

座っていたはずなのに、背筋がすっと伸びる。

そして——足元に衝撃が来た。重力を感じる。

そうだ。ついに来た！　僕はついに自力で《黒いオーロラ》に飛び込んだのだ。R11に来たのだ！

左脚に体重がかかる——大怪我をしている左脚に——支えきれない！

大丈夫。わかっている。僕は非常に冷静だった。この世界の僕はもう左脚を怪我していない。僕は歩いている最中だったのだ。それがわかってさえいれば転ばない。

僕は右足を出した。体重がかかる。いや、違う。重力の方向が傾いている。

さらに左足を出した。ちょうどたたらを踏むような感じになった。でも大丈夫。転ばなかった。

僕は立っている。

ちょうど視界も晴れた。夜の街。そう、地下鉄の落合駅へと向かう、あの道路だった。やった。僕はついにR11に来た！　あの悪夢のようなR10での出来事はすべてなかったことになるのだ。また一月から人生をやり直せるのだ。

鮎美を助けないと。由子とあんなふうに別れないようにしないと。坪井くんたちも助けよう。麻生正義の犯行を止めさせればいいんだ。僕は池田のようなことはしない。僕がリピーターとして来たからには、この世界のみんなを幸せにする。してやる。

……眩しい？

振り向くと、すぐそこにヘッドライトが迫っていた。急ブレーキの音が、静寂を裂いて耳に響いた。気がつけば——僕は倒れなかったかわりに、車道に踏み出していたのだった。

何をする間もなかった。全身に衝撃が走った。

次の瞬間——僕は宙を飛んでいた。

くるくると回っているのだった。

冬の夜空が見えた。黒雲の間に、星が散っているのが見えた。銀杏並木が見えた。コーワマンションの赤煉瓦が見えた。サンクスの赤と緑の看板が光っているのが見えた。

せっかく戻って来たのに……こんなことで……僕は命を落とすのか。

歩道に由子が立っているのが見えた。目を最大限に見開き、僕のほうを見ている。両手を口元に当てている。何か叫んでいるのかもしれない。

やっぱり最後はお前なのか……。

僕は彼女に向かって微笑もうとした。そして実際に微笑むことができたような気がした。

そして——本当のブラックアウトが訪れた。

（了）

解説

大森　望

毛利圭介は東京の大学に通う四年生。九月一日の日曜午後、ひとり暮らしのアパートに電話がかかってくる。聞き覚えのない男の声が言う。

「今から約一時間後の午後五時四十五分に、地震が起きます。三宅島で震度四、東京では震度一です。確認してください」

一時間後、たしかに地震は起きた。どういうことなのかと首をひねっていると、ふたたび電話が鳴る。風間と名乗った男は、毛利に〝リピート体験〟を提供したいと申し出る。それは、過去の自分に戻ることだった。いわく、

「過去のある時点における、自分の肉体の中へと、自分の意識が戻るわけです。ただし、今まで経験してきたことの記憶はそのままで。つまり未来の記憶を持ったまま、過去のある時点から、自分の人生をやり直せる——それを私たちはリピートと呼んでいます」

詳細はおいおい明らかになるが、この〝時間旅行のツアー〟の定員は十人。毛利は半信半疑のまま、申し出に乗って〝ゲスト〟となることを決める。リピートされる期間は、一月十三日から十月三十日までの約九ヶ月半。つまり、十月三十日にリピートの〝門〟をくぐった一行は、次の瞬間、同じ年の一月十三日の自分自身に戻ることになる。

……というのが、乾くるみ『リピート』の発端。

物語の現在が西暦何年なのかは明示されないが、登場人物がだれも携帯電話を使っていないので、一九九五年以前なのは確実。〝選抜高校野球でノーヒットノーラン〟とか、〝桜花賞で万馬券が出た〟とかの断片的な情報を総合すると、どうやら一九九一年らしい（ちなみにノーヒットノーランを達成したのは大阪桐蔭の和田友貴彦、桜花賞で勝ったのはシスタートウショウです）。八〇年代後半を背景にした前作『イニシエーション・ラブ』を読んだ人なら、その手の記述を血眼になってチェックしはじめるところだが、今回はたぶん、その必要はありません。希代の業師・乾くるみが同じ手を二度使うはずもない。かといって、ストレートなタイムトラベルSFを書くとも思えない。ではいったい、本書はどういう小説なのか。

単行本の帯に書かれた法月綸太郎の推薦コメントにいわく、

〈掟破りのクローズド・サークル、四次元殺法〝メビウスの環〟！　限りなく本格ミステリに近い〝思考実験の罠《センス・オブ・ワンダー》〟が読者を待ち受ける。〉

うーん、これだけじゃ、どんな小説なのかまったく想像がつかない。一方、編集部がつけたと思われる直球のキャッチコピーはこれ。

〈『リプレイ』＋『そして誰もいなくなった』の衝撃！〉

帯裏を見ても、「あらゆるジャンルの面白さを詰めこんだ超絶エンタテインメントここに登場！」とか書いてあって、SFの文字はどこにもないので、疑り深いミステリ読者なら、時間旅行詐欺の可能性まで念頭に置いて読み進んだかもしれないが、風間が持ちかける話はウソでもひっかけでもありません。主人公たち一行は、たしかに時間の流れを（主観的に）遡って、九ヶ月半前の自分の体に入ることになる。

ふつうのタイムトラベルなら、戻った先にはもうひとりの自分が存在するはずだが、この場合は自分自身の中に入る（その時点の自分の意識は存在しないか、存在していたとしても上書きされる）ので、すでに経験した九ヶ月半が〝リピート〟される感覚になる。〝現在の意識が以前の自分の肉体に戻って過去をやり直す〟というこのアイデアが、帯で（作中でも）言及されるケン・グリムウッドの『リプレイ』と共通している（詳しくは後述）。

帯で引き合いに出されるもうひとつ、アガサ・クリスティ『そして誰もいなくなった』のほうは、ツアーに参加したゲストたちが旅先で（つまりリピート後の人生で）次々と変死しはじめるミステリ的な展開を指している。いったい誰が、なんのために殺しているのか？　本格ミステリとしては、この部分の謎解きが最大のポイント。孤島に旅するわけではないが、彼ら相互のつながりを知っているのはリピート参加者だけなので、動機の面から一種のクローズド・サークルが成立する。

もっとも、時間旅行をしている（と思っている）のは彼ら一行の意識だけ。外から見ると〝旅行〟は発生していない。出発に際しては物理的な移動をともなうが（リピートの入口となる場所へ行く必要がある）、到着に関しては、見かけ上の移動はゼロ。リピートを共有しない観察者にとっては、一月十三日を境に毛利くんの言動がちょっと変になったかも……という程度の変化しかないだろう。作中でも議論されるように、彼らリピーターは、たんに未来の記憶（もしくは、奇妙なツアーに参加して時間を反復しているという妄想）を頭に植えつけられただけとも考えられる。

ふつうの旅行ともうひとつ違うのは、帰りの旅程がないこと。過去へのタイムトラベルなら、通常はなんらかの手段で現在に戻ってくるが、〝リピート〟の場合は行ったきり。したがって、意識が過去へ飛んだあとの（つまり十月三十日以降の）自分の肉体がどうなっているかはまったくわからない。意識を持たない脱け殻《がら》になって死んでいるかもしれないし、入れ替わりに一月十三日時点の意識が入っていることもありうる。ともあれ、出発時の時間線とは切り離されているおかげで、どんなに過去を変えても（少なくともリピーター視点では）タイムパラドックスは発生しない。

しかも、十月三十日から一月十三日へ戻るこの〝リピート〟は、何度でもくりかえすことが可能。事実、いまは自分にとって九回目のリピート世界（R9）なのだと風間は言う。

ただし、リピートの入口となる十月三十日を過ぎてしまうと、いま経験している時間線がたったひとつの歴史として定着し、以後はリセット不能になる。セーブポイントは一カ所だけ、リセットボタンを押せるタイミングも一回しかないコンピュータRPGみたいなものか。ゲームとしてはきわめて不自由だが、そもそもわたしたちはリセット不可能な現実を生きている。そこにリセットのチャンスが与えられたらなにが起きるのかという思考実験が、本書の隠れたテーマになる。

この種の突拍子もない仮定から意外な結論を導き出すのは、SFがもっとも得意とするところ。時間ものに限っても、ありとあらゆるアイデアが試されていて、それこそ密室トリック類別集成のように時間SFパターン類別集成もできそうなほどだが（たとえば、新城カズマの時間SF長編『サマー／タイム／トラベラー』［ハヤカワ文庫JA］では、フェル博士の密室講義さながら、五十タイトルを超える過去の時間SF群が作中で分類・整理されている）、それを書くにはとてもページが足りない。したがってここでは、時間SFの主流をなす物理的なタイムトラベル（肉体ごと旅行するやつ）はすべて除外し、自分自身の肉体の中で意識だけが移動する時間旅行について、代表的な先行例をいくつか紹介する。

〝昔の自分に戻って人生をやり直す〟というパターンがひとつのサブジャンルとして確立したのは、前述のケン・グリムウッド『リプレイ』（杉山高之訳／新潮文庫）が世界的に大ヒットして以降。一九八七年に発表された『リプレイ』は、世界幻想文学大賞を受賞し、日本でも高い人気を得た。

主人公のジェフは四十三歳の冴えないラジオ・ディレクター。妻と電話している最中に心臓発作を起こし、気がつくと十八歳の自分に戻っている。前の人生の経験をもとに、今度はもっとうまくやってやると決意して、ジェフは二度めの人生に乗り出す……。

未来の記憶を利用することで、一九六三年から一九八八年までの二十五年間がどう変わったか。そこに投入される数々のアイデアとリアルなディテールが抜群に面白い。さらに、人生の〝リプレイ〟が一回で終わらず、四回め、五回め……と何度もくりかえされるのがこの小説の特徴だ。

このアイデアを翻案した連続ドラマが、一九九九年の新春に日本テレビ系列で放送された「君といた未来のために〜I'll be back〜」（主題歌はＫｉｎＫｉ Ｋｉｄｓの「やめないで、ＰＵＲＥ」）。堂本剛演じる大学生の主人公は、一九九九年の大晦日に心臓発作を起こし、気がつくと一九九五年十二月二十三日に戻っていた。そこから四年間をやり直すが、九九年末になるとふたたび九五年に戻されてしまう……。基本は青年版『リプレイ』だが（作中では〝リフレイン〟と呼ばれる）、同じように時間ループにとらえられているリフレイン・プレーヤーが他にもいることが判明し、途中からはオリジナルのストーリーが展開する（『リピート』の設定は、むしろこっちのほうに近いかもしれない）。

ドラマついでに言えば、二〇〇七年春からフジテレビ月9枠でオンエアされた長澤まさみ・山下智久主演の「プロポーズ大作戦」では、片想いの相手の結婚披露宴に参列した男が、「ちゃんと告白していれば新郎はオレだったかもしれないのに」と後悔し、妖精の力を借りて過去の自分に戻り、正しいプロポーズに向けて何度もリトライする。恋愛シミュレーション・ゲームをドラマ化したような設定で、ある意味、『リピート』の（乾くるみ的な）恋愛観とは対極に位置している。

これまた『リプレイ』型に見えるが、「プロポーズ大作戦」の目的は、過去を改変したのち現在に戻り、失った恋人を手に入れた現実を確定することなので、タイムパラドックスと無縁ではない。意識だけの時間遡行による歴史改変ものに分類されるから、どちらかというと映画「バタフライ・エフェクト」に近い。「バタフライ・エフェクト」の場合は、現在の自分がタイムトラベルする時点に記憶の空白がある（どうも記憶が不連続だと思ったら、それは未来の自分の意識が肉体を支配していたせいだったということがのちに判明する）というパターンなので、その点も『リプレイ』型とは異なる。

グリムウッドの『リプレイ』が邦訳されたのは一九九〇年七月だが、それより早く同年春から、講談社〈ヤングマガジン〉誌上で、任俠版『リプレイ』ともいうべきSF漫画の連載がはじまっている。流れ弾に当たって死んだ下っ端ヤクザが十年前の自分に戻ってヤクザ渡世をやり直すという、木内一雅原作の『代紋《エンブレム》TAKE2』（作画・渡辺潤）がそれ。

さらにその翌年、小学館〈ビッグコミック〉で開幕したのが藤子・F・不二雄『未来の想い出』。調子の出ないベテラン漫画家、納戸《なんど》理人《りひと》は、出版社主催のゴルフコンペで失神。次に気がつくとデビュー前の若い自分に戻っていた……。というわけで、こちらはさしずめ漫画家版『リプレイ』か。主人公を女性に置き換え、森田芳光監督、清水美砂主演で九二年に映画化されている。

さらに二〇〇一年からは、新潮社〈週刊コミックバンチ〉で、『リプレイ』を原案としてクレジットした今泉伸二の漫画『リプレイJ』が始まる。これは、証券会社の中年ダメ社員が若いころにもどって人生をやり直す話。

……というように、九〇年以降、陰に日向に『リプレイ』の影響を受けた作品がたくさん誕生している。いかに『リプレイ』のインパクトが強かったかの証拠だが、とはいえ、過去の自分に戻って人生をやり直すというアイデアは、なにも『リプレイ』のオリジナルではない。

たとえば、イギリスのSF作家、イアン・ワトスンが一九八二年に発表した短編、「知識のミルク」（大森望訳／ハヤカワ文庫SF『スロー・バード』所収）。舞台は二十一世紀半ばの未来だが、四十一歳の主人公は、ある日突然、二十七年前の自分に戻り、十四歳の少年になってしまう。来たるべき大災厄を食い止めようと奮闘するが、歴史の流れが変わりかけたとたん、最初の時点に巻き戻される。これは、〝歴史の復元力〟のなせる業なのか？　後半の展開は本格SFだが、キルケゴール『反復』を下敷きに年上の女性との恋愛関係を描く前半は、かなり『リプレイ』度が高い。

日本では、筒井康隆が、『リプレイ』よりはやく、『リプレイ』型の時間SF短編「秒読み」を書いている（新潮文庫『薬菜飯店』所収）。五十代の主人公、ボブ・ギャレット大佐は、核戦争のボタンが押される直前、四十年前に遡り、ティーンエージャーだった一九五二年の自分にもどって人生をやり直す。どうも、〝中年男性が十代の少年に〟というのが黄金パターンらしい。

ところで筒井康隆は、じつはこの分野のオーソリティ。何度も何度も同じ時点にもどって過去をやりなおすことをタイムトラベルではなく〝時間ループ〟と解釈すれば、筒井康隆は一九六五年の時点ですでに、それをテーマにした「しゃっくり」（中公文庫『東海道戦争』所収）を書いている。ループの幅はわずか十分間。過去の自分に意識が戻っているというより、（人間がしゃっくりをするように）世界が同じ時間を何度も何度も反復し、それが止まらないという話に見える。しかし、「同じ時間がくりかえされていることに自分だけが気づいている」のと、「過去の自分に意識が入り込み、一度経験した時間をまたくりかえしている」のとは、現象としては区別できない。したがって、描き方に違いがあるにせよ、両者は基本的に同じものとして扱うことができる。

ということは、「しゃっくり」のループ期間を一日に延ばした同じ筒井康隆のベストセラー『時をかける少女』（角川文庫）もまた、『リプレイ』型タイムトラベルの変種を扱った作品と見なせる。一九六七年に発表されたこの小説から、少年ドラマシリーズの「タイムトラベラー」が誕生し、原田知世主演の大林宣彦版実写映画が生まれ、さらには細田守監督の劇場アニメ版にまでつながってゆく。四十年にわたって人気を誇る『時かけ』が、すくなくとも日本では、時間反復ものの原点だろう（ただし、『リプレイ』と違って、『時かけ』では、〝くりかえされる一日〟は作品のテーマではなく、魅力的なモチーフのひとつにとどまる）。押井守監督の劇場映画『うる星やつら2　ビューティフル・ドリーマー』の〝永遠にくりかえされる学園祭前日〟も『時かけ』の変奏。一九九五年に発表された高畑京一郎『タイム・リープ　あしたはきのう』（電撃文庫）は、『時かけ』を下敷きに、理詰めの楽しさを徹底させた時間SFミステリの傑作。こちらはループするのではなく、一週間の範囲内でヒロインの意識があちこちジャンプする。今関あきよし監督、佐藤藍子主演で九七年に映画化された。

この痙攣的時間旅行の元ネタは、カート・ヴォネガットの『スローターハウス5』（伊藤典夫訳／ハヤカワ文庫SF）。トラルファマドール星に拉致された主人公ビリー・

ピルグリムは、自分の人生のさまざまな時点をランダムにさまよいはじめる。

同じく元ネタのひとつと思われるF・M・バズビイの名作短編「ここがウィネトカなら、きみはジュディ」(室住信子訳/新潮文庫『タイム・トラベラー』所収)は、意識が人生の時間軸上をあちこち飛びまくる体質の男女を描いた異色のラブストーリー。ジェイムズ・ティプトリー・ジュニアにも、「ハドソン・ベイ毛布よ永遠に」(伊藤典夫訳/ハヤカワ文庫SF『故郷から一〇〇〇〇光年』所収)という恋愛ものがあり、そこでは過去の自分と意識を入れ替えることでタイムトラベルが成立する。

「ウィネトカ」からさらに一歩進めて、人間が時間をリニアに経験できるのは(昨日の次に今日が来て、それから明日になるのは)そういう時間把握能力を有しているからで、その能力を司る部分を破壊すればだれでもランダムな時間旅行者になってしまうのではないか——というユニークなアイデアを開陳したのが小林泰三の初期短編「酔歩する男」(角川ホラー文庫『玩具修理者』所収)。過去に戻って恋人の命を救おうとタイムトラベルを研究し、ついに実現したのに、そのせいでどんどん不幸になってゆくのがおかしい。

傍観者の立場からそのネタを描いたのが佐藤正午の長編『Y』(ハルキ文庫)。SF的なアイデアの細部には立ち入らず、ミステリ的な興味で読者をひっぱりながら、十八年の人生をやり直した結果がどうなったのかを鮮やかなテクニックで語る切ない恋愛小説だ。

しかし、時間SFの設定を使ったミステリと言えば、西澤保彦が一九九五年に発表した『七回死んだ男』(講談社文庫)に止めを刺す。主人公の久太郎は、奇妙な体質を持つ十六歳の高校生。本人が〝反復落とし穴〟と呼ぶ状態にハマると、同じ一日が九回くりかえされる。その間に起きたことは毎回リセットされ、反復の最終回まで確定しない。したがって、時間ループ中の久太郎は、同じ一日を八回リハーサルし、その日を自分にとって〝理想の一日〟に変えることができる。この特異体質(?)を利用して、久太郎はなんとか祖父の死を食い止めようとするが、どんなにがんばって容疑者を祖父から遠ざけてもまた新しい犯人候補が登場、祖父は死んで警察がやってきて事情聴取で一日が終わる……。

歴史を変えようと必死に努力するのにうまくいかないというのは、時間SFでは毎度おなじみのパターン。本書にも似たような議論が出てくるが、〝時空連続体は変化を嫌う〟(変化を最小限に食い止める方向に動く)などと説明されることが多い。

この〝反復落とし穴〟の設定を九ヶ月半の長さに拡張し、回数制限を撤廃したのが『リピート』だと言えなくもない。相当な枚数を費やしてSF設定を綿密に説明したうえで、本格ミステリ特有のアクロバティックな論理で読者に鮮やかなうっちゃりを食わせるという方法論も、両者に共通する。

ちなみに、同じ西澤保彦の『人格転移の殺人』(講談社文庫)は、ある装置を介することで複数の人物間で人格の入れ替わり現象が起きるという設定の破天荒な本格ミステリだが、乾くるみも、十六歳の自称〝可愛い女子高生〟が憧れの森川先輩の人格に転移されて、体の支配権を奪われるところから出発するドタバタSFミステリ『マリオネット症候群』（徳間デュアル文庫）を書いている。ある種の歪んだ（特定のバイアスがかかっているとしか思えない）恋愛観も含めて、両者の間にはけっこう共通点が多いのでは――と思ったが、ネタに関しては、本格ミステリで使いやすいSF設定をさがしていくと、時間ループや人格転移に行き着くというだけのことかもしれない。その証拠に、井上夢人はこの両方のネタをドッキングさせて――とうっかり題名を書いたとたんにネタバレになるから、ミステリの場合は紹介がむずかしい。そもそも乾くるみ自身も、時間SFのアイデアをオチに使って――と、これまた題名が書けないのが残念です。

なお、『七回死んだ男』のあとがきによると、発想の原点は、ハロルド・ライミス監督・脚本、ビル・マーレイ主演の映画「恋はデジャ・ブ」（Groundhog Day, 1993）だったという。同じ一日がひたすらくりかえされる無限ループにハマった中年男の悲喜劇で、日本だと『時かけ』パターンに分類されるが、アメリカでは『リプレイ』の影響を指摘されている。

ここまで見てきたのは意識が過去に戻るパターンが中心だが、逆に未来へ飛ぶパターンもある。代表的なのは、ロバート・J・ソウヤーの『フラッシュフォワード』（内田昌之訳／ハヤカワ文庫SF）。素粒子実験の思わぬ副産物で、全人類の意識が二十一年未来の自分に、二分間だけジャンプする。未来を垣間見たことで人類はどう変わるのか――というのが小説のテーマ。

逆に、全人類がまるごとリプレイしたらどうなるのか――というのは、巨匠カート・ヴォネガット最晩年の長編、『タイムクエイク』（浅倉久志訳／ハヤカワ文庫SF）。地球規模の〝時震〟によって、一九九一年から二〇〇一年までの十年間がまるまる反復される。人類の全員がそのくりかえしをはっきり意識しているけれど、『リプレイ』と違って、その十年間に起こることは前の十年に起きたこととまったく同じ。指一本の動きから まばたき一回のタイミングにいたるまで変えることができない。したがって、すべての人間が、自分の意志では動かすことのできない肉体に閉じ込められて日々を過ごすことになる。唐突にその〝時の牢獄〟から解放されたとき、いったいなにが起きるのか？
同じく全人類が時間ループの輪に閉じ込められるのが、ソムトウ・スチャリトクルの短編「しばし天の祝福より遠ざかり」（伊藤典夫訳／新潮文庫『タイム・トラベラー』所収）。異星人から永遠の生命を与えられるかわり、地球人全員が七百万年にわたって同じ一日をひたすらくりかえすことを強いられるという悲惨な話。

……とまあ、思いつくまま挙げていくとキリがない。いいかげんうんざりしてきた人も多そうだから、そろそろ『リピート』の話に戻ろう。以下は、本書の内容に関するネタバレを含むので、未読の人はくれぐれもご注意ください。

さて、〝やり直し可能な現実〟という本書のモチーフは、失敗すれば何度でもリセットできるコンピュータRPG内の現実に近い。また、「弟切草」にはじまるサウンドノベル（のちのビジュアルノベルもしくはノベルゲーム）では、読者がプレーヤーとなって同じ時間の流れを（一日なり一週間なり一年なりを）何度もくりかえすことになる。
本書で特徴的なのは、『リプレイ』型の構造とは裏腹に、リピーターが未来の知識を生かしてどんなにすばらしい人生を構築するかが話の焦点にならないこと。

リピーターは、その特権的な地位を利用して、反復される九ヶ月半のあいだに、競馬なり株なりの情報を使って、巨万の富を築くことができる。しかし、いかに蓄財したとしても（あるいは、どんなにすばらしい人生を手に入れたとしても）次のリピートに入ると、すべてはゼロに戻ってしまう。残るのは経験値だけ。その意味では、ダンジョンRPGの名作「ローグ」や、それを下敷きにした「トルネコの大冒険」シリーズの世界観に近い。

逆に、リピートしないことを選択すると、十月三十日を過ぎたとたんに現実がひとつ確定し、それまでに獲得した有形無形の財産は手放さずに済むかわり、リピーターとしての特権性を失ってしまう。

リピートで手に入れたものを手放すことより、リセット可能性（やり直せる権利）を手放すことのほうにより強い抵抗を感じるという人間心理を発見したのが、おそらく本書の一番のポイントだろう。ゲストの間では、リピートがはじまったとたん、九ヶ月半をいかに有意義に過ごすかではなく、〝次のリピートに参加できるかどうか〟が焦点になってしまう。風間の誘導のせいもあり、〝最後までリピートしつづけるものが勝ち〟という感覚がリピーターを支配する。

リセット不能の現実を生きるわたしたちの目からは、仲間が次々にリピートを〝卒業〟してゆくのを横目に何度もリピートをくりかえし、ついにはゲストを招くことまではじめた風間の心理こそ、むしろ不可解に見えるのだが、リセットボタンを与えられた人間にはその不可思議さが認識されない。〝現実をリセットできる権利〟は、それほど大きな誘惑なのである。

批評家の東浩紀は、『ゲーム的リアリズムの誕生』（講談社現代新書）の中で、桜坂洋の小説『All You Need Is Kill』（集英社スーパーダッシュ文庫）や、ゲーム「ひぐらしのなく頃に」などをとりあげ、時間ループもののメタ物語的な語りをゲーム的リアリズムという角度から詳細に分析している。同書が批評の対象とするのは主に国産ライトノベルや美少女ゲームだが、『リピート』をはじめとする最近の国産本格ミステリについても、ゲーム的リアリズムの考えかたは適用できるだろう。

乾くるみの場合、作品を支えるゲーム的リアリズムを、あたかも自然主義リアリズムの産物であるかのように錯覚させることで読者を幻惑する。その典型的な例が『イニシエーション・ラブ』だが、本書『リピート』でも、自然主義的リアリズムとゲーム的リアリズムの衝突から、本格ミステリ的な意外性とプロット上の意外性（主人公の思いがけない行動と決断）がともに導かれている。つまり、自然主義的リアリズムで読んでいくとどうにも納得できない（あるいは予想できない）展開またはトリックが、ゲーム的リアリズムの観点に立つとすんなり理解できるのである。

実際、本書をはじめて読んだときは、本格ミステリ部分の鮮やかな論理展開にくらべて、プロットがどうにもぎくしゃくする（毛利の行動が論理的ではない）と思ったのだが、いま読み直してみると、そのもどかしさこそが本書の眼目だとわかる。

つまり、どんな代償を払っても人生をリセットしたい、リセットボタンがあるならどんなことをしてでも手に入れたいという疼《うず》くような欲望こそ、ゼロ年代の（ゲーム的リアリズムにおける）支配的な気分なんじゃないか。

ぼんやりそんなことを思ったのは、この解説を書いている最中、ＴＶアニメ「Ｓｃｈｏｏｌ Ｄａｙｓ（スクールデイズ）」の最終回がＡＴ－Ｘでオンエアされたのをたまたま目にしたから。この第十二話は、テレビ神奈川が事前予告抜きでとつぜん放送を中止し、「少女が警察官の父親を斧で殺害した京都の事件に類似するシーンがあったため」と事後に説明したことで大騒動になっていたいわくつきのエピソードである。アニメの原作は、二〇〇五年にオーバーフローからリリースされた18禁の美少女ゲーム。主人公の高校一年生、伊藤誠が、二人の少女（桂言葉《ことのは》と西園寺世界《せかい》）のあいだで揺れ動く恋愛ものだが、バッドエンドが極端にダークなので、〝鬱ゲー〟（プレイすることで暗い気持ちになるのを楽しむゲーム）として人気を集めたらしい。

それを象徴するように、アニメ版の最終回は（通常のノベルゲームのアニメ化と違って）正解にあたるグッドエンドではなく、あえて（ＴＶアニメの基準では常識的にありえないほどグロテスクな）バッドエンドを採用。エンド・クレジットのあとにアニメ版第一話冒頭につながるシーンを挿入して、時間のループを閉じて見せた。アニメ最終話自体は自然主義リアリズム的な演出がなされているが、最後の最後でゲーム的リアリズムに立ち帰り、〝やり直し可能な現実〟を暗示したかたちになる。

『リピート』からＳＦ部分と本格ミステリ部分を抜いて、圭介と二人の女性の三角関係

（イヤな恋愛要素）を軸に再構成すると、その骨格は「School Days」と驚くほどよく似ている。「School Days」が『リピート』を参照したと言いたいわけではもちろんない。乾くるみは、ＳＦミステリの枠組の中に美少女ゲーム的な（もしくは恋愛シミュレーションゲーム的な）要素を意図的に持ち込み、それによって鬱ゲー的な世界観を表現したのではないか。「School Days」が象徴するようなゼロ年代の〝気分〟を、『リピート』は小説のかたちで鮮やかに描き、そこに出口がないことを端的に示している。リセットしても、ダメなものはダメなのだ。そう考えれば、周到なＳＦ設定も、意外性満点の謎解きも、本書にとっては枝葉末節ということになる。

東浩紀の言う〝環境分析〟的な読解を適用すれば、それこそ〝物語の環境の現在に対してきわめて自覚的な、ゲーム的リアリズムの試み〟と結論することも可能だろうし、〝リセットを可能にしたとたん、実人生もエロゲー化する〟という皮肉をリアルに描いた本当はおそろしい青春小説だとも解釈できる。

この解説を書きはじめたときは、まさかこんな結論（バッドエンド？）にたどりつくとは想像もしていなかったので、実はいまちょっと茫然としている。というか、『リピート』Ｒ０（初読）ではまったく考えもしなかったことなので、Ｒ２、Ｒ３ではまた全然違う解釈が生まれるかもしれない。数年後にぜひまたリピートしてみたい。

（評論家・翻訳家）

【乾くるみ既刊単行本リスト】

1『Jの神話』一九九八年二月　講談社ノベルス→二〇〇二年六月　講談社文庫　※第四回メフィスト賞
2『匣の中』一九九八年八月　講談社ノベルス→二〇〇六年五月　講談社文庫
3『塔の断章』一九九九年二月　講談社ノベルス→二〇〇三年二月　講談社文庫
4『マリオネット症候群』二〇〇一年十月　徳間デュアル文庫
5『林真紅郎と五つの謎』二〇〇三年八月　光文社カッパ・ノベルス→二〇〇六年八月　光文社文庫
6『イニシエーション・ラブ』二〇〇四年四月　原書房→二〇〇七年四月　文春文庫
7『リピート』二〇〇四年十月　文藝春秋→二〇〇七年十一月　文春文庫（本書）

単行本　二〇〇四年十月　文藝春秋刊

文春文庫

定価はカバーに
表示してあります

リピート

2007年11月10日　第1刷

著者　乾《いぬい》　くるみ

発行者　村上和宏

発行所　株式会社　文藝春秋

東京都千代田区紀尾井町3-23　〒102-8008

TEL　03・3265・1211

文藝春秋ホームページ　http://www.bunshun.co.jp

文春ウェブ文庫　http://www.bunshunplaza.com

落丁、乱丁本は、お手数ですが小社製作部宛お送り下さい。送料小社負担でお取替致します。

印刷・大日本印刷　製本・加藤製本

Printed in Japan

ISBN978-4-16-773202-8

（ ）内は解説者。品切の節はご容赦下さい。

内田康夫
贄門島《にえもんじま》（上下）
房総の海に浮かぶ美瀬島に伝わる怪しげな風習「生贄送り」とは？ 父の死も絡んだ島の謎に挑む浅見に忍びよる危機。現代社会の底知れぬ闇をえぐる傑作長篇ミステリー。（自作解説）
う-14-4

内田康夫
遺骨
殺害された製薬会社の営業員が、淡路島の寺に預けていた骨壺。事件後、それを持ち去った謎の女性と寺に現れた偽の製薬会社社員。浅見光彦、医学界の巨悪に立ち向かう！ （三橋暁）
う-14-6

海月ルイ
子盗《ことと》り
京都の旧家に嫁いだ美津子は子供に恵まれず、夫と産院から新生児を奪おうとして看護師の潤子に見咎められる。女たちの情念が交錯する第十九回サントリーミステリー大賞受賞作。
う-17-1

海月ルイ
プルミン
公園で遊んでいた四人の小学一年生は見知らぬ女から乳酸飲料のプルミンを貰い、それを飲んだ雅彦が死んだ。他の子を苛めていた彼は復讐されたのか。母親達の闇を描く傑作ミステリー。
う-17-2

逢坂剛
デズデモーナの不貞
池袋のバー〈まりえ〉に集う客は、男も女もとんでもない奴ばかり。さえない元刑事が渋々ひきうけた人妻の素行調査。ああ、こんなことなら……。笑いと戦慄に満ちた超サイコ・ミステリ集。
お-13-4

逢坂剛
燃える地の果てに（上下）
最後の一基が見つからない！ 南スペイン上空で核を搭載した米軍機が炎上。消えた核兵器は誰の手に？ スパイはどこに？ 過去と現在、二つの物語が衝撃的に融合する名品。（木田元）
お-13-2